SHANNON DRAKE
Baile de máscaras

Editado por HARLEQUIN IBÉRICA, S.A.
Núñez de Balboa, 56
28001 Madrid

© 2005 Heather Graham Pozzessere
© 2014 Harlequin Ibérica, S.A.
Baile de máscaras, n.º 4 - 23.9.14
Título original: Wicked
Publicada originalmente por HQN™ Books
Este título fue publicado originalmente en español en 2005

Todos los derechos están reservados incluidos los de reproducción, total o parcial. Esta edición ha sido publicada con autorización de Harlequin Books S.A.
Esta es una obra de ficción. Nombres, caracteres, lugares, y situaciones son producto de la imaginación del autor o son utilizados ficticiamente, y cualquier parecido con personas, vivas o muertas, establecimientos de negocios (comerciales), hechos o situaciones son pura coincidencia.
® Harlequin, HQN y logotipo Harlequin son marcas registradas por Harlequin Enterprises Limited.
® y ™ son marcas registradas por Harlequin Enterprises Limited y sus filiales, utilizadas con licencia. Las marcas que lleven ® están registradas en la Oficina Española de Patentes y Marcas y en otros países.
Imagen de mujer utilizada con permiso de Harlequin Enterprises Limited. Todos los derechos están reservados. Imagen de franja utilizada con permiso de Dreamstime.com

I.S.B.N.: 978-84-687-4519-0
Depósito legal: M-20646-2014

Para Franci Naulin, con todo el cariño, el agradecimiento y los mejores deseos del mundo.

Prólogo

Desenmascarado

Camille no podía hacer nada, excepto huir. Y rezar, porque esa era su única salvación.

Sin duda acudiría la policía. ¡Había habido un asesinato! Cielo santo, sí. Sin duda acudiría la policía.

No, sus esperanzas eran vanas. El asesinato no había ocurrido allí, de modo que la policía no iría al castillo. Pero si permitía que esa certeza dominara su mente, el pánico se apoderaría de ella. Y debía mantenerse alerta, porque estaba huyendo. Y porque ni siquiera conocía el rostro del mal que la acechaba.

Se hallaba lejos del gran castillo de Carlyle y oía su propia respiración laboriosa, como un viento feroz que la arrastraba consigo. Al fin tuvo que detenerse. Sin embargo, al hacerlo, comprendió que el sonido que había oído no procedía únicamente de sus ávidos pulmones. El viento se había levantado y retozaba entre los árboles, que formaban sobre su cabeza un extenso dosel. Camille se alegró, confiando en que la furia de los elementos disipara la bruma que siempre parecía pesar sobre aquellos bosques, tan cercanos a los yermos páramos cubiertos de matorrales.

Había además luna llena. Si la bruma se disipaba, podría ver más claramente. Pero también la verían a ella aquellos que la perseguían.

Respiró hondo, trabajosamente, y cuando creyó que podía ponerse en marcha otra vez giró despacio sobre sí misma, intentando orientarse. El delicado lazo de encaje de la parte de atrás de su falda se enganchó en una rama y Camille lo desprendió de un tirón, desgarrándolo. Solo pensaba en escapar y en salvarse.

La carretera quedaba al este. La carretera hacia Londres, hacia la civilización, hacia la cordura, quedaba al este. Por fuerza tenía que pasar por allí algún carruaje de regreso a la ciudad. Si podía llegar a la carretera antes de que el asesino diera con ella...

Estaba segura de que aquella trama se tejía desde hacía largo tiempo, segura de que aquel hombre tenía intención de destruirla para asegurarse de que jamás contara lo que sabía; de que jamás desvelara los secretos del castillo de Carlyle.

En medio de la oscuridad y la niebla, que la furia creciente del viento hacía girar, oyó el sonido espectral de un aullido. Los lobos clamaban al cielo. Sin embargo, en ese instante, Camille no les tenía ningún miedo. Porque conocía el verdadero peligro. Y este podía ser una bestia, pero se presentaba bajo la forma de un hombre.

El fragor del follaje la alertó de que alguien se acercaba. Camille se irguió y rezó porque el instinto le proporcionara una señal, un modo de huir... Pero el ruido estaba cerca, demasiado cerca.

«¡Corre!».

Aquella orden resonó como un grito en su cabeza. Pero era ya demasiado tarde cuando consiguió reunir fuerzas. Él salió por entre los matorrales.

—¡Camille!

Ella conocía bien aquella voz. Se quedó paralizada, con el aliento y el corazón suspendidos en la garganta. Y clavó la mirada en el rostro de aquel hombre: ¡el rostro bajo la máscara!

Había conocido aquel rostro antes solo por el tacto, lo había visto en fugaces momentos de abandono. Era un rostro sorprendente, rudo, pero bello, provisto de un recio mentón y una nariz fina y recta. Y los ojos...

Camille siempre había visto con claridad aquellos ojos, que la habían desafiado, medio desdeñado, y que también a veces se habían posado sobre ella con repentina y melancólica ternura.

Durante un instante fue como si el tiempo, el bosque y el viento mismo se detuvieran. Camille lo miró con fijeza, escudriñando su rostro. ¿Cuál era la máscara? ¿La bizarra careta de cuero en forma de animal? ¿O aquel rostro humano, mucho más sorprendente de lo que había imaginado, con sus facciones toscamente labradas, pero hermosas, tan clásicas en su forma que podrían haber pertenecido a un dios antiguo?

¿Qué era lo real? ¿La amenaza rapaz de la bestia o el ímpetu justiciero del hombre?

—Camille, por favor, por el amor de Dios, ven conmigo. Ven conmigo ahora mismo.

Mientras él hablaba, Camille oyó pasos tras ella. ¿Había alguien más? ¿Un salvador? ¿Alguien de apariencia mucho más corriente?

¿Uno de los otros, de esos que decían ser sus adalides y que sin embargo se hallaban enmarañados en aquella trama en la que se mezclaban los misterios y las riquezas del pasado?

El propio lord Wimbly, Hunter, Aubrey, Alex... Oh, Dios, sir John...

Camille se giró bruscamente y se quedó mirando al hombre que surgió de la senda oculta entre árboles y arbustos.

—¡Camille! ¡Gracias a Dios!

Avanzó hacia ella.

—Tócala y eres hombre muerto —bramó el hombre al que ella conocía como «la Bestia».

—Va a matarte, Camille —dijo el otro suavemente.

—Eso jamás —respondió la Bestia en voz baja.

—¡Tú sabes que es un asesino! —gritó el otro.

—Sabes que uno de nosotros es un asesino —dijo la Bestia con calma.

—¡Por el amor de Dios, Camille, ese hombre es un monstruo! ¡Se ha demostrado!

Ella miró al uno y al otro, incapaz de ocultar la tormenta que se agitaba en su interior. Sí, uno de ellos era un asesino.

Y el otro era su salvación. Pero ¿cuál era cuál?

—Camille, rápido, ten cuidado... ven hacia mí —dijo el segundo.

Baile de máscaras

El hombre al que ella conocía como «la Bestia» atrajo su mirada.

–Piensa despacio, amor mío. Piensa en todo lo que has visto y aprendido..., en todo lo que has sentido. Recuerda, Camille, y pregúntate cuál de los dos es el monstruo.

¿Recordar? ¿Qué tenía que recordar? ¿Rumores y mentiras? ¿O acaso el día en que llegó por vez primera a aquel bosque y oyó los aullidos... y el sonido de su voz?

El día que conoció a «la Bestia».

Capítulo 1

～～～

–Cielos, ¿se puede saber qué ha hecho ahora? –preguntó Camille con desaliento mirando a Ralph, el criado, confidente y, por desgracia con demasiada frecuencia, compañero de correrías de Tristan.

–¡Nada! –respondió Ralph, indignado.

–¿Nada? Entonces, ¿qué haces aquí, sin aliento, mirándome como si estuviera a punto de verme obligada a acudir de nuevo en auxilio de mi tutor y a rescatarlo de algún calabozo, de algún burdel o de cualquier otro lugar de mala reputación?

Tristan siempre andaba metiéndose en líos. Camille sabía que parecía indignada y furiosa. Sabía que también parecía dispuesta a dejar que su tutor se llevara su merecido, lo cual no era cierto. Ralph lo sabía, y ella también.

Tristan Montgomery no era precisamente un

tutor modélico, pese a que el destino le había proporcionado cierta posición social, y en aquella época el título de un hombre importaba mucho más que su verdadera situación y cualidades.

Pero, doce años atrás, Tristan la había salvado de ir a parar a un hospicio o algo peor. Tristan nunca había tenido un medio de vida que pudiera llamarse honorable, pero desde el día en que vio por vez primera a Camille, junto al cuerpo todavía caliente de su madre, le entregó su afecto y sus recursos, fueran estos cuales fueran.

Y ella no iba a ser menos. Llevaba varios años luchando afanosamente por procurarle un poco más de... estabilidad. Un puesto honorable en la sociedad. Un hogar. Una vida decente.

Por suerte, Ralph había tenido la precaución de esperarla en la esquina de la calle, en lugar de entrar en el Museo Británico, donde su desastrada apariencia y sus murmullos ansiosos podían haberle costado a Camille el empleo que tanto le había costado conseguir. Camille sabía más sobre el Antiguo Egipto que muchos estudiosos que habían participado en excavaciones, pero hasta sir John Matthews había vacilado ante la idea de aceptar a una mujer. Y, teniendo en cuenta que sir Hunter MacDonald tenía voz y voto, la cosa no había sido fácil. Hunter, en realidad, la tenía en gran estima, pero su admiración podía más bien haberla perjudicado. Hunter, que se ufanaba de ser un avezado explorador y aventurero, despreciaba al parecer a la nueva grey de las sufragistas y creía sinceramente que las mujeres donde tenían que estar era en su casa. Al menos Alex Mittleman, Aubrey Sizemore e incluso lord Wimbly parecían aceptar su presencia sin dificultades. Por suerte, lord Wimbly y sir John eran los que de verdad importaban.

Pero las tribulaciones de su empleo poco importaban en ese momento. Tristan estaba en apuros. Pero ¡un lunes por la noche, nada más empezar la semana...!

—Te juro que Tristan no ha hecho nada —balbució Ralph, azorado. Era un hombre de corta estatura, pero vivaz, capaz de moverse con la agilidad de un lince y con idéntico sigilo.

Camille era consciente de que, pese a que quizá Tristan no hubiera hecho nada, sin duda había estado planeando algo ilegal antes de hallarse metido en aquel atolladero.

Se dio la vuelta y miró hacia atrás. Los conservadores del museo, que en ese momento salían del imponente y bello edificio, podían tropezarse con ella en cualquier momento. De pronto apareció Alex Mittleman, la mano derecha de sir John. Si la veía, querría hablar con ella, acompañarla al tranvía. Tenía que moverse, y deprisa.

Tomó a Ralph del brazo y lo condujo a toda prisa calle abajo. Al hacerlo, se alzó el viento y su pellizco escarchado se convirtió en una dentellada de hielo. Pero quizá no fuera solo el viento. Quizá fuera una espantosa premonición.

—¡Vamos! ¡Habla, rápido! —le instó Camille, angustiada. Tristan era listo y sumamente culto, y poseía además una educación callejera que le habían procurado en su juventud un sinfín de preceptores. Le había enseñado a Camille muchas cosas: lenguas, literatura, arte, historia, teatro... Y también le había enseñado que las apariencias constituían las nueve décimas partes de las leyes que regían la sociedad. Si hablaba como una dama noble, pero pobre, y vestía como tal, eso era lo que la gente creería que era.

Tristan podía ser asombrosamente perspicaz en lo que al mundo circundante se refería. Y sin embargo a veces parecía carecer de todo sentido común.

—Dougray está ahí delante —dijo Ralph, refiriéndose a una taberna.

—¡Ahora no necesitas una dosis de ginebra! —le reprendió Camille.

—Ya lo creo que sí —dijo él en tono lastimero.

Camille dejó escapar un suspiro. La taberna de Dougray, un establecimiento frecuentado por obreros, tenía mejor reputación que la mayoría de los lugares a los que Ralph y Tristan eran asiduos. En ella se permitía además la entrada a las mujeres, particularmente a las que formaban parte del cada vez más nutrido batallón de empleadas de oficina del país.

Camille siempre vestía con esmero, a fin de mantener su empleo como ayudante de sir John Matthews, conservador principal del pujante departamento de Antigüedades Egipcias del Museo Británico. Su falda era de un gris sombrío, con un pequeño abultamiento en la parte de atrás, y su blusa, de corte elegante y bonito, era de un tono parecido aunque algo más claro. Su capa, discreta y de buen paño, había pertenecido en otro tiempo a una dama de calidad que presumiblemente se la entregó al Ejército de Salvación al adquirir otra más a la moda. Su melena rizada, que ella consideraba su único rasgo de belleza, era de un lustroso castaño oscuro y aparecía minuciosamente recogida sobre la coronilla de su cabeza. No llevaba joyas ni ornamento alguno, fuera de la sencilla sortija de oro que Tristan había encontrado en el cuerpo sin vida de su madre y que ella llevaba desde entonces, prendida de una cadena cuando era niña, y ahora en el dedo.

Le pareció que nadie se fijaba en ellos cuando entraron en la taberna.

–¿Nos estamos escondiendo? –susurró Ralph.

–Vamos al fondo, por favor.

–Si intentas pasar desapercibida, Camie, será mejor que te desengañes, porque todos y cada uno de los hombres que hay en este sitio se han vuelto para mirarte.

–No seas ridículo.

–Es por tus ojos –le dijo él.

–Mis ojos son castaños, normales y corrientes –replicó ella con impaciencia.

–No, niña, son de oro, de oro puro. Y a veces tienen un matiz esmeralda. Es muy extraño. Me temo que todos los hombres te miran... ¡y no precisamente como es debido! –dijo, mirando a su alrededor con un destello de furia.

–Nadie va a hacerme nada, Ralph. ¡Muévete, por favor!

Empujó rápidamente a Ralph hacia el fondo del local lleno de humo y pidió una ginebra para él y una taza de té para ella.

–Ahora, habla de una vez –le ordenó.

–Tristan te quiere con toda su alma, niña, ya lo sabes –comenzó a decir él.

–Y yo a él. ¡Y ya no soy una niña, gracias a Dios! –replicó Camille–. Ahora, dime inmediatamente en qué lío se ha metido –Ralph masculló algo sin apar-

Baile de máscaras

tarse el vaso de ginebra de la boca–. ¡Ralph! –le reprendió ella, enojada.

–Está en manos del conde de Carlyle.

Camille dejó escapar un gemido de sorpresa. No se esperaba aquello. Y, a pesar de que aún no conocía la historia, sintió de antemano un profundo desaliento.

Del conde de Carlyle se decía que era un monstruo. No solo en sus tratos con obreros, sirvientes y miembros de la alta sociedad, sino en el pleno sentido de la palabra. Sus difuntos padres, cuya riqueza era desmesurada, se habían preciado de ser grandes eruditos, anticuarios y arqueólogos. Su fervor por el Antiguo Egipto los había llevado a pasar gran parte de su vida en El Cairo. Su único hijo fue a Inglaterra a fin de recibir una educación adecuada, pero volvió a reunirse con ellos al terminar sus estudios.

Luego, según decían los periódicos, la familia cayó víctima de una mortífera maldición. Lord y lady Stirling descubrieron la tumba de un antiguo sacerdote, repleta de preciosos artefactos. Entre ellos se hallaba una vasija que contenía el corazón de la concubina predilecta del sacerdote. La concubina era, al parecer, una bruja. Naturalmente, al llevarse la vasija, una grave maldición recayó sobre la familia. Se decía que uno de los egipcios que trabajaban en la excavación fue presa del pánico y que señalando al cielo gritaba que robar el corazón de otra persona era un acto tan egoísta y cruel que atraería el desastre sobre todos ellos. El conde y la condesa se limitaron a reírse de aquel hombre, lo cual, por lo visto, fue un grave error, pues unos días después murieron misteriosamente y de la forma más horrenda.

En aquella época, su hijo, el nuevo conde, se hallaba con las tropas de Su Majestad aplastando las sublevaciones de la India. Al enterarse de la noticia, se lanzó enloquecido al combate y consiguió cambiar las tornas en una escaramuza en la que las tropas de Su Majestad eran claramente superadas en número por sus oponentes. El conde se alzó con la victoria, pero sufrió heridas tan graves que quedó espantosamente desfigurado. Y lastrado por una maldición familiar tan horrenda que, pese a su inmensa fortuna, no había podido encontrar esposa desde que se hallaba instalado en Londres.

Según se rumoreaba, aquel hombre era de una vileza extrema. Espantoso de rostro y de figura, era tan retorcido, malvado y cruel como el corazón que había llegado al castillo de Carlyle metido en una vasija.

Se decía que aquella reliquia había desaparecido, y muchos creían que el corazón se había fundido con el del perverso señor del castillo. Sencillamente, aquel hombre odiaba a todo el mundo. Vivía como un ermitaño en su inmensa y frondosa propiedad y no dudaba en denunciar a cuantos osaban traspasar las lindes de sus tierras. Al menos, a los que no les disparaba.

Camille sabía todo aquello. De no haberlo leído en los periódicos, habría oído de todos modos la historia, sin duda embellecida, pues siempre era objeto de discusión en la sección de Antigüedades Egipcias del museo.

No hizo falta que Ralph dijera una sola palabra más para que su corazón se llenara de temor.

Baile de máscaras

Se quedó paralizada y procuró serenar su voz al preguntarle a Ralph:

–¿Se puede saber cómo se las ha arreglado Tristan para despertar la ira del conde de Carlyle?

Ralph apuró su ginebra con un estremecimiento, se recostó en el asiento y miró a Camille.

–Tenía pensado... bueno, ya sabes, parar un carruaje que venía del norte.

Camille contuvo el aliento y lo miró con pasmo.

–¿Iba a robar un carruaje, como un vulgar salteador de caminos? ¡Podrían haberle disparado... o ahorcado!

Ralph se removió, inquieto.

–Bueno, verás, eso no podría haber ocurrido, porque no llegó tan lejos.

Camille se sintió de pronto embargada por el desaliento y la tristeza. ¡Ahora tenía un empleo! Un empleo perfectamente respetable. Un trabajo que la llenaba de satisfacción y le proporcionaba un sueldo decente. Podía mantenerse ella y mantener a Tristan, y también a Ralph, si no lujosamente, al menos sin recurrir a argucias criminales.

–Te ruego me digas qué impidió que acabaran matándoos a los dos, malditos estúpidos –le exigió.

Ralph se removió de nuevo en el asiento.

–El castillo de Carlyle –dijo con los ojos bajos.

–¡Continúa! –dijo ella.

Él agitó las pestañas mientras decía, poniéndose a la defensiva:

–Tristan te quiere tanto, Camie, que solo desea encontrar un modo de ofrecerte la posición que te mereces.

Camille clavó su mirada en él. La cólera se agitó

en su corazón y a continuación se disipó. No tenía sentido intentar explicarle a Ralph que ella nunca formaría parte de la alta sociedad. Quizá su padre fuera un noble; quizá incluso se había casado con su madre en secreto. El anillo que llevaba su madre en el momento de morir atestiguaba que la había querido lo suficiente como para comprarle una delicada joya.

La gente creía que Camille era la hija de un pariente lejano de Tristan, de un hombre elevado al rango de caballero por su valentía al servicio de Su Majestad en el Sudán. Pero no era cierto. Y jamás habría para ella un matrimonio de alto copete, ni una temporada social, ni nada parecido. Y, si se pasaba de la raya, acabaría descubriéndose la verdad.

Y la verdad no era atractiva en lo más mínimo. Su madre había sido prostituta y había muerto en Whitechapel. Sin duda en otro tiempo había soñado con una vida mejor. Pero se había enamorado y había acabado en el East End de Londres, desheredada, sin un penique y abandonada a su suerte. Fuera quien fuese el padre de Camille, había desaparecido mucho antes de que ella cumpliera nueve años. Y Tess Jardinelle había muerto en las mismas calles en las que trabajaba. Si Tristan no hubiera aparecido aquel día...

–Ralph –dijo Camille con un profundo suspiro–, explícate, por favor.

–Las verjas del castillo estaban entreabiertas –dijo él con sencillez.

–¿Entreabiertas? –preguntó ella.

–Bueno..., estaban cerradas. Pero hay un agujero en el muro, y como Tristan es tan aventurero...

Baile de máscaras

—¡Aventurero!

Ralph se azoró, pero no cambió de adjetivo.

—No había perros. Era casi de noche. Se cuentan muchas historias sobre los lobos que merodean por el bosque de Carlyle, pero ya conoces a Tristan. Pensó que podíamos entrar.

—Entiendo. ¿Solo para disfrutar del jardín y de la luz de la luna?

Ralph se encogió de hombros, incómodo.

—Está bien, está bien. Tristan pensaba que podía haber alguna baratija abandonada en el jardín que tal vez valiera una fortuna si se la vendíamos a las personas adecuadas. Eso es todo. No teníamos mala intención. Tristan creía que podíamos encontrar alguna cosilla que el conde de Carlyle no echara en falta y que quizá nos diera mucho dinero si la vendíamos... como es debido.

—¡El mercado negro!

—Tristan quiere lo mejor para ti. Y como ese joven del museo demuestra tanto interés...

Camille no tuvo más remedio que alzar los ojos al cielo. Ralph se estaba refiriendo a sir Hunter Mac-Donald, asesor de lord David Wimbly y director de la sección de Antigüedades gracias a su experiencia en excavaciones egipcias y sin duda también a las grandes sumas de dinero que donaba al museo.

Hunter era un hombre atractivo. A decir verdad, era bastante guapo. Y también había sido elevado al rango de caballero gracias a su paso por el ejército. Era alto, encantador, bien hablado y ancho de espaldas. Con todo, y a pesar de que disfrutaba de su compañía, Camille se mostraba precavida. Pese al atractivo de Hunter, a sus continuos halagos y sus intentos de acercarse a ella, Camille nunca olvidaba las circunstancias de su nacimiento. Muchas veces se había imaginado a su madre, hermosa y sola, entregándole su confianza a un hombre como aquel contra toda lógica.

Sabía que Hunter estaba interesado en ella, pero sabía también que su relación no tenía porvenir. Estaba segura de que ella no era la clase de mujer que un hombre como Hunter llevaba a casa de su madre.

Y ella solo estaba dispuesta a aceptar un auténtico compromiso. No quería enamorarse locamente, ni permitir que la pasión le hiciera perder la cabeza. Y pensaba conservar su orgullo, su dignidad y su posición a toda costa. Se negaba a considerar siquiera la idea de perder su empleo en el museo, y por ello estaba decidida a andarse con mucho ojo.

—Ralph, a mí no me interesa ningún hombre que no me quiera por lo que soy.

—Eso está muy bien, Camille. Pero vivimos en un mundo en el que solo importan el pedigrí y la riqueza.

Ella estuvo a punto de gruñir.

—Un tutor con un largo historial de detenciones y arrestos no me dará ni pedigrí ni riquezas, Ralph.

—Oh, vamos, por favor, Camille, te aseguro que no pensábamos hacer nada malo. Ha habido muchos bandidos y salteadores de caminos que se han hecho famosos y que hasta se han convertido en leyenda por robar a los ricos para dárselo a los pobres. Lo que pasa es que en este caso los pobres somos nosotros.

—Los bandidos y los salteadores de caminos han acabado colgando de una horca muy a menudo —le recordó ella con un destello en la mirada–. He intentado explicaros muchas veces, con la paciencia de un santo, que robar no es solo mezquino. ¡También es ilegal!

–¡Ay, Camille, niña! –dijo Ralph, compungido, y fijó de nuevo los ojos en la mesa–. ¿Puedo tomar otra ginebra?

–¡Por supuesto que no! –dijo Camille–. ¡Tienes que mantenerte sobrio y acabar de contarme la historia para que sepa qué puedo hacer! ¿Dónde está Tristan ahora? ¿Lo han llevado ante un juez? ¿Qué demonios voy a hacer? ¿Lo pillaron...?

–Me empujó hacia los árboles y se dejó atrapar –dijo Ralph.

–Entonces, ¿lo han arrestado? –preguntó ella.

Ralph movió la cabeza de un lado a otro. Se mordió el labio y dijo:

–Está en el castillo de Carlyle. Por lo menos, eso creo. He venido lo antes posible.

–¡Oh, Dios mío! ¡A estas horas ya lo habrán llevado a prisión! –exclamó Camille.

Para sorpresa suya, Ralph sacudió de nuevo la cabeza.

–No, verás, oí lo que decía la Bestia.

–¿Cómo dices?

–Estaba allí. El conde de Carlyle estaba allí, montado en un corcel negro y enorme, de aspecto diabólico. ¡Era inmenso! Y les gritaba a sus hombres que debían retener al intruso y que...

–¿Que qué?

–Que no podían permitirle revelar lo que había visto.

Ella se quedó mirándolo, llena de perplejidad. El

frío que había sentido un rato antes en el cuello se había convertido de pronto en un témpano que traspasaba su carne.

—¿Qué es lo que visteis?

Él sacudió la cabeza.

—¡Nada! De verdad, nada. Pero había otros hombres con Carlyle. Y se llevaron a Tristan al castillo.

—¿Cómo sabes que era Carlyle? —preguntó ella.

Ralph se estremeció.

—Por la máscara —dijo en voz baja.

—¿Lleva una máscara?

—Oh, sí. Ese hombre es un monstruo. Seguro que lo habrás oído decir.

—¿Está lisiado, encorvado y además lleva una máscara?

—No, no, es enorme. Bueno, al menos parecía muy alto en su silla de montar. Y lleva una máscara. De cuero, creo, pero con cara de animal. En parte león, quizá. O lobo. O dragón. Es horrenda, es todo lo que sé. Su voz es como el trueno, profunda... ¡como si de verdad lo hubiera maldecido el diablo! Pero era él. ¡Claro que era él! —ella lo miró con fijeza. Ralph sacudió la cabeza, apenado—. Tristan me estrangulará si se entera de que se ha sacrificado solo para que yo te venga con el cuento, pero... no podemos dejarlo allí, aunque la policía sospeche que es un ladrón...

Sí, eso sería preferible. Si al menos Tristan hubiera sido llevado a Londres para enfrentarse a juicio, ella podría haberle pagado un abogado. O podría presentarse ante el magistrado y asegurar que su tutor estaba loco, que empezaba a chochear. Podría... Solo Dios sabía lo que podría haber hecho.

Pero, según Ralph, Tristan seguía en el castillo de

Baile de máscaras

Carlyle, retenido por un hombre célebre por su despiadada crueldad. Camille se levantó.

—¿Qué vas a hacer? —preguntó Ralph.

—¿Qué quieres que haga? —inquirió ella con un suspiro cansino—. Voy a ir al castillo de Carlyle.

Ralph se estremeció.

—He metido la pata. Tristan no quiere que te pongas en peligro.

Camille sintió una aguda punzada de lástima por Ralph, pero ¿qué esperaba el compañero de andanzas de Tristan?

—No me pondré en peligro —le aseguró con una débil sonrisa—. He aprendido de él a ser una artista del disimulo, Ralph. Me presentaré como la efigie misma de la ingenuidad y el candor, y me devolverán a mi tutor. Ya lo verás.

Él se levantó velozmente.

—¡No puedes ir sola!

—No pienso hacerlo —le aseguró ella secamente—. Primero tenemos que ir a casa para que me cambie. Y tú también.

—¿Yo?

—¡Sí, tú!

—¿Cambiarme?

—La apariencia lo es todo, Ralph —le dijo ella sagazmente. Él pareció perplejo—. Da igual. Vamos, creo que hemos de darnos prisa —de pronto se quedó helada y se volvió hacia él—. Ralph, esto no lo sabe nadie, ¿no? ¿Nadie sabe que Tristan está en manos del conde de Carlyle?

—Nadie, aparte de mí. Y de ti, claro.

Camille sintió que unos dedos huesudos y fríos se cerraban sobre su corazón. Dios santo, aunque se le considerara una bestia, el conde de Carlyle no podía matar a un hombre así como así.

—Ralph, hemos de darnos prisa —dijo y, agarrándolo del brazo, lo sacó a rastras de la taberna.

—El caballero descansa plácidamente —dijo Evelyn Prior al entrar en el salón, y se dejó caer en una de los grandes y mullidos sillones que había frente al fuego.

A su lado, sentado en el otro sillón, el amo del castillo miraba pensativamente el fuego mientras acariciaba la enorme cabeza de Ayax, su perro pastor irlandés.

Brian Stirling, conde de Carlyle, miró a Evelyn frunciendo las cejas, enfrascado en sus pensamientos. Al cabo de un momento, dijo:

—¿Está gravemente herido?

—Oh, yo diría que no. El médico ha dicho que solo está un poco magullado y asustado, pero que no parece haberse roto ningún hueso, si bien es cierto que se hizo algunos arañazos al trepar por la tapia y caerse. Pero creo que dentro de un par de días estará como nuevo.

—¿No saldrá a merodear por la casa en plena noche?

Evelyn sonrió.

—Cielo santo, no. Corwin está montando guardia en el pasillo. Y, como bien sabes, la cripta está bien cerrada. Solo tú y yo tenemos las llaves de las puertas de abajo. Aunque saliera a dar una vuelta, no encontraría nada. Y, además, no saldrá. Como tenía algunos dolores, le hemos dado una buena dosis de láudano.

—No saldrá. Corwin se encargará de ello —dijo

Baile de máscaras

Brian con firmeza. El servicio del castillo de Carlyle era escaso, sumamente escaso, a decir verdad, para el mantenimiento de una casa tan grande. Pero todos los que formaban parte de él eran considerados amigos. Y cada hombre y cada mujer era leal hasta la médula: mucho más de lo que podían sugerir las apariencias.

–Tienes razón, claro. Corwin es muy diligente –convino Evelyn.

–¿Qué crees que impulsó a ese hombre a hacer tal cosa? –preguntó Brian, y, apartando la mirada de las llamas, la posó de nuevo en Evelyn–. Los jardines son tan frondosos que forman una auténtica selva. Es asombroso que se arriesgara a atravesarlos.

–¡Y pensar en lo bien cuidados que estaban cuando vivían tus padres! –suspiró Evelyn.

–Un año de lluvia inglesa, querida mía, hace maravillas –dijo Brian–. ¡Ahora tenemos una selva y animales feroces! ¿Por qué se habrá arriesgado?

–Por la promesa de grandes riquezas que robar –dijo ella.

–Tú no crees que trabaje para otros, ¿verdad? –preguntó él con viveza.

Ella levantó las manos.

–¿Sinceramente? No, creo que vino a robar alguna cosa de valor, nada más. ¿Puede, sin embargo, que trabaje para alguien, con intención de averiguar qué es lo que tienes? Sí, es posible.

–Mañana lo averiguaré –dijo Brian. Sabía que el sonido de su voz daba escalofríos. No pretendía que fuera así, pero, en lo que al castillo de Carlyle y a sus presentes actividades se refería, sentía cierta ferocidad. Sabía que estaba amargado, pero se sentía con derecho a estarlo. No solo tenía que resolver los problemas del pasado. También estaba el futuro.

Evelyn lo miró con ansiedad, alarmada por su tono.

–Dice llamarse Tristan Montgomery. Y jura que actuaba solo, aunque eso ya lo sabes, porque estabas con Corwin y con Shelby cuando lo encontraron.

–Sí, lo sé. También asegura que cayó por casualidad en los jardines del castillo. No sé cómo puede uno caerse por casualidad desde una muralla de tres metros de alto. Dado que asegura que no tenía mala intención, afirma, naturalmente, ser inocente de todo intento de conspiración. Pero ya veremos. Shelby irá mañana a la ciudad a ver qué puede averiguar sobre él. Naturalmente, seguirá siendo nuestro invitado hasta que descubramos sus verdaderas intenciones.

–¿Quieres que vaya yo también a hacer algunas compras? –sugirió Evelyn.

–Puede –dijo Brian en voz baja, y dejó escapar un profundo suspiro–. Y puede que sea hora de que empiece a aceptar algunas de las invitaciones que me han hecho.

Evelyn se echó a reír.

–Ya te he dicho muchas veces que debes hacerlo. ¡Pero piensa en el pavor que sentirían las mamás de esas debutantes!

–Sí, hay que tenerlo en cuenta.

–Es una lástima que no tengas una prometida o una esposa que te haga compañía. Y que de paso demuestre que sobre esta casa no pesa ninguna maldición y que tú no eres una bestia, sino un hombre herido por una gran tragedia familiar.

Baile de máscaras

—Eso también es cierto —murmuró él, mirándola con fijeza mientras sopesaba su respuesta.

—¡Por el amor de Dios, no me mires así! —exclamó Evelyn, riendo—. ¡Soy demasiado vieja, Excelencia!

Él se vio obligado a sonreír. Evelyn era una mujer hermosa. Sus ojos verdes rebosaban inteligencia, y a pesar de que rondaba los cuarenta años, poseía un rostro de rasgos tan finos que sin duda conservaría su belleza hasta los cien años, si Dios le concedía una vida tan larga.

—¡Ah, Evelyn! Tú conoces mi alma como ninguna otra mujer podrá hacerlo, y, sin embargo, tienes razón —su semblante se endureció—. Pero, si conociera a una posible candidata a convertirse en mi esposa, no la mezclaría en esta farsa. Solo Dios sabe qué peligros tendría que afrontar.

—En eso tienes razón. Nadie en su sano juicio enredaría a una inocente a esta endiablada telaraña —murmuró Evelyn—. No se puede poner en peligro a una muchacha.

—Sí, pero mi madre está muerta, ¿no es cierto? —inquirió él con voz crispada.

—Tu madre era una mujer poco común, y tú lo sabes. Tanto por sus conocimientos, como por sus aspiraciones y su coraje —dijo Evelyn—. No encontrarás otra mujer como ella.

—No —convino Brian—. Y el hecho de que esos desalmados mataran a una mujer me vuelve el corazón de piedra, aunque estoy seguro de que habría seguido con esto con idéntica resolución si hubiera sido únicamente mi padre quien hubiera muerto asesinado de manera tan cruel —vaciló un momento—. Ah, Evelyn, no me hace feliz que tú estés metida en este embrollo.

Ella sonrió.

—Yo estaba metida en esto antes que tú —le recordó suavemente—. Y estoy más que dispuesta a arriesgar mi vida y todo lo que tengo. Pero, aun así, no creo que esté en peligro. Yo no tengo los conocimientos ni el talento que tenía tu madre. Y tampoco creo que una joven, un bonito trofeo que pudieras llevar del brazo, estuviera en peligro. Tú eres el que está en el punto de mira, si es que hay algún peligro. Cualquier enemigo que tengas sabe que no pararás hasta que los muertos puedan descansar en paz.

—Yo soy el maldito —le recordó él.

—¿Y crees en las maldiciones? —preguntó Evelyn con cierta sorna.

—Depende de lo que se considere una maldición. Creo en el infierno, sí. ¿Pueden levantarse las maldiciones? Sí, desde luego. Pero antes he de encontrar la solución a este misterio —dijo en tono solemne.

Evelyn movió la cabeza de un lado a otro.

—¿Lo ves? Una joven bonita que jure amarte, pese a tu espantosa cara y a todo lo que ha ocurrido en el pasado, cambiaría la apariencia de Carlyle..., del castillo y de su amo. Tal vez haya alguien a quien puedas... pagar.

—¡Hablas en serio! —exclamó él.

—Sí. Creo sinceramente que lo que necesitas es una mujer bonita a tu lado. Alguien que te acompañe en los salones de la alta sociedad, alguien que demuestre que eres humano.

—¡Con lo que me ha costado ser el que soy! —dijo él sardónicamente.

—Sí, y era necesario —repuso Evelyn—. Nadie había entrado en el castillo... hasta ahora.

Baile de máscaras

—Nadie que nosotros sepamos —dijo él con aspereza.

—Brian, es hora de cambiar de rumbo.

—No puedo hacerlo hasta que llegue al fondo de todo esto.

—Puede que nunca llegues.

—Te equivocas. Llegaré.

Ella suspiró.

—Está bien, entonces considéralo desde otro punto de vista. Riza un poco más el rizo de esta farsa, Brian. Has hecho todo lo que puede hacerse desde las sombras, y seguirás haciéndolo. Pero creo sinceramente que es hora de que vuelvas a salir al mundo. Te han invitado a esa fiesta de recaudación de fondos en el museo. Estás convencido de que estamos tratando con miembros del estamento académico, y es una suposición muy plausible. ¿Y quién mejor que aquellos que compartían la pasión y la fascinación de tus padres por las maravillas del mundo antiguo? Tú mismo me has dicho que ya has reducido tu lista de sospechosos.

Él se levantó, inquieto, y comenzó a pasearse delante del fuego. Sintiendo el estado de ánimo de su amo, Ayax gimoteó con nerviosismo. Brian se detuvo un momento para tranquilizarlo.

—No pasa nada, chico —dijo, y luego fijó de nuevo su atención en Evelyn—. Sí, buscamos a alguien con un profundo conocimiento en la materia. Eso está claro. Pero también buscamos a alguien capaz de asesinar con premeditación, utilizando las retorcidas artimañas que acabaron con la vida de mis padres.

Evelyn se quedó callada un momento. A pesar de que había transcurrido un año, resultaba imposible recordar cómo habían muerto el difunto conde y la condesa sin experimentar una espantosa sensación de pavor y tristeza.

Brian se acercó a la mesa que había detrás de las butacas, se sirvió un vaso de brandy, lo apuró de un trago y volvió a mirar a Evelyn.

–Disculpa mis modales –dijo–. ¿Te apetece un brandy, querida?

–Pues, a decir verdad, sí –contestó ella con una sonrisa. Brian sirvió dos vasos y, dándole uno, dijo con aspereza:

–Por la noche. Por la oscuridad y las tinieblas.

–No, por el día y por la luz –dijo ella con firmeza. Brian hizo una mueca–. Es hora de que le des un giro a tu vida, ya te lo he dicho –insistió Evelyn–. Tenemos que buscarte una joven bonita y agradable. No muy rica, ni muy noble. Eso sería absurdo, teniendo en cuenta... En fin, con tu reputación, nadie se lo tragaría. Pero tienen que darse las circunstancias adecuadas. Hemos de encontrar a la persona idónea. Ha de ser bastante joven, bonita, compasiva y también poseer cierto encanto. Con la mujer adecuada a tu lado, podrás proseguir tus indagaciones sin tener que preocuparte de madres desesperadas listas para entregar a sus hijas en sacrificio a la Bestia solo para conseguir la fortuna de los Carlyle.

–¿Y dónde encuentro a esa encantadora beldad? –preguntó él con una sonrisa–. Ha de tener cierta inteligencia... y el encanto del que tú hablas. Si no, tenerla a mi lado no servirá de nada. Sería absurdo recorrer las calles para contratar a una mujer semejante. Te aseguro que no encontraríamos una belleza dulce y bien hablada. Así que por ese lado hay pocas esperanzas. Y es muy improbable que la perfecta candidata venga a llamar a mi puerta.

En ese preciso instante, alguien llamó con firmeza a la puerta de la sala.

Shelby, ataviado con su uniforme de lacayo, un tanto estrafalario pero sin duda imponente en un hombre de su estatura y su fortaleza física, abrió la puerta. Parecía perplejo.

—Hay una joven que pregunta por usted, lord Brian.

—¿Una joven? —repitió Brian, frunciendo el ceño.

Shelby asintió.

—Pues sí, una joven muy bonita que espera abajo, en la verja.

—¡Una joven! —exclamó Evelyn, mirando a Brian con fijeza.

—Sí, sí, eso ya lo hemos dejado claro —dijo Brian—. ¿Cómo se llama? ¿A qué ha venido?

—¿Qué importa eso? —dijo Evelyn—. Debes invitarla a pasar y averiguar qué se le ofrece.

—Claro que importa, Evelyn. Puede que sea una cretina, si ha venido hasta aquí. O que trabaje para alguien —replicó Brian.

Evelyn agitó una mano en el aire.

—Hazla pasar, Shelby. Inmediatamente. ¡Oh, Brian, por favor! No puedes ser siempre tan desconfiado —él enarcó una ceja—. ¡Brian, por favor! No tenemos visitas desde hace... ¡años! —concluyó, acalorada—. Podría serviros una cena deliciosa. ¡Qué ilusión!

—Sí, qué ilusión —dijo Brian secamente, y levantó las manos—. Shelby, haz pasar a esa joven —miró a Evelyn—, ya que ha venido a llamar a nuestra puerta.

Capítulo 2

Camille había sido muy precavida, tanto en lo tocante al transporte como a su apariencia. Ralph estaba muy apuesto con uno de los trajes de Tristan y una gorra que le daba un aspecto pulcro y digno, aunque siguiera pareciendo un sirviente. Ella había sacado su mejor vestido, un conjunto muy femenino de color marrón oscuro, con el corpiño ni muy alto ni muy bajo, un abultamiento trasero de mediano tamaño, falda de satén y enaguas con un borde de encaje que se veía bajo el delicado festón del dobladillo de la falda. A su juicio, aquel atuendo parecía propio de una joven respetable que, pese a no poseer una gran fortuna, disponía de medios honorables para vivir dignamente.

Lamentaba, desde luego, el dinero que había invertido en pagar el coche que los había llevado tan

Baile de máscaras

lejos de la ciudad, pero el cochero se había apresurado a asegurarle que estaba dispuesto a esperar para llevarlos de nuevo a Londres. De modo que allí estaba, ante las imponentes puertas del castillo de Carlyle, mirando la maciza verja de hierro que impedía el paso.

–¿De veras pensabais que podíais escalar esta tapia? –le preguntó a Ralph.

Él se encogió de hombros, apesadumbrado.

–Bueno, un poco más allá hay una zona donde la piedra está en mal estado. Fue bastante fácil encontrar un sitio donde apoyar el pie y luego... Bueno, yo aupé a Tristan y él tiró de mí. La verdad es que podía haberme roto algún hueso, porque tuve que escapar del mismo modo, y me perseguía un perro enorme. Aunque, ahora que lo pienso, puede que fuera un lobo... pero qué más da. El caso es que escapé, y juro que no me vieron.

Ralph se sonrojó, consciente de que a Camille no le había hecho ninguna gracia su historia.

Ella ya había tirado de la gruesa cuerda que, presumiblemente, hacía sonar una campana en alguna parte del castillo.

–Tristan está ahí dentro –murmuró.

–¡Camie, te lo juro, yo no quería abandonarlo! –dijo Ralph–. Pero no sabía qué hacer, aparte de ir a buscarte.

–Sé que no querías abandonarlo –dijo ella en voz baja y luego añadió–: ¡Chist! Viene alguien.

Oyeron el golpeteo de los cascos de un caballo y al cabo de un momento apareció tras la verja un hombre montado a lomos de un enorme animal. Cuando desmontó, Camille comprendió que el caballo fuera tan grande, pues aquel hombre era un verdadero gigante. Medía mucho más de un metro ochenta, y sus hombros parecían tener la anchura de una puerta. No era joven, pero tampoco mayor. Camille calculó que tendría quizá treinta y cinco años. Musculoso y tenso, se acercó a mirar por entre la verja.

—¿Sí?

—Buenas noches —dijo Camille, azorada a su pesar por la envergadura y el aire amenazante de aquel hombre—. Le ruego me disculpe por venir a molestar a estas horas y sin avisar. Es muy importante que vea al señor de la casa, al conde de Carlyle, por un asunto de la mayor urgencia.

Había esperado preguntas, pero no recibió ninguna. El hombre la miró con fijeza desde debajo de unas cejas oscuras y pobladas y a continuación dio media vuelta.

—¡Disculpe! —gritó ella.

—Veré si el señor puede recibirla —dijo él por encima del hombro y, montando de un salto en el enorme caballo, desapareció por la senda que llevaba al castillo.

—No querrá recibirnos —dijo Ralph con pesimismo.

—Tiene que hacerlo. No me iré de aquí hasta que lo vea —le aseguró Camille.

—A muchos hombres los inquietaría que una dama se presentara en su puerta en plena noche. Pero estamos tratando con la Bestia de Carlyle —le recordó Ralph.

—Me recibirá —insistió Camille, y se puso a pasear de un lado a otro ante la verja.

—No viene nadie —dijo Ralph, cada vez más nervioso.

Baile de máscaras

—No pienso marcharme de aquí sin Tristan, Ralph. Si no aparece alguien pronto, tocaré esa campana hasta que se vuelvan locos —dijo Camille, y se quedó quieta, con los brazos cruzados sobre el pecho.

Ralph empezó a pasearse.

—No viene nadie —repitió.

—El castillo está un poco lejos, Ralph. Ese hombre tiene que llegar hasta allí, buscar a su amo y volver.

—Me parece que hoy vamos a dormir aquí —masculló él.

—Bueno, tú sabes cómo entrar en la finca —le recordó ella.

—Pues podríamos empezar ahora mismo.

—Debemos esperar —dijo ella con firmeza, a pesar de que empezaba a temer que Ralph tuviera razón, que la dejaran allí, esperando en la verja, sin darle respuesta alguna. Pero entonces, justo cuando comenzaba a desesperarse, oyó de nuevo los cascos de un caballo y el traqueteo de unas ruedas.

Una pequeña calesa con capota de cuero apareció guiada por el gigante. Este saltó del pescante y se acercó a la verja, usó una gran llave para abrir el candado que la cerraba y la abrió.

—Si tienen la bondad de acompañarme... —dijo educadamente, pese a la severidad de su voz.

Camille le lanzó a Ralph una sonrisa animosa y siguió al lacayo. El gigante la ayudó a subir al asiento trasero de la calesa. Ralph saltó tras ella.

La pequeña calesa los condujo por un largo y sinuoso sendero a cuyos lados la oscuridad parecía profunda e interminable. Camille estaba segura de que, a la luz del día, habrían visto el frondoso bosque

que bordeaba el camino. Al señor de Carlyle le gustaba vivir recluido, hasta el punto de que sus tierras parecían dejadas de la mano de Dios. Mientras avanzaban por el sendero, a Camille le pareció que el bosque respiraba, que era, en efecto, un ser poderoso, listo para engullir a quien se aventurara a adentrarse en él.

–¿Y aquí pensabais encontrar algún tesoro? –le susurró a Ralph.

–Todavía no has visto el castillo –respondió él en voz baja.

–¡Estáis locos! Debería dejar a Tristan aquí –murmuró–. Esto es lo más absurdo que he visto nunca.

Entonces el castillo surgió ante ella como un mastodonte. El edificio conservaba un foso sobre el que se cernía un gran puente levadizo, ahora permanentemente bajado, supuso Camille, pues era muy improbable que algún ejército sitiara la plaza. Saltaba a la vista, sin embargo, que nadie podía escabullirse en el interior de aquel lugar, pues los muros del castillo eran gruesos y ciegos hasta una gran altura, donde se veían algunas estrechas lucernas.

Camille miró a Ralph, sintiéndose más enojada y angustiada a medida que se acercaban. ¿Qué se les había pasado por la cabeza a aquellos dos?

El carruaje pasó traqueteando sobre el puente. Entraron en un gran patio y Camille vio lo que Tristan ya debía saber con anterioridad: el patio entero estaba cubierto de antigüedades, estatuas imponentes y obras de arte. Una antigua bañera grecorromana hacía las veces de abrevadero. Junto a la tapia exterior había una hilera de sarcófagos, mientras que otros tesoros bordeaban el camino que conducía al portón. Saltaba a la vista que el castillo había sufrido algunas reformas para adaptarlo a los gustos del siglo XIX. Una bella arcada cubría el portal, y de la torrecilla que coronaba este colgaban los pámpanos de una parra.

Camille siguió observando el patio mientras el gigante la ayudaba a apearse de la calesa. Aquellas antigüedades deberían estar en un museo, pensó, indignada, a pesar de que era consciente de que muchas cosas que ella consideraba preciosas no eran más que objetos vulgares y corrientes para los ricos viajeros que hacían de recorrer el mundo su oficio. Incluso había oído que en Egipto las momias eran tan abundantes que a menudo se vendían como pasto para el fuego. Allí, no obstante, había un sinfín de asombrosos ejemplos de arte egipcio: dos ibis gigantes, algunas estatuas de Isis y cierto número de esculturas que sin duda representaban a faraones menores.

–Síganme –dijo el gigante.

Lo siguieron por el sendero hasta la puerta. Esta daba a un vestíbulo circular.

–Si me permiten...

El lacayo tomó la capa de Camille, pero Ralph se aferró con decisión a su gabán. El gigante se encogió de hombros.

–Por aquí.

Cruzaron una segunda puerta que conducía a un impresionante recibidor, enteramente reformado. A decir verdad, era una sala muy elegante. La escalera de piedra se elevaba, trazando una curva, hasta el piso superior y la galería, y sus peldaños estaban cubiertos con una cálida alfombra azul marino. El techo y parte de las paredes estaban cubiertos de armas entre las que se habían intercalado hermosas pinturas, algunas de ellas retratos, otras escenas medievales y pastoriles. Camille estaba segura de que muchos de aquellos cuadros eran obra de grandes maestros.

En una enorme chimenea crepitaba el fuego. Los sillones que circundaban el hogar eran de cuero marrón oscuro, pero no por ello austeros, sino más bien mullidos y confortables.

–Tú, espera aquí –le dijo el lacayo a Ralph–. Usted, venga conmigo –añadió dirigiéndose a Camille.

Ralph la miró como un perrillo asustado. Ella inclinó la cabeza para tranquilizarlo y siguió al lacayo por las sinuosas escaleras.

El gigante la condujo a una sala en la que había una mesa escritorio de gran tamaño e innumerables anaqueles llenos de libros. A Camille le dio un vuelco el corazón al verlos. Había muchísimos. Una de las paredes estaba recubierta de volúmenes dedicados a su tema predilecto. Allí, un grueso tomo titulado *El Antiguo Egipto* aparecía junto a otro bajo el título *Itinerario de Alejandro Magno*.

–El señor estará con usted enseguida –dijo el gigantesco lacayo, y cerró la puerta al salir.

Al quedarse sola en la espaciosa biblioteca, Camille cobró conciencia del repentino silencio. Luego, poco a poco, fue sintiendo leves ruidos nocturnos que se filtraban desde el exterior. A lo lejos se oyó el aullido plañidero y escalofriante de un lobo. Luego, como si quisiera disipar aquel escalofrío, se oyó el crepitar del

Baile de máscaras

fuego que ardía alegremente en el hogar, a la derecha de la puerta.

Sobre una mesita marrón había una botella de brandy rodeada de delicadas copas. Camille sintió la tentación de correr hacia ella, levantar la elegante botella de cristal y beberse el brandy hasta que no quedara ni una gota.

Al darse la vuelta, reparó en un bello cuadro de gran tamaño que había tras el enorme escritorio. La mujer representada en él iba vestida a la moda de una década atrás. Tenía el pelo claro y bonito y una sonrisa que irradiaba luz. Sus ojos, de un azul intenso, casi como zafiros, constituían el elemento más atrayente del cuadro. Fascinada, Camille se acercó a él.

–Mi madre, lady Abigail Carlyle –oyó decir a una voz profunda y masculina, si bien un tanto áspera y amenazadora.

Se giró, sobresaltada, pues no había oído abrirse la puerta, y profirió a pesar de sí misma un gemido de sorpresa, ya que la cara del hombre que acababa de entrar en la habitación era la de una bestia.

De pronto se dio cuenta de que aquel hombre llevaba una máscara de cuero, moldeada conforme a los rasgos de un animal. Y, aunque no carecía del todo de atractivo y era ciertamente muy artística, aquella careta infundía pavor. En el fondo de su mente, Camille se preguntó si no habría sido fabricada con ese propósito. Se preguntó, además, cuánto tiempo llevaba observándola aquel hombre.

–Es un cuadro muy hermoso –logró decir por fin, procurando con todas sus fuerzas que no le temblara la voz, aunque no estaba segura de haberlo conseguido.

–Sí, gracias.

–Una mujer muy guapa –añadió ella sinceramente.

Era consciente de que los ojos que se escondían tras la máscara la miraban con fijeza. Y advirtió, debido a que la boca se veía en parte bajo el borde de la careta, que aquel hombre tenía una expresión levemente burlona, como si estuviera acostumbrado a los halagos.

–Era, en efecto, muy guapa –dijo, y se acercó con pasos largos, con las manos unidas a la espalda–. Dígame, ¿quién es usted y qué está haciendo aquí?

Ella sonrió y le tendió elegantemente una mano, a pesar de que detestaba comportarse como una ridícula mentecata de las que mariposeaban por los salones de la alta sociedad.

–Camille Montgomery –dijo–. He venido a hacerle una súplica desesperada. Mi tío, mi tutor, ha desaparecido, y fue visto por última vez en la carretera, delante de este mismo castillo.

Él la miró un momento antes de decidir si hacía una reverencia, inclinándose sobre su mano. Los labios que se ocultaban bajo la máscara tocaron ardientes la piel de Camille, pero el señor de Carlyle soltó su mano al instante, como si fuera él quien se hubiera quemado.

–Ah –se limitó a decir, pasando a su lado.

Aunque no era tan alto como el gigante que había salido a la verja, medía ciertamente más de metro ochenta, y tenía los hombros muy anchos bajo la elegante levita. Su porte era distinguido, su talle bastante fino, y sus piernas largas y recias. Parecía a un tiempo fornido y ágil, fuera cual fuese el estado de su rostro.

Baile de máscaras

Él no dijo nada; se limitó a observar el cuadro, dándole la espalda. Al fin, Camille se aclaró la garganta.

–Lord Stirling, le pido mis más sinceras disculpas por importunarlo a estas horas y sin previo aviso. Pero, como bien podrá imaginar, estoy sumamente preocupada. El hombre que me educó ha desaparecido, y hay tantos peligros en los bosques... Bandidos, lobos... toda clase de criaturas pululan de noche. Estoy muy preocupada, por lo que ruego a Dios que un hombre de tan elevada posición como Su Excelencia se apiade de mí.

Él se dio la vuelta, regocijado nuevamente.

–¡Oh, vamos, querida! ¡Todo Londres conoce mi reputación!

–¿Su reputación, señor? –preguntó ella con fingido candor, pero ello fue un error.

–¡Ah, sí, la bestia pavorosa! De ser yo únicamente el conde de Carlyle y gozar de un poco de respeto y dignidad, en vez de mover al espanto, querida señorita, no habría venido usted a las puertas de esta casa con tan escasas esperanzas de ser recibida.

Su tono, franco y áspero, no dejaba lugar al disimulo. Camille estuvo a punto de dar un paso atrás, pero se refrenó... por el bien de Tristan.

–Tristan Montgomery está aquí, en alguna parte, señor. Viajaba con un acompañante y desapareció junto a las puertas del castillo. Quiero que me sea devuelto inmediatamente.

–Así que es usted pariente del despreciable granuja que se ha atrevido a saltar el muro de mi casa como un vulgar ladrón –dijo él, imperturbable.

–Tristan no es un despreciable granuja –replicó

ella con vehemencia, aunque no dijo que no fuera un ladrón–. Creo que está en este castillo, señor, y no me marcharé sin él.

–Espero, entonces, que esté dispuesta a quedarse –contestó él con llaneza.

–¡Entonces está aquí! –exclamó ella.

–Oh, sí. Sufrió una pequeña caída al intentar aliviarme del peso de mis posesiones.

Camille tragó saliva y procuró mantener la compostura. No esperaba que lord Carlyle fuera tan franco, ni esperaba encontrarse con un tono que podía ser al mismo tiempo indiferente y absolutamente descortés. Un nuevo temor se apoderó de ella.

–¿Está malherido? –preguntó.

–Sobrevivirá –dijo él secamente.

–¡Pero he de hablar con él inmediatamente!

–A su debido tiempo –se limitó a contestar él–. ¿Querrá disculparme un momento? –no era en realidad una pregunta; pensaba marcharse de la habitación y dejarla sola de nuevo, y le importaba un bledo si ella excusaba o no su descortesía. Se acercó a la puerta.

–¡Espere! –gritó Camille–. He de ver a Trisan enseguida.

–Repito que lo verá a su debido tiempo.

El señor de Carlyle se marchó, dejándola sola otra vez. Camille se quedó mirando la puerta, confusa y enojada. ¿Por qué había accedido el conde a recibirla, solo para desaparecer al cabo de unos minutos de encendida conversación?

Comenzó a dar vueltas por la habitación, intentando calmarse mientras observaba los títulos de los libros para matar el tiempo. Pero las letras solo flotaban ante sus ojos, de modo que al cabo de un momento decidió sentarse frente al fuego.

El conde había admitido que Tristan estaba allí. ¡Y herido! Atrapado con las manos en la masa.

¡Cielo santo! ¿Quién podía esperar que se quedara de brazos cruzados mientras su tutor yacía en alguna parte, quizá presa de grandes dolores, quizá malherido?

Se levantó de un salto, llena de impaciencia, y echó a andar hacia la puerta, pero tras abrirla se quedó paralizada. Al otro lado había un perro. Un perro enorme. Estaba sentado, ¡y su cabeza le llegaba a la cintura! Entonces el animal gruñó suavemente; un gruñido de advertencia.

Camille cerró la puerta y volvió a acercarse al fuego, furiosa y asustada. Impulsada por la ira, volvió a acercarse a la puerta. Pero antes de que pudiera llegar a ella, se abrió.

Quien entró no era el conde de Carlyle, como esperaba, sino una mujer atractiva y de edad madura, poseedora de unos ojos vivaces y de una rápida sonrisa. Iba vestida con un hermoso vestido gris perla, con un leve matiz plateado, y su cálida sonrisa resultaba sumamente sorprendente, dadas las circunstancias.

–Buenas noches, señorita Montgomery –dijo con amabilidad.

–Gracias –contestó Camille–, pero me temo que para mí no sean buenas en absoluto. Mi tutor está retenido aquí y, al parecer, yo me hallo prisionera en esta habitación.

–¡Prisionera! –exclamó la mujer.

–Al otro lado de esa puerta hay un perro... o un monstruo con colmillos, mejor dicho –dijo Camille.

La sonrisa de la mujer se hizo más amplia.

—Ah, Ayax. No le haga caso. Es muy cariñoso, cuando se le conoce mejor, se lo aseguro.

—No sé si tengo ganas de conocerlo mejor —murmuró Camille—. Señora, por favor, me muero de impaciencia por ver a mi tutor.

—Me hago cargo, y le aseguro que lo verá. Pero lo primero es lo primero. ¿Le apetece un poco de brandy? He ordenado una cena ligera para el conde y para usted. Pronto la servirán. Soy Evelyn Prior, el ama de llaves del conde. El señor me ha pedido que prepare una habitación para usted.

—¿Una habitación? —preguntó ella, alarmada—. Por favor, señora Prior, he venido a llevar a mi tío a casa. Yo puedo proporcionarle todos los cuidados que necesite.

—Verá, señorita Montgomery —dijo la señora Prior con tono apesadumbrado—, temo que el conde esté considerando la posibilidad de presentar cargos contra su tutor.

Camille hizo una mueca y bajó la mirada.

—Por favor, no creo que sus intenciones fueran malas...

—Tengo la impresión de que lord Stirling no cree que, sencillamente, se cayera de la tapia —dijo la otra con desenfado—. Pero, en fin, ustedes dos deben hablar.

Evelyn Prior parecía en extremo amable y juiciosa para aquel ambiente, de eso no había duda. Todo en aquel castillo parecía tener un aire lúgubre y amenazador; ella, en cambio, era luminosa y alegre como una brisa de verano. Y, sin embargo, parecía oponerse firmemente a que Camille recogiera a Tristan y se marchara.

Baile de máscaras

Camille tragó saliva con dificultad.

—Estoy dispuesta a compensar lo...

—Señorita Montgomery, no es conmigo con quien debe debatir la cuestión de la culpabilidad o la inocencia de su tutor. Ahora, si me acompaña, la llevaré al comedor del señor. Cuando llegue el momento verá a su tutor. Luego la acompañaré a la habitación en la que pasará la noche.

—¡Pero no podemos quedarnos! —protestó Camille.

—Temo que no tengan más remedio. El médico ha dicho que su tío no debe moverse esta noche. Está muy magullado.

—Yo puedo ocuparme de él —insistió Camille.

—Esta noche no puede viajar. A usted no podemos retenerla aquí, desde luego, pero creo que su tío no podrá abandonar nuestra hospitalidad de momento.

Pese a la cortesía y la fácil sonrisa de aquella mujer, Camille sintió que un escalofrío le corría por la espalda. ¿Quedarse allí? ¿Rodeada por el bosque más espeso y lúgubre que había visto nunca? ¿En compañía de aquel enmascarado, de la taciturna, espeluznante, desabrida y al parecer indomable bestia del castillo?

—Yo... yo...

—¡Por favor! —dijo el ama de llaves riendo—. Puede que aquí disfrutemos de nuestra soledad, pero no somos ni tan toscos ni tan austeros como se imagina. Se encontrará bastante cómoda en el castillo. Sea cual sea la reputación de Su Excelencia, es el conde de Carlyle, ¿sabe usted? Tiene responsabilidades para con la Corona y goza de la confianza de Su Graciosa Majestad, la reina Victoria.

Camille bajó los ojos intentando ocultar el rubor que cubrió sus mejillas. La señora Prior había adivinado sus pensamientos.

–He venido con un sirviente. Se ha quedado esperando en el vestíbulo –dijo.

–Entonces nos encargaremos de que él también sea acomodado como es debido para pasar la noche, señorita Montgomery. Tenga la bondad de acompañarme.

Camille le ofreció una débil sonrisa y echó a andar tras ella.

En el pasillo aguardaba el perro, que miró a Camille con tanto recelo como su amo.

–¡Buen chico! –dijo la señora Prior, acariciándole la cabeza, y el perrazo meneó la cola.

Camille se pegó a la señora Prior. Cruzaron el largo pasillo en dirección al extremo del ala este del castillo. La señora Prior abrió una puerta. El señor del castillo la estaba esperando.

Allí, en el recibidor de sus habitaciones privadas, había unas grandes puertas que, al abrirse, ofrecían una vista panorámica del bosque sumido en tinieblas. Cuando la señora Prior hizo entrar a Camille, el conde estaba mirando fijamente la oscuridad que se extendía ante él, con las manos unidas a la espalda, las piernas firmemente plantadas en el suelo y los hombros erguidos.

Había una mesa puesta con un exquisito mantel blanco, delicada porcelana china, cubiertos de plata reluciente y copas de cristal de tallo largo. Dos sillas aguardaban.

Baile de máscaras

La señora Prior carraspeó, aunque Camille estaba segura de que el conde de Carlyle ya había advertido su presencia. Sencillamente, había preferido no darse la vuelta.

–La señorita Montgomery, señor –dijo Evelyn–. Los dejo solos.

La puerta se cerró detrás de Camille. El señor de la casa se volvió al fin, levantó una mano, indicando la mesa, y, acercándose, retiró una de las sillas para que Camille tomara asiento. Ella vaciló.

–Ah, lo siento. ¿Acaso la idea de cenar con un hombre desfigurado y cubierto con una máscara le resulta demasiado repugnante, querida? –preguntó con suavidad, pero sin ninguna compasión. Sus palabras parecían un reto. O una prueba.

–Opino que ha elegido una máscara muy extraña, señor, pero naturalmente está usted en su derecho. Hay pocas cosas que me quiten el apetito, y no creo que haya nada en la apariencia de otro ser humano capaz de turbarme hasta ese punto.

Le pareció ver de nuevo, bajo el borde de cuero de la máscara, una leve sonrisa, a un tiempo burlona y divertida.

–¡Cuánta amabilidad, señorita Montgomery! Pero ¿es ese su verdadero credo, o simplemente lo que cree que espero oír?

–Creo, señor, que desconfiará usted de cualquier respuesta que le dé. Baste decir que no me había dado cuenta del hambre que tenía, y que me alegra compartir su cena mientras hablamos sobre la situación de mi tutor.

–Entonces, querida mía... –indicó la silla con el brazo.

Ella se sentó.

El conde rodeó la mesa, tomó asiento y levantó la tapa de plata que cubría el plato de Camille. El delicioso aroma de la comida la sorprendió gratamente. El plato contenía esponjosas patatas, una apetitosa loncha de carne asada y pequeñas zanahorias hábilmente cortadas. Camille no había probado bocado desde el desayuno.

—¿La cena merece su aprobación, señorita Montgomery? Es bastante prosaica, me temo, pero ello se debe a la precipitación —dijo él.

—Me parece excelente, habiendo dispuesto de tan poco tiempo para prepararla —dijo ella con amabilidad. Se dio cuenta de que él esperaba que empezara a comer y, tomando su tenedor y su cuchillo, cortó delicadamente un trozo de carne. Estaba tan deliciosa como auguraba su aroma—. Deliciosa —le aseguró.

—Me alegra que le guste —murmuró él.

—Volviendo a mi tutor... —comenzó a decir Camille.

—Sí, el ladrón.

Camille suspiró.

—Señor, Tristan no es un ladrón. No logro imaginar qué lo trajo aquí, pero no hay razón alguna para que robe nada.

—Entonces, ¿están ustedes bien situados? —inquirió él.

—Gozamos, ciertamente, de una situación desahogada —contestó ella.

—Entonces he de concluir que su tutor no vino aquí a cometer algún pequeño hurto, sino a buscar algún tesoro.

Baile de máscaras

—¡En absoluto! —protestó ella, dándose cuenta de que solo había logrado despertar más aún las sospechas del conde al insinuar que no les hacía falta el dinero—. Lord Stirling —dijo, intentando mostrarse indignada y segura de sí misma—, no tiene usted derecho a suponer que mi tutor viniera aquí con intención de robar...

—Según dice él mismo, se halló accidentalmente dentro de mis tierras. Habrá visto usted la verja y la tapia. Resulta bastante difícil entrar accidentalmente, ¿no le parece?

A pesar de la máscara, los modales de lord Stirling eran impecables. La parte inferior de la careta estaba moldeada de tal modo que cubría las mejillas y el puente de la nariz, pero dejaba al descubierto la boca. Camille se preguntó de pronto qué aspecto tendría bajo la máscara y hasta qué punto estaría desfigurado.

Él hablaba con despreocupación, y ella se sentía casi acunada por el timbre de su voz.

—Todavía no he visto a mi tío. Usted no me lo ha permitido —le recordó—. Ignoro qué pudo traerlo aquí. Solo sé que he de llevármelo a casa enseguida, y que no hay razón alguna para que intentara robarle.

—¿Acaso posee usted una gran fortuna?

—¿Eso le sorprendería, señor?

Él dejó el tenedor y el cuchillo y clavó la mirada en ella.

—Sí. Ese vestido es bastante bonito y le favorece, pero yo diría que pasó de moda hace unos años. No llegó usted en su propio coche, sino en un coche de alquiler, que, por cierto, ha sido enviado de nuevo a Londres.

Camille se puso tensa, temiendo lo que sucedería al día siguiente. Tenía que sacar a Tristan de allí enseguida, o perdería su empleo. Dejó el tenedor y el cuchillo.

–Puede que no posea una gran fortuna, señor. Al menos, no lo que usted entiende por tal. Pero aun así soy muy afortunada, muy capaz y sumamente eficiente. Tengo un empleo, señor, y recibo mi salario cada semana.

Él entrecerró sus ojos azules. Camille dejó escapar un gemido de sorpresa, dándose cuenta de que el conde imaginaba que se dedicaba a una profesión muy distinta a la suya.

–¡Cómo se atreve, señor! –balbució.
–¿Cómo me atrevo a qué?
–¡Yo no...!
–¿Usted no qué?
–¡No me dedico a lo que usted cree!
–Entonces, ¿a qué se dedica? –inquirió él.

–¡No es usted un ser mitológico, milord, sino un simple patán! –le espetó ella, dispuesta a arrojar su servilleta sobre la mesa y a levantarse, olvidándose de Tristan en su agitación.

Él puso una mano sobre la de ella, impidiéndole levantarse. Estaba muy cerca, y Camille notó su tensión, un calor extraño y errático, y el vigor de su mano.

–Señorita Montgomery, estamos tratando un asunto importante. La cuestión es si debo o no hacer arrestar a su tutor. Si le parece ofensivo intentar averiguar la verdad, dese pues por ofendida. Repito, ¿a qué se dedica usted?

Camille sintió una efusión de ira y lo miró con fijeza.

Baile de máscaras

—Trabajo en el Museo Británico, señor, en el departamento de Antigüedades Egipcias —siseó.

Estaba segura de que, de haberle dicho sin ambages que era una prostituta, no se habría encontrado con una mirada tan perpleja e irritada.

—¡¿Qué?! —bramó él.

Sorprendida por su reacción, ella frunció el ceño y repitió:

—Creo haberme expresado con suficiente claridad. Trabajo en el museo, en el departamento de Antigüedades Egipcias —él se levantó de repente, empujando su silla hacia atrás—. Es un trabajo sumamente decente, y le aseguro que estoy muy cualificada para ocupar mi puesto —afirmó ella. Para su sorpresa, él rodeó la mesa con la misma violencia con que se había levantado—. ¡Señor Stirling! —protestó Camille, poniéndose en pie, pero él le apoyó las manos sobre los hombros y la miró con tal ira que Camille temió por su persona.

—¡Y se atreve a decir que ha venido aquí sin malas intenciones! —exclamó él.

Ella dejó escapar un gemido de sorpresa.

—¿Cree que he venido por otra razón que la de recuperar a una persona a la que quiero? Lo siento mucho, señor, pero su posición social no justifica este espantoso despliegue de malos modales... ¡y esta violencia!

Él bajó las manos y retrocedió. Pero sus ojos parecían llamas azules cuya intensidad traspasaba el alma de Camille.

—Le aseguro, señorita Montgomery, que no se hace usted una idea de hasta dónde podrían llegar mis malos modales y mi violencia si llegara a descubrir que me ha mentido

Dio media vuelta, como si la visión de Camille le resultara insoportable. Se acercó a la puerta y salió. El portazo pareció sacudir todo el castillo. Camille permaneció de pie, temblando, y se quedó mirando la puerta largo rato después de que el conde se marchara.

—¡Desgraciado! —gritó, segura de que él no podía oírla.

La puerta se abrió. Camille se puso tensa. Era la señora Prior.

—¡Pobrecilla! —exclamó—. ¡El señor tiene tan mal genio...! Yo intento constantemente que se dé cuenta, pero... A decir verdad, puede ser amable y encantador.

—He de ver a mi tutor. Debo sacarlo de este lugar inmediatamente —dijo Camille, intentando recuperar su aplomo—. He de alejarlo de ese monstruo.

—¡Oh, querida! —dijo la señora Prior—. Le aseguro que no es un monstruo. Es solo que... bueno, es realmente sorprendente que trabaje usted para el museo, querida.

—¡Es un empleo honorable! —replicó Camille.

—Sí, claro... —la señora Prior ladeó la cabeza y observó a Camille. Luego bajó la voz—. Es solo que sus jefes... en fin, el grupo de personas que dirige su departamento... estaban allí cuando...

—¿Cuando qué?

—Cuando los padres del señor fueron asesinados —contestó la señora Prior—. No es culpa suya, querida, pero aun así... Acompáñeme, por favor. La llevaré junto a su tutor –se detuvo y miró hacia atrás–. Sinceramente, querida, puede que el conde parezca un tanto rudo, y que tal vez su comportamiento hasta ahora haya sido poco delicado, pero debe usted entender que esos horribles asesinatos cambiaron por completo su vida.

Capítulo 3

Camille se apresuró tras Evelyn.

—Espere, por favor. He oído rumores, desde luego. Todo Londres los ha oído. Tal vez, si entendiera lo que pasó, pudiera incluso...

La palabra «ayudarlo» no llegó a salir de sus labios, pues Evelyn se detuvo de pronto, abrió una puerta y dijo como si no hubiera oído ni una sola palabra de lo que le había dicho:

—Aquí está, pequeña. Su tutor.

Camille se olvidó del extraño comportamiento de su anfitrión al asomarse parpadeando a la habitación en penumbra. Un fuego ardía en el hogar, pero el resto de la estancia se hallaba a oscuras. Camille sintió que el corazón le daba un vuelco al posar los ojos sobre la figura tendida en la cama. Estaba quieta. Mortalmente quieta.

—¡Oh, Dios mío! —gimió, temblando, y sintió que se le aflojaban las rodillas.

Evelyn dio media vuelta y la agarró de los brazos.

—No, no, querida. Estaba tan nervioso que le dimos láudano. No está muerto en absoluto. Aunque no creo que pueda estarse muerto solo en parte. Pero ¿qué digo? Está perfectamente. Seguramente no se le entenderá muy bien, aunque a decir verdad a mí tampoco —Evelyn parecía conmovida—. ¡Querida niña! —exclamó—. Ve a abrazarlo. Puede que esté lo bastante despierto como para reconocerte.

¡No estaba muerto!, eso fue lo único que entendió Camille. Luego comprendió las palabras de Camille y encontró fuerzas para cruzar la habitación y acercarse a la cama. Una vez allí, vio que Tristan tenía buen color y que respiraba profundamente. En realidad, al inclinarse sobre él, su tutor dejó escapar el ronquido más fuerte que ella había oído en toda su vida. Sonrojándose, Camille se volvió hacia la puerta, donde la esperaba Evelyn Prior.

—¿Lo ves?, está vivo —dijo Evelyn suavemente.

Camille asintió y luego bajó la mirada hacia su tutor. Iba vestido con un bonito camisón de hilo, camisón que Tristan Montgomery no había poseído en toda su vida, Camille estaba segura de ello. Saltaba a la vista que estaba bien atendido. Al parecer, el monstruo de Carlyle quería que sus prisioneros estuvieran en buen estado cuando los entregara a la justicia.

Camille cayó de rodillas junto a Tristan, lo abrazó suavemente y apoyó la cabeza sobre su pecho.

—¡Tristan! —musitó suavemente con lágrimas en

los ojos. Fueran cuales fuesen los pecados que había cometido a lo largo de su vida, Tristan Montgomery se había redimido al salvarla a ella y al dedicar sus bienes, conseguidos por medios ilícitos o no, para alimentar a algunos granujillas callejeros que habían conocido durante los años que llevaban juntos. Pero ¿por qué ahora, cuando ella había conseguido por fin un medio honesto de ganarse la vida...?

–¡Condenado truhan! –masculló, levantando la cabeza y enjugándose las mejillas–. ¿Qué demonios estabas haciendo, Tristan? –musitó con fervor.

Él dejó escapar otro ronquido, parpadeó y la miró a los ojos. Los suyos se llenaron de ternura.

–¡Camille, pequeña! Camille... –Tristan frunció el ceño, como si de pronto comprendiera que ella no debía estar allí. Pero ello le costó demasiado esfuerzo. Parpadeó de nuevo y cerró los ojos, y Camille oyó de nuevo su profunda respiración.

–¿Lo ves? –dijo Evelyn desde la puerta–. Le hemos atendido como es debido. Ahora, ven conmigo, querida. Te enseñaré dónde puedes dormir esta noche.

Ella se levantó, besó a Tristan en la frente, lo tapó bien y luego se volvió para seguir a Evelyn. El ama de llaves cerró la puerta con firmeza pero con sigilo, y echó a andar por el pasillo con paso vivo.

–Señora Prior –comenzó a decir Camille, apretando el paso tras ella–, veo que mi tutor no ha sufrido ningún daño, pero, como usted comprenderá, estoy ansiosa por llevarlo a casa.

–Lo siento, querida, pero creo que Brian piensa denunciarlo.

–¿Brian? –murmuró ella, confundida.

Baile de máscaras

–El conde de Carlyle –contestó la señora Prior con impaciencia.

–¡Pero no puede hacer eso! ¡No debe hacerlo!

–Tal vez tú puedas disuadirlo por la mañana. ¡Oh, querida! ¡Ojalá no trabajaras en el museo!

–Que yo sepa, señora Prior, muchas personas han muerto en Egipto víctimas de los áspides. En el desierto son un auténtico peligro.

La señora Prior la miró de un modo que la hizo sentirse sumamente incómoda, como si, hasta ese momento, la hubiera considerado una joven inteligente.

–Esta es su habitación, señorita Montgomery. El castillo es grande y sinuoso. Su construcción se inició con la conquista normanda, y no ha parado de crecer desde entonces, no siempre con buen tino arquitectónico, por cierto. Le sugiero que se abstenga de dar un paseo nocturno. Hay un cuarto de baño bastante moderno conectado con esta habitación, de lo cual me siento bastante orgullosa. Hay ropa de cama y toallas a su disposición. Por la mañana, querida, se resolverá esta situación de un modo u otro.

–Sí..., gracias. Pero ¡espere! Quizá si entendiera un poco más...

–El conde me está esperando, señorita Montgomery. Que duerma bien.

–Pero Ralph, nuestro criado...

–Ya nos hemos ocupado de él –respondió la señora Prior mirando hacia atrás, y desapareció tras la esquina.

Algo apenada por su partida, Camille sopesó la conveniencia de correr tras ella y exigirle algunas respuestas. Pero con la misma facilidad con que

Evelyn Prior había desaparecido, el perro endiablado apareció de nuevo. Se sentó en medio del pasillo y clavó su mirada en ella. Camille no sabía que un perro pudiera desafiar a una persona, pero eso era exactamente lo que estaba haciendo aquel. Señaló al animal con el dedo.

–¡Usted, señor, se llevará su merecido algún día! –prometió.

El perro gruñó.

Camille entró rápidamente en la habitación que le habían asignado y cerró la puerta. Se apoyó contra ella y cerró los ojos con el corazón acelerado. Cuando volvió a abrirlos, dejó escapar una exclamación de sorpresa.

La habitación era imponente. La cama tenía un bello dosel y estaba cubierta con una colcha de color marfil, ricamente bordada, y con un sinfín de almohadas. El resto del mobiliario era... egipcio.

Asombrada, Camille se acercó al tocador y se dio cuenta de que, junto a los objetos de la época, había numerosas réplicas de objetos antiguos que formaban una caprichosa mezcla. Sobre la mesa del tocador, de líneas suaves y depuradas, había un espejo triple, labrado con el símbolo del dios Horus en su típica postura de protección, con las alas desplegadas. Había asimismo un gran baúl cubierto de jeroglíficos, al igual que un alto ropero. Las sillas que había ante las cortinas también tenían labradas las alas protectoras de Horus.

Al darse la vuelta, Camille vio con sorpresa una gran estatua que representaba a un faraón. Se acercó a ella, achicando los ojos. La estatua era auténtica. Hatshepsut, pensó Camille, la reina que se disfrazaba con una barba para demostrarle al mundo que, pese a ser mujer, poseía el poder de un hombre.

La estatua era sin duda de incalculable valor. Y allí estaba, en una habitación de invitados. Era una pieza de museo, pensó Camille con enojo.

Al otro lado de la puerta, descubrió otra estatua de tamaño natural, esta de la diosa Anat. Anat, una diosa guerrera, tenía como cometido proteger al faraón en la batalla. Solía aparecer representada con escudo, lanza y hacha de combate. Aquella escultura estaba levemente dañada. Pero, aun así, era una pieza magnífica. ¡Una reliquia de valor incalculable! ¡Y allí estaba, en una habitación del castillo!

Camille retrocedió, preguntándose si le habían dado aquella habitación a propósito. Aquellas esculturas sin duda infundirían temor en muchas mujeres. A la luz del fuego, tenían un aspecto ciertamente fantasmal.

—¡Pero yo no tengo miedo! —dijo en voz alta, y luego hizo una mueca. Era como si intentara tranquilizar a alguna criatura mítica o que llevara largo tiempo muerta—. ¡Tonterías! —musitó para sí misma.

A ambos lados de la cama, sobre dos mesitas, ardían sendas lámparas. Las dos estaban decoradas con motivos egipcios. Y, por extraño que pareciera, ambas representaban a Min, el dios de la fertilidad, con su enorme falo erecto y su tocado de plumas. ¡Camille no se consideraba una mojigata, pero aquello...!

Sacudiendo la cabeza, tuvo la sensación de que no le habrían asignado aquella habitación si no hubiera suscitado la ira del conde al decirle la verdad:

que trabajaba en el museo. Estaba segura de que lord Stirling la había enviado allí para vengarse. Al pensarlo, sonrió.

Se adentró un poco más en la habitación, apartando las cortinas que había tras las sillas. Allí había, en efecto, unas ventanas. Estaba segura de que en otra época no habían tenido cristales, ni habían sido tan grandes. Sus vanos mostraban el grosor de los muros del castillo, y resultaban por ello mucho más sorprendentes que los artefactos egipcios. En otro tiempo, aquellos muros se habían construido con fines defensivos. El castillo de Carlyle había desafiado las espadas y las flechas del enemigo con la misma firmeza con que el conde se defendía ahora de la alta sociedad inglesa tras su bastión.

Camille dejó escapar un suspiro y deseó volver a la habitación de Tristan para echarle una buena bronca, aunque no pudiera oírla. Pero sabía que el perro estaba al otro lado de la puerta, montando guardia, de modo que sacudió la cabeza, se acercó a la cama y recogió el camisón de hilo que le habían dejado, decidida a ir en busca del cuarto de baño.

Había, en efecto, artículos de aseo, y el cuarto de baño era bastante moderno, y disponía de bañera, retrete y agua corriente. Una lámpara ardía en él, y junto a ella había una bandeja con brandy y unas copas. Sin vacilar, Camille llenó la bañera de agua caliente, se desnudó, se sirvió un brandy y se metió en el agua.

¡Qué extraño! La noche había sido un desastre y, sin embargo, allí estaba, disfrutando de un baño caliente y de un buen brandy. Frunció el ceño y se recordó que la situación era extremadamente difícil.

Baile de máscaras

Se sentía tensa y no sabía muy bien por qué. Un sexto sentido le decía que algo no iba bien. Se quedó muy quieta y creyó oír algo. Movimiento. No un roce, ni pasos, sino... como si una piedra rozara contra otra.

Aguardó, pero el ruido no se repitió. ¿Se lo habría imaginado? Luego oyó un ladrido furioso más allá de la puerta de la habitación. El perro también había oído aquel ruido.

Estuvo a punto de dejar caer la copa, pero logró dejarla sobre la alfombra. Salió de la bañera y se puso la pesada bata de brocado que colgaba de la puerta del cuarto de baño. De pronto pensó que tal vez debiera encerrarse en la habitación, pero el pánico empezó a infiltrarse en sus venas y comprendió que debía encontrar el origen de aquel ruido.

Al salir al dormitorio, oyó que la llamaban.

–¡Señorita Montgomery! –era el conde de Carlyle en persona el que gritaba su nombre.

Camille se precipitó hacia delante al tiempo que la puerta se abría. Se quedaron parados, mirándose el uno al otro. Él, con sus ojos azules y penetrantes detrás de la máscara animal, y ella, atónita y frágil, con el pelo desordenado alrededor de la cara y la bata no del todo cerrada. Camille intentó ceñírsela, buscando el cinturón. El perro entró corriendo en la habitación. Ya no ladraba, pero se detuvo, rígido, junto a su amo, y olfateó el aire.

–Ejem –carraspeó el conde–. ¿Se encuentra bien? –preguntó. Ella no pudo articular palabra, de modo que asintió con la cabeza–. ¿No ha oído un ruido? –preguntó él.

–Yo... no sé.

Él dejó escapar una maldición cargada de impaciencia.

—Señorita Montgomery, ¿ha oído usted un ruido o no? ¿Había alguien aquí? —frunció el ceño, como si dudara sinceramente de aquella posibilidad y sin embargo se viera obligado a preguntar.

—¡Claro que no!

—¿No ha oído nada?

—Yo... creo que no.

—¿Cree que no? Entonces, ¿por qué da la impresión de que ha salido de la bañera como si la persiguieran todos los demonios del infierno?

—Me ha parecido que había... no sé —dijo Camille, levantando el mentón—. Se oía una especie de chirrido —cuadró los hombros—. Pero, como verá, aquí no hay nadie. Supongo que estas casas tan antiguas crujen mucho.

—Mmm —murmuró él.

Camille odiaba la máscara. Esta ocultaba por entero el rostro del conde, excepto los ojos, y hacía que se sintiera como si continuamente tuviera que batirse en duelo sin disponer de todas las armas que necesitaba. Se envaró de nuevo, intentando mostrarse digna.

—¿Le importa, milord? Soy, cuanto menos, una invitada inoportuna, y preferiría estar sola.

Para su sorpresa, él parecía reacio a marcharse.

—¿No le parece... inquietante esta habitación?

—No. ¿Pretendía usted que me lo pareciera?

Él agitó una mano en el aire.

—No me refiero a la decoración —dijo.

—¿Entonces...?

—Me refería al chirrido o a lo que sea que al parecer ha oído usted... y mi monstruoso perro.

Baile de máscaras

Ella movió la cabeza de un lado a otro, pensando en parte que era una necia. «¡Sí, quiero salir de esta habitación!», gritaba una voz dentro de ella. Pero no podía permitir que aquel hombre supiera que estaba asustada.

–No me importa quedarme aquí –le dijo.

Él la observó un momento, y Camille pensó que iba a insistir en que se marchara. Pero, en lugar de hacerlo, dijo:

–Le dejo al perro, entonces.

–¿Qué?

–Le aseguro que, con Ayax a su lado, estará a salvo de chirridos y gruñidos, vengan de donde vengan.

–¡Pero si Ayax me odia! –exclamó ella.

–No sea ridícula. Venga, acarícielo la cabeza –ella se quedó mirando al conde con incredulidad. De pronto la sorprendió ver que estaba sonriendo–. ¿Le da miedo el perro?

–No sea ridículo usted, señor. Simplemente, le tengo respeto.

–Venga, no tendrá nada que temer cuando Ayax sepa que quiero que cuide de usted.

Camille avanzó, decidida de nuevo a no delatar su miedo. El corazón, sin embargo, le latía a toda prisa. Pero no por el perro, sino por la cercanía del conde.

Al aproximarse, él la tomó de la mano con impaciencia y se la puso sobre la cabeza del perro. El animal dejó escapar un gemido y comenzó a mover la cola.

Camille sintió la envergadura del conde de Carlyle, su altura, el vigor de su contacto. Lord Stirling parecía rebosante de energía y en cierta forma impredecible, como una serpiente enroscada. Era hipnótico, como el calor del fuego. Camille dio un paso atrás y lo miró con fijeza.

–Le aseguro que no tengo miedo. No sé si su perro...

–Usted le cae bien.

–Estupendo –murmuró ella.

–Sí, desde luego. Ayax es muy intuitivo. De su tutor, en cambio, no se fía ni un pelo.

Ella compuso una agria sonrisa.

–¿Pretendía recordarme, milord, que somos sus prisioneros? ¿Que vamos a ser... chantajeados, quizá?

Esperaba que él montara en cólera, pero Carlyle soltó una seca carcajada.

–Tal vez. Me quedaré más tranquilo si le dejo a Ayax. Buenas noches, señorita Montgomery.

–¡Espere! –empezó a decir ella.

–Buenas noches –repitió el conde y, dando media vuelta, salió y cerró la puerta tras él con firmeza.

Camille se quedó mirando la puerta, incrédula y enojada. ¿Le había dejado al perro porque pensaba que estaba tramando algo? ¿O porque creía que podía estar en peligro? ¿La estaban protegiendo o vigilando?

Ayax, que la miraba fijamente, empezó a gimotear y a mover la cola. Se acercó a ella con sigilo, sin dejar de menear el rabo. Camille volvió a acariciarle la cabeza. Los ojos enormes del perro se clavaron en ella. Parecían llenos de adoración.

–Eres precioso –dijo Camille–. ¿Por qué gruñías tanto y enseñabas los dientes? ¿Era solo un disfraz? –un disfraz. ¿Como la máscara que llevaba su amo?

Baile de máscaras

Todo aquello era ridículo. Y, sin embargo, la luz de las lámparas pareció vacilar de pronto, a pesar de que en la habitación no había corriente. Ayax volvió a gruñir.

—¿Qué pasa, chico? —musitó ella, y empezó a inquietarse. Pero las estatuas no se movían. La habitación estaba vacía—. Creo, amigo mío, que voy a acabarme el brandy. Y he de admitir que me alegra contar con tu compañía.

Ayax pareció creerla. Cuando por fin Camille apagó las lámparas, salvo la que había en la mesita de noche, el perro se subió de un salto a los pies de la cama. Por suerte, esta era grande. Camille se alegró de tenerlo allí, montando guardia, toda la noche.

Por la mañana, Camille se felicitó por haber hecho buenas migas con el perro. Ahora podía moverse por el castillo a su antojo.

Estaba decidida a dirigirse directamente a la habitación de Tristan y aclarar las cosas con él antes de tener que enfrentarse al señor del castillo. Si sabía qué había hecho Tristan exactamente, estaría en mejor situación de defenderlo. Pero en cuanto abrió la puerta, el gigante que la había conducido al castillo la noche anterior le dio los buenos días. ¿Llevaba acaso toda la mañana en el pasillo, esperando? Eso parecía.

—Su Excelencia la aguarda en el solario —le dijo el lacayo con gravedad.

—Vaya, qué sorpresa —murmuró ella—. Lléveme, por favor.

Ayax trotó a su lado mientras el lacayo la conducía por el pasillo, cruzando el descansillo del piso inferior y adentrándose en el ala siguiente del enorme castillo. Allí, una espaciosa habitación, un salón de baile quizá, daba acceso a otra. El techo estaba cubierto de vidrios en su mayor parte, y el sol de la mañana lanzaba alegres rayos que iluminaban el suelo de mármol y las paredes tapizadas de elegante papel.

El conde estaba allí, de pie, con las manos unidas tras la espalda, junto a una de las largas ventanas que daban al jardín central.

–Buenos días, señorita Montgomery –dijo, volviéndose para saludarla. Debido a la máscara, Camille era aún más consciente del intenso color azul de sus ojos penetrantes.

–Sí, parecen muy buenos.

–¿Ha dormido bien después del pequeño incidente de anoche? –inquirió él amablemente, como si ella fuera una invitada bien recibida.

–He dormido bien, gracias.

–¿Ayax no la ha molestado?

–Ayax es un corderito, tal y como me dijo la señora Prior.

–Por lo general, sí –convino él con amabilidad–. En fin, debe usted desayunar conmigo, señorita Montgomery. Confío en que podamos ofrecerle algo de su agrado. ¿Una tortilla, gachas de avena, tostadas, mermelada, jamón, pescado...?

–No suelo comer mucho por las mañanas, lord Stirling, pero le agradezco su generosa hospitalidad. Sin embargo, no quisiera aprovecharme de ella.

Él sonrió con cierta acritud.

–Aquí somos muy hospitalarios.

—Demasiado, diría yo —replicó ella con aspereza.

—Le pido disculpas por los malos modos que mostré anoche, pero me pilló usted por sorpresa. De modo que trabaja en el museo.

Ella exhaló un profundo suspiro.

—Le aseguro que soy bastante culta. Y sí, trabajo en el museo.

Él se acercó a la mesa, guarnecida con cubertería de plata bruñida, mantel blanquísimo y delicada porcelana, y sirvió una taza de café.

—¿Té, señorita Montgomery? ¿O prefiere café?

—Té, gracias —murmuró ella.

—¿Cuánto tiempo lleva trabajando en el museo? —preguntó él.

—Unos seis meses.

—¿Y su empleo no tiene nada que ver con la repentina aparición de su tío en el castillo? —inquirió el conde con amabilidad, pese a que su voz tenía cierto deje amenazador.

Camille pensó que le gustaba más cuando estaba colérico. Había algo enervante en el modo en que se movía y en la dulzura de su voz. Aceptó la taza de té que le ofrecía y tomó asiento en la silla que el conde apartó para ella. Él se sentó a su lado, muy cerca, de tal modo que sus rodillas casi se tocaban.

—Lord Stirling, le aseguro que mi tío nada tiene que ver con mi trabajo. Le doy mi palabra de que conseguí mi empleo gracias a mis conocimientos, mi esfuerzo y mi determinación. Y me temo, por desgracia —añadió con acritud—, que voy a perderlo. Sir John no tolera la impuntualidad.

—¿Sir John?

—Sir John Matthews, mi inmediato superior.

—Pero quien dirige el departamento es lord David Wimbly —dijo él con cierta aspereza.

—Sí, en efecto, pero lord Wimbly rara vez... —se mordió la lengua para no decir que aquel caballero rara vez iba a trabajar—. Tiene muchos asuntos que atender. Rara vez aparece por el museo. Sir John es quien en realidad se ocupa de la conservación y el estudio de la colección. Trabaja con dos caballeros que han participado en numerosas excavaciones, Alex Mittleman y Aubrey Sizemore. Cuando se organiza una nueva exposición, lord Wimbly está presente, desde luego, y es él quien hace los preparativos junto a sir Hunter MacDonald. Son ellos también quienes se encargan de elegir las piezas que se compran, y de asignar las becas de estudio y las dotaciones para nuevas expediciones.

—¿Y dónde encaja usted en todo eso? —preguntó el conde.

Ella se azoró levemente.

—Yo leo jeroglíficos. Y, naturalmente, como la materia me gusta mucho y tengo la paciencia que requiere la tarea, también me encargo de trabajar con los artefactos.

—¿Cómo consiguió el empleo? —preguntó él.

—Estaba en el museo un día en que, por casualidad, sir John estaba trabajando solo. Había ido a ver una nueva exposición de artefactos del Imperio Nuevo cuando llegó una caja. Sir John no encontraba sus gafas, y yo le descifré la información que necesitaba de una estela de piedra que contenía la caja. Él necesitaba un ayudante. Hubo una reunión y me contrataron.

El conde no había dejado de mirarla con fijeza

mientras hablaba. Camille seguía sintiéndose inquieta, consciente de que rara vez había sido observada con tanta intensidad. Dejó su taza sobre la mesa.

—No sé por qué cree que estoy mintiendo o que todo esto son invenciones mías. Puede preguntar a cualquiera de esos caballeros y averiguará que le estoy diciendo la verdad. En cualquier caso, ese empleo es muy importante para mí —titubeó—. Mi tutor... en fin, no tiene precisamente un pasado intachable. Yo hago todo lo que puedo, milord, para que seamos respetables. Lamento profundamente que Tristan se cayera de su tapia...

Él la interrumpió con una risa sofocada.

—¡Imagínese! ¡Y yo que estaba a punto de creerla! —exclamó.

Camille sintió de pronto que su rabia crecía y se levantó, acalorada.

—Me temo, lord Stirling, que solo pretende usted vengarse de mí y de mi tío, y que nada de lo que diga o haga impedirá que presente cargos contra él. Solo puedo decirle que mi trabajo es muy importante para mí, que mi tío se comporta a menudo como un necio sin dos dedos de frente, pero que carece de maldad, y que, si piensa usted presentar cargos, por mí puede hacerlo. Si no me presento inmediatamente en el museo, me despedirán. Aunque puede que eso no importe, porque jamás negaría mi parentesco con Tristan y, una vez que lo denuncie usted, se correrá la voz y perderé mi empleo de todos modos.

—Oh, siéntese, señorita Montgomery —dijo él con repentino cansancio—. Admito que todavía... desconfío un poco, por decirlo de algún modo. De los dos. Sin embargo, de momento le sugiero que corra usted un pequeño riesgo. Sígame la corriente. Si está lista, la llevaremos a su trabajo ahora mismo, y yo personalmente me encargaré de que no reciba reprimenda alguna por su tardanza –ella guardó silencio, asombrada–. Siéntese. Y acabe su té.

Camille se sentó y frunció el ceño.

–Pero...

–Hace mucho tiempo que no voy al museo. Ni siquiera sabía cómo funcionaba su departamento. Creo que me vendrá bien pasarme por allí –se levantó–. Si tiene usted la amabilidad de estar en la puerta principal dentro de cinco minutos...

–Pero ¿y Tristan?

–Necesita descansar.

–Pero apenas lo he visto. Tengo que llevarlo a casa.

–Hoy no, señorita Montgomery. Shelby estará esperándola en el coche en la puerta del museo a la hora de cierre.

–Pero...

–¿He pasado algo por alto?

–Yo... tengo que ir a casa. Y, además, está Ralph.

–Ralph puede quedarse aquí, atendiendo a su tutor. Me he encargado de que le den alojamiento en casa del herrero, en el patio.

–Lord Stirling, no puede usted mantener prisionera a la gente...

–Sí que puedo. Creo que estarán mucho más cómodos aquí que en la cárcel, ¿no le parece?

–¡Me está usted chantajeando! –exclamó ella–. ¡Está jugando conmigo! ¡Intenta manipularme de algún modo!

Baile de máscaras

—Sí, pero es usted una joven inteligente y, por lo tanto, jugará con arreglo a mis normas.

Se dio la vuelta para marcharse, consciente de que Camille haría lo que acababa de sugerir. Ayax salió trotando tras él.

Camille se levantó de un salto cuando los perdió de vista.

—¡No pienso convertirme en un peón! —dijo en voz alta. Pero volvió a dejarse caer en la silla y se quedó mirando el largo pasillo. Sí, sería un peón. No tenía elección.

Acabó su té, enfurecida. Hecho esto, atravesó el ala del castillo hasta la gran escalera central. El conde de Carlyle la estaba esperando al pie de ella. Camille se detuvo ante él con el mentón alzado y los hombros erguidos.

—Hemos de llegar a un acuerdo, lord Stirling.

—¿Ah, sí?

—Debe darme su palabra de que no denunciará a mi tutor.

—¿Porque voy a llevarla a Londres, a trabajar? —inquirió él.

—Pretende usted utilizarme de algún modo, señor.

—Entonces, será mejor que veamos hasta qué punto puede serme útil, ¿no le parece? —abrió la puerta—. Está perdiendo usted mucho tiempo, y dado que anoche se presentó aquí por propia voluntad, creo que me estoy mostrando bastante caballeroso al ocuparme de que conserve usted su empleo.

Ella bajó los ojos y pasó a su lado. El carruaje, conducido por Shelby, el lacayo, estaba esperándolos en la puerta. Camille estaba tan enfadada que apartó el brazo bruscamente cuando la bestia del castillo quiso ayudarla a subir. Estuvo a punto de caerse del peldaño, pero por suerte recuperó el equilibrio. Por fin logró embutirse en el asiento delantero del coche y consiguió rectificar su postura antes de que el conde se sentara frente a ella. Lord Stirling golpeó el techo del carruaje con su bastón de empuñadura de plata. Cuando emprendieron la marcha, Camille fijó los ojos en el paisaje.

–¿Qué le ronda por esa tortuosa cabecita, señorita Montgomery?

Camille se volvió hacia él.

–Estaba pensando, milord, que necesita usted un jardinero nuevo.

Él se echó a reír, y su risa sonó extrañamente agradable.

–¡Con lo que a mí me gustan mis densos y oscuros bosques y su maraña de zarzas! –ella volvió a mirar por la ventanilla sin decir nada–. ¿Acaso no son de su agrado?

Ella lo miró y dijo:

–Lamento lo que ha sufrido, pero lamento igualmente que un hombre de su posición viva recluido cuando podría hacer tantas cosas por los demás.

–Yo no soy responsable de los males del mundo.

–El mundo se convierte en un lugar mejor cuando la vida de un solo hombre, o de una sola mujer, mejora, señor.

Él bajó un poco la cabeza. Durante un instante, Camille no pudo ver el sesgo sardónico de sus labios, ni la intensa mirada de sus ojos azules.

–¿Qué me sugiere que haga?

–¡Podría hacer montones de cosas con estas tierras! –exclamó ella.

Baile de máscaras

–¿Cree que debería dividirlas en diminutas parcelas y repartirlas? –preguntó él.

Ella sacudió la cabeza con impaciencia.

–No, pero podría traer a los niños de los orfanatos para que pasen un día en el campo. Podría contratar a mucha más gente, tener un hermoso jardín, dar empleo a quienes tanto lo necesitan. No es que eso vaya a erradicar los males del mundo, desde luego, pero... –se interrumpió al ver que él se inclinaba hacia delante.

–¿Cómo sabe usted, señorita Montgomery, que no contribuyo al bienestar del prójimo?

Estaba muy cerca de ella. Camille no creía haber visto nunca una mirada tan intensa e imperativa. De pronto descubrió que le costaba respirar.

–No lo sé –logró decir al fin. Él volvió a recostarse en su asiento–. Pero sé lo que he oído contar. Es usted uno de los hombres más poderosos del reino. He oído decir que la reina y sus padres eran grandes amigos. Y que usted es uno de los...

–¿Uno de los qué?

Ella volvió a fijar la mirada en la ventanilla, temiendo haber dio demasiado lejos.

–Que es uno de los hombres más ricos del país. Y, dado que recibió tantas bendiciones al nacer, debería sentirse agradecido. Muchos hombres pierden a su familia, y no todos pueden permitirse esa amargura.

–¿De veras? –preguntó él, enojado–. Dígame, señorita Montgomery, ¿cree usted que deben andar libres los asesinos?

–¡Desde luego que no! Pero, si no he entendido mal, sus padres murieron debido a las mordeduras de una serpiente. De una cobra egipcia. Y lo siento, pero de eso no puede culparse a nadie.

El conde se puso a mirar por la ventanilla sin contestar. Camille supo entonces que, dejando a un lado la máscara, aquel hombre había logrado levantar un muro alrededor de sus emociones, y comprendió que no quería seguir hablando de aquel asunto. Ella también se puso a mirar por la ventanilla hasta que se internaron en las bulliciosas calles de Londres y llegaron al museo. El conde no le permitió rechazar su ayuda para bajar del coche, ni soltó su brazo cuando se encaminaron al edificio. Al llegar a la puerta, sin embargo, lord Stirling se detuvo y la obligó a volverse para mirarlo.

–Créame, señorita Montgomery, mis padres fueron asesinados. Tengo el convencimiento de que el asesino es alguien que los dos conocemos, quizás incluso alguien a quien ve usted casi todos los días –un escalofrío envolvió el corazón de Camille. No creía sus palabras, pero creía en la mirada febril de sus ojos–. Vamos –dijo él, echando a andar otra vez, y añadió casi con despreocupación–: Haga lo que haga o diga lo que diga, sígame usted la corriente, señorita Montgomery.

–Lord Stirling, puede que no...

–¡Lo hará! –dijo él con firmeza, y ella guardó silencio, pues habían llegado ante las grandes puertas que daban acceso a su lugar de trabajo.

Capítulo 4

Lord Stirling conocía el camino.

Los empleados del museo también parecían conocerlo a él, al menos de oídas, pues muchos lo saludaron con respeto y una pizca de perplejidad, intentando no mirar la máscara. Tal vez fuera por su corpulencia, por su estatura o por la anchura de sus hombros, por la despreocupada distinción con que lucía su ropa, o quizá por su porte. O por el mero hecho de ser quien era.

—Trabajo en la oficina del...

—Del segundo piso, desde luego —murmuró él.

Llegaron al departamento de Antigüedades Egipcias, y el conde la condujo de inmediato hacia la puerta que llevaba a las salas de acceso vedado al público. Camille se desasió entonces y echó a andar rápidamente delante de él. Al entrar en el primer despacho, se toparon con sir John Matthews, que estaba sentado detrás del escritorio de la entrada, con un montón de papeles dispersos ante sí.

—¡Por fin aparece, mi querida señorita Montgomery! Ya conoce usted mi opinión sobre quienes no logran llegar con puntualidad. Yo... —se interrumpió al ver al conde de Carlyle tras ella—. ¡Lord Stirling! —exclamó, asombrado.

—John, mi querido amigo, ¿cómo está?

—Yo... yo... ¡muy bien! —dijo sir John, todavía un tanto perplejo—. Brian, estoy asombrado y encantado de verlo. ¿Significa su llegada que va a...?

Brian Stirling se echó a reír de buen grado.

—¿Volver a contribuir al sostenimiento del departamento de Egiptología? —preguntó.

La cara de sir John se cubrió de un rojo intenso que contrastaba con sus patillas y su pelo blanco.

—Cielo santo, le aseguro que no era eso lo que pretendía decir. Su familia... usted... bueno, todos eran muy conocidos en este campo. Volver a contar con su entusiasmo sería una gran fortuna.

Camille notó que los labios de lord Stirling se curvaban agradablemente y se preguntó si el conde había sentido un poco de afecto por sir John en algún momento de su vida.

—Es usted muy amable, sir John. A decir verdad, estaba considerando la posibilidad de asistir a la fiesta de recaudación de fondos de este fin de semana.

—¡Cielo santo! —exclamó sir John—. ¿Lo dice en serio?

Miró a Camille y luego a lord Stirling, y viceversa, completamente perplejo. Sacudió la cabeza, como si intentara despejársela, pero no logró entender qué hacían allí juntos. Stirling miró a Camille.

Baile de máscaras

—Usted asistirá, ¿verdad, señorita Montgomery?
—¡Oh, no! —se apresuró a decir ella, y sintió que se sonrojaba—. Yo no soy un miembro veterano del personal —murmuró.
—La señorita Montgomery lleva poco tiempo con nosotros —añadió sir John.
—Ah, señorita Montgomery, pero debe usted asistir para acompañarme en mi regreso a un mundo en el que tal vez me sienta perdido sin usted a mi lado.

No estaba formulando una petición. Y, solo por su tono, Camille deseó negarse. Pero el conde la estaba chantajeando o quizá sobornándola.

Sir John la miró con fijeza, achicando los ojos, asombrado todavía porque hubiera llegado a trabar conocimiento con un hombre de la importancia del conde.

—Camille, si el conde de Carlyle se siente más cómodo asistiendo a la fiesta en su compañía, debe usted venir.

El conde se acercó a ella y, agarrándola de las manos, la miró mientras se dirigía a sir John.

—¡John, por favor! ¡Da la impresión de que la está amenazando!

Sus ojos azules y sagaces se clavaron en ella con cierto regocijo. No hacía falta que sir John la amenazara. Camille ya sabía que pesaba sobre ella una amenaza. El conde, sin embargo, era un excelente actor, pues daba la impresión de estar mostrándose amable y cortés. Camille intentó apartar las manos con delicadeza, pero él se las sujetaba con fuerza. Ella compuso una sonrisa.

—Es usted muy amable, lord Stirling, pero me temo que sería una acompañante muy modesta para semejante ocasión.

—Tonterías. Vivimos en la era de la razón. ¿Qué mejor compañía que una joven que no es solo bella, sino además inteligente y sumamente versada en la materia cuya pasión anima la velada?

—Camille... —murmuró sir John, urgiéndola a aceptar.

La sonrisa del conde era un tanto agria, y decididamente sarcástica. Camille deseó poder decirle que preferiría pasar la noche en un fumadero de opio, entre ladrones y maleantes.

—No será por... la máscara, ¿verdad? —preguntó él.

¡Oh, qué tono! ¡Ahora se ponía patético!

—No —contestó ella con dulzura—. Como usted ha dicho, milord, vivimos en la era de la razón. Ningún hombre, ni ninguna mujer, debería ser juzgado por su apariencia.

—¡Bravo! —exclamó sir John.

—Así pues, John, asistiré a la fiesta de recaudación de fondos. Y puede usted estar seguro de que volveré a invertir tanto mis desvelos como mi dinero en la noble causa de nuestros ideales educativos. En fin, tienen ustedes trabajo, y ya he entretenido bastante a la señorita Montgomery. John, ha sido un verdadero placer volver a verlo. Señorita Montgomery, Shelby vendrá a recogerla a eso de las... seis, ¿no?

—Por lo general salgo a las seis y media —murmuró ella, consciente de que sir John los miraba boquiabierto.

El conde decidió dar satisfacción a su curiosidad.

—Anoche el tutor de esta joven sufrió un grave accidente en la carretera, justo delante de mi casa. Naturalmente, es ahora mi invitado. Y, como era de esperar, la señorita Montgomery, presa del miedo, se apresuró a acudir en su auxilio. Para mi inmensa satisfacción, el castillo de Carlyle acoge de nuevo invitados. Así pues, que pasen los dos un buen día.

–Bue-buenos días, Brian –balbuceó sir John, mirando todavía perplejo al conde mientras este salía con aire despreocupado y, pese a todo, con la dignidad propia de un hombre de su posición.

Pasaron unos instantes antes de que sir John se volviera boquiabierto hacia Camille y exclamara:

–¡Cielo santo! ¡Esto es asombroso!

Ella se limitó a encogerse de hombros y a hacer una mueca.

–Le aseguro que yo no sabía nada –murmuró–. Solo fui a... atender a mi tutor.

–¿Y dice que sufrió un accidente? –preguntó sir John con el ceño fruncido–. ¿Se pondrá bien?

Sir John era un buen hombre. Parecía avergonzado por haberse olvidado de preguntar por el estado de salud del tutor de Camille.

–Sí, sí, gracias. Está algo magullado, pero no es nada serio.

–¡Estos cocheros de hoy en día! –exclamó sir John, profiriendo un soplido–. ¡Son tan descuidados y temerarios...! –ella sonrió, pero no le dijo que en el «accidente» no había participado ningún cochero. Sir John siguió mirándola con cierta preocupación–. Esto es francamente extraordinario –dijo.

–Bueno –murmuró Camille, bajando los ojos–, si a usted le complace, entonces...

–¡Complacerme! –exclamó sir John–. Mi querida niña, los padres de lord Stirling eran grandes patronos de este museo. ¡Y más aún! Eran grandes benefactores de la nación egipcia. Se desvivían porque, con la ayuda de las potencias extranjeras, el pueblo no sufriera. ¡Y el trabajo que hicieron! –la observó un momento y luego pareció tomar una decisión–. Venga conmigo, Camille, querida. Le mostraré una parte de su legado.

Camille quedó sorprendida. Hasta ese momento, su trabajo había consistido en ocuparse de las tareas más tediosas. De pronto, sin embargo, sir John parecía dispuesto a mostrarle los sótanos que servían de almacén al museo. Camille comprendió, fascinada, que debía darle las gracias por ello a su amenazador anfitrión. Detestaba sentirse en deuda con él, pero aun así no estaba dispuesta a perder aquella oportunidad.

–Gracias, sir John –dijo.

Él recogió de su mesa un juego de llaves y la condujo fuera de la oficina. Bajaron un tramo de escaleras, recorrieron una serie de pasillos y volvieron a bajar. Allí, los corredores eran oscuros y las salas estaban llenas de cajones de madera. Pasaron junto a un montón de cajas que acababan de llegar de Turquía y de Grecia y siguieron adelante, hasta que llegaron a una parte envuelta en sombras. Algunos de los cajones que había allí estaban abiertos. Cierto número de cajas más pequeñas habían sido apartadas, y había una hilera de sarcófagos embutidos todavía en grandes cajones en forma de ataúdes, rellenas de material de embalaje.

–¡Aquí está! –dijo sir John, abriendo los brazos para indicar aquella panoplia de tesoros.

Camille miró despacio en su derredor. Había allí, ciertamente, gran cantidad de riquezas.

Baile de máscaras

—Esto solo es la mitad, naturalmente. Muchos objetos fueron al castillo —dijo sir John, y arrugó la frente—. También hubo varias cajas que se perdieron.

—Puede que también estén en el castillo.

—No creo —murmuró sir John—. Pero, claro, transportar estos bienes... ¡Ah, quién sabe! Aun así, lord y lady Stirling eran sumamente minuciosos en su trabajo. Lo anotaban todo... —hizo una pausa, un tanto azorado—. Yo creo que las cajas sí llegaron. Pero es igual. Su último hallazgo fue tan rico, que todavía no hemos podido empezar a estudiar y catalogar lo que tenemos.

—Los padres de lord Stirling descubrieron todas estas cosas justo antes de morir, supongo —dijo Camille.

Sir John asintió.

—Las piezas pequeñas y los relieves que está usted transcribiendo proceden del mismo yacimiento —explicó—. Un hallazgo maravilloso —sacudió tristemente la cabeza—. ¡Eran una pareja encantadora! Muy consciente de sus responsabilidades para con la reina, pero ambos entregados al estudio. Fue una auténtica sorpresa que lord Stirling encontrara a una mujer como la suya. ¡Ah, lady Stirling! La recuerdo muy bien. Ninguna mujer agasajaba a sus amigos, viejos o nuevos, con tanta gracia y tanta amabilidad. Era una mujer asombrosa, sencillamente asombrosa. Y, sin embargo, era capaz de arrastrarse por el polvo, de trabajar con una pala o con una brocha, de estudiar textos, de buscar respuesta a misterios... —su voz se apagó—. Qué gran pérdida... —el pelo cano de sir John refulgió a la pálida luz de gas de las entrañas del museo cuando sacudió la cabeza de nuevo–. Yo temía que Brian se encerrara para siempre en ese castillo suyo, envuelto ahora en maleza, siempre lúgubre y amenazador, creyendo que sus padres habían sido asesinados. Pero parece que al fin ha asimilado el pasado y ha podido enfrentarse a su dolor. Mi querida niña, si tiene usted algo que ver con esa milagrosa resurrección, puede que sea el bien más valioso que he traído a este museo.

–Muchas gracias, sir John, pero no creo que yo tenga tanta influencia sobre ese caballero. En realidad apenas nos conocemos.

–¡Pero él quiere que lo acompañe a la fiesta!

–Sí –musitó ella.

Sir John frunció el ceño.

–Camille, ¿se da usted cuenta de que ese hombre es nada menos que el conde de Carlyle? Francamente, me ha dejado de piedra que un hombre de su posición se digne invitar a una plebeya. No pretendo ofenderla, querida. Es solo que... bueno, en fin, nosotros los ingleses tenemos nuestras reglas.

–Mmm. Bueno, tal y como todos convinimos hace un rato, esta es la edad de la razón, ¿no le parece?

–¡Un conde, señorita Montgomery! Aunque tenga la cara espantosamente desfigurada, ¡es inaudito!

Sir John no pretendía ser cruel, pero seguía mirándola con perplejidad, y Camille empezó a sentirse como si le hubiera crecido un extraño apéndice. No estaba en situación de explicarle que dudada sinceramente que el conde de Carlyle hubiera recuperado su interés por el museo, más allá de proseguir sus indagaciones para dar con el presunto asesino de sus padres. Y que le importaba un comino que ella fuera noble o plebeya, mientras sirviera a sus propósitos.

—¿Le da miedo el conde por sus cicatrices, o quizá por su reputación? —preguntó sir John.

—No, no.

—No sienta usted repulsión.

—La conducta y las convicciones de un hombre pueden ser mucho más espantosas que su cara, sir John.

—¡Bien dicho, Camille! —exclamó él, sonriendo—. ¡Venga, acompáñeme! Tenemos trabajo que hacer. Mientras transcribe, le contaré encantado más cosas acerca de los hallazgos de los Stirling. Naturalmente, las tumbas de los faraones se consideran las más suntuosas. Pero por desgracia la mayoría fueron saqueadas hace mucho tiempo. Lo más impresionante de la tumba de Nefershut, la que descubrieron los Stirling, es que, a pesar de que el finado era un sacerdote de alto rango, muy admirado y temido, y más rico que Midas, su tumba no había sido profanada. Y había muchas personas enterradas con él. Los egipcios no exigían que las esposas y concubinas de un gran personaje se enterraran con él, pero ¡fíjese en esa fila de sarcófagos! Y luego está el asunto de la maldición —agitó con impaciencia una mano en el aire—. Al parecer, según la creencia popular, ninguna tumba carece de su maldición. Será, quizá, por la afición de la gente al misterio. Nosotros hemos abierto muchas tumbas sin que hubiera severas advertencias a la entrada. Pero en este caso en particular, lo mismo que en algunos otros, había una maldición justo a la entrada de la tumba. «Que aquellos que perturben la Nueva Vida del bendito sean malditos en esta tierra». Y, desgraciadamente, lord y lady Stirling murieron poco después.

—¿Murió alguien más vinculado a la excavación? —preguntó Camille.

Sir John arqueó lentamente una ceja con cierto desasosiego.

—Yo... no lo sé. Ciertamente, nadie del renombre de los Stirling.

Camille hizo ademán de volverse, creyendo oír un chirrido justo a su espalda, donde se hallaban los sarcófagos de las momias.

—Camille, ¿me está escuchando? —preguntó sir John.

A ella le sorprendió haberse distraído tan fácilmente. Y saltaba a la vista que sir John no había oído ningún ruido. Temía empezar a sufrir alucinaciones. Amaba la historia del Antiguo Egipto y el sinfín de anécdotas que la acompañaban, pero hasta ese momento nunca había caído víctima de su estúpido romanticismo. No creía que las momias pudieran levantarse de sus tumbas para atormentar a los vivos.

—Lo siento, me ha parecido oír un ruido.

—Camille, estamos en un museo. Hay un montón de gente andando sobre nuestras cabezas.

Ella sonrió.

—No, me ha parecido oír un ruido aquí cerca.

Él suspiró, exasperado.

—¿Ve usted a alguien, aparte de nosotros?

—No, es solo que...

—Hay otras personas que tienen las llaves de estos sótanos, Camille. ¡El nuestro no es el único departamento del museo! —parecía indignado, y Camille se dio cuenta de que estaba enojado porque no le hubiera prestado toda su atención–. ¡Áspides, Camille! Criaturas peligrosas. Cualquiera que se aventure en Egipto debe tener presentes ciertos peligros. Aunque Dios sabe que hoy en día hasta el más vulgar turista viaja por el Nilo.

Ella sonrió y se refrenó para no decirle que todo el mundo tenía derecho a viajar, a estudiar y a maravillarse ante los prodigios del mundo antiguo. Incluso los plebeyos.

–Pero –señaló–, si alguien dejó los áspides en las habitaciones de lord y lady Stirling, ¿no sugeriría eso la posibilidad de que fuera un asesinato?

Sir John pareció alarmado. Frunció el ceño un poco más y miró a su alrededor, como si temiera que alguien los hubiera seguido. Luego sacudió la cabeza.

–¡Ni lo piense siquiera! –la advirtió.

–Sin duda eso es lo que cree el actual conde.

Él meneó la cabeza con vehemencia.

–¡Ni hablar de eso! Y no debe usted difundir esa idea. Ni siquiera debe volver a hablar de ello en voz alta, Camille. ¡Jamás! –parecía realmente nervioso. Se dio la vuelta y se dirigió a la puerta, pero, al ver que ella no lo seguía de inmediato, miró hacia atrás–. Vamos, vamos. ¡Ya nos hemos entretenido bastante!

Camille lo siguió, lamentando haber expresado su opinión. Pese a todo, una cosa estaba clara: en el futuro, dedicaría más esmero a su trabajo, ahora que sabía más acerca del conde, de la maldición y del hallazgo de los Stirling.

–¡Dese prisa! –dijo sir John, mirando hacia atrás con impaciencia.

–Sí, sir John –contestó ella, apretando el paso.

El museo estaba ya lleno de gente. Camille distinguió diversos acentos: británico, irlandés y otros mucho más lejanos, y se sintió encantada, como siempre, al ver que tanta gente visitaba el museo.

Amaba el museo. Era, en su opinión, una joya de la corona de Inglaterra. Había abierto al público el 15 de enero de 1859. En aquella época, era una institución novedosa, regida por un cuerpo de fideicomisarios responsables ante el Parlamento, y cuya vasta colección pertenecía al pueblo británico. La entrada era gratuita, y Camille lo había visitado de niña, de la mano de su madre. El departamento en el que trabajaba llevaba el nombre de «Departamento de Antigüedades Egipcias y Asirias», y debían agradecerle a Napoleón Bonaparte algunas de sus mejores piezas, puesto que había sido él, en su intento de conquistar el mundo, quien primero se había adentrado en Egipto acompañado de eruditos e historiadores. Su derrota ante los ingleses había tenido como consecuencia el envío de la mayor parte de sus colecciones al Museo Británico.

Mientras avanzaban, pasaron junto a la piedra Roseta, el prodigioso hallazgo que había permitido la traducción de los jeroglíficos de la lengua egipcia antigua.

–Ahora, a trabajar –dijo sir John con firmeza al llegar al despacho y, regresando a su escritorio, inclinó al instante la cabeza sobre sus papeles.

Camille tuvo la sensación de que estaba sumido en sus pensamientos, preocupado quizá, y de que intentaba disimular su desasosiego.

Ella fue a buscar su delantal, que colgaba de una

percha detrás de la puerta, y entró en el cuartito donde estaba trabajando en un bajorrelieve. Extendida sobre una larga mesa de trabajo, la estela de piedra medía aproximadamente un metro de alto, sesenta centímetros de ancho y siete de grosor. Era una pieza muy pesada, coronada por una cobra egipcia, lo cual significaba que las palabras que contenía, las cuales eran en realidad una admonición, habían recibido la bendición de un faraón. Todos sus símbolos habían sido labrados con delicadeza y esmero, y eran muy pequeños, de ahí que le hubieran encomendado a ella la tediosa tarea de descifrarlos. Sus superiores estaban seguros de que aquella estela no hacía más que reiterar otras admoniciones diseminadas alrededor de la tumba.

El hombre allí enterrado había sido amado y reverenciado. Ahora que Camille sabía que junto a él se habían enterrado muchas otras personas, se sentía aún más fascinada por los motivos de aquella conducta. ¿Habían sido asesinadas sus esposas o concubinas a fin de que penetraran en la vida eterna con él?

Camille se sentó y observó los símbolos en su conjunto. Sabía que Nefershut había sido sumo sacerdote, pero, según se colegía de lo que ya había transcrito, había sido también una especie de mago. Miró las palabras que ya había traducido: «Sepan quienes entren aquí que han hollado el suelo más sagrado. No perturbéis el reposo del sacerdote, pues entra en la otra vida exigiendo lo que fue suyo en esta. Por respeto a él, no lo perturbéis. Pues Nefershut podía domeñar el aire y las aguas. Su mano esparcía el susurro de los dioses, y a su mesa se sentaba

Hethre. Su vida ha sido bendecida más allá de esta vida. Su poder se extiende mientras ella se sienta a su mano derecha».

–Hethre.... –murmuró Camille en voz alta–. Hethre... ¿quién eras exactamente, y por qué es a ti a la única que se menciona, a pesar de que no dice que fueras su esposa?

–Ese tipo debía de ser todo un personaje, ¿eh?

Camille levantó la vista con sobresalto. No había oído llegar a sir Hunter MacDonald. Se incorporó, avergonzada por llevar puesto el delantal y porque un mechón de su pelo había escapado de sus horquillas.

Sir Hunter era guapísimo. Alto y bien vestido, tenía el pelo y los ojos oscuros y brillantes. Camille sabía que entre los círculos selectos tenía fama de osado, aventurero y seductor. Y, naturalmente, también de donjuán. A pesar de que tal vez fuera un crápula, ello no le perjudicaba en ningún sentido, pues no estaba ni casado ni prometido. Los señores y las señoras de la alta sociedad convenían en que un joven semejante podía permitirse ciertas travesuras juveniles. Así pues, seguía siendo un preciado trofeo en el ruedo matrimonial.

Camille conocía de primera mano su atractivo, pues con ella siempre se mostraba encantador y galante. No se engañaba, sin embargo, ni pensaba caer en el error que había llevado a su madre a tan trágico fin. Reconocía asimismo con cierta sorna que también se sentía atraída hacia Hunter. Ella no pertenecía, desde luego, a la clase entre cuyas filas elegiría esposa un caballero como aquel, pero tampoco era de las que sir Hunter podía seducir por simple entretenimiento. Camille no podía permitirse un desliz, y siempre se lo había dejado perfectamente claro, si bien de manera tácita. Ello no impedía, sin embargo, que él siguiera prodigándole sus atenciones, pues era tan engreído como para creer que, si se empeñaba, acabaría saliéndose con la suya.

–¡Ah, mi querida Camille! –prosiguió Hunter, acercándose a ella–. ¡Tan bella y siempre aquí escondida, en este cuartucho, ataviada con un viejo y mohoso delantal! –se inclinó sobre la mesa con ojos centelleantes–. Debes tener cuidado, mi querida Camille. ¡Los años pasan! Antes de que te des cuenta, serás una vieja miope y no habrás conocido todas las maravillas del mundo moderno.

Ella rio suavemente.

–¿Maravillas como tú, Hunter?

Él esbozó una sonrisa remolona.

–Bueno, la verdad es que no me importaría acompañarte a dar un paseo por Londres, ¿sabes?

–Me da miedo el escándalo –le dijo ella.

–En esta vida hay que ser un poco osado.

–Para ti es fácil decirlo, Hunter –contestó ella puntillosamente–. Y a mí me encanta mi trabajo. No creo que haya mejor sitio para envejecer y volverse miope.

–¡Pero la pérdida de tanta juventud y tanta belleza es una auténtica tragedia! –exclamó él.

–Eres encantador, y lo sabes –respondió Camille.

La sonrisa de sir Hunter se disipó. De pronto se puso serio.

–Estoy bastante preocupado.

–¿De veras? ¿Y eso por qué? –preguntó ella.

Él rodeó la mesa y, colocándose a su lado, le apartó delicadamente un mechón de pelo.

–Acabo de enterarme de que has pasado una noche extraordinaria... y también una mañana notable.

–¡Ah, el accidente! –murmuró ella.

–¿Es cierto que anoche dormiste en el castillo de Carlyle? –preguntó él.

–Mi tutor estaba herido. No tuve elección.

–¿Puedo hablarte con franqueza, Camille? –preguntó él con mirada suave y seria.

–Si lo deseas.

–¡Temo por ti! No debes dejarte engañar. El conde de Carlyle es un monstruo. Eligió una máscara lo más parecida posible a su alma. Sir John me ha dicho que te trajo al museo esta mañana y que insiste en que asistas de su brazo a la fiesta de recaudación de fondos. Camille, ese hombre es peligroso.

Ella enarcó una ceja.

–Discúlpame si me equivoco, Hunter, pero ¿no tratas tú continuamente de ser igual de... peligroso?

Él movió la cabeza con gravedad.

–Mis intenciones solo afectan a tu virtud. El conde de Carlyle está prácticamente loco. Temo por tu vida y tu seguridad. Al parecer, se ha fijado en ti, Camille. Has entrado en su mundo, donde muy pocos entran últimamente –carraspeó–. Camille, no quisiera herir tus sentimientos por nada del mundo. Pero sin duda sabrás que la nuestra sigue siendo una sociedad tremendamente clasista. Corre el rumor de que el conde merodea de noche por los callejones de Londres buscando diversos entretenimientos, pues, hallándose mutilado y desfigurado, ya no frecuenta los salones de las damas de alcurnia cuya compañía buscaría en otras circunstancias. Temo seriamente que esté jugando contigo de la manera más espantosa y cruel.

Eso era exactamente lo que estaba haciendo el conde, pero no como sospechaba sir Hunter.

–Por favor, no te preocupes por mí –le dijo–. Soy muy capaz de cuidar de mí misma –le ofreció una sonrisa reticente–. Sin duda ya lo habrás notado. Si no me equivoco, tú has estado intentando... mostrarme las maravillas del mundo moderno desde que llegué, por decirlo así.

–No creo haberte faltado al respeto –protestó él.

–No, porque soy muy capaz de cuidar de mí misma.

–Sé un modo de arreglar este asunto de la manera más elegante –dijo sir Hunter–. Podemos decir que ya has aceptado venir conmigo a la fiesta.

–Eres muy amable, Hunter –le dijo Camille, creyendo que estaba sinceramente preocupado–, pero piensa en el escándalo. De hecho, creo que si fuera contigo mi vida correría peligro, pues un sinfín de damas de alta alcurnia querrían degollarme si pensaran que una mujer como yo andaba detrás de ti – estaba bromeando, pero había una pizca de verdad tras sus palabras.

Él la tomó de las manos y la miró con fijeza.

–Te aseguro, Camille, que convendría que el conde de Carlyle creyera que hay algo serio entre nosotros. Y yo soy un simple caballero. Él es un conde. Cosas bien distintas, desde luego.

–¿Es eso una declaración, Hunter? –bromeó ella. Él titubeó. Camille retiró las manos–. Hunter, por favor, créeme, tú siempre has sido amable conmigo y yo, al igual que las demás, no soy inmune a tus encantos. Pero, si me complicara en una pequeña relación contigo, además de llamarme plebeya, estoy segura de que la gente añadiría a mi nombre alguna palabra malsonante.

–Ah, Camille, no sabes las ganas que me dan de echarlo todo a rodar y...

–Eso sería una estupidez –respondió ella con firmeza–. Creo que no corro ningún peligro. Tú, más que cualquier otro hombre, deberías saber que sé cuál es mi sitio y que, por lo tanto, evito cualquier relación comprometida con hombres de elevada posición.

Él frunció el ceño.

–Camille, sabes que me fascinas... y algo más.

–Hunter, es el hecho mismo de que sea inalcanzable lo que te fascina.

Él sacudió la cabeza.

–No, Camille. Sin duda sabrás que tienes unos ojos hechiceros, verdes y dorados, tan atrayentes como los de una tigresa. Has de ser consciente, a menos que seas ciega y tengas pocas luces, de que te ha sido concedido el don de una figura semejante a la de una estatua clásica; una figura que encandila a todo hombre que entra aquí. Eres vivaz, despierta e inteligente. Sí, podrías enamorar a un hombre hasta el punto de que estuviera dispuesto a hacer cualquier cosa por conseguir tu mano.

A ella le sorprendió el apasionamiento de su discurso.

–¿Insinúas que creo poder negarle mi compañía a un hombre como el conde a fin de conseguir... una declaración matrimonial? –dijo con cierta incredulidad. De pronto estaba enojada.

Baile de máscaras

—¡Camille, por favor! Te estoy hablando de amor. La admiración y el interés que siento por ti son muy profundos.

Ella sacudió la cabeza.

—Hunter...

—¿Es eso? ¿Quieres casarte? Camille..., sí, estoy dispuesto a pedir tu mano.

Sorprendida de nuevo, ella dijo:

—Acabarías odiándome, Hunter. Deplorarías el escándalo. De veras estarías echándolo todo a perder si cometieras la insensatez de casarte conmigo. Al instante dejaría de parecerte encantadora, porque ya no sería inalcanzable.

—Camille, no sabes cuánto me duelen tus palabras.

—Hunter, te preocupas sin motivo –le aseguró ella.

—¿Ese es el juego que crees poder jugar con lord Stirling? A fin de cuentas, él es conde, y hasta los reyes se han casado alguna vez con plebeyas. Pero, Camille, deberías recordar el destino de cierta plebeya que se casó con un rey.

—Hunter...

—¡La historia, mi querida niña, la historia! Piensa en Ana Bolena. Forzó a Enrique VIII a pedir su mano al mostrarse inalcanzable. Y, cuando él quiso pasar página, ella se quedó sin cabeza.

Camille no pudo evitar echarse a reír.

—Hunter, te aseguro que debería sentirme profundamente ofendida. Si fuera una joven dama, educada en los mejores colegios, creo que me sentiría obligada a darte un buen bofetón. Pero me temo que perdí a mis padres a edad demasiado temprana para ir a un buen colegio, y como simple plebeya dotada de una insaciable sed de conocimientos, creo que se me permitirá renunciar a semejante despliegue de violencia.

—Yo te muestro mi corazón y tú te ríes de mí.

—Vamos, Hunter, eres tremendamente amable. Pero jamás me casaría contigo.

—¿No te parezco ni un poquito seductor? —preguntó él.

—Demasiado, en realidad, y tu ofrecimiento es realmente generoso. Pero estoy segura de que no hablas en serio —al ver que él se disponía a protestar, levantó una mano para atajarlo y continuó—: Por favor, Hunter, no quiero que pienses que has hecho una proposición y que, por una cuestión de honor, no puedas desdecirte luego. Te aseguro que acabarías despreciándome. Y, por esa misma razón, el conde de Carlyle no puede seducirme, pues poseo una de las cualidades que tú mismo acabas de atribuirme: la inteligencia. No me pasará nada. Voy a alojarme en el castillo hasta que pueda trasladar a mi tutor a casa. Asistiré a la fiesta de recaudación de fondos porque creo que el conde piensa que puede acudir tranquilamente a semejante reunión, enmascarado debido a sus cicatrices, si va acompañado de una simple empleada del museo. Estaremos aquí, Hunter, en el museo, y os tendré a ti, a Alex y a sir John a mi alrededor. Y a lord Wimbly, por supuesto.

La puerta se abrió antes de que Hunter pudiera contestar.

—¡Camille! Acabo de enterarme de... —empezó a decir Alex Mittleman, pero se detuvo al ver que Camille estaba acompañada—. Hunter —dijo.

—Alex.

Alex, un hombre enjuto cuya delgadez acentuaban su pelo rubio y sus ojos azulados, los cuales le conferían más bien el aspecto de un muchacho apuesto que el de un hombre maduro, miró a Camille con reproche un instante. Alex y Hunter solían respetarse, aunque Alex se quejaba a menudo de que Hunter era más un caballerete rico que un verdadero estudioso. Alex se consideraba con más derecho que él a la confianza de Camille, pues era, como ella, un honesto trabajador.

Alex se aclaró la garganta y sacudió un poco la cabeza como si decidiera que pese a todo podía hablar, pues al parecer Hunter estaba ya al corriente de lo sucedido.

—¿Es cierto que esta mañana has venido con Brian Stirling?

Ella dejó escapar un suave suspiro.

—Tristan tuvo un accidente anoche, frente a las puertas del conde. Estaba herido y lo llevaron al castillo, aunque en realidad no tenía nada grave. Solo fue el susto. Yo, naturalmente, corrí a su lado. Y... eso es todo.

Los dos hombres se quedaron mirándola un momento y a continuación se miraron entre sí.

—¿Le has dicho que es...?

—Un hombre peligroso y quizá no del todo cuerdo —concluyó Hunter—. Sí, he intentado decírselo.

—Camille, debes tener mucho cuidado con él —dijo Alex, preocupado—. La verdad es que me sorprende que sir John esté tan... en fin, tan contento.

—El conde de Carlyle es un hombre rico —dijo Hunter con aspereza—. Sus tierras abundan en tesoros que sir John quisiera ver en el museo.

Alex tragó saliva repentinamente.

–Yo iré contigo, Camille. Te acompañaré cuando salgas de aquí. Podemos alquilar un coche y llevar a tu tutor a casa sano y salvo...

–Alex, sin duda yo soy el más indicado para proporcionarle un coche, pues dispongo del mío propio –lo atajó Hunter con firmeza–. Pero tienes razón. Debemos llevar a Camille y a su tutor a casa enseguida, y alejarlos de ese lúgubre castillo.

Ella los miraba con pasmo. Ambos le habían ofrecido su amistad en otras ocasiones, pero de pronto parecían rivalizar por ella. Y los dos parecían ansiosos por alejarla del castillo de Carlyle.

Alex levantó un poco el mentón, como si estuviera dispuesto a sacrificarse por su bien.

–De acuerdo. Hunter tiene coche propio. Me parece bien, con tal de que te alejes de ese lugar maldito.

–Alex, Hunter –dijo ella suavemente, pero antes de que pudiera continuar, la puerta se abrió y entró Aubrey Sizemore.

Aubrey era el último de los principales empleados del departamento. Hombre de escasa cultura, era, pese a su falta de instrucción académica, un apasionado de la egiptología que trabajaba con ahínco y determinación. Tenía treinta y tantos años y era corpulento, fornido y calvo como una bola de billar. Movía sin apenas esfuerzo las cajas más pesadas, y sin embargo era capaz de tratar con suma delicadeza las piezas más delicadas de un yacimiento.

Miró a Camille como si fuera un artefacto que de pronto se hubiera revelado como el hallazgo más portentoso del siglo.

–¿Has venido con el conde de Carlyle? –preguntó.

Baile de máscaras

Ella suspiró, cansada de dar explicaciones, y se limitó a decir:
—Sí.
—Entonces, ¡ha vuelto a salir del castillo!
—Eso parece.
—¡Vaya, vaya! —exclamó Aubrey—. Puede que a partir de ahora dispongamos de más dinero. ¡Caramba! Incluso puede que el conde organice una nueva excavación. No hay nada como trabajar en las arenas del desierto, ¿sabes?
—Todavía no está organizando ninguna excavación —dijo Hunter con fastidio.
—Pero... —murmuró Aubrey, mirando a Camille.
—¿Querías algo más, Aubrey? —preguntó Hunter.
Aubrey arrugó el ceño.
—Ese vejestorio, el jorobado barbudo que venía de Antigüedades Asiáticas, ¿lo habéis visto? —los tres lo miraron con estupefacción—. Sí, ya sabéis, ese tipo. El que viene a trabajar aquí unas horas de vez en cuando. ¡Arboc, así se llama! El viejo Jim Arboc, ¿lo habéis visto?
—No, no lo hemos visto —contestó Hunter, irritado. Aubrey no le era simpático, pero cumplía todos los requisitos para trabajar en el departamento..., entre los cuales se contaban sus músculos.
—Le he dicho a sir John una y otra vez que debemos contratar a un hombre a tiempo completo —dijo Aubrey—. A mí no me importa deslomarme, pero hay que barrer el suelo. Y en eso se pierde mucho tiempo.
—Entonces tal vez no deberías malgastarlo —sugirió Hunter.
Aubrey estuvo a punto de lanzarle un gruñido, pero sonrió a Camille.

—¡Bien hecho, Camille! ¡Caramba, volver a traer a tan ilustre patrón! Aunque últimamente tenga tan mala reputación. Puede que de verdad esté maldito —le guiñó un ojo y salió.

Un instante después apareció sir John.

—¿Se puede saber qué está pasando aquí? —preguntó con impaciencia—. Alex, creo que Camille es muy capaz de ocuparse sola de esa estela. Hunter, puede que sea usted miembro de la junta directiva, pero su cometido no consiste en entretener a mis empleados. Lord Wimbly viene de camino, ¡y no quiero que mi departamento parezca un salón de té!

Alex se puso rígido. Hunter se encogió de hombros con fastidio.

—Hablaremos luego, Camille —dijo, y se acercó tranquilamente a la puerta. La abrió, listo para marcharse, pero se detuvo de pronto. Mirando hacia atrás, los recorrió con la mirada y finalmente, posando la vista en Camille, dijo—: Parece que alguien más viene a tomar el té.

—¿Quién? —preguntó Alex.

—Brian Stirling, el conde de Carlyle —dijo Hunter con los ojos fijos en Camille—. ¡Ojo! ¡Viene el monstruo!

Capítulo 5

Pese al sigilo con que hablaban, Brian oyó sus susurros de estupor y, supuso, también de alarma.

–¿Lord Stirling? –preguntó sir John, asombrado.

–Creía que se había ido –dijo Alex Mittleman apresuradamente.

–Pues no. Y les advierto que... –dijo sir John, pero salió al pasillo sin acabar la frase y exclamó con forzada alegría–. ¡Brian! ¡Qué gran honor! Hacía una eternidad que no te veíamos por aquí y hoy, de pronto... ¡Qué suerte la nuestra!

–Por favor, sir John, hará usted que me sonroje –contestó Brian, dándole la mano.

–Entonces, no se ha ido –musitó Hunter al oído de Camille.

Brian vio la mirada de Camille. Parecía recelosa.

Al parecer, el pequeño cuarto de trabajo donde

se habían reunido era el de ella. Camille se hallaba al lado de Hunter MacDonald. Alex merodeaba por allí como un gallo asustado, decidido a defender sus dominios a todo trance. Incluso sir John parecía haberse puesto a la defensiva. Y, sin embargo, pensó Brian con cierto humor, parecía dispuesto, si bien con algo de reticencia, a entregarle a su joven protegida si con ello conseguía atraerlo de nuevo. Lo cual resultaba muy interesante.

Hunter dio un paso adelante.

–¡Brian, viejo granuja! Te echábamos de menos –dijo con aparente entusiasmo.

Hunter y él habían servido juntos en el ejército y se conocían bien. A decir verdad, habían compartido numerosas correrías nocturnas. Incluso podía considerárseles amigos.

¿Era la natural desconfianza hacia un hombre que podía muy bien ser un asesino lo que motivaba el intenso recelo con que Brian lo miraba de pronto? ¿O se debía ello más bien a la actitud de Hunter hacia Camille? Brian no pudo evitar sentir un arrebato de curiosidad. Deseaba apartar a Camille de aquel hombre. ¿Conocía ella acaso la merecida reputación de Hunter? ¿Eran ya amantes?

Brian solo conocía a Camille desde hacía unas horas. Y seguía albergando fuertes recelos hacia ella. A fin de cuentas, se había presentado en su casa. Y trabajaba en el museo. Pero ¿era aquello simple desconfianza o había algo más? Él estaba decidido a salirse con la suya. Y ella formaba parte de sus planes. Pero mientras permanecía allí parado, mirándola, se dio cuenta de lo extraordinaria que era su belleza, el color de su cabello, la cristalina electricidad de sus

Baile de máscaras

ojos... En efecto, a pesar de su mandil de trabajo y de que su pelo se había soltado de las horquillas, Camille rezumaba elegancia y dignidad, incluso... sensualidad.

A Brian no le gustaba que estuviera tan cerca de Hunter.

—¡Lord Stirling! —exclamó Alex, acercándose. Aunque pareciera apocado y bondadoso, Alex no era menos peligroso.

Brian le estrechó la mano.

—Alex, viejo amigo, me alegra verte —posó sus ojos en Camille—. Y también veo aquí a la más trabajadora de todos —bromeó.

Camille compuso una sonrisa.

—Lord Stirling, me alegra ver que su interés por el museo ha resurgido de nuevo.

—Ya he pasado suficiente tiempo encerrado —dijo él con suavidad—. Es asombroso cómo pasa el tiempo, ¿no creen? Un año pasa volando. Uno camina entre la niebla. Y luego el azar le depara un encuentro fortuito. Imaginen, un accidente delante de mi castillo, y el herido resulta ser un caballero que tiene como pupila a la más bella joya del departamento de Antigüedades del museo. Es como si hubiera... resucitado.

Estuvo a punto de echarse a reír a carcajadas. Incluso sir John, que estaba dispuesto a sacrificar a la hermosa doncella, dio un paso hacia Camille.

—Camille es, en efecto, la cosa más bella que hemos descubierto aquí —dijo Hunter precavidamente—. Es un verdadero tesoro para nosotros.

Brian advirtió un extraño destello en los ojos de Camille y supo que estaba pensando: «Sí, ya, un tesoro desde hace poco tiempo». Él conocía bien aquel club de caballeros. Camille tenía suerte de contar con aquel empleo. A no ser, claro, que hubiera conseguido el puesto gracias a su belleza y sus encantos, y no a sus conocimientos...

De pronto se sintió lleno de una rabia que no lograba sofocar, y la tensión se hizo palpable. Él carecía de poder sobre aquella mujer, dejando a un lado las amenazas y el chantaje. Camille podía haberle dicho la verdad o podía haberle mentido sin ambages. Pero aquellos celos repentinos eran casi apabullantes.

Sir John carraspeó.

—¿Le interesa ver el trabajo que estamos haciendo?

—Hay tiempo para eso. He visto a lord Wimbly abajo. Vamos a ir a comer juntos. Ahora mismo está hablando con los encargados del banquete, ultimando los detalles para la fiesta.

—Sí, a él le gusta encargarse de esas cosas.

—Parece que las cosas han cambiado muy poco —dijo Brian, y frunció el ceño—. No veo a Aubrey por aquí.

—Está trabajando, desde luego —dijo sir John.

—Desde luego. En fin, denle recuerdos de mi parte —Brian miró de nuevo a Camille—. Veo, señorita Montgomery, que está usted trabajando con piezas que mis padres donaron al museo.

La mirada de Camille se endureció.

—En efecto. Creo que sir John lo ha invitado a ver nuestro trabajo.

—Una invitación muy amable —murmuró él, y vio que ella se sonrojaba al darse cuenta de que el conde de Carlyle no necesitaba invitación alguna—. He prometido encontrarme con lord Wimbly junto al nuevo Perseo, de modo que tendré que volver luego. Gracias –se volvió para marcharse y estuvo a punto de sonreír, consciente de que todas las miradas estaban fijas en su espalda–. Señorita Montgomery, mi coche la estará esperando –le dijo.

–¡Cielo santo! –exclamó otra voz, profunda y tronante. Todos se volvieron. Había llegado lord Wimbly en persona–. ¡Todo el personal de brazos cruzados! –dijo, pero sonrió.

Lord Wimbly era un hombre de edad indeterminada. Su aspecto apenas había cambiado desde que Brian era un niño. Tenía una densa mata de pelo blanco como la nieve, y unos ojos grises de mirada franca y penetrante. Era alto, delgado y parecía un lord de los pies a la cabeza.

–Me temo que es culpa mía –dijo Brian–. Qué desconsiderado soy. ¡Pasar tanto tiempo fuera y luego presentarme aquí y entretener a todo el mundo!

–¡Ah, pero todos nos alegramos de que haya vuelto! –dijo sir John.

–En efecto –murmuró Hunter secamente. Sus ojos se encontraron con los de Brian; en ellos parecía haber cierta amistosa rivalidad–. Ya era hora de que volvieras al redil –dijo–. A fin de cuentas eres el conde de Carlyle. Un hombre de gran importancia para nuestras empresas.

–Gracias.

Lord Wimbly le dio una fuerte palmada en la espalda.

–Sí, sí, hijo mío. ¡Al diablo con esas heridas! Aunque podías haber elegido otra máscara...

–¡Lord Wimbly! –exclamó sir John, escandalizado.

Brian se echó a reír.

—Me gusta mi máscara.

—Pero, hijo mío, todo el mundo anda diciendo por ahí que eres una bestia —le explicó lord Wimbly.

Allí estaban todos ellos: sir John, Hunter, Alex y ahora lord Wimbly. Los cuatro que habían estado en Egipto, trabajando con sus padres. Los que habían presenciado sus descubrimientos y los habían visto morir; los que parecían ahora entusiasmados por su renovado interés y le ofrecían sus parabienes, sus ramas de olivo, su comprensión y su amistad. Y, sin embargo, uno de ellos era un asesino.

—La verdad es que disfruto de mi tétrica reputación —dijo, mirando a Camille—. Pero puede que tengáis razón. Ya es hora de que honre la memoria de mis padres volviendo al trabajo.

—¡Tiene mucha razón! —exclamó sir John—. Debe olvidar las penas y la soledad del pasado y ocupar el lugar que le corresponde como cabeza de un linaje que ha de ocuparse de la cultura y la educación del país.

—Y de los pobres —murmuró Camille, y se apresuró a bajar los ojos.

Todos la miraron con perplejidad. Brian no creía que a sus compañeros les importara lo más mínimo la pobreza que asolaba Londres. Todos ellos habían recibido un duro varapalo debido a los recientes asesinatos de Jack el Destripador, pero eran hombres de letras. La búsqueda del saber, y el conocimiento del Antiguo Egipto en particular, era el objetivo que impulsaba sus vidas.

Eso, y la riqueza y la gloria que traía aparejadas ese conocimiento.

Baile de máscaras

—Claro, claro, la situación de los pobres —murmuró lord Wimbly—. Hay mucho que hacer, ¿eh, Brian? —le dio otra palmada en la espalda—. Bueno, hijo mío, ¿nos vamos? —preguntó.

Brian asintió y miró a su alrededor, sonriendo bajo la máscara.

—Caballeros, nos veremos pronto. Camille, será para mi un gran placer verla esta noche.

—Muchas gracias —murmuró ella—. Con suerte, sin embargo, mi tutor se encontrará ya lo bastante bien como para abandonar su siempre generosa hospitalidad.

—¡Oh, no debemos precipitar su recuperación! —dijo Brian.

—Es usted muy amable.

—En absoluto. Como le decía, honra usted el castillo de Carlyle con su presencia. ¿Lord Wimbly? Estoy a su disposición.

—Sir John, mañana a primera hora estaré aquí para ponerle al corriente de los últimos preparativos. ¡Va a ser una fiesta espléndida! ¡Sencillamente espléndida! Y además por una causa digna de mérito. Vendrán todos nuestros benefactores, por no hablar de un sinfín de personas interesadas en contribuir desde un segundo plano. Esto tiene que estar impecable... ¿verdad, sir John?

—Impecable —contestó sir John con cierta perplejidad.

—Adiós, entonces, y no lo olviden —dijo lord Wimbly.

Brian inclinó la cabeza y se volvió para seguir a lord Wimbly. De nuevo sintió las miradas de los demás clavadas en su nuca. Era consciente de que las lenguas se desatarían en cuanto lord Wimbly y él se alejaran. ¡Ah, quién fuera una mosca en la pared! Claro, que en realidad estaba a punto de convertirse en algo parecido.

–¡A trabajar todo el mundo! –ordenó sir John.

Camille, que estaba ansiosa por quedarse sola en su cuarto de trabajo, se sintió aliviada.

–Verá, señor... –comenzó a decir Alex, pero sir John lo atajó diciendo:

–¡A trabajar! Casi se nos ha acabado el tiempo. Alex, vaya al almacén. Hay cajas por todas partes. Habrá que ordenarlo todo sin dañar las piezas. Hunter, haga el favor de venir a mi mesa.

Alex y Hunter miraron a Camille con preocupación, remisos a dejarla sola. Ella les lanzó una seca sonrisa y volvió a encerrarse en su cuarto.

El corazón le palpitaba a toda prisa. Estaba segura de que había alguien en el almacén del sótano cuando había bajado con sir John. Y sabía que, fuera quien fuese, había oído su conversación. Alguien había bajado allí con el único propósito de espiarlos.

¿Habría sido Brian Stirling, la Bestia de Carlyle?

Camille se volvió hacia su mesa y de pronto sintió un escalofrío. ¡Allí estaba! ¡La maldición!

Ella no creía en maldiciones, pero sabía que los hombres podían sufrir la desventura de la envidia y la avaricia. Y, si ese era el caso, quizá el conde tuviera derecho a buscar un culpable.

Cerró los ojos mientras sus pensamientos se agitaban formando un torbellino. No, aquel hombre debía de estar loco. Camille pensó en los caballeros del círculo de amigos, o al menos de conocidos, que acababa de reunirse. ¿Lord Wimbly? Cielo santo, no. ¿Sir John? Imposible. ¿Hunter? Era un mujeriego encantador, pero ¿un asesino? ¡Desde luego que no! Y Alex, el dulce Alex...

Todo aquello era una locura. Camille volvió al trabajo, exasperada. Las creencias de los antiguos egipcios empezaban a parecerle mucho más racionales que todo cuanto había oído esa mañana en boca de hombres doctos pertenecientes a la edad de la razón.

Tristan Montgomery se despertó en una espaciosa cama del castillo de Carlyle. Era una cama grande y suave; las sábanas tenían un tacto delicioso, y las mantas eran finas y cálidas.

Pero, pese a todo, le recorrió un escalofrío al recordar que se hallaba bajo el techo de aquel monstruo. Aquel hombre era un ogro, de eso no había duda.

Alguien llamó a la puerta.

—¿Sí? —preguntó, indeciso.

La puerta se abrió y apareció la mujer que parecía ser el ama de llaves. Tristan tiró un poco más de las mantas y se preguntó por qué se sentía tan incómodo en presencia de aquella mujer. ¡Sentía vergüenza! En fin, quizá tuviera de qué avergonzarse. Pero hacía demasiados años que se veía obligado a ganarse la vida recurriendo únicamente a su ingenio... y a aliviar un poco a otros del peso de sus riquezas cuando se terciaba. Pero no era del todo malvado, ni egoísta con sus riquezas de dudoso origen.

—Señor Montgomery —dijo suavemente aquella mujer. Prior, ese era su nombre. Se movía con un susurro de seda y un soplo de perfume, siempre majestuosamente, y siempre con esos ojos que parecían mirarlo como si fuera... en fin, peor de lo que era.

—¿Sí? —preguntó él con las mantas bajo la barbilla.

—¿Qué tal se encuentra?

«Bastante bien», pensó Tristan. Pero en voz alta gruñó:

—Dolorido, señora, como si todavía tuviera los huesos un poco magullados —titubeó—. Mi niña, mi Camille... estuvo aquí —se sentó y, olvidando sus presuntos dolores, sintió de pronto una profunda inquietud—. ¡Estuvo aquí! Camille estuvo aquí. Si ese monstruo le ha tocado un solo pelo, juro que... ¡juro que le arrancaré el corazón de cuajo! —concluyó con vehemencia. La mujer bajó la cabeza rápidamente. Tristan dio un respingo, convencido de que se estaba riendo de él—. Si ese hombre le ha hecho algo a mi niña...

—Vamos, vamos, señor Montgomery. El conde de Carlyle no es una bestia.

—¿Sí? Pues cualquiera lo diría —masculló Tristan—. ¿Dónde está Camille?

—Trabajando, creo.

Tristan frunció el ceño.

—¿Estuvo aquí?

—Sí, en efecto. Y va a volver.

Tristan frunció el ceño otra vez.

—¿Aquí?

—Pues claro. Se quedará en el castillo mientras esté usted aquí, señor Montgomery —la mujer descorrió las cortinas, dejando que la hermosa estancia se inundara de luz. Tristan se hundió un poco más en la cama, consciente de que estaba sin afeitar y de que probablemente parecía un viejo borrachín–. Tiene usted mucha suerte. Esa muchacha lo quiere muchísimo. ¡Dios sabrá por qué! –añadió, acercándose a él para verlo a la luz del día. Tristan enarcó una ceja.

–¿La manda el conde de Carlyle para que me torture de manera más sutil cuando él está ocupado en otros quehaceres?

Ella se rio suavemente. Tenía una risa extrañamente agradable.

–Señor, saltó usted sus murallas como un vulgar ladrón.

–Le juro que me caí.

–¡Es asombroso! ¡Qué destreza la suya!

Él sonrió.

–Soy ágil como un gato, señora. De verdad. En muchos sentidos.

–Pero sigue dolorido.

–Dolorido y confuso –Tristan suspiró–. Si el conde quiere llamar a la policía, debería hacerlo de una vez. Prefiero estar entre rejas que pasar otra noche aquí con ese hombre. ¡Cielo santo! ¡Cualquiera diría que iba a robarle las joyas de la Corona!

–Si hubiera andado usted tras las joyas de la Corona, el conde no se habría enfadado tanto –dijo la señora Prior.

–Da la casualidad de que sé un poco de antigüedades egipcias gracias a mi pupila. Esa chica lo sabe todo sobre los faraones, aunque a mí me parecen un atajo de patéticos fiambres, queriendo aferrarse a sus montones de oro hasta después de muertos. A decir verdad, sé que por algunas piezas, aunque sean pequeñas, puede conseguirse una buena suma, ¡pero cualquiera diría que formaba parte de una conspiración para cometer un asesinato!

—Algo así —musitó la señora Prior, apartándose de él—. En fin, tengo la impresión de que el conde no piensa presentar cargos, sobre todo teniendo en cuenta que todavía tiene usted dolores. Porque tiene dolores, ¿verdad?

Él frunció el ceño. La señora Prior no se lo estaba preguntando: lo estaba afirmando. Y aquel sitio era una delicia. Él nunca había dormido en una cama tan confortable, ni siquiera cuando era joven y había sido elevado al rango de caballero por los servicios prestados a Su Majestad en la India. Y qué decir de la comida...

Tristan observó a la señora Prior. Sabía que era una mujer inteligente, y seguramente mucho más que un ama de llaves. Quería quedarse mientras estuviera dolorido. Y ella quería que se quedara.

Su corazón se aceleró. Quizá mucho tiempo atrás hubiera podido hacer suya a una mujer como aquella. Pero ahora estaba seguro de que la señora Prior sentía tan poco respeto por él como si fuera una rata. Pero aun así...

Se sentó, erguido y orgulloso.

—Daría mi vida por esa muchacha. ¡No permitiré que permanezca bajo el mismo techo que esa bestia! —afirmó.

Para su asombro, la señora Prior fue a sentarse a los pies de la cama y le dijo, muy seria:

—Es cierto que el conde tiene mucho genio, pero

le juro por mi vida que jamás le haría daño a su pupila. No es una bestia. Solo pretende hacer salir a una alimaña de su madriguera. Por extraño que parezca, sir Tristan, puede que nos hiciera usted un favor al caerse de la tapia.

—No pienso poner en peligro a Camille.

—Camille es una belleza, sir Tristan. Tiene carácter, ímpetu y determinación. ¿Cree usted que correría algún peligro asistiendo a un baile del brazo de uno de los hombres más influyentes del país?

—El poder y la riqueza no importan, si ese hombre es una bestia.

—Las apariencias pueden ser engañosas.

—Pues le aseguro que el conde grita como un tigre.

La señora Prior sonrió de nuevo. Luego, para sorpresa de Tristan, pareció suplicarle.

—Concédame un par de días. Solo un par de días —le pidió. Él la observó con las cejas fruncidas—. Le juro que moriría antes que poner en peligro a Camille —le aseguró.

Tristan le sostuvo la mirada.

—Entonces, Camille va a volver aquí —dijo con precaución—. ¿Y qué hay de Ralph, mi criado? ¿Lo tienen encerrado en una mazmorra?

—No sea ridículo.

—¿Es que no hay mazmorras?

—Claro que sí. Esto es un castillo medieval, pero su criado no está allí. En realidad creo que está bastante cómodo, echándoles una mano a los sirvientes del conde.

—¿Trabajos forzados?

—Creo que, como no tenía nada que hacer, estaba aburrido. Así se distrae. No, sir Montgomery, nosotros no azotamos a la gente ni le ponemos grilletes. Lo que necesitamos es tiempo. ¡Un par de días!

–Un par de días –repitió él con reticencia.

Ella se levantó.

–Haré que le preparen un baño y le diré a una doncella que suba a afeitarlo. Seguro que tengo por ahí algo de ropa limpia que le sirva. Es usted alto y delgado, como el padre de lord Stirling. Y debe de estar muerto de hambre.

–En efecto. Si usted lo dice, he de estarlo.

Ella sonrió de nuevo altivamente, y se marchó.

Tristan entrelazó los dedos detrás de la cabeza y se recostó sobre las almohadas. No pudo evitar sonreír al pensar que se había comportado como un vulgar ladrón y que, sin embargo, lo habían invitado a quedarse en el castillo.

Lord Wimbly se empeñó en que Brian y él comieran en su club. Los padres de Brian solían frecuentar aquel establecimiento, y él seguía siendo miembro del mismo. Pero, como no le costaba ningún trabajo imaginarse a sus padres sentados en los hermosos sillones de piel, como en otro tiempo, desde su muerte se había mantenido alejado de allí.

Algunos viejos amigos y conocidos se acercaron a saludarlo. Unos miraban con pasmo la máscara. Otros intentaban fingir que no la veían. Algunos militares ancianos que lucían cicatrices y a los que les faltaba algún que otro miembro de poca importancia se apresuraron a mostrarle su simpatía, y algunos de los caballeros de más edad le sugirieron que optara por un atuendo más sutil, para luego, tras andarse un rato por las ramas, advertirle que empezaban a llamarlo la Bestia. Brian se mostró amable y les aseguró a todos ellos que tomaría en cuenta sus sugerencias, aunque debía admitir que hallaba su soledad muy grata.

–¡Bah! –le dijo el vizconde Ledger, un anciano oficial de caballería–. ¡Es el mundo moderno lo que hay que agarrar por los cuernos! Inglaterra nunca había tenido un imperio tan glorioso. Usted, mi buen amigo, se pasa la vida hurgando en el pasado. Sé que goza del favor de la reina. Ella habla muy bien de usted, y sacude la mano con fastidio cuando alguien le comenta con preocupación que se ha convertido en un recluso. Pero esa buena señora se ha pasado la vida de luto. ¡Si hasta ha hecho del luto un nuevo estilo de vida! Pero usted, lord Stirling, es un hombre joven, y si oculta su cara, ¿qué más da? ¡Mírese! ¡Alto, fuerte y apuesto!

–Y bastante rico –añadió sir Bartholomew Greer, que estaba a su lado.

–Sí, también rico. Eso lo arregla todo, ¿no les parece? –murmuró lord Wimbly con cierta sorna.

–Yo mismo tengo una hija en edad casadera –dijo sir Bartholomew.

–Y más fea que pegar a un padre –le susurró el vizconde Ledger a Brian en un aparte.

Sir Bartholomew pareció oírle, pues se puso más tieso que un atizador.

–Temo que, por desgracia, lord Stirling lleve la máscara no sin razón.

–Sí, pero por fortuna Brian es el conde de Carlyle –añadió lord Wimbly.

–Sí, claro, está su título –dijo sir Bartholomew, todavía envarado... y sin título–. Espero que sepa disculparme, Brian, pero aun así lleva usted una máscara.

–Pero es usted conde, y muy rico –puntualizó el vizconde Ledger, retorciéndose el bigote, y dejó escapar un suspiro–. Francamente, Brian, aunque fuera usted más viejo que las montañas y más feo de lo que quepa imaginar, podría encontrar una esposa como es debido.

Él se echó a reír de buena gana, y tomó el brandy que le había servido discretamente el camarero, al que dio las gracias inclinando la cabeza.

–Al parecer da igual cuáles sean mis cualidades; lo que importa es que soy conde. Y rico –murmuró con sarcasmo–. Me temo que aún no me he atrevido a buscar esposa. Creo que todavía no estoy preparado, aunque he de decir que, de estar buscando novia, preferiría que amara al hombre y no su título.

–¡Pero hay que pensar en el qué dirán! –exclamó el vizconde Ledger.

–Está el qué dirán y está la vida, ¿no les parece? –murmuró Brian–. Pero esta conversación carece de sentido. Acabo de decidirme a salir de nuevo de mis dominios, a interesarme de nuevo por Londres y por Inglaterra. Y, como se ha sugerido aquí, dado que gozo de tantas riquezas, he de decidir cómo puedo serle de mayor utilidad a mi patria.

Brian se alegró de que, en ese preciso instante, el maître del club los informara de que su mesa estaba dispuesta. Lord Wimbly y él se excusaron.

Cuando estuvieron sentados, lord Wimbly expresó de nuevo su satisfacción porque Brian hubiera decidido volver a interesarse por el museo.

–No hay razón para que un hombre de tu posición

se encierre en un castillo medieval día tras día, por más que sobre él pese una supuesta maldición –le reprendió–. El Imperio atraviesa su hora más dulce, Brian. Y aunque tenemos que vérnoslas con los franceses, nuestra importancia en Egipto es monumental.

Brian bebió un sorbo de un excelente clarete.

–Lord Wimbly –dijo–, sin los franceses, hoy no tendríamos la piedra Roseta, ni dispondríamos del conocimiento y las fuentes que están a nuestro alcance.

–Sí, sí, ya, pero... ¡El Imperio, hijo mío! ¡El Imperio! –dijo lord Wimbly, alzando su copa, y a renglón seguido comenzó a hablar del valioso trabajo que los padres de Brian habían hecho en Egipto, empeñados en aumentar sus conocimientos y en aprender a vivir entre sus gentes.

–Y en encontrar tesoros –murmuró Brian.

–¡En efecto! Aunque, por desgracia, no hay mayor tesoro que la propia vida. Eran tan generosos, tan brillantes... Debes retomar su trabajo donde lo dejaron, por respeto a su memoria.

Brian sonrió. Esperaba obtener del almuerzo algo más que un recordatorio del pasado y de sus obligaciones.

Cuando les llevaron la cuenta, lord Wimbly no protestó al decir Brian que pagaba él.

Se despidieron en el vestíbulo. Brian, que se había quedado un poco rezagado, oyó hablar a lord Wimbly con un individuo que le preguntó en voz baja por una deuda.

–Sí, sí, claro, buen hombre –contestó lord Wimbly con idéntico sigilo, pese a lo cual Brian logró oír sus palabras–. ¡Qué despiste! He olvidado hablar con mi contable. Pero no he olvidado nuestra partida –miró a su alrededor rápidamente. Brian fingió estar mirando por una de las bellas ventanas emplomadas del frontal del vestíbulo–. Hay que celebrar otra partida. Podemos probar a doble o nada, ¿qué le parece? –dijo lord Wimbly, y se echó a reír de buena gana.

Cuando el otro hombre se marchó, Brian intentó echarle una ojeada. Tenía la cara chupada y cojeaba. Brian pensó que debía de ser un soldado, y que tal vez había servido en Oriente Medio, pues su tez mostraba indicios de exposición al sol y su cojera sugería una grave herida. Brian no lo conocía de nada.

Sin embargo, al salir del club, tuvo la curiosa sensación de que había averiguado más de lo que parecía a simple vista. Y de que el almuerzo no había sido del todo una pérdida de tiempo, a fin de cuentas.

Camille se echó hacia atrás, consciente de que debía moverse. Tenía los hombros agarrotados y le dolía el cuello. Se levantó, desperezándose, y paseó la mirada por su cuartito de trabajo. Hasta ese momento, los antiguos no le habían revelado más de lo que ya sabía.

–¡Y, además, yo no creo en maldiciones! –dijo en voz alta.

Salió del cuartito. Sir John no estaba sentado a su mesa, de modo que Camille se quitó el delantal con intención de dar un corto paseo por el museo y regresar luego a su trabajo. De momento, pensó con sorna, era la niña mimada del departamento, y continuaría siéndolo mientras el conde de Carlyle siguiera dedicándole sus atenciones. Pero ella no era más que un peón en el tablero de ajedrez de Brian Stirling, y lo sabía.

Fue dando un paseo hasta las salas de arte egipcio. Había allí, como de costumbre, cierto número de personas que miraban fascinadas las momias, algunas de las cuales se exponían desprovistas de sus sudarios y otras envueltas en ellos, con su sarcófago o sin él.

La piedra Roseta, una de las piezas favoritas de Camille, era otra de las grandes atracciones del museo. Pero por lo general los visitantes se alejaban tras echarle una ojeada. A fin de cuentas, no era más que una piedra, un objeto inanimado. Nunca había vivido, ni había caminado por la tierra, había reído, llorado y amado. Las momias, en cambio, atraían la atención de todo el mundo.

Junto con la colección permanente, había también una exposición temporal sobre la vida y la época de Cleopatra. La momia de la legendaria reina del Nilo no estaba expuesta, pero había en cambio una excelente efigie de cera que la representaba, así como numerosa información sobre su vida y su reinado y, para rematar el atractivo de la exposición, un áspid como el que, según la leyenda, había acabado con la vida de la soberana.

Camille se sintió atraída por la urna de cristal de la cobra, a pesar de que estaba esta rodeada por un grupo de bulliciosos colegiales.

—¡Es solo una serpiente! ¡Y muy flacucha! —dijo uno.

—Yo podría agarrarla y retorcerle el cuello en un segundo —fanfarroneó otro.

—¿Es que tiene cuello? –preguntó un tercero.

Uno de los niños dio unos golpecitos en el cristal. La serpiente se irguió de pronto y se lanzó hacia los niños, chocando con el cristal. Ellos retrocedieron de golpe.

—¡Vámonos de aquí! –gritó el que había preguntado si tenía cuello.

—No pasa nada porque la miréis, si no la provocáis –dijo Camille, acercándose a ellos. La cobra era en realidad muy hermosa. Camille se volvió hacia los niños–. ¿Sabéis?, según la leyenda, Cleopatra pidió que le llevaran una cesta de higos con una cobra dentro. Veréis, no quería simplemente suicidarse. La cobra simbolizaba la realeza divina, y ella creía que, si la mordía un áspid, sería inmortal.

—¿Y era cierto? –preguntó uno de los niños, que la miraban con los ojos como platos.

—Bueno, Cleopatra es una figura legendaria, así que en cierto modo es inmortal. Pero, en lo que se refiere a la mordedura del áspid, estoy segura de que murió sin más –añadió con una sonrisa.

—¿Hay más serpientes en el museo? –preguntó otro niño.

—Solo esta –contestó ella–. Y, cuando se acabe la exposición sobre Cleopatra, esta también se irá.

—¡Vaya! ¡Es lo mejor de todo! –exclamó otro niño.

—Hay muchas más cosas que ver. Tenéis que leer los carteles y usar vuestra imaginación –les aconsejó Camille–. Será divertido, os lo prometo.

—Vamos a ver la piedra Roseta –dijo uno de los chicos mayores.

Se marcharon, y el niño más curioso le dio las gracias, mirándola con asombro. Camille le sonrió y

Baile de máscaras

se despidió de él agitando la mano. Luego se volvió de nuevo hacia la serpiente. Sabía que las cobras mataban a mucha gente. Pero también sabía que rara vez atacaban si no se las provocaba.

Se preguntó cómo se habrían sentido lord y lady Stirling. ¿Habían visto a las serpientes que habían acabado con sus vidas? ¿Y había sido todo un trágico accidente... o un horrendo asesinato?

Capítulo 6

Esa tarde, al salir del museo, Camille iba acompañada. Hunter, que rara vez se quedaba hasta tan tarde, iba a un lado de ella, y Alex al otro. Sir John caminaba unos pasos más atrás. Cuando llegaron a la calle, el imponente carruaje del conde de Carlyle la estaba esperando.

–¡No vayas! –susurró Alex con cierta desesperación.

–Camille... –murmuró Hunter torpemente y luego añadió en un aparte–: Me casaré contigo, de veras.

–¡No debería hacer esto! –le dijo Alex en voz alta a sir John–. Una joven sola, en compañía de semejante... bestia –concluyó débilmente.

–¡Señores! –dijo sir John, sacudiendo la cabeza–. ¡Se trata del conde de Carlyle! ¡Un hombre respetado, un héroe de guerra, en otro tiempo amigo de todos nosotros! –les recordó, indignado.

Baile de máscaras

–Un hombre desfigurado y resentido –repuso Hunter–. Camille no puede ir a su casa.
–Debe hacerlo –contestó sir John.
–Camille decidirá por sí misma –dijo ella con firmeza.

Shelby se apeó del pescante y sonrió como un gigante bondadoso, abriéndole la puerta con una reverencia para que tomara asiento.

Camille sintió una punzada de pánico. ¡Hunter MacDonald acababa de decirle que se casaría con ella! «¡Aprovecha la ocasión ahora que estás a tiempo!», pensó. Hunter era un hombre atractivo, respetado y viril. Y ella se había sentido atraída por él tantas veces...

Pero el conde de Carlyle, por desfigurado que estuviera, tenía en su poder a Tristan. Y, aunque fuera extraño, Camille era consciente de que había algo en él y en su apasionamiento que resultaba tan atractivo como las cualidades de Hunter. Incluso cuando montaba en cólera y, pese a sus argucias, había en él una honestidad que ejercía sobre ella un poderoso hechizo. Se sentía intrigada, y quería respuestas.

Se volvió hacia los hombres que la rodeaban.
–Les doy las gracias a todos. El conde de Carlyle le ha ofrecido su hospitalidad a mi tutor, y debo ir.

Mientras el carruaje se alejaba, no pudo evitar preguntarse por las verdaderas intenciones que se ocultaban tras las palabras de aquellos caballeros.

Evelyn encontró a Brian atareado en su biblioteca, revisando de nuevo el diario que su madre había escrito durante su último y fatal viaje a Egipto.

—Te vas a volver loco, Brian —le dijo con ternura.

Él levantó la mirada, como si no se hubiera dado cuenta de que le había dado permiso para entrar en su reino privado. Ayax, naturalmente, había saludado a Evelyn con un bufido y meneando la cola. El perro dormitaba, como de costumbre, a los pies de su amo.

Brian miró a Evelyn como si tomara en consideración sus palabras. Se había acostumbrado a llevar la máscara a todas horas, incluso en el castillo, ya que tenían «invitados».

Sacudió la cabeza.

—Estoy cerca, Evelyn. Lo sé. Estoy muy cerca.

—Sí —dijo ella con suavidad—, pero ya has leído mil veces ese diario.

Él enarcó una ceja.

—Pensaba que estarías contenta. He salido y hasta he comido en el club con lord Wimbly. Y te alegrará saber que voy a asistir a la fiesta de recaudación de fondos de este fin de semana.

—¿De veras?

—Sí, sí —dijo él con impaciencia—. Voy a llevar a la señorita Montgomery. Aunque reconozco que esa mujer me intriga. Puede que su tutor haya sido distinguido con el rango de caballero por sus servicios a nuestra reina, pero aun así es un ladrón. Así pues, ¿cómo es que ella sabe tanto sobre el Antiguo Egipto?

—Tengo una ligera idea de cómo puedes averiguarlo —murmuró Evelyn.

—Sí, pienso decirle a uno de mis hombres que indague en su pasado inmediatamente —dijo Brian.

—Mi idea era más sencilla —dijo Evelyn.

—¿Ah, sí? Pues te ruego la compartas conmigo.

–Pregúntaselo a ella –dijo Evelyn.
Él esbozó una sonrisa reticente.
–¿Crees que me dirá la verdad?
–Puedes intentarlo –dijo Evelyn–. Shelby volverá con ella en cualquier momento. Lo he dispuesto todo para que cenéis solos a las ocho.
–No puedo obligarla a quedarse –le recordó él.
Evelyn sonrió.
–Lo sé, pero su tutor está malherido.
–Creía que solo tenía unos arañazos.
–Sí, pero me he ocupado de que todavía le duelan.
–Dios mío, Evelyn, ¿qué le has hecho?
Ella se echó a reír.
–Nada, Brian. Simplemente hemos hablado.
Él la miró con fijeza y sacudió la cabeza.
–Eres increíble, ¿lo sabías?
–Hago lo que puedo para ayudarte –dijo ella, sonriendo con dulzura. Luego, de pronto, cambió de expresión–. Hablando en serio, Brian, pregúntale lo que quieras saber. Puede que te diga la verdad. Y, si miente, estoy segura de que te será muy fácil averiguarlo.
–Puede, pero...
–¿Pero?
–Bueno, la primera vez que hablamos, ella enmascaró la verdad con mucho más fervor del que suelo enmascararla yo.
–¿No creerás en serio que la señorita Montgomery forma parte de una conspiración contra ti? –dijo Evelyn.
–Lo único que sé, Evelyn, es que todo el mundo parece estar jugando a una mascarada u otra. Y

que, ciertamente, la señorita Montgomery tiene sus secretos.

Camille oyó un leve quejido al abrir la puerta, y el miedo se apoderó de su corazón.
–¿Tristan?
–Camie, cariño, ¿eres tú?
La voz de Tristan sonaba débil. Camille corrió a la cama y se sentó a su lado.
–¿Estás bien? –preguntó, preocupada.
–Muy bien, niña, ahora que te veo –dijo él, pero hizo una mueca mientras hablaba.
–¿Qué te duele, Tristan? Puede que te hayas roto algún hueso. ¡Tengo que sacarte de aquí y llevarte a un hospital! –dijo Camille.
–No, Camie, no –él la agarró de la mano con fuerza–. No tengo ningún hueso roto. Es solo que me duele todo el cuerpo, ¿comprendes?
Ella se echó hacia atrás y lo miró con detenimiento, no sabiendo si preocuparse o enojarse. Luego apoyó una mano sobre su frente.
–Pues no tienes fiebre –le dijo.
–¿Lo ves? Solo estoy débil. Y dolorido. Estaré mejor si dispongo de unos días para recuperar fuerzas –le lanzó una sonrisa trémula–. Estoy seguro de que mi vida no corre peligro, niña.
–Yo no estaría tan segura –dijo ella–. Puede que yo misma te estrangule cuando salgamos de aquí.
–Pero...
–Tristan, pudiste poner en peligro mi empleo.
–Una muchacha no debería trabajar –dijo él con sincero pesar.

Baile de máscaras

Camille suspiró.

–No te estrangularé con una condición.

–¿Cuál, tesoro?

–Que nunca vuelvas a cometer una estupidez semejante. Ese hombre es un monstruo, Tristan. No sé si habría llegado al extremo de hacerte ahorcar, pero podría haber hecho que te pudrieras en prisión.

–Sí, pero... ¡tiene tantas cosas...!

–Y piensa conservarlas. No estoy del todo segura de que esté cuerdo.

Tristan pareció acometido de pronto por un arrebato de energía. Se incorporó en la cama y frunció el ceño.

–Niña, si se atreve a ponerte un solo dedo encima...

–¡Tristan! No se trata de eso. Es solo que... oh, da igual. Está relacionado con el museo, ¿sabes?, a través de sus padres y del profundo interés que sentían por la egiptología. Y está convencido de que fueron asesinados.

Tristan arrugó el ceño.

–Yo creía que los habían matados unas víboras.

–Sí, pero creo que él no acaba de asumirlo. Si es que es cierto, claro.

–¿Qué estás diciendo? –preguntó Tristan.

Camille le puso las manos sobre los hombros, preocupada de pronto por haber hablado de más.

–Da igual, Tristan. Es solo que estoy impaciente porque te pongas bien, y estoy muy enfadada contigo. ¿Cómo has podido hacer esto?

–Lo siento mucho, Camille, pero me gustaría darte una vida mejor. Es muy triste para mí que tengas que salir a trabajar para ganarte la vida.

—A mí me gusta lo que hago, Tristan. Y no es en absoluto triste. Tú cuidaste de mí cuando era pequeña. Ahora debes permitir que sea yo quien cuide de ti. Y no hace falta que me ayudes, ¿me has entendido? Lo que haces no está bien. Debes jurarme ahora mismo y ante Dios que no volverás a robar a nadie.

—Pero niña...

—¡Tristan!

Él se recostó como un niño enfurruñado.

—Soy un buen ladrón.

—¡Tristan! ¡Júrame ahora mismo que no volverás a cometer una estupidez como esta! —él masculló algo—. ¡Júramelo! —insistió ella.

Tristan levantó la mirada hacia ella.

—Te lo juro, muchacha. Hala, ya está, ¿estás contenta? Nunca más volveré a cometer una estupidez como esta.

Ella ladeó la cabeza.

—Con eso no basta.

—¿Qué?

—Harás cualquier otra tontería y luego me dirás que no era una estupidez como esta. Tú sabes lo que quiero decir. Que nunca volverás a robar, a estafar ni a hacer nada ilegal.

—¡Camille! —protestó él, indignado.

—¡Júralo! —dijo ella con firmeza.

Tristan repitió sus palabras, recostándose sobre las almohadas, con los brazos cruzados sobre el pecho.

—No deberías trabajar —dijo de nuevo con un suspiro—. Deberías casarte con un buen hombre que te dé todo lo que necesites.

—Yo no quiero que nadie me dé nada —afirmó ella

suavemente–. Tristan, os quiero a Ralph y a ti. No me importa manteneros...

–¡Camille! –exclamó Tristan, indignado–. No está bien que una muchacha mantenga a un hombre hecho y derecho.

–Tristan, ¿acaso crees que vivimos en la Edad Media? –preguntó ella–. Tú alentaste mi sed de conocimientos tanto como... –se interrumpió al oír que llamaban a la puerta.

Evelyn Prior se asomó a la habitación sin esperar respuesta.

–¡Ah, señorita Montgomery, ha vuelto ya! –dijo con amabilidad.

Camille se envaró.

–Sí, Shelby me ha dejado en la puerta. Naturalmente, he venido a ver a Tristan enseguida.

–Naturalmente –convino la señora Prior–. Sin embargo, el conde la espera en su sala de estar, donde se les servirá la cena.

Camille sonrió con dulzura.

–Había pensado cenar tranquilamente con Tristan y no abusar de la... hospitalidad del conde.

–Pero el conde la está esperando.

–Yo ya he cenado –dijo Tristan.

Camille lo miró frunciendo el ceño.

–¡Aquí somos invitados por accidente, caballero! –le recordó.

–Señorita Montgomery, si es usted tan amable... –insistió la señora Prior.

Camille respiró hondo, mirando a Tristan. Él sonrió.

–Debes irte, niña. El conde de Carlyle insiste.

Camille compuso una sonrisa y se levantó.

–¿Seguro que estás mejor? ¿No crees que deberíamos llevarte a un hospital?

Le pareció que Tristan miraba con cierta inquietud a la señora Prior.

–Camille, estoy seguro de que no necesito ir al hospital. Solo necesito tiempo para recobrar fuerzas.

–Como quieras –murmuró ella y, tras besar a Tristan en la frente, siguió a la señora Prior.

–Parece que se está recuperando –dijo esta con una sonrisa.

–Sí –musitó Camille. De pronto, el día le parecía tediosamente largo y angustioso. Estaba exhausta y no sabía si quería pasar la velada con un hombre que intentaba utilizarla para sus propios propósitos.

La señora Prior pareció darse cuenta de que no tenía ganas de hablar y guardó silencio mientras recorrían el largo pasillo que llevaba a las habitaciones del conde.

Brian Stirling la estaba esperando con las manos unidas tras la espalda, mirando por las ventanas hacia los jardines en sombras. Ayax, que estaba tumbado delante de la chimenea, gimió suavemente al verla y empezó a menear la cola, pero no se levantó.

–La señorita Montgomery, milord –murmuró Evelyn, y se volvió con intención de marcharse, pero el conde giró sobre sus talones y la llamó.

–¡Evelyn!

La señora Prior se detuvo. El conde le lanzó a Camille una larga mirada.

–Hemos de procurarle a la señorita Montgomery ropa adecuada –dijo al fin.

Baile de máscaras

—Hay algunas prendas que pueden servirle —dijo la señora Prior—. Me ocuparé de ello inmediatamente.

Él agitó una mano en el aire.

—Sí, sin duda encontraremos algo que le sirva para acudir a su trabajo. Pero, si va a asistir a la fiesta conmigo, ha de ir vestida adecuadamente.

—Es bastante delgada —dijo la señora Prior, pensativa.

Camille sintió que le ardían las mejillas. Aquello era una falta de educación.

—Discúlpenme, pero estoy aquí —les dijo—. Y, si me permiten ir a mi casa, dispongo de mi propia ropa, y muy digna, además.

—Soy muy consciente de que está usted ahí, señorita Montgomery. Le pedimos humildemente disculpas —murmuró él—. Me temo que no hay tiempo de que vaya usted a su casa. Creo que, pese a la premura, las hermanas podrán confeccionarle un vestido fuera de lo corriente —dijo—. Evelyn, por favor, dile a Shelby que lleve a la señorita Montgomery a la casita del bosque antes de volver aquí mañana por la tarde.

—Shelby podría llevarme a mi casa —protestó Camille.

—Me temo que será una gran fiesta, señorita Montgomery. Sería un gran placer para mí procurarle un atuendo digno de tal ocasión.

—Lord Stirling...

—¿Qué tal se encuentra su tutor esta noche? Tengo entendido que ha ido a verlo —dijo el conde amablemente.

—Se encuentra bien —contestó ella con frialdad.

—Voy a buscar a Shelby —dijo la señora Prior, y se marchó, cerrando la puerta.

Camille se quedó muy quieta, mirando furiosa a lord Stirling.

—¿Tiene hambre? —preguntó él con delicadeza.

—Es usted un auténtico monstruo, y no lo digo por la máscara —contestó ella.

—Sea como sea, la cena está servida —dijo él, indicando la mesa con su blanquísimo mantel y sus platos cubiertos con tapaderas de plata—. Le ruego me diga por qué soy un monstruo cuando lo único que quiero es verla bien vestida.

—Yo no acepto limosnas.

—No, pero su tutor acepta... en fin, las pertenencias de otras personas.

—¿Acaso lo sorprendió robando algo? —inquirió ella.

—A decir verdad, no.

—Entonces, ¿cómo sabe que no se cayó de la tapia? Puede que solo tuviera curiosidad y quisiera echarle un vistazo a sus tierras.

—Por favor, no insulte la inteligencia de ambos, señorita Montgomery.

—¿Por qué no? Usted no tiene reparos en insultarme a mí.

—¿Le importaría explicarme a qué se refiere? La he invitado a una fiesta. El vestido no es para usted, sino para mí. Así pues, no se trata de una limosna.

Ella dejó escapar un bufido de exasperación y luego decidió que, al menos, podía cenar, y se acercó a la mesa. El conde retiró la silla para que se sentara. Ella guardó silencio, apretando la mandíbula, mientras él rodeaba la mesa para tomar asiento al otro lado.

El conde le sirvió una copa de vino tinto y luego

Baile de máscaras

destapó su plato. Esa noche había cordero asado con guisantes y patatas nuevas. Al notar el aroma de la comida, Camille sintió una súbita punzada de hambre. El conde dejó a un lado las tapaderas de plata y levantó su copa.

–Por el museo, señorita Montgomery.

–Entonces, ¿es cierto que vuelve usted a interesarse por él? –preguntó Camille amablemente, alzando su copa.

–Nunca he dejado de interesarme por el museo, querida mía. Nunca.

–Pues creo que ha engañado a todos aquellos que lo consideran su pasión.

–Ah, sí, los otros –dijo él, pensativo, mirando su vino mientras mecía la copa. Luego fijó sus ojos en ella–. ¿Cómo se han comportado hoy? Casi puedo oír sus murmullos y sus quejas desde aquí.

–¿Y qué esperaba? –preguntó ella.

–Esperaba que se sintieran horrorizados, claro está. Usted es su pupila, admirada y codiciada por unos y protegida por otros. Ellos confían en que usted siga formando parte de su círculo. Y entonces aparece el lobo, la bestia con su título y su dinero. Veamos, creo que puedo decirle qué ha pasado. Sir John, mi buen amigo, quería simplemente que todo fuera como la seda y que no hubiera confrontaciones. Ahora la mira con nuevos ojos, y se pregunta cómo ha logrado usted atraer mi atención hasta ese extremo. Naturalmente, sabe que tiene bajo su tutela a una joven muy bella, pero... en fin, entre las jóvenes la belleza es moneda corriente. Intenta descubrir qué hay en usted tan atrayente. Pero, por otra parte, no quiere mirarle el diente a caballo regalado.

—Sus halagos se me van a subir a la cabeza —dijo ella.

—No pretendía ofenderla. Solo le estoy diciendo lo que sin duda ocurrió cuando me marché. Lord Wimbly no dirá nada, puesto que yo mismo le comenté que iba a llevarla a la fiesta. Verá, cierto número de colegas míos están convencidos de que debería buscar esposa, pero de la clase adecuada. Y creen que mi riqueza y mi título me permitirán encontrar un auténtico dechado de virtudes..., a pesar de la máscara. Luego está Alex, que siempre tiene presente su humilde cuna, a pesar de lo cual se considera adecuado para usted. Sin duda estará consternado. Y por último está Hunter. Apuesto a que estaba tan perplejo porque la haya invitado a la fiesta que se mostró dispuesto a ofrecerle su ayuda, e incluso a pedir su mano, con tal de apartarla de mi lado.

Camille confiaba en que su semblante no delatara hasta qué punto había dado el conde en el clavo.

—Yo jamás me casaría con Hunter —le dijo sin bajar los ojos.

—¡Ajá! De modo que se lo pidió.

—Yo no he dicho eso. He dicho que jamás me casaría con él.

—¿Ah, sí? ¿Y eso por qué? Es un hombre apuesto y encantador, un aventurero de esos que hacen desmayarse a las señoritas de alto copete.

—¿Se está burlando de él?

—En absoluto. Solo siento curiosidad por saber por qué no se siente usted atraída por él. Claro, que no ha dicho que no se sienta atraída. Solo ha dicho que no se casaría con él. Dígame, señorita Montgomery,

¿acaso consideraría usted la posibilidad de entablar una relación íntima con ese hombre? –preguntó él con franqueza.

Camille sintió la tentación de arrojarle el vino a la cara, pero logró refrenarse.

–Francamente –dijo en tono gélido–, eso no es asunto de su incumbencia.

–Le pido disculpas, Camille. Pero en este momento considero de mi incumbencia cualquier aspecto de su vida.

–Yo no.

Camille vio cómo se formaba lentamente una sonrisa bajo la máscara, y se sintió recorrida por un extraño temblor. El conde era rudo, un auténtico patán. Una bestia. Y sin embargo, aunque la ponía furiosa, también hacía que algo dentro de ella se agitara. Sus ojos, esa lenta sonrisa... Se preguntó cómo era antes de que la vida y la muerte le amargaran el carácter hasta aquel punto.

–Soy el conde de Carlyle –le recordó él–. Y voy a acompañarla a una fiesta. La gente hablará. Es importante que no se me tome por tonto en esos asuntos.

–Bueno, lord Stirling, eso debería haberlo pensado antes de anunciar que pensaba ir a la fiesta conmigo.

–Pero hemos hecho un trato.

–Se equivoca. Usted está chantajeándome, o amenazándome. O ambas cosas.

–Ambas cosas, creo. Le estoy haciendo un favor. Y usted me lo está haciendo a mí.

–¿Acaso es un favor que no denuncie usted a mi tutor? Piense, lord Stirling, que es muy posible que ningún tribunal le hallara culpable.

—Oh, lo dudo. Y usted también —respondió él con despreocupación.

Camille se reclinó en la silla, cruzó los brazos sobre el pecho e intentó componer una expresión desdeñosa y digna.

—Usted ha inventado esta farsa.

—Sin embargo, sigo teniendo duda respecto a mi actriz principal.

—Parece que duda usted de todo el que se cruza en su camino.

Él la sorprendió lanzando un nuevo asalto.

—Dígame, Camille, y sea sincera, ¿de dónde sacó sus conocimientos de historia y egiptología, y cómo demonios aprendió a leer jeroglíficos?

Sorprendida por la pregunta, a Camille le faltó el aire un instante. Luego dijo con sencillez:

—De mi madre.

Él frunció el ceño y se recostó en la silla.

—¿Su madre?

—Cuando era niña, íbamos al museo todos los días.

—¿Así es como llegó a trabajar allí? ¿Ella conocía a sir John?

Camille bajó los ojos.

—No veo el objeto de este interrogatorio, lord Stirling.

—Entonces conteste y póngale fin.

—¿Le preocupa cuáles sean mis relaciones con Hunter MacDonald? Pues sepa que no hay ninguna.

—Eso ya lo he adivinado —dijo él.

Camille se levantó de un salto. El conde estaba jugando con ella. De pronto se sentía tan furiosa que decidió contárselo todo.

—En lo que a mí concierne, milord, no ha de preo-

Baile de máscaras

cuparse usted por Hunter. ¿Quiere saber la verdad sobre mí? Pues es esta. Mi madre era prostituta en el East End. Su vida no empezó así, claro. Pero pocas mujeres nacen putas, señor. Era la séptima hija de un pastor anglicano de York, y tenía por tanto algo de instrucción. Deduzco por lo que me contó que mi padre fue un hombre de cierta posición o nobleza, pero eso no cambia el hecho de que soy una bastarda. Mi madre, sabiendo que sería expulsada de su hogar, se marchó a Londres, confiando en encontrar un empleo respetable gracias a su educación. Pero, estando embarazada, sus esfuerzos fueron inútiles. Sin embargo, a pesar de sus tristes circunstancias, mi madre quería una vida mejor para mí. Hizo cuanto pudo para ocultarme la fealdad de su vida. De día, me daba clases. Me leía, me cantaba, me llevaba a los museos. Pasábamos horas y horas en el Victoria y Alberto, aprendiendo sobre historia y lenguas y... sobre el Antiguo Egipto. Yo leía vorazmente. Y aprendí sola gran parte de lo que sé. ¿Le preocupa quedar en ridículo? Pues siga por este camino y, créame, alguien acabará por descubrir la verdad sobre mí. Si le queda algo de sentido común tras esa máscara, renunciará usted a esta absurda farsa de inmediato. Y si conserva algo de piedad tras esas zarpas, dejará que las cosas vuelvan a su cauce para que yo mantenga mi empleo.

Al finalizar su discurso, había plantado las manos sobre la mesa y se había inclinado hacia él. Estaba temblando y había alzado la voz. La furia se agolpaba dentro de ella como una avalancha. Solo cuando acabó de hablar comenzó a lamentar que el conde hubiera conseguido tirarle de la lengua.

Pero él no retrocedió, horrorizado. Se limitó a mirarla con fijeza. A Camille le sorprendió ver el atisbo de una sonrisa bajo la máscara y un destello de admiración en sus ojos.

Se apartó de la mesa y retrocedió.

–Diga algo –masculló.

–¿Aprendió sola a leer jeroglíficos? –preguntó él.

–¿Ha oído algo de lo que le he dicho? –gritó ella, exasperada.

–Perfectamente. Y estoy asombrado. ¿De veras aprendió sola a leer jeroglíficos?

Ella levantó las manos, desesperada.

–¡Es usted idiota! ¡No ha entendido nada! –gritó–. ¡Mi madre era prostituta! Si alguien empieza a hurgar en mi pasado, todo eso saldrá a la luz.

–Debía de ser una mujer asombrosa –murmuró él.

Camille se quedó boquiabierta.

–¿Es que no le basta con lo que le he contado para comprender que ha de ponerle fin a esta estúpida farsa? –preguntó.

El conde se levantó, y Camille dio un paso atrás.

–Le agradecería que no volviera a llamarme idiota en el futuro –dijo él con llaneza y, extendiendo un brazo, indicó la mesa–. Me despido de usted, señorita Montgomery, ya que estoy seguro de que necesita usted sustento, y mi repugnante apariencia le impide comer.

Se dio la vuelta y cruzó tranquilamente la habitación, dispuesto a marcharse.

–¡Espere! –gritó ella.

El conde giró sobre sus talones y Camille sintió que su mirada penetrante y enojada se posaba sobre ella.

Baile de máscaras

—¿Qué pasa ahora, señorita Montgomery?

—Permítame acabar, lord Stirling, ya que ha insistido tanto. Hay pocas cosas en el mundo que yo no hiciera por Tristan Montgomery. Él me salvó sin esperar nada a cambio. Me ha dado lo mejor de lo que tenía todos estos años. Así que estoy dispuesta a seguir con esta mascarada. Haré lo que pueda por complacerle. Seré lo que quiera que sea, e iré donde quiera que vaya. Pero no volveré a comer en esta casa si insiste en creer que encuentro repugnante a un hombre solo por su aspecto. Además, no es su apariencia lo que lo convierte en una bestia.

—Un discurso encantador —dijo él, pero Camille no logró adivinar cuáles eran sus emociones.

—Son sus constantes sospechas y la crueldad de su actitud lo que lo convierte en un monstruo horrendo. De modo que, si quiere contar con mi colaboración, a partir de ahora se abstendrá de cualquier insinuación o sospecha en lo que a mí se refiere.

El conde dio una larga zancada hacia ella y, por un instante, Camille sintió la tentación de dar un paso atrás. Había llegado demasiado lejos. Él dio una vuelta a su alrededor y por fin dijo:

—Siéntese, Camille, por favor.

Ella obedeció, no porque él se lo hubiera pedido, sino porque temía que le flaquearan las piernas. El conde se inclinó hacia delante, apoyando los brazos a sus lados. Ella aspiró su aroma a jabón y colonia, a cuero y a buen tabaco de pipa. Sintió la mirada afilada de sus ojos azules y el ardor que irradiaba de él.

—¿Qué ocurre? —logró decir casi sin aliento.

—Yo tengo nombre. Es Brian. Úselo, se lo ruego.

Ella tragó saliva.

—Lo haré encantada, si...

—¿Sí? ¿Más condiciones? ¿Quién está chantajeando a quién?

—¡Debe usted dejar de comportarse como un monstruo!

Por un instante, él estuvo muy cerca. Y Camille se sintió acalorada y fascinada. Luego él se apartó.

—Se le va a enfriar la comida –dijo.

—A usted también.

—Pretendo dejarla cenar tranquilamente.

—Usted me ha invitado. Sería muy descortés si se marchara.

Él se echó a reír y tomó asiento, pero siguió mirándola con fijeza sin agarrar su tenedor.

—Su cordero –dijo.

—Comeré cuando coma usted –repuso ella.

—No debe avergonzarse de las circunstancias de su nacimiento, ¿sabe? Los pecados de los padres no recaen sobre sus vástagos.

—No creo que mi madre pecara –musitó Camille–. Creo que simplemente amó demasiado.

—Bueno, entonces me temo que su padre era un asno.

—¡Ah! –dijo ella–. Por fin algo en lo que estamos de acuerdo.

Él posó su mano cálida sobre la de ella.

—Como le decía, no hay de qué avergonzarse.

Camille se sintió extrañamente conmovida por sus palabras.

—Eso, lord Stirling, no es lo que pensaría la mayoría de la gente. Pero queda usted advertido. Y le ruego que tenga en cuenta que muy bien podría usted costarme mi medio de vida.

Baile de máscaras

—Si eso llegara a ocurrir, puedo permitirme pagarle una pensión.

—Mi medio de vida es también mi pasión.

—Yo tengo mucha influencia en el museo —le recordó él.

Ella bajó los ojos. La mano del conde seguía posada sobre la suya. De pronto sintió el absurdo deseo de llevársela a la cara para sentir su palma sobre la mejilla. Su corazón palpitaba con violencia. El sofoco que se había apoderado de ella agitaba su corazón, sus miembros y su pecho. Apartó la mano, asustada por su propia reacción.

—Discúlpeme. Estoy agotada —le dijo—. Por favor..., he de retirarme.

—La acompañaré a su habitación.

—Estoy segura de que puedo encontrarla sola.

—La acompañaré —dijo él con firmeza y, acercándose a la puerta, la abrió para ella.

Camille pasó a su lado, sintiéndose agudamente consciente de su presencia. Incluso le parecía oír su respiración y sentir el latido de su corazón.

Cuando hubo salido, el conde la siguió y echó a andar delante de ella. Ayax iba tras ellos. Atravesaron el largo pasillo y al fin llegaron a la puerta de Camille. El conde la abrió.

—Gracias —le dijo ella, envarada.

—No hay de qué.

—Podría haber venido sola.

—No —dijo él con aspereza—. Y nunca deambule por estos pasillos de noche, ¿me entiende? ¡Nunca!

—Buenas noches, lord Stirling.

—Buenas noches. ¡Ayax!

El animal entró de un salto en la habitación de

Camille. Con una mirada de fuego azul, lord Stirling cerró la puerta.

Camille oyó el eco de sus pasos en el pasillo. Y de pronto pensó que, aunque parecía que habían recorrido una larga distancia, los aposentos del señor podían muy bien lindar con la habitación donde ella dormía.

Capítulo 7

Camille Montgomery iba vestida de azul profundo cuando Brian la vio en el solario. Al parecer, Evelyn había encontrado algunas prendas que podían servirle para ir a trabajar.

—Muy bonito —dijo él.

Los ojos de ella, de un hermoso y marmóreo color castaño, centellearon cuando oyó su cumplido.

—Me alegra que le guste, dado que por lo visto no puedo regresar a mi casa para recoger mis ropas.

Camille no parecía alegrarse en absoluto. Pero Brian no pensaba ponerse a discutir en ese momento. Mientras se servía café, se preguntó si ella se daba cuenta de lo maravillosa que estaba. Por una parte, sus rasgos parecían perfectamente cincelados; por otra, poseía una hermosa mata de pelo rojizo. Era delgada y, no obstante, tenía una figura deliciosamente torneada, con una diminuta cintura, caderas estrechas y pechos perfectos. Su atractivo no procedía, sin embargo, únicamente de su apariencia, sino de las expresiones de su rostro y de su determinación de no dejarse avasallar, ni siquiera por un hombre como él. El brillo de sus ojos denotaba orgullo y una afilada inteligencia.

Brian se apartó un poco de ella. Sí, él había hecho sus preguntas. Y ella había contestado con una vehemencia que no dejaba lugar a dudas. Todo apuntaba a que podía confiar en ella. Y, pese a todo, no podía depositar su fe en ella, ni deseaba sentir la creciente atracción que enervaba sus sentidos cuando se hallaba a su lado.

Dejó su taza de café y, apretando la mandíbula, reforzó su resolución.

–Shelby irá a recogerla esta tarde, a las cuatro.

–¡Pero no puedo marcharme a las cuatro!

–Sí que puede. Sir John le dará permiso. Las hermanas tienen mucho talento, pero aun así necesitarán varios días para hacer un vestido de noche.

Camille parecía luchar por conservar la compostura.

–Lord Stirling, todo esto es ridículo. Usted ha emprendido una cacería, no sé si con razón o sin ella. Pero esta farsa debe acabar, y yo necesito conservar mi empleo.

–Confíe en mí. He escrito una carta que Shelby le entregará a sir John. Él le dará permiso.

–Lord Stirling...

Él se giró para marcharse. Tenía muchos asuntos de que ocuparse. Camille era turbadora en muchos sentidos, como una rosa con espinas.

Baile de máscaras

—Buenos días, Camille. Nos veremos esta noche, en mis aposentos, para cenar, como de acostumbre. Y agradecería un informe completo de lo que suceda en el museo.

Ella se puso en pie, irritada.

—¡Lo que suceda en el museo! Me pondré un delantal y le quitaré el polvo de siglos a unas cuantas piedras. Ahí lo tiene. Ya le he contado lo que sucede en el museo en lo que a mí concierne.

El conde se detuvo y se giró hacia ella.

—Vamos, señorita Montgomery. Es usted mucho más observadora y lista que eso.

Después se acercó apresuradamente a la puerta, sin darle ocasión de contestar.

Esa mañana, a Camille le costó trabajo concentrarse. Mientras miraba fijamente la pieza en la que estaba trabajando, los símbolos se desvanecían ante sus ojos. No había logrado hacer una traducción exacta de la continuación del texto, pero al parecer la advertencia hablaba de que la maldición recaía no solo sobre aquellos que invadían y profanaban la tumba, sino también sobre sus descendientes, lo cual no le extrañó, pues ya corría el rumor de que la Bestia del castillo de Carlyle estaba maldita.

Ansiosa por tomarse un descanso, salió de su cuartito de trabajo y se volvió hacia la mesa de sir John con intención de pedirle permiso para tomarse una taza de té. Pero sir John no estaba allí.

Camille se paseó inquieta por la oficina y finalmente se sentó a la mesa de sir John. El cajón superior estaba entreabierto y, al intentar cerrarlo, Camille descubrió que estaba atascado. Mientras luchaba por desatascarlo, lo abrió del todo. Se disponía a cerrarlo cuando sus ojos tropezaron con un recorte de periódico que reposaba sobre los lápices, plumas y demás utensilios de papelería que había allí.

Era una portada de *El Times* de hacía poco más o menos un año. El titular era muy llamativo.

Una antigua maldición siega las vidas de dos aristócratas londinenses

Debajo del titular había una fotografía. A pesar de la mala calidad de la imagen, Camille comprendió que la mujer de la fotografía era lady Abigail Stirling. El caballero que había a su lado, el difunto lord Stirling, era bastante alto y distinguido y poseía un rostro hermoso y bien cincelado. Ambos se hallaban en una excavación y sonreían, radiantes. El caballero rodeaba con el brazo los hombros de su esposa, que iba vestida sencillamente, con una blusa clara y una falda larga. Había otras personas a su alrededor, trabajadores egipcios y algunos colegas europeos.

Camille hurgó en el cajón superior de sir John, buscando una lupa y luego siguió estudiando la fotografía. Sentada sobre una lápida de mármol estaba la señora Prior. A su lado, con el ceño fruncido, se hallaba lord Wimbly. Junto a la entrada de la tumba había dos hombres que estaban sacando objetos cuidadosamente embalados. Eran Hunter y Alex. En la entrada de la tumba se hallaba sir John en persona. Y, al forzar la vista, Camille descubrió que el hombre que daba instrucciones a los obreros egipcios del fondo era Aubrey Sizemore.

Baile de máscaras

Bajo la fotografía y el pie de foto, se leía:

De la euforia, a la tragedia. Lord y lady Stirling han caído víctimas de la cobra egipcia. Hasta la reina llora su muerte mientras la venganza de ultratumba extiende sus huesudos dedos para sembrar la muerte.

Alguien se acercaba. Camille dejó rápidamente el artículo en su sitio y cerró el cajón; luego volvió a poner la lupa en su lugar y se levantó de un salto.

El corazón le palpitaba con violencia, y no sabía por qué. Lo que había hecho no era tan terrible. Había enderezado el cajón. Había visto un artículo y lo había leído.

Entró sir John con expresión preocupada, y frunció el ceño al verla allí parada.

—¿Ocurre algo, Camille? —preguntó.

—No, todo va bien, sir John, pero estoy un poco cansada. Me apetecía ir a tomar una taza de té. Luego no saldré a almorzar. Ha sido usted muy amable por permitir que salga antes de tiempo para ir a la modista, como ha sugerido lord Stirling.

Para su sorpresa, sir John agitó una mano en el aire.

—Aunque no viniera en toda la semana, no importaría, querida. Nos ha hecho usted un gran servicio en un solo día. Ande, vaya a tomar ese té. Su trabajo puede esperar.

—Gracias. Pero le aseguro que no pienso desatender mis obligaciones de ningún modo.

—Hasta yo necesito una taza de té de vez en cuando. ¡O un whisky! Algo que me despeje la mente

–sacudió la cabeza–. Tómese todo el tiempo que necesite.

Camille se quitó el delantal y recogió el bolsito azul que iba juego con el vestido que le había procurado la señora Prior. Luego salió a toda prisa de la oficina.

Al atravesar la sala de exposiciones, se detuvo un momento. La cobra reposaba tranquilamente, aletargada en su urna. No había niños alrededor. Camille se acercó a la caja de cristal, preguntándose si era sensato exhibir aquella criatura. A fin de cuentas, el cristal podía romperse.

Frunció el ceño. El encargado del cuidado de la cobra era Aubrey, que tenía algunos conocimientos sobre aquellos animales gracias a sus viajes de expedición. Camille sintió de pronto que un extraño desasosiego se apoderaba de ella. Había visto a Aubrey en la fotografía de la última expedición sufragada por los Stirling. Igual que había visto a los otros.

Se giró para marcharse, pero se detuvo al sentir un escalofrío. Dio media vuelta, miró a su alrededor y procuró calmarse. ¿Temía realmente que la serpiente hubiera saltado fuera de su terrario y se hubiera abalanzado sobre ella? No, no era esa la causa de su temor. Había sentido que alguien la estaba vigilando. Sin embargo, no había nadie por allí cerca. Al menos, hasta donde alcanzaba su vista.

Sin lograr sacudirse aquel extraño desasosiego, salió apresuradamente del edificio y se dirigió al salón de té que había al otro lado de la calle.

Gregory Althrop estaba sentado en un taburete, concentrado en el objeto que había bajo la lente de su microscopio. Brian carraspeó para llamar su atención. Gregory levantó la vista.

—¡Brian! —exclamó, sorprendido—. Perdón, digo, lord Stirling.

—Con Brian es suficiente, gracias —dijo Brian, acercándose para estrecharle la mano. Habían servido juntos en el ejército. Para Brian, ello significaba que podían tutearse.

Gregory era tan alto y flaco que llamarlo larguirucho era un cumplido. Había adquirido su experiencia como médico en los campos de batalla, pero la metralla que tenía incrustada en la pantorrilla lo había enviado de vuelta a casa.

El campo de la medicina ejercía sobre él una fascinación sin límites, razón por la cual estaba ejerciendo allí, pese a que no tenía por qué dedicarse a la enseñanza.

Dado que su pasión consistía en descubrir la verdadera razón de la muerte, Gregory acostumbraba a trabajar en uno de los laboratorios de disección de la facultad de medicina.

Sobre una mesa, un cadáver aguardaba los fríos escalpelos de profesores y estudiantes. Brian no pudo evitar sentir una punzada de lástima por el difunto.

Gregory observó los ojos de Brian.

—¿Qué tal estás? Sin duda tus heridas habrán curado ya y no darán tanto miedo como esa máscara.

Brian se encogió de hombros.

—Puede que me haya convertido en esta máscara —contestó con ligereza.

Gregory siguió escudriñándolo.

—Hacía una eternidad que no te veía por aquí. Lamento no haber seguido con las investigaciones que me pediste. Por desgracia, la policía ha solicitado mi ayuda muchas veces estos últimos meses. Ojalá pudiera decirte algo más, Brian.

Brian sacudió la cabeza.

—Has hecho lo que has podido —le dijo Brian, sonriendo con desgana—. Pero me gustaría repasar tus notas otra vez, si no te importa.

—Me temo que he creado una obsesión —se lamentó Gregory.

—¿Es la justicia una obsesión?

—¿Es la venganza una forma de justicia?

Brian movió la cabeza de un lado a otro.

—Estoy convencido de que algunas personas codiciaban tanto la riqueza y la fama que estuvieron dispuestas a matar por ellas. No es venganza intentar que semejante crimen no vuelva a ocurrir nunca más.

—¡Ah, Brian! —murmuró Gregory.

—Es cierto, estoy furioso. Y puede que en cierto modo busque venganza. Pero el tiempo va pasando y mi ira es ahora fría y calculadora. Y aunque la cicatriz que llevo en el corazón es mucho más profunda que la de mi carne, solo persigo que se haga justicia.

—¿Después de tanto tiempo...? ¡Estamos hablando de áspides! ¿Cómo pretendes demostrarlo?

—Tal vez no pueda.

—Entonces...

—Quizá, con los conocimientos adecuados, pueda obligar al asesino a salir a la luz.

—¿No puedo disuadirte?

—Fuiste tú quien me puso tras la pista.

Baile de máscaras

Gregory se levantó dando un suspiro.
—Iré por mis notas.

El resto del día pasó en un suspiro. Camille se sintió más animada después de tomarse un descanso, y los símbolos parecieron ocupar su lugar con facilidad, constatando lo que ya sospechaba. De pronto entendía cómo se había convertido Brian Stirling en la Bestia, pues al parecer la maldición recaía sobre los herederos de aquellos que se atrevían a profanar la vida eterna. Era lógico que las personas supersticiosas temieran al conde. Por eso se había convertido en una bestia, aunque, a decir verdad, a veces su conducta daba la razón a quienes le temían.

A primera hora de la tarde, Alex se pasó por allí y se quedó mirándola un rato.

—Puede que esté bastante loco, ¿sabes? —dijo desde la puerta.

—¿Cómo dices?

—El conde de Carlyle, Camille. Tengo miedo por ti.

Ella suspiró.

—Yo no creo que esté loco.

—¿Te parece sensato que haya elegido esa máscara, que haya permitido que sus jardines se conviertan en una selva y que viva entre esos muros como un animal acorralado?

Camille vio tras él al anciano al que Aubrey había estado buscando la tarde anterior. Jim Arboc, un hombre encorvado y provisto de barba gris y largas patillas grises, estaba barriendo la oficina.

—Uno tiene derecho a sus excentricidades —le dijo Camille a Alex.

Este negó con la cabeza.

—Ese hombre lo tenía todo. Un aristócrata siempre consigue salirse con la suya. Si yo fuera conde y tuviera su dinero y sus recursos...

—Alex, lord Stirling no está haciendo nada malo. Sencillamente prefiere llevar una vida tranquila entre sus cuatro paredes.

—Uno no echa fama de ser una bestia sin razón alguna.

Ella enarcó las cejas.

—Alex, tú mismo lo has visto aquí. Puede ser perfectamente cortés.

—Ay, Camille, ¡tú también!

—¿Yo también... qué? —inquirió ella, irritada.

—Es por su título. Estás hechizada por su título.

—Alex, te considero mi amigo —dijo ella suavemente—. Te sugiero que salgas de aquí antes de que tus palabras me convenzan de lo contrario.

—Camille... —dijo él, apenado—. Lo siento muchísimo.

—Acepto tus disculpas.

Él entró en la habitación, todavía inquieto.

—¿Y si yo fuera rico? —preguntó.

—¿Disculpa?

—Si fuera... bueno, si tuviera dinero. ¿Te agradaría entonces?

—¡Alex! Tú ya me agradas.

—No me refiero a eso, Camille, y tú lo sabes.

Ella sacudió la cabeza.

—Alex, te repito que eres mi amigo. Pero, en este momento de mi vida, solo me preocupa mi trabajo.

Baile de máscaras

Intento hacer mi oficio lo mejor posible y conservar este empleo.

–Entonces, ¿por qué vives con él?

–¡Yo no vivo con él! –exclamó ella, indignada.

–¿Por qué sigues allí? Llévate a Tristan. Sin duda ya se le podrá trasladar.

–No sé qué pretendes insinuar, Alex, pero me estás ofendiendo profundamente.

–Me importas demasiado como para... en fin, para soportar que te esté pasando esto.

–¿Y qué me está pasando, Alex?

–Habrá un terrible escándalo –le dijo él.

–¿Ah, sí? ¿Y eso por qué?

–Tú eres una plebeya, Camille. No lo digo con intención de ofenderte; solo es una constatación. Y estás viviendo con el conde de Carlyle. Él va a acompañarte a la fiesta. Sin duda eres consciente de que se desatarán las malas lenguas.

–Pues que se desaten –contestó ella con aspereza, y se levantó, enfurecida–. Alex, voy a tener que pedirte que te vayas. La gente considera a lord Stirling un monstruo. Yo te aseguro que no lo es. Me ha pedido que asista a la fiesta del museo con él y voy a hacerlo. Y no me da miedo estar en su compañía. En realidad, Hunter y tú os habéis comportado con mucho menos decoro y cortesía. Ese hombre resultó herido y tiene cicatrices, nada más. No me parece repulsivo, ni lo considero en absoluto un monstruo. Si quieres conservar nuestra amistad, te sugiero que te vayas sin decir nada más que pueda separarnos.

–Camille...

–¡Alex, márchate!

Él giró sobre sus talones, lleno de nerviosismo. Camille lo oyó mascullar mientras se alejaba:

—¡Títulos y riquezas!

Dando un suspiro, Camille volvió a enfrascarse en su tarea.

No puedo describir con palabras la alegría que nos ha causado nuestro descubrimiento. Supongo que tampoco puedo aventurarme a explicar la absoluta fascinación que se ha apoderado de mi querido George y de mí estos días, mientras indagábamos en el pasado y en el presente de este delicioso, aunque desgraciado, país. Los antiguos dejaron grandes tesoros, pero el pueblo sufre ahora sumido en la miseria. Es mi mayor esperanza que, al descubrir las riquezas del pasado, podamos resarcir a los que ahora necesitan nuestra ayuda tan desesperadamente. Si estamos llamados a ser un gran imperio, debemos ocuparnos de no desposeer de su legado a estas gentes. Debemos asegurarnos de que se les procure cuanto necesitan para entrar en el siglo XX, que tan rápidamente se acerca. Dicho esto, intentaré anotar todo lo que pueda sobre ese glorioso día y sobre las maravillas que nos ha deparado el yacimiento desde entonces.

Era temprano cuando Abdul encontró los primeros peldaños. Nos pusimos a excavar frenéticamente, yo incluida. Y allí, lentamente, descubrimos al fin la puerta sellada. Había, como era de esperar, una advertencia sobre ella. Uno de los obreros sufrió un ataque de pánico, convencido de que estábamos profanando suelo sagrado. Sentí tanta lástima

Baile de máscaras

por el pobre hombre que le pagué con discreción el salario de un día y lo dejé marchar. A lord Wimbly le molestó que le pagara. Dijo que no eran más que un atajo de necios supersticiosos y que no debían recibir recompensa alguna por semejante conducta. Hunter se encogió de hombros, como de costumbre, y dijo que hiciera lo que quisiera. Creo que a Alex también le molestó, pero el pobre ha estado fuera muy a menudo, a veces gravemente enfermo. Intenté animarlo porque comprendo que con frecuencia se sienta frustrado por no disponer de fondos para financiar algún proyecto con el que resarcirse.

Hicimos venir a otros trabajadores para que rompieran el sello de la puerta. Y, entonces, la tumba salió a la luz. Nos quedamos de una pieza, porque, aunque no habíamos dado con el suntuoso sepulcro de un faraón, acabábamos de hallar el lugar de descanso eterno de un gran visir, un profeta o un santón. Y, mientras trasponíamos precavidamente la entrada, nos dimos cuenta de que habíamos hecho un descubrimiento fabuloso. Sir John compartía nuestra euforia, y nos costó contener a Aubrey para que no irrumpiera en el sepulcro como un elefante, tan ansioso estaba por entrar.

Sabíamos que tendríamos que sacar con sumo cuidado cada pieza. Y que habría que tomar infinidad de decisiones. Algunas piezas deben ir al museo de El Cairo, pues creo de corazón que estos tesoros pertenecen al pueblo egipcio. Pero otras deben ir a parar al gran centro de nuestra cultura y nuestro saber, pues tengo el convencimiento de que es a partir del pasado desde donde debemos aventurarnos en el futuro.

Y aunque no hemos parado de explorar, desem-

polvar, limpiar, catalogar y embalar, solo acabamos de empezar a echarles un vistazo a estos tesoros. Estoy exhausta, pero eufórica. ¡Pobre George! Incluso aquí le preocupan los misterios de nuestro hogar. Mientras yo me fundo en este ambiente, él no deja de hablar de Carlyle y de lo impaciente que está por volver y descubrir si su teoría respecto a nuestro hermoso castillo es cierta.

Brian dejó el diario de su madre. Lo había revisado una y otra vez, intentando desesperadamente leer entre líneas con la esperanza de descubrir si lady Abigail había tenido algún encontronazo serio con alguno de los estudiosos que los habían acompañado en su última expedición. Pero en su diario, lo mismo que en su forma de hablar, lady Abigail era siempre amable y considerada.

Brian tomó las notas de la autopsia que había recibido esa tarde, y procuró no pensar en el estado de los cuerpos de sus padres al llegar a Inglaterra. ¿Dónde estaban exactamente las víboras cuando sus padres se habían topado con ellas?

Cerró los ojos. ¿En un cajón? ¿Había metido su madre la mano dentro y había recibido de inmediato una mordedura? Lady Abigail presentaba dos mordiscos en los antebrazos. ¿Habrían alertado sus gritos al padre de Brian? Quizá lord Stirling había acudido en su ayuda y la había estrechado entre sus brazos, desesperado.

Ella debía de haberse caído. Eso explicaba la fractura que tenía en la parte de atrás del cráneo. De modo que había gritado, se había caído, y a continuación había llegado su padre.

Baile de máscaras

Pero, entonces, ¿cómo es que su padre también tenía mordeduras en los brazos? Si las víboras estaban en un cajón, su madre se había caído y su padre había acudido en su auxilio, las serpientes deberían haberse o bien quedado en el cajón o bien haberse deslizado hasta el suelo, en cuyo caso habrían mordido a su padre en las piernas o en los tobillos.

Brian estudió de nuevo las notas de la autopsia. Su padre tenía un corte en la garganta. ¿Se lo habría hecho al afeitarse? Y luego estaba el extraño hematoma que tenía su madre en el hombro.

Brian dejó las notas, se frotó la cara y, aliviado por verse libre de la máscara en sus habitaciones privadas, se pasó un dedo lentamente por la cicatriz que le recorría la mejilla.

Desde el principio había estado seguro de que sus padres habían sido asesinados. Siempre había dado por sentado que el asesino se había asegurado de que las víboras estuvieran en un lugar donde pudieran atacar antes de ser descubiertas. Pero ahora empezaba a preguntarse si el asesino no habría estado allí mismo, en la habitación. ¿Habrían visto sus padres el rostro de su ejecutor antes de morir?

Se estremeció, destrozado de nuevo al recordar lo sucedido. La ira se agitó dentro de él, y con ella afloró la pregunta que torturaba su alma. ¿Por qué?

La respuesta estaba en alguna parte. Y por Dios que iba a encontrarla.

—¡Oh, Dios mío, qué maravilla! —exclamó la mujer, haciendo entrar a Camille en la casita de campo—. Shelby querido, tú también pasas, ¿no?

Camille se volvió hacia su acompañante, un tanto sorprendida porque alguien pudiera llamar a semejante gigante «Shelby querido».

–Claro, Merry, si no te importa. Nunca me iría sin probar una taza de ese té tan rico y uno de esos bizcochos que huelo en el aire –Shelby se aclaró la garganta–. Merry, esta es la señorita Camille Montgomery, del Museo Británico. Camille, permítame presentarle a Merry y las otras muchachas, Edith y Violet.

Camille se vio forzada a sonreír de nuevo. Aquellas «muchachas» superaban con creces los sesenta años. Pero tal vez Shelby tuviera razón al llamarlas así, pues eran encantadoras y poseían todas ellas una bella, fresca y juvenil sonrisa.

Violet era muy alta y delgada, mientras que Merry era baja y un tanto rechoncha, y poseía un amplio busto. Edith estaba a medio camino entre las dos.

–Camille... Qué nombre tan bonito. Seguro que a tu madre le encantaba la ópera –dijo Edith.

–Vamos, vamos, puede que solo le gustara el nombre –dijo Merry, sonriendo amablemente–. Edith fue maestra muchos años, querida, y todavía escuchamos ópera todos los días gracias a esa máquina maravillosa de ahí. Está un poco rayada, pero... ¡oh! –se volvió hacia sus hermanas–. ¿A que es preciosa? –luego se volvió hacia Camille–. ¡Esto va a ser todo un placer!

Camille se sonrojó.

–Gracias.

–Merry, querida, prepara tú el té –dijo Edith–. Violet y yo vamos a tomar las medidas. Ven por aquí, querida.

Baile de máscaras

Violet la agarró del brazo y la condujo a través de la casita, hasta una habitación del fondo en la que había una máquina de coser, un maniquí y estantes llenos de rollos de tela, bobinas de hilo y toda clase de implementos. Las mujeres eran encantadoras y parloteaban sin cesar, haciéndole preguntas sin esperar respuesta. Antes de que se diera cuenta, Camille se halló cubierta únicamente con su camisa mientras las hermanas la recorrían por aquí y por allá con sus metros.

–Edith, ¿de veras eras maestra? –preguntó en cierto momento.

–Oh, sí, querida. ¡Y me encantaba enseñar!

–Pero ahora... ¿sois las tres modistas?

–¡Oh, no! –contestó Violet–. Aunque la verdad es que nos encanta coser, como verás. Somos hermanas y por desgracia las tres estamos viudas.

–Qué bien que os tengáis las unas a las otras –murmuró Camille.

–Sí, es estupendo –dijo Violet.

–Oh, pero también tenemos muchas otras cosas –le dijo Edith–. Merry tiene un hijo maravilloso, que ahora mismo está con las tropas de Su Majestad en la India.

–¡Y tiene tres hijos! –dijo Violet.

–Entiendo. ¿Por eso conocéis a lord Stirling? –preguntó Camille.

Edith se echó a reír alegremente.

–Oh, no, querida. Tenemos esta casa desde hace... veinte años, ¿no, Violet?

–En efecto.

Camille debía de parecer un tanto desconcertada, porque Violet continuó:

—Estas tierras, querida, pertenecen al conde de Carlyle. Nosotras nos mudamos aquí cuando George y su querida esposa todavía vivían. Le hacíamos toda la ropa a lady Stirling. Ahora solo hacemos camisas para Brian. ¡Cuánto echo de menos a su querida madre! No es que Brian no sea el más generoso de los hombres. Tiene un gran sentido de la responsabilidad. Ahora, hazme el favor de girarte, querida.

Camille obedeció, y le sorprendió ver a una linda niña de cuatro o cinco años parada en la puerta. Tenía unos hermosos bucles negros, ojos enormes y hoyuelos en las mejillas.

—Hola —dijo Camille.

Violet se giró de repente.

—¡Ally! ¿Se puede saber qué haces levantada?

Ally le lanzó a Camille una sonrisa conspirativa.

—Tengo sed —dijo dulcemente—. Y hambre, tiita Vi.

—¡Ah, conque has olido el bizcocho! —dijo Edith—. Pero, bueno, ¿qué ha sido de mis modales? Ally, quiero presentarte a la señorita Montgomery. Señorita Montgomery, esta es Ally.

No le dijeron su apellido.

—¡Hola, señorita! —exclamó la niña, haciendo una reverencia.

—Hola, es un placer conocerla, señorita Ally —contestó Camille, y luego miró a Violet—. ¿Es nieta de Merry?

—¡Oh, no! Los nietos de Merry viven todos con su madre —contestó Violet.

—Ally es nuestra querida y pequeña pupila —le dijo Edith mientras enrollaba el metro—. Bueno, esto ya está. ¡Ah, querida! Tienes que ver la tela —

sacó un rollo de uno de los estantes–. Esta es para la sobrefalda. Espero que te guste. ¡Estamos tan ilusionadas con este vestido!

Camille admiró la tela. Parecía oro batido y tenía, sin embargo, un leve atisbo de verde.

Ally entró y tocó la tela tímidamente. Luego le lanzó una sonrisa traviesa a Camille.

–Es como tus ojos.

–¡Exacto! –exclamó Violet–. Bueno, eso es lo que nos dijo lord Stirling, ¿Verdad, Edith?

–Oh, sí, y le va que ni pintado.

–Bueno, querida, vamos a volver a ponerte la ropa, y luego, ¡a tomar el té!

–¡Viva! ¡El té! –exclamó Ally batiendo palmas.

Violet le pasó a Camille el vestido azul por la cabeza. Edith le abrochó el corpiño y las enaguas en cuestión de segundos. Las dos eran sumamente eficientes.

Pero, mientras la vestían, Camille no pudo evitar preguntarse de quién era hija aquella niña. Y por qué vivía allí con sus «tiitas». ¿Era acaso la hija ilegítima de Brian Stirling?

–¡Vamos, vamos, el té! –dijo Violet mientras bajaba el gas de la lámpara.

Edith echó a andar delante de ellas. Ally se acercó a Camille y le dio la mano.

–El té, señorita. ¡Venga, por favor! ¡El bizcocho está buenísimo!

La niña tenía razón. Era delicioso tomar el té en la mesa de la acogedora cocina de la casita de campo, donde el aroma del bizcocho recién hecho los envolvía. Shelby, el gigante, gozaba del afecto de las tías y también de la pequeña Ally. La niña chilló de alegría cuando la aupó en hombros y le dio una vuelta por la habitación. Cuando por fin llegó la hora de marcharse, Camille descubrió que se había olvidado de todo mientras disfrutaba de las risas de la pequeña, del té reparador y del delicioso bizcocho.

–Tendrás que volver mañana, querida, para hacerte una prueba –le dijo Violet.

–Aunque todo estará perfecto. ¡Nosotras sabemos lo que hacemos! –dijo Edith con una sonrisa–. Pero queremos que quede impecable, así que tendrás que hacerte una prueba.

–Es necesario, con tantas prisas –murmuró Merry, sacudiendo la cabeza.

–Pero estará usted preciosa, señorita –le dijo Ally.

El cumplido de la niña hizo que los ojos de Camille se llenaran de lágrimas sin que ella supiera por qué. Tal vez fuera porque recordaba haber tenido aquella edad, y luego, siendo un poco más mayor...

Ella no había tenido tías como aquellas para cuidarla. No, ella había tenido a Tristan, que no era como una tía y que ciertamente no sabía hacer bizcochos, pero que le había entregado todo su afecto... y le había procurado una vida decente.

–Gracias –le dijo a la pequeña, abrazándola con fuerza, y repitió–: ¡Gracias!

Ally se apartó de ella y observó sus ojos.

–¿Te da miedo ir al baile?

–Oh, no... no –contestó Camille–. Y no es exactamente un baile. Es una fiesta de recaudación de fondos para el museo.

–¿Miedo? ¡Serás tontuela! –dijo Violet, revolviendo cariñosamente los rizos de la niña–. Y sí que es un baile, una gran fiesta para el museo. Será muy elegante y muy hermoso, y la señorita Montgomery bailará horas y horas. ¡Será maravilloso!

—Usted será la más guapa —le dijo Ally, tomando las mejillas de Camille entre sus manos gordezuelas—. Como una princesa.

—Eres muy, muy amable, pero yo no soy una princesa. Trabajo en el museo, ¿sabes?

—¿Y eso te impide pasar una noche bailando como una princesa? —preguntó Merry—. ¡Claro que no, querida! Te pondrás ese vestido dorado, y por una noche todo será mágico. Estoy deseando verte vestida para ir al baile.

—Tenemos que irnos —las interrumpió Shelby—. Lord Stirling estará esperando.

—¡Ah, claro! Desde luego. ¡Vamos, fuera, fuera! —dijo Merry alegremente—. Y no olvides que mañana tienes que venir a probarte el vestido.

Camille se detuvo y las miró primero a ellas y luego a Shelby.

—No sé si podré. Estoy empleada en el museo.

—Lord Stirling lo arreglará todo —dijo Violet—. Ahora, idos de una vez.

Antes de que se diera cuenta, Camille estaba de nuevo montada en el carruaje. Mientras avanzaban, se descubrió preguntándose de nuevo por la chiquilla, y por el modo en que lord Stirling podía «arreglarlo todo». Cuando llegaron al castillo, estaba que echaba chispas. Y ni siquiera sabía exactamente por qué.

Brian descubrió que aguardaba con impaciencia la velada. Shelby le informó de la llegada de Camille inmediatamente, y Brian le dejó tiempo para que fuera a ver a Tristan y se aseara antes de enviar a Evelyn a su habitación para que la acompañara a sus aposentos.

El día no le había deparado grandes hallazgos en su búsqueda de la verdad, pero le había procurado algunas gratas sorpresas.

Se había dado cuenta de que le agradaba la compañía de Camille, la cual poseía un rápido ingenio y se mantenía firme en sus convicciones. En realidad, se dijo, su compañía hacía algo más que agradarle.

Cuando oyó que la puerta se abría, se volvió rápidamente.

—Buenas noches, señorita Montgomery.

—¿Lo son? —replicó ella.

—¿Acaso para usted no? —respondió él con el ceño fruncido. Camille se mantenía siempre muy erguida, y cuando caminaba parecía deslizarse sobre el suelo. Aquella noche se movía con majestuoso desdén.

—Es de noche, eso es cierto —convino ella.

—¿Ha ocurrido algo? —preguntó él.

—En efecto. Mi tutor está aquí y, por tanto, yo también —le informó ella, e indicó la mesa—. Me temo que en el museo no ha sucedido nada de lo que merezca la pena hablar, de modo que desperdicia usted su comida.

—Creo que se equivoca usted —contestó él—. Puede que en el museo sucedan muchas cosas de las que no es consciente.

—Mi jornada es muy aburrida —repuso ella.

—Hábleme de ella. Veré si estoy de acuerdo.

Brian retiró una silla para que se sentara. Camille pasó a su lado. Él frunció el ceño, todavía sorprendido por su hostilidad. Cuando ella se sentó, Brian notó el roce de su vestido y el leve contacto de su pelo. Le sorprendió la súbita trepidación que se apoderó de él, y retrocedió, contento de que ella estuviera mirando hacia delante, pues no estaba seguro de que la máscara que llevaba pudiera ocultar la sensación que lo había atravesado. Una sensación simple. Básica. Instintiva. Puramente carnal.

Apretó los dientes, enojado consigo mismo. Tras recuperar la compostura, rodeó la mesa y se sentó en su silla.

—¿Se portaron bien las hermanas?

—Estuvieron encantadoras. Pero sigue desagradándome la idea de que se empeñe usted en que me hagan un vestido.

—¿Por qué?

—Porque no necesito limosnas.

—No se lo ofrezco como tal.

—Si no tuviera que asistir a esa fiesta, no necesitaría ningún vestido.

—Pero va a asistir. Así pues, necesita un vestido. Y va a asistir porque yo se lo pedí. Por lo tanto, el vestido corre de mi cuenta. No se trata en absoluto de caridad.

Brian sirvió el vino y pensó que Camille tomaba su copa y bebía con cierta precipitación. ¿Acaso pretendía armarse valor? ¿O había algo que le preocupaba?

—Cuénteme qué ha hecho hoy.

—Fui a trabajar. Shelby llegó a las cuatro. Luego fui a tomarme medidas para el vestido.

Él sopesó su propia respuesta, inhalando lentamente para armarse de paciencia.

—¿Qué ha pasado en el trabajo?

—Que he trabajado.

—Señorita Montgomery...

—He seguido con la traducción de esa estela. Me temo que los símbolos auguraban que una maldición caería sobre aquellos que profanaran la tumba y sus descendientes a perpetuidad.

Él sonrió con frialdad.

—Soy muy consciente de que las maldiciones son supuestamente eternas. ¿Creía usted que la noticia iba a preocuparme? Yo no creo en maldiciones, señorita Montgomery. Creo en la maldad, pero en la maldad humana. Creía habérselo dejado claro. En fin, ha ido usted a trabajar y ha seguido con la traducción. ¿Y qué más?

Ella titubeó y bebió otro sorbo de vino.

—He visto... un recorte de periódico. Sobre sus padres y los demás, en el yacimiento.

—Ah —murmuró él—. ¿Y dónde lo ha visto?

—En un cajón de la mesa de sir John —contestó ella lentamente.

—¿Lo ve? Su jornada arroja luz sobre el asunto que apasiona a mi espíritu.

—Sir John no es un asesino —afirmó ella.

—¡Ah! ¿Significa eso que cree usted que alguno de ellos pueda serlo?

Ella bajó los ojos y de pronto se inclinó hacia delante.

—Suponga que alguien se encargó de que los áspides estuvieran donde pudieran morder a sus padres. No hay modo de averiguarlo. Es imposible probar que fuera un asesinato. Así que se tortura usted en vano.

Baile de máscaras

Por un instante, la coraza de cristal que Camille parecía llevar esa noche se difuminó. Ella, sin embargo, se envaró rápidamente, como si la irritara haberle mostrado algún indicio de emoción sincera.

—¿Qué hay de mis ilustres colegas en el estudio del Antiguo Egipto? —preguntó él.

—¿A qué se refiere?

—Sir John estaba allí. ¿Y los otros?

Ella suspiró.

—Alex estaba trabajando. También vi a Aubrey. Pero ni Hunter ni lord Wimbly han aparecido hoy; al menos, yo no los he visto.

—¿Y Alex?

Camille lo miró con fijeza desde el otro lado de la mesa.

—¿Qué pasa con él?

—¿Dijo o hizo algo desacostumbrado? ¿Conversaron ustedes?

Ella frunció el ceño.

—Trabajamos en el mismo departamento. Dado que los dos somos personas amables y educadas, solemos conversar todos los días.

—¿Le dijo algo en especial?

Ella apuró su vino. Él aguardó su respuesta con los ojos fijos en los de ella mientras volvía a llenar su copa.

—No dijo nada nuevo. Está preocupado por mí.

—¿Porque cree que soy un monstruo?

Ella levantó las manos, reacia a decirle que Alex había usado esas mismas palabras. Brian bajó la cabeza, sonriendo, y a continuación preguntó:

—¿Qué le dijo usted?

—¿Qué importa eso? A decir verdad, empiezo a creer que todos los hombres son monstruos.

—Y eso sin duda me incluye a mí —murmuró él.

—Bueno, usted se esfuerza con ahínco por convertirse en un monstruo, ¿no le parece? —preguntó mientras tomaba de nuevo su copa—. Claro, que no siempre le cuesta mucho esfuerzo, ¿no es cierto? Algunas veces le sale de manera natural. Los hombres nacen rodeados de privilegios, así que se sienten libres para jugar con aquellos que están por debajo de ellos.

—Ah, sí, no me acordaba de que debería abrir mis jardines a los huérfanos —masculló él.

Camille se levantó y dejó escapar una exclamación enfurecida antes de arrojar su servilleta sobre la mesa y dirigirse hacia la puerta. Él la dejó llegar hasta ella, y luego la llamó con aspereza.

—Señorita Montgomery...

Ella se quedó rígida como el acero y lentamente se volvió hacia él.

—Discúlpeme, pero esta noche no tengo hambre. Y mucho me temo que ya le he dicho todo lo que puedo decirle sobre lo que ha ocurrido hoy en el museo —Brian se levantó y empezó a acercarse a ella—. ¡No puede obligarme a comerme la cena! —gritó ella.

Brian se detuvo delante de ella, a pesar de que su cercanía le resultaba incómoda. Cada músculo de su cuerpo parecía arder, tensarse y gemir. Le costó un ímprobo esfuerzo no agarrarla por los hombros, atraerla hacia sí y...

—No puede pasearse sola por el castillo —dijo entre dientes.

Abrió la puerta con los ojos entornados y esperó a que ella saliera. Camille levantó un poco el mentón

Baile de máscaras

y salió. Cuando llegaron a la puerta de su dormitorio, Brian le dijo:

—Nunca vague sola por el castillo de noche, ¿entendido?

—¡Sí! Entendido.

—¿De veras?

—¡Desde luego que sí! —replicó ella.

Y, para asombro de Brian, tuvo el valor de cerrarle la puerta en las narices.

Capítulo 8

El perro no se quedó con ella esa noche, quizá porque el conde ya no creía que necesitara un guardián, o quizá porque no creía que hiciera falta vigilarla.

Había sido un día muy largo, y necesitaba darse un buen baño. Cuando acabó, pese a lo cansada que estaba, seguía confusa y no logró conciliar el sueño. El conde no siempre era un monstruo. Durante la cena había intentado mostrarse galante.

Sin duda sabía que ella había visto a su hija. ¿Acaso era tan insensible que no le importaba lo más mínimo que ella supiera la verdad? ¡Por favor! Después de la confesión que le había hecho unas noches antes, sin duda debía haber comprendido que los hombres que tenían hijos ilegítimos y no se hacían responsables de ellos la ponían enferma.

Baile de máscaras

Él, sin embargo, había asumido su responsabilidad. La niña estaba siendo educada por aquellas encantadoras hermanas..., aunque sin padre.

Camille no había conocido a su padre, pero al menos había tenido la suerte de conocer a Tristan. Aunque, a decir verdad, tal vez «suerte» no fuera la palabra más adecuada. Después de todo, no se habría visto metida en aquel lío si Tristan hubiera aprendido a comportarse.

De pronto sintió un ruido y arrugó el ceño. Lo oyó un instante... y luego dejó de oírlo. Se preguntó si serían imaginaciones suyas, y luego se convenció de que no. Aquel ruido casi parecía proceder del interior de su habitación.

Se incorporó y subió la llama de la lámpara de aceite que había junto a su cama. Desde el otro lado del dormitorio, los ojos mortecinos de un gato egipcio de arcilla la miraban fijamente. Camille ignoró al gato; había estudiado la civilización egipcia en el museo desde que era una niña. El pasado no la asustada. Pero aquel ruido...

Salió de la cama y dio una vuelta por la habitación, intentando identificar la procedencia de aquel sonido. Por fin llegó a la conclusión de que no procedía de la habitación, sino de debajo de ella. Vaciló. Luego se acercó sigilosamente a la puerta, descalza. Titubeó de nuevo, preguntándose si estaría cerrada desde el exterior. Pero no lo estaba.

La abrió cuidadosamente y se asomó al pasillo. No vio nada, ni a nadie. Las luces del pasillo eran muy tenues, pero pese a ello tenía la sensación de que no había nadie por allí cerca.

Luego... el sonido le llegó de nuevo desde abajo.

Camille salió al pasillo. Se pegó instintivamente a la pared y siguió las escaleras hasta la entrada del castillo. A la tenue luz de las escasas lámparas, casi apagadas, las armas que colgaban de las paredes tenían un leve pero siniestro resplandor.

Al llegar al pie de las escaleras giró hacia la derecha, pues estaba segura de que aquel extraño chirrido procedía de debajo de su habitación. Por suerte, las grandes puertas que había bajo un arco normando estaban entreabiertas; le resultó bastante fácil deslizarse en la siguiente habitación. Allí, la luz era aún más débil. Solo una lámpara ardía, espantando las sombras. Camille permaneció inmóvil un momento, dejando que sus ojos se acostumbraran a la penumbra.

Se hallaba en otra amplia estancia que parecía ser un salón de baile. Había sillones y canapés apoyados contra la pared. Un enorme piano se alzaba a un lado, y junto a él descansaban sobre soportes un arpa y varios instrumentos de cuerda.

Al cruzar el salón, Camille sintió que la inquietud la recorría como un escalofrío. Intentó no temblar. Se detuvo en medio del salón y giró sobre sí misma, sintiendo que alguien la seguía. Pero no había nadie tras ella; estaba sola en aquella estancia parecida a una caverna.

Continuó avanzando hasta que llegó a dos puertas de madera bellamente labradas. Vaciló y luego decidió tomar la de la izquierda. Empujó la puerta con el mayor sigilo de que fue capaz. Al parecer, la puerta se usaba con frecuencia, pues cedió sin hacer ruido.

La habitación en la que entró era una pequeña y

antigua capilla. El altar era de piedra. Sobre él había un crucifijo de metal y un ramo de flores cuyo denso olor la alcanzó de inmediato.

Camille vaciló de nuevo; en parte deseaba regresar por donde había venido, subir corriendo las escaleras y encerrarse en su habitación. Pero una fuerza más poderosa la arrastraba a seguir adelante, hacia la puerta que había al otro lado de la capilla.

Abrió lenta y cuidadosamente la puerta. En algún lugar por debajo de ella, ardía una luz. De pronto se le ocurrió pensar que, dado que se hallaba en una capilla, las escaleras seguramente conducían a la cripta familiar. Pero ¿por qué había luz en la cripta?

«¡No bajes!», le suplicó con fervor una vocecilla en su cabeza. Pero sus pies ya se movían. Los escalones de piedra eran viejos, pulidos y suaves. Y fríos como hielo al contacto de sus pies.

Aun así, la luz vacilante la atraía como a la proverbial polilla.

La escalera se curvó, y Camille le dijo a su corazón desaforado que lo único que tenía que hacer era bajar lo suficiente como para asomarse a la esquina y descubrir de dónde procedía aquella luz. Luego obedecería a la voz de la razón y volvería corriendo a su dormitorio. Solo unos pasos más y podría marcharse.

Llegó al final de la escalera, pero una vieja columna de piedra le tapaba la vista. Sus manos tocaban la pared húmeda. De pronto, la luz se apagó y todo quedó a oscuras. Se oyó un leve sonido a... ¿a su espalda, en la escalera? ¿O procedía acaso de las tinieblas que se extendían ante ella?

Se quedó paralizada, con los sentidos en tensión,

intentando descubrir el origen de la amenaza. Entonces unas manos se extendieron hacia ella y la tocaron.

Era de noche, muy tarde. Pero a sir John Matthews poco le importaba la hora.

El resto del museo estaba sumido en sombras. El alumbrado eléctrico era muy costoso, y cuando el museo cerraba se apagaban casi todas las luces. Sir John estaba trabajando en su despacho al suave resplandor de la lámpara que había sobre su mesa y que lanzaba sombras fantasmales sobre su rostro.

Ante él había desplegados cuadernos y recortes. Masculló para sus adentros al acabar de leer un artículo, y luego lo dejó, frunció el ceño y lo tomó otra vez. Acto seguido sacó de debajo del montón de recortes un pequeño diario. El suyo. De aquella época. De la expedición a Egipto.

Aquello había sido extraordinario. Todos ellos allí. Discutiendo, por supuesto. Eran eruditos. Tenían opiniones formadas. Eran cultos. Y cada cual tenía sus propias ideas.

Leyó una página del diario; luego cerró los ojos y sacudió la cabeza, entristecido. Todavía veía a Abigail Stirling con toda claridad. Su sencilla falda, tan perfecta para las arenas del desierto; su camisa clara y práctica, cuyos bordados, sin embargo, le conferían un toque de feminidad. Podía oír el gorjeo de su risa. Ella siempre sonreía y decía que el día siguiente sería mejor. Nunca se dejaba vencer por el cansancio; nunca perdía el entusiasmo.

Luego estaba lord Stirling, George, que no se de-

Baile de máscaras

jaba engañar, ni cautivar fácilmente. Amaba la investigación tanto como cualquiera de ellos, pero nunca olvidaba que era lord Stirling, un hombre con responsabilidades para con su país y su reina, y también para con su propio hogar. Siempre andaba preocupado por sus tierras, sus colonos y sus obligaciones hacia el Parlamento.

Allí donde iba, se llevaba su oficina. Los cables del telégrafo repiqueteaban constantemente. Pero ello no le impedía estar al corriente de cuanto sucedía en el yacimiento. Aquel hombre estaba dotado de un agudo poder de observación. Encerraba en su cabeza un minucioso catálogo y sabía si cualquier objeto, por insignificante que fuera, había sido embalado y trasladado.

Lady Abigail era la amabilidad personificada. Y lord George era un hombre de acero. Pero los dos habían muerto. La muerte no perdonaba a nadie. Todos ellos lo sabían, pues habían visto los patéticos restos de los antiguos egipcios, que creían que podían burlar a la muerte y llevarse sus tesoros al otro mundo.

Lord George había sido el primero en entrar en la tumba, con lady Abigail a su lado. Y sobre la tumba pesaba una maldición.

De pronto, sir John se puso a hurgar entre los papeles con cierta desesperación, buscando cierto documento. Un sonido lo sobresaltó. Miró a su alrededor en la oscuridad, pero no vio nada.

—¡Vaya por Dios! —se reprendió—. ¡No creerás ahora que las momias se levantan y van andando por ahí!

Era el cansancio. Era hora de marcharse.

Metió a toda prisa los papeles y los cuadernos en el cajón de la mesa y lo cerró de golpe. Se levantó, dándose cuenta con sorpresa de que estaba asustado. Realmente asustado.

–¡Ya me voy! –anunció en voz alta.

Salió corriendo, sin detenerse a cerrar la puerta del despacho. Al llegar al vestíbulo del museo, saludó con una inclinación de cabeza al policía de guardia, dio media vuelta y salió a todo correr del enorme edificio.

Solo más tarde, cuando se hallaba ya en su pequeño y acogedor apartamento, bebiendo té con whisky, se dio cuenta de que había huido del museo al darle la impresión de que alguien lo acechaba, a pesar de que era su deber asegurarse de que nadie invadía las salas.

Entonces se acordó de su diario, y las manos empezaron a temblarle, haciendo tintinear la taza sobre el platillo.

Camille no gritó, para su propio asombro. Al menos, no muy alto. Claro, que estaba tan aterrorizada que de sus labios no podría haber salido sonido alguno. Sin duda el latido ensordecedor de su corazón se oía en todo el castillo.

A pesar de que la oscuridad la cegaba por completo, sus demás sentidos se aguzaron. Aquellas manos desconocidas se posaron sobre sus hombros. Unos nudillos rozaron sus pechos, apenas cubiertos por la fina tela del camisón. Camille comprendió de forma instintiva quién era aquella figura incluso antes de que un áspero susurro llegara a sus oídos.

Baile de máscaras

—Camille...

El conde estaba furioso. Y no llevaba puesta su máscara.

Por extraño que pareciera, ella ya no tenía miedo. Sin embargo, mientras el alivio se apoderaba de ella, una voz se despertó en su interior. El instinto le gritaba que debía confiar en él, pero la lógica se lo impedía.

Extendió las manos a ciegas y tocó la cara de Brian, notando la textura de su piel. Sus dedos se deslizaron sobre los altos pómulos, la nariz fuerte, los labios carnosos. Se disponía a hablar cuando él la agarró de la mano y susurró:

—¡No!

Camille tragó saliva. Él le indicó que se quedara donde estaba. Luego desapareció.

Ella aguardó en vano a que un chorro de luz traspasara las tinieblas, negras como el ébano, y permaneció totalmente inmóvil, pegada a la fría pared de piedra. Pensó que el conde debía de estar buscando una lámpara. Y que, cuando la luz se encendiera, ella vería su cara. Vería lo que había de abominable tras la máscara.

Pero no surgió ninguna luz. Camille estuvo a punto de gritar cuando él regresó a su lado, pues no lo había oído acercarse. Unos instantes antes de que la tocara, algo en su fuero interno le advirtió que estaba cerca. Quizá su olor, el calor que irradiaba su cuerpo, un soplo de aire, pero no sonido alguno. Tal vez la oscuridad la enloqueciera, pues cuando el conde volvió a tocarla, se abrazó a él, temblando. Bajo la tela de algodón que cubría los brazos y el torso de Brian, sintió la tensión y la fortaleza de sus músculos. Brian se apoyó contra ella. Camille sintió su aliento en el oído cuando él le susurró:

—Arriba.

Ella asintió con la cabeza. Aferrándose todavía a su brazo, se dio la vuelta. A su izquierda, la pared de piedra era fría como hielo. A su derecha, en cambio, se hallaba el calor y la vitalidad del cuerpo del conde y la presión reconfortante de sus dedos sobre la muñeca. Llegaron a lo alto de la escalera que llevaba a la capilla. Entraron y él cerró la puerta con firmeza.

Camille se percató entonces de que no se había separado de ella para ir en busca de una lámpara; había ido a buscar su máscara. Debía de tener varias, pues aquella era distinta, de un cuero fino y sencillo, marrón, sin el menor parecido a una bestia, real o mitológica.

La luz de la capilla seguía siendo débil.

—¿Por qué ha hecho eso? —preguntó Camille.

—Le dije que no vagara sola de noche por el castillo —repuso él.

—Yo...

—Le dije que no vagara sola de noche por el castillo.

Ella se desasió de su mano y salió a toda prisa de la capilla. Brian salió tras ella, dando largas zancadas. Camille se dio cuenta de que se aproximaba y se giró. Para su sorpresa, el conde la levantó en volandas y se la echó sobre el hombro. La brusquedad de aquel movimiento la dejó sin aliento, y durante unos instantes no logró articular protesta alguna. Entre tanto, el conde la condujo a la escalera. Mientras subía los primeros peldaños, ella intentó incorporarse, pero Brian se la colocó otra vez sobre el hombro con brusquedad, dejándola de nuevo sin aliento.

Dejaron atrás la habitación de Camille y llegaron a las puertas labradas de los aposentos del conde. Este abrió la puerta empujándola con el pie, la cerró de golpe del mismo modo y depositó a Camille sin ceremonias en uno de los grandes sillones que había frente a la chimenea.

Para entonces, ella temblaba de indignación. Le castañeteaban los dientes y se agarró con fuerza a los brazos del sillón, mirando a Brian con ojos que parecían escupir rabia mientras decía:

–¡Cómo se atreve! No me importa que sea usted conde y yo la hija de una prostituta. ¡Cómo se atreve!

Él se agachó frente a ella. El brillo de sus ojos azules era como una llama de combustión lenta.

–Cómo se atreve usted. Le dije que no anduviese por ahí. ¿Cómo puede una invitada abusar de su posición con semejante descaro?

–¡Una invitada! ¡Soy una prisionera!

–Le dije que no anduviese por ahí de noche. En nombre del cielo, ¿qué le da derecho a entrar en la cripta de mi familia en plena noche?

–Oí... un ruido.

–Ah, y pensó que pasaba algo. ¡Y corrió a ver qué era!

Camille no sabía por qué había hecho lo que había hecho, no sabía cómo explicarle que se había sentido impelida a seguir adelante a pesar de que el sentido común le decía que diera marcha atrás.

Las siguientes palabras del conde la dejaron de una pieza.

-¿Qué está haciendo realmente aquí?
-¿Qué?
-¿Para cuál de esos canallas trabaja?
-¿Qué?
-Hay una entrada, ¿verdad?
-¡No sé de qué demonios me está hablando! –exclamó ella, asustada.

El conde ardía de furia, tenía la mandíbula apretada, los ojos brillantes y los músculos tan tensos que ella notaba su leve temblor bajo la camisa de algodón. Se acurrucó en el sillón.

-¡Por todos los santos!, después de lo que ha pasado, no se haga la inocente conmigo –le advirtió él.

Ella exhaló un suspiro, comprendiendo de pronto lo que quería decir.

-No es solo una bestia, ¡es usted un lunático! –dijo con frialdad–. Está obsesionado y ha llegado a ver tanta maldad en el mundo que cree que está por todas partes. Yo no trabajo para nadie. Trabajo para el museo.

-¿Y por qué anda por ahí desnuda en plena noche? –preguntó él.

-¡Yo no estoy desnuda!

-Como si lo estuviera –masculló él.

Camille no se había percatado de que el camisón fuera tan fino, ni de que aquellas palabras pudieran surtir sobre ella un efecto tan intenso e inmediato. De pronto se sintió arder, como si su carne, su sangre e incluso sus huesos se quemaran. Aquella sensación la dejó sin respiración.

Luego se preguntó si eran las palabras lo que habían suscitado en ella aquella reacción, o el hecho de que procedieran de él.

Baile de máscaras

Por primera vez en su vida sintió una efusión de deseo. Ansió que Brian la abrazara, ansió sentir la dureza de acero de sus brazos rodeándola, el susurro de su voz reconfortante. Deseó conocer al hombre que se escondía tras la máscara, al hombre lleno de pasión, de furia y de determinación.

–Yo...

–¿Qué? –preguntó él.

Camille sacudió la cabeza, indefensa, y cruzó los brazos sobre el pecho.

–No sé qué decirle. No sé cómo demostrarle que no tengo malas intenciones. ¡Maldita sea! Lo ayudaría si pudiera, si hubiera algún modo... ¿Es que no lo ve? ¡Pero no hay ningún modo! No se puede llevar a juicio a una serpiente. Y yo no tengo responsabilidad alguna en el museo. Ni siquiera trabajaba allí cuando tuvo lugar la expedición. Ojalá pudiera ayudarlo, pero no puedo.

Él permaneció inmóvil durante un rato y, cuando por fin se movió, Camille se quedó paralizada, temiendo que quizá fuera a agredirla. Pero, para su sorpresa, él le tendió la mano, la levantó y la estrechó entre sus brazos.

Tal y como ella había deseado.

El conde se sentó en el sillón y la acunó sobre su regazo, envolviéndola en sus brazos para darle calor.

–Tiemblas como una hoja arrancada por el invierno –dijo con voz hosca–. Maldita sea, muchacha, no voy a hacerte pedazos. Solo intento darte calor.

Ella asintió, incapaz de hablar. Su corazón se había desbocado de nuevo. No necesitaba entrar en calor; quizá su piel pareciera fría, pero dentro de ella ardía un fuego voraz. Cerró los ojos y rezó porque Brian siguiera creyendo que temblaba de frío.

No podía soportar que adivinara que había disipado las certezas y la lógica de toda una vida, haciéndola creer que podía olvidarse del mundo y del mañana, que todo lo que importaba en la vida se resumía en aquel abrazo. Se sentía ebria. No alcanzaba a entenderlo, pues la lógica batallaba ferozmente con el placer dentro de su espíritu. Debía sentirse horrorizada, repelida, pero no era así.

Él la agarró de la barbilla y le alzó la cara. Camille miró sus ojos azul cobalto, profundos e insondables. Brian empezó a acariciarle la mejilla con el pulgar mientras musitaba:

—O eres la mujer más honesta y valiente que he conocido nunca, o la más mentirosa.

Ella se envaró y procuró refrenar el deseo de quedarse donde estaba. Nunca antes se había permitido un signo de debilidad semejante.

—No te enfades, Camille. Me inclino más bien por lo primero. Como tú misma has dicho, estoy amargado, furioso y confundido. Eso no ha cambiado con el tiempo.

—Podrías estar equivocado —musitó ella—. Puede que...

Él sacudió la cabeza y sonrió con desgana.

—No. Un áspid, una mordedura, puede. Pero ¿mis dos padres? Y hay más. Han desaparecido demasiadas piezas. Y luego están los ruidos.

Ella se quedó mirándolo, confundida.

—Este castillo está rodeado por una enorme muralla. Y por un frondoso bosque. Y tienes al perro. Si hay ruidos...

Baile de máscaras

—Tú sabes que los hay —le recordó él.

Ella movió la cabeza de un lado a otro.

—Pero deben de ser normales en un edificio como este. Es un castillo medieval. Además, es imposible que alguien entre aquí, ¿no?

—Tu tutor lo consiguió.

—Sí, pero lo sorprendisteis de inmediato.

Él se removió un poco para ver mejor sus ojos, y lo absurdo de su posición sorprendió de nuevo a Camille. Había algo mucho más íntimo en el modo en que permanecían sentados, hablando en susurros al calor de las llamas que si... Camille no se atrevía a pensar en ese si. Sus mejillas se tiñeron de rojo.

—Creo que hay un pasadizo debajo del jardín que lleva a la casa —dijo Brian, mirando hacia el fuego.

—¿Un pasadizo?

—Un túnel subterráneo.

—Pero ¿no lo sabrías, si así fuera?

Él se encogió de hombros.

—Hay toda clase de historias relacionadas con el castillo de Carlyle. Las primeras murallas se construyeron poco después de la conquista. Durante la Guerra de las Dos Rosas, los diversos bandos encontraron refugio aquí. Se dice que los monárquicos se escondieron en el castillo en tiempos de Cromwell y que el príncipe Carlos escapó una vez a Escocia tras cobijarse en el castillo. Es muy posible que haya una entrada secreta.

—Pero tú eres el conde. ¿No deberías saberlo?

—Hace mucho tiempo que no hay una guerra civil —respondió él en voz baja—. Mi padre estaba convencido de que ese pasadizo existía. Era un explorador, le encantaban los misterios. Y Dios sabe que pudo encontrar algo. Yo llevaba mucho tiempo fuera, en el ejército, cuando mis padres murieron. Mi padre me escribía siempre con tremendo entusiasmo, convencido de que estaba a punto de descubrir algo portentoso. En otra época, yo compartía con ellos el entusiasmo por el pasado, por la historia, por las civilizaciones perdidas. Pero has de recordar que mi padre era un conde inglés. Eso significaba que teníamos responsabilidades. Un hombre de mi posición debía servir al Imperio, y no había más que hablar. Por suerte, a mí me gustaba el ejército. Así que pasé largos años fuera de casa. Solo regresaba de permiso. A veces me reunía con ellos en Egipto. Pero perdí la pasión por la historia que sentía cuando era más joven y vivía aquí, en Carlyle. Así que no sé si mi padre descubrió su túnel secreto. Pero, si lo hubiera encontrado, estoy seguro de que me habría escrito hablándome de ello.

Entornó los ojos y se quedó mirando el fuego. Camille pensó por un instante que se había olvidado de ella, tan sumido parecía en sus pensamientos. Temía moverse, distraerlo, aumentar su contacto. Sentía el deseo arrebatador de acercarse más a él, y ello la asombraba. Las palabras que Brian había pronunciado poco antes seguían resonando en su cabeza. De pronto se sentía casi desnuda, como si sus pieles se tocaran. De nuevo intentó recordarse que aquel hombre podía estar loco, que su ira podía ser tan ardiente como las llamas que crepitaban ante ellos. Pero su sentido común flaqueaba cuando aspiraba el olor de Brian y sentía su poderoso cuerpo bajo ella.

–Me habría escrito –murmuró él, mirando de nuevo a Camille–. Debería haber... no sé, una carta a medio escribir en alguna parte. Mi madre escribía un diario. Mi padre, en cambio, escribía cartas. Mandaba una y enseguida empezaba la siguiente. Pero, cuando murió, no dejó ninguna.

Camille tragó saliva y procuró concentrarse.

—Acababan de descubrir el yacimiento, ¿verdad? Habían pasado solo unos días. Puede que tu padre no tuviera tiempo de ponerse a escribir —sugirió.

—Puede. Pero era muy obsesivo.

—Ya me lo imagino —murmuró ella.

—¡Camille! —ella lo miró y vio que sonreía bajo la máscara—. Creo que, si estuvieras en mi lugar, tú también estarías obsesionada. A fin de cuentas, estás aquí, soportando nuestra hospitalidad forzosa, a fin de salvar a un desgraciado ladronzuelo de su justa recompensa.

Ella comenzó a envararse de nuevo, enfurecida, pero entonces se dio cuenta de que Brian había pretendido enojarla, pero sin malicia.

—¡Ladronzuelo!

—Sí, ladronzuelo. Pero lo que importa es que no podías hacer otra cosa. Porque no habrías podido vivir con tu conciencia. Así que sin duda comprenderás mi situación.

Brian se había inclinado un poco hacia ella y la miraba con intensidad, aunque con expresión levemente burlona. Camille cobró conciencia nuevamente de la trepidación de su corazón, del temblor de su aliento, de la vitalidad que irradiaba de él. Deseó tocar sus mejillas bajo la máscara, sentir su piel. Estaba tan cerca... y sin duda iba a besarla en cualquier momento. Camille sentía su contacto. Era como un ensalmo o una forma de embriaguez. Quería, deseaba...

Él se echó hacia atrás, de nuevo hosco y distante, y se levantó de un solo movimiento, dejándola de pie en el suelo.

–Te he tenido despierta casi toda la noche. Voy a acompañarte a tu habitación.

Cuando se acercó a la puerta, parecía más rígido y severo que nunca, y sin embargo ardiente bajo su decorosa apariencia.

La acompañó hasta su dormitorio.

–Hablaba en serio, Camille. No andes por los pasillos de noche bajo ninguna circunstancia. Creo haber dejado claro que puede ser peligroso.

Ella asintió.

–A mí... me gustaba tener a Ayax.

–Sí, bueno, Ayax está montando guardia. En el jardín.

–Ah.

–Camille...

Su nombre nunca había sonado hasta tal punto como un cálido suspiro arrastrado por el aire seductor de la noche. Parecía haber incluso un toque de ternura en la voz de Brian.

Él se hallaba de nuevo muy cerca, con la cabeza inclinada sobre ella. Y ella, que había jurado que aquellas cosas no podían existir, ansiaba más y más.

–Que duermas bien –susurró él, y retrocedió–. Mañana será un día muy largo para ti.

Se dio la vuelta y echó a andar.

–¡Espera! –se oyó gritar Camille. Brian se detuvo en la puerta–. ¿Y si oigo algo? –preguntó.

Él sonrió.

–Grita con todas tus fuerzas.

–¿Tú me oirás?

Baile de máscaras

Su sonrisa se hizo más amplia.
–Sí, te oiré.
–¿Tan cerca estás?
–Ese retrato de ahí, ese de Nefertiti...
–¿Sí?
–Es una puerta. Da a mi habitación. Solo tienes que empujar el lado izquierdo del marco. Buenas noches, Camille –dijo. Y se marchó.

Capítulo 9

Camille apenas había salido de la casa cuando Brian vio interrumpido su café matutino por una visita.

Tristan, afeitado, limpio y bien vestido, convertido casi en un caballero, se acercó a él con paso seguro y firme y la cabeza alta, abriendo y cerrando los puños junto a sus costados. Al detenerse alzó un poco el mentón.

–Buenos días, lord Stirling.

–Buenos días –contestó Brian sin levantarse.

Tristan parecía gozar de una salud inmejorable.

–No pretendo que ninguno de los dos pasemos por tontos –dijo Tristan al cabo de un momento.

Brian bajó la cabeza ligeramente.

–Me alegra saberlo –dijo.

Tristan cuadró los hombros y prosiguió:

Baile de máscaras

—Vine aquí pensando que no echaría usted en falta alguna piececilla que pudiera costearme unos cuantos días de alquiler.

—Entiendo.

—Pero mi muchacha vale diez veces más que yo –dijo Tristan, y su voz se tiñó de ternura y humildad–. No permitiré que pague por mí. Así que...

—Usted conoce un poco los bajos fondos, ¿verdad? –inquirió Brian.

—Bueno, no suelo frecuentar las tabernas y los burdeles más míseros de la ciudad –contestó Tristan, irritado, y luego frunció el ceño–. Pero sí –reconoció con un suspiro cansino–. Conozco algunos sitios donde pueden encontrarse individuos de mala catadura.

Brian se recostó en la silla y lo observó. Era flaco y ágil, y Brian supuso que en sus buenos tiempos había sido un buen soldado.

—Siéntese, señor Montgomery. Hay café y comida, si no ha desayunado aún.

Tristan frunció el ceño con recelo.

—¿Quiere que me siente a su mesa?

—Se lo ruego.

Más receloso que nunca, Tristan empezó a servirse el café, pero le temblaban tanto las manos que Brian tuvo que sustituirlo en aquella tarea.

—Gracias –murmuró Tristan, tomando la taza, y se sentó en la silla que le indicaba Brian. Una vez acomodado, intentó volver a exponer su caso–. Verá, Camille lo es todo para mí –dijo con delicadeza.

Brian sonrió y bajó de nuevo la cabeza.

—No pretendo hacerle ningún mal a su pupila.

—Puede que lo que no sea malo para unos, condene a otros a la deshonra eterna –repuso Tristan.

—Ah, entiendo.

—Ella no es... No se la puede tomar a la ligera, milord.

Brian se inclinó hacia delante y lo miró fijamente a los ojos.

—Sir Tristan, le aseguro que ningún hombre podría tomarse a la ligera a su pupila.

—Francamente, señor, estoy confundido. ¡Y no puedo evitarlo!

—Camille trabaja en el museo. En el departamento de Egiptología. Y yo voy a acompañarla a un baile, a una fiesta de recaudación de fondos.

—Sí, ya me he enterado.

—Camille tiene muchos talentos.

—¡Señor!

—Para la Egiptología, sir Tristan. Y supongo que usted también tendrá los suyos.

El recelo y el temor se filtraron de nuevo en los ojos de Tristan.

—Al parecer, mis talentos ya no son lo que eran. Usted me atrapó –Brian se echó a reír suavemente–. ¿Cuáles son sus intenciones, lord Stirling? Porque sepa usted que, aunque estoy asustado, no pienso seguir escondiéndome tras las faldas de mi pupila.

—Pretendo hacerle una proposición de negocios.

—¡Señor!

—Que no tiene nada que ver con Camille –le aseguró Brian.

—Entonces...

—Quiero darle una pieza para que la venda por mí.

—¿Qué?

—Necesito que salga a la calle por mí.

Tristan bebió un sorbo de café, confundido.

Baile de máscaras

–Vine a robar una pieza de arte antiguo, ¿y ahora piensa darme una para que la venda?
–Precisamente.
–¡Caramba, lord Stirling! Si lo que pretende es darme una lección y mandar a la policía detrás de mí en cuanto salga de aquí, no hace falta que se moleste. Ya he reconocido mi culpa.
Brian sacudió la cabeza.
–Tristan, no me está usted escuchando. Le estoy haciendo una oferta. Necesito que salga a las calles. Necesito que se introduzca usted en lugares que yo no conozco y que descubra si hay ciertas piezas a la venta en el mercado negro.
Tristan se puso rígido y un destello iluminó sus ojos.
–¿Habla en serio?
–Desde luego.
–¿Me está proponiendo que trabaje para usted?
–Supongo que usted y su criado, Ralph, están familiarizados con ciertos ambientes.
–Sé cómo manejarme en la ciudad, sí. Y también sé algo sobre arte egipcio, claro. Yo eduqué a esa muchacha, ¿sabe?
–¿Y le enseñó todas sus artes?
Tristan frunció el ceño, reacio a sugerir que Camille no fuera un dechado de virtudes.
Brian se sorprendió al sentir una repentina tensión. ¿Podía ser realmente Camille lo que parecía, no solo inocente de cualquier conspiración, sino también inasequible a su espantosa máscara y a su reputación? Ella conocía su posición y su título. ¿Bastaba eso para cegarla? Sin embargo, se había mostrado ansiosa porque él conociera sus orígenes, a fin de que

entendiera qué caja de Pandora podía estar abriendo al someterla al escrutinio de la alta sociedad. A él le importaba un bledo de dónde procediera. Claro, que al principio solo había pretendido utilizarla. Y ahora...

Se levantó, temiendo de pronto que su máscara no lograra ocultar la repentina agitación que se había apoderado de él. La noche anterior había vuelto a sentirse vivo, humano otra vez, como no se había sentido desde que todo aquello empezara; desde que, al enterarse de la terrible noticia, entró en la batalla blandiendo su cólera y sintió cómo el acero desgarraba su carne. Nada había logrado disipar el frío inmutable que había caído sobre su corazón, hasta esa noche.

Hasta ese momento no había sido consciente de lo que sentía por Camille. Aquello había sucedido lentamente y, sin embargo, de forma repentina. Él no había vivido como un monje, pero tampoco había experimentado ningún sentimiento profundo.

La noche anterior había vivido instantes de absoluta lujuria. Y el deseo de tocar y abrazar a Camille, de olvidarse de todo y sumergirse en un mar de pasión carnal había resultado casi abrumador.

Dejó escapar un gruñido de irritación, enojado consigo mismo por permitir que sus emociones se le escaparan de las manos. Se volvió y miró a Tristan.

–Pase el día con Ralph, su criado. Hagan planes sobre cómo y dónde irán a cumplir su misión. Pero esta noche regrese a su cama. Quiero que todo el mundo piense que está herido al menos hasta mañana. Después de la fiesta, podrá levantarse, recuperado por fin. Y a nadie le extrañará que vaya a beber unas jarras de cerveza para celebrarlo.

Baile de máscaras

Tristan se levantó.

—Averiguaré lo que quiere saber, lord Stirling —prometió—. Se lo aseguro.

Esa mañana, el tráfico de camino al museo era caótico. En Russell Square había volcado un carro, esparciendo por doquier su cargamento de verduras. A pesar de los esfuerzos de la policía, la gente se aglomeraba por todas partes. Los grandes carruajes, las bicicletas, los cabriolés y otros vehículos fueron desviados y quedaron atrapados en un atasco. Los curiosos se paraban a mirar, y los que tenían prisa por llegar a sus lugares de trabajo a pie intentaban sortearlos.

Camille asomó la cabeza por la ventanilla del carruaje para decirle a Shelby que haría andando el resto del camino. Antes de que el cochero pudiera detenerla, ella saltó del coche y se perdió entre el gentío.

Llegó tarde al museo, que ya había abierto sus puertas al público. Cruzó corriendo las salas de exposición y vio que una gran multitud se había amontonado alrededor del terrario. Aubrey acababa de dar de comer a la serpiente. Sintiendo un escalofrío, corrió a su oficina. Sir John estaba sentado a su mesa, pero no la recriminó por su tardanza. Se limitó a ofrecerle una débil sonrisa y a sacudir la cabeza.

—Ahí fuera hay montado un bien lío, ¿eh? ¡Y cada vez es peor! ¡Ay, el tráfico de la ciudad!

Luego volvió a fijar su atención en los papeles que tenía sobre el escritorio.

Camille intentó concentrarse en los jeroglíficos,

pero se distraía constantemente. Hacía poco más de un año, todos los caballeros que formaban parte del departamento estaban de expedición. Al principio, había parecido que la campaña tendría un brillante final, coronado por un descubrimiento portentoso. Pero poco después el triunfo se había tornado en tragedia.

Camille abandonó su trabajo y salió del cuarto con cierto nerviosismo. Sir John, que seguía en su mesa, levantó la vista.

—¿Sí?

—Eh... sir John... ¿qué ocurrió cuando murieron los Stirling? —preguntó.

—¿Qué quiere decir?

—Todos ustedes estaban allí, ¿no?

Una nube cruzó los ojos de sir John.

—Sí.

—Los repatriaron para ser enterrados, pero el sepulcro acababa de descubrirse. Supongo que quedaban muchas cosas por hacer cuando murieron.

Él la miró fijamente y luego sacudió la cabeza y volvió a fijar la vista en sus papeles.

—No fue tan inmediato. Llevábamos algún tiempo trabajando en la tumba, catalogando las piezas. Las piezas más importantes ya se habían sacado, y muchas estaban listas para su embarque. Se le mandó un telegrama a Brian, quien al parecer se enteró de la muerte de sus padres justo antes de una escaramuza. Resultó herido, pero aun así logró llegar a tiempo a El Cairo. Los cuerpos habían sido conservados en hielo. Él se encargó de que fueran devueltos a Inglaterra. Estaba impaciente porque se les hiciera la autopsia, aunque Dios sabrá por qué. La causa de la muerte era muy evidente.

Baile de máscaras

—¿Alguien encontró las serpientes?
—¿Cómo dice?
—Los áspides. Las víboras que los mataron —dijo Camille.
—Creo que no. Supongo que había un nido en sus habitaciones. Seguramente las serpientes se escabulleron después de matarlos. Mucha gente muere por mordeduras de cobra, Camille. Es un peligro que hay que asumir cuando se vive y se trabaja en el desierto.
—Desde luego —murmuró ella.
Sir John volvió a mirar sus documentos, haciendo caso omiso de ella, pero Camille se acercó a su mesa.
—¿Hubo investigación?
Él levantó la mirada de nuevo.
—Por supuesto que sí. Se pidió la intervención de las autoridades egipcias y de las británicas. ¡Por Dios, chiquilla, George era el conde de Carlyle!
—Sí, sí, claro.
—Tengo trabajo, Camille. Y usted también.
Ella asintió y volvió a su cuarto de trabajo, pero no logró concentrarse. Tradujo algunas líneas más de la advertencia de la tumba descubierta por los Stirling. Luego llegó a una tirada de signos que le produjo cierto desasosiego. Leyó lentamente en voz alta:
—«Sabed que la Gran Cobra, con sus ojos de luz y fuego, creada por la voluntad y el poder de Hethre, por obra de sus propias manos, hará caer el castigo sobre la más alta nobleza».
Miró con fijeza el texto, revisando cuidadosamente la traducción. Luego se levantó de un salto y salió corriendo hacia la mesa de sir John.

Él se había ido.

El recorte de periódico sobre la muerte de los Stirling estaba encima de sus otros papeles. Algo lo sujetaba. Camille rodeó la mesa. Una pequeña navaja clavaba el papel a la madera. Su punta atravesaba la cara de uno de los personajes de la fotografía. La cara de sir John.

Pese al clamor que se había alzado durante la época de los asesinatos de Jack el Destripador, el East End apenas había cambiado.

Chiquillos sucios, esqueléticos y de enormes ojos que empezaban a adquirir el aspecto de alimañas callejeras se sentaban en los portales y correteaban por las calles. Ninguno se acercaba a Brian. Miraban hacia él y se dispersaban. A pesar de que llevaba su disfraz de Jim Arboc, sus ojos tenían una mirada amenazante.

La idea de convertirse en Jim Arboc había surgido hacía más de tres meses, cuando quedó vacante un empleo en el museo. Había aceptado de buen grado barrer las oficinas de los conservadores de arte asiático, persuadido de que, andando el tiempo, podría pedir el traslado al departamento de arte egipcio sin levantar sospechas. Poco antes se le había ocurrido que debería haber reconocido a Camille Montgomery al verla en el castillo. Pero, antes de conocerla, lo más cerca que había estado de su objetivo habían sido las veces en que había logrado escabullirse en los almacenes con intención de emprender una lenta y metódica búsqueda. Las acusaciones directas de nada servirían, habida cuenta de que no estaba seguro de a quién debía acusar. Así pues, debía armarse de paciencia.

Y en el papel de Jim Arboc había aprendido a ser paciente.

Costureras pobres pero honestas bajaban con premura por las calles junto con carniceros de delantales ensangrentados y obreros fabriles con las gorras caladas sobre los ojos. Los mercachifles vendían ginebra y empanadas de carne a las que les faltaba la carne, pero que, aun así, tentaban a los famélicos compradores con el barrillo de sus salsas. Los tenderos formales empleaban a inmigrantes por unos pocos peniques, y las caras largas y cansadas eran la norma. Prostitutas de ojos legañosos y dientes mellados pululaban alrededor de las tabernas, y el hedor de las calles bastaba para producir náuseas.

Renqueando con el paso torpe pero firme de Jim Arboc, Brian caminaba apresuradamente tras las figuras que iban delante de él, a cierta distancia. Las dos personas a las que seguía entraron en un establecimiento en cuyo cartel se leía *Taberna McNally. Todos son bienvenidos*. Esperó a que entraran y luego los siguió.

En la barra había un grupo numeroso, y la ginebra fluía a raudales. Las mujeres de la calle que ejercían allí su oficio habían dejado atrás hacía largo tiempo sus días de esplendor. Muchas lucían en las mejillas el arrebol de la ginebra, y a alguna le habían roto la nariz más de una vez. Unas pocas y desvencijadas mesas de madera se alineaban en la parte del local que se extendía frente a la barra. Brian se abrió paso a codazos entre el gentío, pidió una ginebra y se retiró a una de las mesas para observar.

Tristan Montgomery no era ningún tonto. Se había cambiado de ropa antes de emprender su expedición, y lucía ahora una chaqueta y una gorra propias de un estibador portuario. Ralph llevaba un atuendo parecido. Y, aunque no tenía las maneras joviales de Tristan, no desmerecía al lado de este.

Tristan pidió ginebra, quejándose del precio, y se puso a coquetear con la única prostituta que parecía tener todos los dientes. Era menuda y algo delgada, y parecía contenta porque la invitara a ginebra.

–¿Hablamos de negocios, jefe? –le preguntó, jugueteando con el cuello de su chaqueta.

Tristan la miró. Era una morena bajita, de ojos oscuros y sonrisa atractiva.

–Sí, hablemos de negocios –dijo Tristan en voz baja al tiempo que sacaba una reluciente moneda.

Los que los rodeaban parecían ajenos a la transacción.

–¿Nos vamos? ¿O te apetece otra copa, guapo?

Tristan agarró a la mujer del brazo y, apartándola de la barra, la acercó a la mesa a la que estaba sentado Brian, con el sombrero calado sobre los ojos.

–Tengo entre manos un negocio importante, un negocio de mucho dinero –le dijo a la mujer–. Y te daré más de estas si me das alguna pista.

La prostituta ladeó ávidamente la cabeza.

–¿Ah, sí?

–Tengo algo que vender.

Ella frunció el ceño.

–¡Caramba! Pues si son joyas que le has mangado a algún ricachón...

–Es mejor que eso. Pero necesito un comprador

especial. Tengo algo de... –se detuvo y le susurró algo al oído.

La puta retrocedió un poco, sacudiendo la cabeza con fastidio.

–¡No me digas que tienes una momia o algo así! ¡Eso solo sirve para encender el fuego! Un tipo vendió una hace poco, y ya le habían robado los amuletos y las cosas que tenía que haber entre los vendajes.

–Lo que tengo es oro puro –dijo Tristan–. Lo mejor que se pueda encontrar en el mercado.

–¿Y qué sabes tú del mercado?

Brian notó que la mujer empezaba a cambiar de acento y tuvo la impresión de que aquella dama de la noche iba a la taberna con más intenciones de las evidentes.

–Entonces... ¿hay otros vendiendo antigüedades de esas?

–Pues claro. Y de las mejores.

–¿Quién las vende?

Tristan la había agarrado con fuerza de la muñeca. Ella luchó por desasirse, comprendiendo al fin que no se había topado con un vulgar borrachín.

–¡No está aquí ahora! –le espetó en voz baja.

–Volveré mañana –dijo Tristan y, deslizando la moneda en su mano, le cerró los dedos–. Quiero meterme en el negocio –dijo–. Puedes echarme una mano, presentarme a los compradores, mostrarme a mis competidores y ganar un buen pellizco. O bien...

–¿O bien?

–Bueno, la vida es dura, ¿no te parece? –dijo Tristan.

–Esta moneda no es suficiente –respondió ella llanamente.

Él esbozó una lenta sonrisa.

−Ya veo que nos entendemos.

Tristan sacó otra moneda. Miró fijamente a la mujer y, tras hacerle una seña con la cabeza a Ralph, salieron los dos a la calle.

La prostituta regresó a la barra y le susurró algo al fornido camarero que había tras ella, secando vasos. El hombre le dijo algo en voz baja. La mujer hizo un mohín y sacó una de sus monedas. El hombre miró la puerta por la que acababan de salir Tristan y Ralph. Luego se acercó al otro extremo de la barra y le susurró algo a un individuo enjuto, de nariz aguileña y afilada.

El hombre se levantó y salió de la taberna. Brian hizo lo mismo.

Sir John regresó mientras Camille estaba aún junto a su mesa. Ella levantó la mirada.

−¿Qué está haciendo? −preguntó sir John.

−Yo... salí a hablar con usted.

−¿Qué hace ese papel en mi mesa? ¡Y mi navaja!

Ella sacudió la cabeza.

−Yo acabo de entrar. El papel estaba aquí. Y también la navaja.

Sir John frunció el ceño y se acercó a la mesa. Arrancó esta de la mesa, enojado, la dobló y se la guardó en el bolsillo. Luego abrió el cajón central de la mesa y metió en él el recorte. A continuación miró a Camille.

−¿Quién ha entrado aquí?

−No lo sé.

Sir John la observaba con recelo.

Baile de máscaras

—¿Cómo es posible que no lo sepa? —preguntó con aspereza. A Camille le pareció distinguir una nota de miedo en su voz.

—Yo estaba en mi cuarto, trabajando. He salido a hablar con usted y me he encontrado con esto —le dijo.

Él sacudió la cabeza y pareció preguntarse en voz alta, sin dirigirse a ella:

—Tenía una conferencia en la sala de lectura. No he estado fuera más de una hora —de pronto se tambaleó y estuvo a punto desplomarse sobre la silla, pero logró mantener el equilibrio y se apretó las sienes con las manos—. Me duele muchísimo la cabeza. Voy a irme a casa.

Se levantó y salió apresuradamente sin mirar a Camille.

Ella lo vio marchar, preocupada. Ni siquiera le había preguntado por qué había salido a hablar con él. ¿Tal vez porque tenía miedo?

Camille se dirigió a la puerta de su cuarto de trabajo, pero tropezó con algo. Al bajar la mirada, vio que sir John había perdido sus llaves. Las recogió y echó a correr tras él.

—¡Sir John!

Pero él se había ido. En realidad, todo el departamento parecía sumido en un inexplicable silencio. Camille no había visto a Hunter en todo el día, lo cual no era extraño. Pero tampoco había visto a Aubrey Sizemore, ni a Alex Mittleman. Ni siquiera había visto por allí al anciano que se encargaba de limpiar.

Se quedó un momento parada en medio del intenso silencio. Al parecer, estaba sola.

Apretó con fuerza las llaves. Era hora de echarle otro vistazo al almacén.

Brian comprendió enseguida que el individuo de nariz aguileña de la taberna estaba siguiendo a Tristan y Ralph. Estos estuvieron deambulando un rato entre callejones y calles bulliciosas, y luego volvieron a salir a una zona de callejuelas, cerca del río y de la antigua muralla romana, y tomaron por fin una calle atestada de gente. Fue entonces cuando Brian vio que el tipo de la nariz aguileña se abalanzaba sobre Tristan por la espalda y lo arrastraba hacia un callejón estrecho y oscuro.

Brian corrió tras ellos. Cuando llegó a la plazoleta en la que desembocaba el callejón, aquel individuo estaba apuntando con un arma a Tristan y Ralph.

–¿Qué tenéis y de dónde lo habéis sacado? –preguntó.

Brian se acercó a él por la espalda y antes de que el otro pudiera volverse le asestó un fuerte golpe en el brazo derecho. La pistola salió volando y cayó entre las basuras del callejón. El otro echó mano del cuchillo que llevaba en la pantorrilla, pero Brian le dio un puñetazo.

En ese instante, el estampido de un disparo rasgó el aire.

Camille atravesó a toda prisa las salas de exposición con las llaves en la mano. No había mucha gente. La cobra, satisfecha con su reciente comida, estaba enroscada, dormitando. De Aubrey no había ni rastro.

Baile de máscaras

Camille respiró hondo y deshizo el camino que había recorrido con sir John unos días antes, descendiendo hacia las entrañas del museo, rumbo a los almacenes.

La iluminación era muy débil, y tardó unos segundos en acostumbrarse a la semipenumbra. Recorrió los pasillos del almacén hasta que encontró las cajas procedentes de la última expedición de los Stirling.

Había cierto número de momias que no se hallaban en sus sarcófagos, ya fuera porque habían sido abiertas o porque procedían de un enterramiento masivo y no disponían de féretros separados. Camille observó las momias, notando que estaban envueltas con esmero y con materiales de la mejor calidad. Sin embargo, en ese momento no eran las momias lo que le interesaba.

Fue de caja en caja, leyendo la lista de su contenido, buscando una mención a una cobra de oro. Si aquella pieza había sido introducida en el sepulcro como un talismán fabricado por una bruja o una sacerdotisa reverenciada, tenía que ser una obra de valor excepcional. ¿De oro macizo? Posiblemente. ¿Y con los ojos de rubíes o de diamantes? De piedras preciosas, por lo menos.

Pero Camille no encontró mención alguna a aquella pieza, pese a que revisó todas las cajas. Y aunque intentó hurgar cuidadosamente en las que estaban abiertas, no encontró nada que encajara con aquella descripción.

Regresó a los cajones que contenían momias, preguntándose si tal vez la cobra de oro sería una pieza pequeña que quizá hubiera sido enterrada con la momia de la propia Hethre.

Pero no le pareció que ninguna de aquellas momias, desenvueltas con cierto descuido, pudiera ser Hethre. Ningún egiptólogo que se preciara de serlo habría abierto el sarcófago de un personaje tan eminente sin el debido cuidado. Frustrada, se quedó mirando una de las momias, algo entristecida al darse cuenta de que ningún esfuerzo humano podía detener el asalto de la muerte.

Al cabo de unos instantes, la escasa luz que ardía en el almacén empezó a debilitarse. Y, mientras permanecía en medio de las momias, todo se volvió negro.

—¡Agachaos! —rugió Brian y, tirándose al suelo, rodó para buscar refugio tras un abrevadero. Sintió una quemazón en el brazo y comprendió que una de las balas le había rozado.

Luego, bruscamente, cesaron los disparos.

Brian rodeó el abrevadero en cuclillas.

—¡Eh! ¡Eh, tú, amigo!

Era Tristan quien gritaba. Brian exhaló un suspiro de alivio. Miró con precaución más allá del abrevadero. Tristan y Ralph habían salido de detrás de las ruedas de un carro desvencijado.

El hombre que los había seguido estaba tendido en el suelo. Brian se acercó y se arrodilló junto a él. Una bala le había atravesado la frente. No había duda de que estaba muerto.

Brian hurgó rápidamente en sus bolsillos. Miró a Tristan y a Ralph, que estaban de pie a su lado, boquiabiertos.

—Rápido, largaos de aquí —dijo.

—¿Qué? —preguntó Tristan con voz densa.

Baile de máscaras

Brian comprendió que ninguno de los dos había adivinado su verdadera identidad.

–Largaos antes de que llegue la policía y quiera saber qué hacíais aquí y qué teníais que ver con este tipo.

–Sí... sí... –murmuró Tristan.

–Pero ¿quién le ha disparado? –preguntó Ralph.

–Qué teníamos que ver con este tipo... –murmuró Tristan–. ¡Pero si no lo conocíamos!

–Estaba en la taberna –dijo Ralph con los ojos como platos–, sentado al otro lado de la barra, frente a nosotros.

–Pero, si la policía nos interroga, nosotros no sabemos nada –dijo Tristan.

–Exacto –convino Ralph.

–Pero ¿es que queréis que os interroguen? –preguntó Brian.

–¡Claro que no! –contestó Ralph.

Brian siguió hurgando en los bolsillos del muerto, pero solo encontró un par de monedas y un manojo de tabaco. Levantó la vista. Los otros dos seguían mirándolo embobados.

–¡Largaos! –insistió–. ¡Aprisa!

Se levantó y observó la plazoleta. Estaba rodeada por edificios de viviendas de los que en otros tiempos habían albergado a tejedores flamencos y en cuyas habitaciones se hacinaban ahora míseras familias de hasta diez miembros. Tristan y Ralph seguían inmóviles, esperando.

–¡En marcha! –dijo Brian.

Se dirigían al callejón cuando Brian oyó los silbatos de la policía. Al fondo, tras ellos, había un sendero entre dos casas.

—Por ahí.

Brian los empujó hacia el sendero y salieron a otro pequeño patio, delante de la fachada de la primera casa. Brian los empujó hacia la calle llena de gente y echó a andar en sentido contrario.

Camille se quedó inmóvil, agarrándose al cajón que contenía la momia de la que acababa de compadecerse, y aguzó el oído. Al principio, no oyó nada. Después sintió el sonido de un roce. Parecía proceder del interior de la caja.

¡No podía ser! Aunque el corazón le latía con violencia, se negaba a creer que una momia pudiera cobrar vida. Pero, si no era eso, entonces es que había alguien allí. Había alguien en la oscuridad, con ella, al otro lado del cajón, haciendo aquel ruido, intentando asustarla...

La visión de la navaja clavada en el recorte de periódico, sobre la cara de sir John, desfiló ante sus ojos.

Procuró guardar silencio y apartarse de la caja. Luego oyó una voz. Un susurro. Un chirrido.

—Camille...

No disponía de nada que pudiera utilizar como arma. Le repugnaba sentirse aterrorizada, y no creía en maldiciones, pero... aquella voz... Parecía atravesarla hasta la médula, desgarrarle la carne... Había en ella algo... perverso.

Tenía que huir, pero le resultaba imposible moverse entre las cajas en medio de la oscuridad. Y, si se quedaba inmóvil, ¿qué pasaría?

—Camille... —dijo de nuevo aquella voz, como papel

de lija raspando el aire... Burlona. Amenazante. Mortífera.

Camille apretó los dientes y se giró a tientas. Al instante chocó con una caja. Oyó movimiento tras ella. Alguien estaba rodeando el cajón, buscándola en la oscuridad.

Camille palpó la caja y metió la mano dentro, esperando encontrar algo que le sirviera como arma. Agarró algo cubierto de polvo, largo y duro. Un cetro, quizá. Lo agarró con fuerza y rodeó la caja a tientas. Empezó a moverse sorteando los bultos. Oyó unos pasos fuertes tras ella. Y, de nuevo, aquella voz.

–Camille...

¡La puerta de salida! Podía verla delante de sí, nimbada por finas ranuras de luz. Corrió hacia ella.

Oyó pasos, sintió que unos dedos huesudos se tendían hacia ella y le agarraban el pelo.

Gritó, se giró, blandiendo su arma, asestó un golpe en la oscuridad y luego salió corriendo hacia la puerta y la luz que se extendía más allá de ella.

Capítulo 10

—Tristan, pero ¿qué haces, hombre? —preguntó Ralph.

Tristan se había detenido. Estaban a más de tres manzanas de la plazoleta, rodeados de gente. Algunas personas corrían atraídas por los silbatos de la policía, mientras otras, acostumbradas a aquel bullicio, seguían yendo y viniendo a sus ocupaciones.

—Vamos, alejémonos de aquí. Ya has oído a ese viejo de la barba.

Tristan sacudió la cabeza.

—Ralph, por el amor de Dios, ya deberías haberte dado cuenta de quién era —el otro enarcó una ceja y se quedó mirándolo. Tristan dejó escapar un suspiro—. Era lord Stirling.

—¡No!
—Sí.

Baile de máscaras

—¡No!

—¡Sí!

—¡Lord Stirling! —exclamó Ralph—. Pero si estaba allí, disfrazado, ¿por qué nos mandó a nosotros a esa taberna?

—Porque nosotros nos movemos como pez en el agua por esos ambientes y todo el mundo sabe que hemos participado en algún que otro asuntillo ilegal —contestó Tristan.

—Bueno, eso está muy bien. Pero ahora vámonos, ¿quieres? Él dijo que nos fuéramos.

Tristan meneó la cabeza.

—Yo voy a volver.

—¡A volver! ¿A donde han estado a punto de matarnos? —exclamó Ralph, pasmado—. Si ese hombre era de verdad lord Stirling, como dices, nos ordenó muy seriamente que nos fuéramos.

—Claro, porque no quería que nos interrogaran —Tristan se encogió de hombros—. No es probable que la muerte de un tipo como ese despierte mucho interés, pero, por si acaso salía en los periódicos, lord Stirling no quería que nos viéramos mezclados en el asunto.

—Pues será mejor que le hagamos caso.

—Ya no corremos ningún peligro. Podemos pasar por curiosos atraídos por el alboroto. ¡Un hombre asesinado de un disparo en una plaza! Seguro que hay un montón de gente. Nadie se fijará en nosotros.

—¡Yo no quiero ver un muerto desangrándose sobre los adoquines!

—¡Ah, pero la gente sí! Recuerda que antes hacían cola para ver un ahorcamiento público. Vamos, amigo mío. Nadie reparará en nosotros. Y puede que nos enteremos de alguna cosilla.

–¡Oh, Tristan! –gimió Ralph.

–Tenemos que averiguar lo que podamos para lord Stirling –dijo Tristan con determinación y, dando media vuelta, empezó a desandar el camino.

Ralph lo siguió refunfuñando.

La puerta se cerró tras Camille, y de pronto todo se inundó de luz. Pero la estancia contigua al almacén estaba desierta. Camille se dirigió a las escaleras y las subió corriendo.

Irrumpió en una de las salas de exposición del museo, alrededor de cuyas vitrinas había congregadas algunas personas. Todos se volvieron a mirarla. Una mujer dejó escapar un gemido de sorpresa; todos la miraron con pasmo.

Camille se quedó paralizada un instante. Luego bajó la mirada hacia el arma que había sacado de la caja de la momia. Lo que tenía entre las manos era un brazo momificado, envuelto en vendajes y ennegrecido por el paso de los siglos.

Camille lo dejó caer, horrorizada. Luego, dándose cuenta de que estaba a punto de hacer una escena, sonrió con desgana, se alisó el pelo y recogió el brazo momificado.

–Lo siento muchísimo. Es para una nueva exposición –explicó.

Se dirigió apresuradamente a las escaleras que llevaban a las oficinas mientras pensaba a toda prisa. Lo más lógico era acudir a los policías que vigilaban el museo. Claro que entonces tendría que explicar qué había ido a hacer al almacén. Sin embargo, quienquiera que la hubiera asustado debía estar aún en el almacén. ¡Había que atrapar al culpable!

Al entrar corriendo en la oficina, decidida a buscar ayuda y cargar con las consecuencias, se sobresaltó al ver que la mesa de sir John estaba ocupada.

Evelyn Prior estaba esperándola sentada en la silla.

—¡Ah, estás ahí, querida! —exclamó—. Empezaba a preocuparme. Como no hay nadie por aquí... Pero, ¿qué ocurre, Camille? Cualquiera diría que acabas de ver un fantasma —levantó una ceja—. Y que vas paseando por ahí sus despojos.

—Yo... estoy bien —murmuró Camille. El corazón le palpitaba con fuerza. No sabía por qué, pero de pronto desconfiaba de Evelyn. ¿Era posible que el ama de llaves hubiera bajado a los almacenes, que hubiera sido ella quien había susurrado su nombre y que hubiera subido a sentarse tras la mesa de sir John para ahuyentar sospechas?

—¡Ah, esto! —Camille forzó una sonrisa—. Sí, es terrible por mi parte. Tengo que devolverlo. Me avergüenza decir que vi una rata y me asusté. Disculpa, tengo que... —se interrumpió—. Evelyn, ¿qué haces aquí?

—Son más de las cuatro, querida. He venido con Shelby para acompañarte a casa de las hermanas. Hemos de asegurarnos de que tu vestido estará listo para mañana.

—¿Más de las cuatro? —murmuró Camille—. Claro, solo será un momento..., si no te importa esperar. Disculpa, Evelyn, enseguida vuelvo.

Salió de las oficinas, cerrando la puerta tras ella. Era absurdo pensar que Evelyn pudiera haberla seguido al almacén. Aquella mujer parecía ser la mano derecha de Brian Stirling. Y se había mostrado tranquila y serena, aunque un poco sorprendida porque no hubiera nadie en la oficina.

Camille se giró rápidamente, dándose cuenta de que debía encontrar cuanto antes a algún empleado del museo. Llevaba todavía en las manos el brazo momificado. Debía devolverlo al almacén. Intentó esconderlo entre los pliegues de su falda, y entonces se percató de que debía resolver un asunto más urgente. Había perdido las llaves de sir John en alguna parte. Y había dejado abierta la puerta del almacén.

Encontró a un guardia descansando en una silla de la sala en la que se exponía la piedra Roseta. Le alegró descubrir que era Jim Smithfield, un viejo agente de policía al que habían asignado a la vigilancia del museo debido a su edad. Era un hombre alto y enjuto y al que solo le quedaban algunos mechones de pelo gris bajo la gorra. Sus ojos azules eran amables, aunque un tanto desvaídos.

—¡Jim! —dijo Camille, tocándole el hombro.

El guardia, que se había adormilado, despertó con sobresalto. Al verla, se levantó de un salto.

—¡Camille! —miró a su alrededor, pensando que debía de haber pasado algo. Ella sonrió, a pesar de las circunstancias.

—Necesito que me ayudes.

—Sí, sí, claro, ¿qué ocurre, muchacha?

—Tenía que comprobar una cosa en el almacén y me pareció que había alguien allí. Me gustaría asegurarme de que está vacío y de que la puerta está bien cerrada.

Él arrugó el ceño. Camille se preguntó si sabía

que ella no tenía autorización para entrar en el almacén.

—¿Había alguien rondando por allí? —preguntó él.

—Estoy segura de que no es nada. Puede que hayan sido imaginaciones mías. Pero si hicieras el favor de acompañarme...

—Claro que sí, muchacha. ¡Faltaría más!

Sintiéndose más segura, a pesar de que Jim Smithfield fuera casi tan viejo como algunas de las piezas del museo, Camille echó a andar delante de él.

La puerta del almacén seguía cerrada, pero la llave no estaba echada. Cuando Camille la abrió, las tenues luces habían vuelto a encenderse. Camille entró, seguida de cerca por Jim. Al fin encontró la caja con la momia a la que le faltaba el brazo e intentó colocar este lo mejor que pudo. Las llaves estaban en el suelo, junto a un gran contenedor. Camille las recogió. Jim la observaba con una leve sonrisa en los labios.

—Aquí no hay nadie, niña. ¿No será que has oído demasiadas historias sobre momias y maldiciones? Sea lo que sea lo que pensara esa gente, Camille, estos tipos no van a volver a levantarse. Ah, pero tú eres joven. A tu edad es fácil dejarse impresionar por esas cosas.

Ella compuso una sonrisa.

—No, creo de verdad que había alguien aquí. Pero, fuera quien fuese, ya se ha ido.

—Seguramente sería alguien de otro departamento —dijo Jim, sonriendo con ternura.

Camille lo agarró del brazo.

—Gracias, Jim.

–Estoy aquí para lo que me necesites, Camille.
–Gracias.

Cuando salieron del almacén, Camille se aseguró de que la puerta quedara bien cerrada, aunque se preguntaba qué sentido tenía hacerlo. A fin de cuentas, la primera vez que había bajado, también estaba cerrada con llave. Todos los jefes de departamento tenían llaves del almacén. Pero no era probable que un jefe de departamento apagara las luces. Y Camille estaba segura de que no era un conservador de otro departamento quien la había asustado en la oscuridad.

Regresaron juntos. Al acercarse a la piedra Roseta, Jim se detuvo.

–No pienso decir nada sobre esto, ¿sabes? –y le guiñó un ojo.

Camille abrió la boca para decirle que no tenía importancia, pero luego se dio cuenta de que debía agradecerle su silencio.

–Gracias, Jim –dijo, y echó a andar hacia las oficinas.

Brian apenas había acabado de curarse la rozadura que la bala le había hecho en el brazo cuando llamaron a su puerta. Ayax, que estaba montando guardia frente a la chimenea, alzó la cabeza y comenzó a menear la cola.

–¿Sí?
–Soy Corwin, milord.
–Pasa, por favor.

Se ató la máscara mientras entraba el criado.

–¿Qué ocurre? –preguntó.

Baile de máscaras

—Sir Tristan Montgomery desea verlo.
—Dile que pase.
Corwin asintió y entró Tristan.
—Buenas noches, lord Stirling.
—Buenas noches. Dígame, ¿tiene algo que contarme? ¿Ha encontrado un sitio donde se trafique con antigüedades?
—Ya sabe que sí –respondió Tristan suavemente, con gran dignidad.
Brian lo miró fijamente un momento y luego se encogió de hombros.
—Supongo entonces que usted y su compañero consiguieron escapar sanos y salvos antes de que llegara la policía.
—Pensé que le interesaría conocer el nombre de ese tipo –dijo Tristan.
Sorprendido, Brian se acercó a una mesita en la que había una botella de brandy y sirvió dos copas.
—En efecto –dijo mientras le daba una copa a Tristan.
—Era un tipo de mala catadura, un viejo conocido de la pasma. William Green, se llamaba. Al parecer, había abandonado sus atracos callejeros en Mayfair y la policía sospechaba que estaba haciendo algún trabajillo sucio para un pez gordo.
—Entiendo –murmuró Brian.
—La policía metropolitana lleva el caso –prosiguió Tristan–. Pero no parece que tengan mucho interés. El detective a cargo de la investigación es un tipo mayor, muy bregado, el sargento Garth Vickford. Es de esos que piensan que es una suerte que los delincuentes se maten entre ellos, porque así se evitan juicios y se ahorra el dinero de la Corona y de los contribuyentes. No creo que investiguen mucho.

—¿Y todo eso lo ha averiguado usted solo? —preguntó Brian.

Tristan se encogió de hombros.

—Tengo buen oído.

Brian tomó asiento en el gran sillón que había ante la chimenea y guardó silencio. A pesar de que estaba más cerca que nunca de averiguar la verdad, se distrajo un momento. Allí era donde se había sentado la noche anterior, abrazando a Camille. Resultaba fácil recordar su olor, la suavidad de su piel y el modo en que sus ojos brillantes y marmóreos se clavaban en los suyos, como llamas doradas y esmeraldas.

—Me atrevería a decir —continuó Tristan— que el muerto no era más que un mandado, y que seguramente metió la pata al atacarnos a Ralph y a mí. Por eso alguien, tal vez la persona para la que trabajaba, o puede que algún jefazo del hampa, decidiera hacerle callar para siempre.

—Sí, sí —dijo Brian, levantándose—. Gracias. Me ha sido de gran ayuda. No me debe nada más. Hasta hoy no me he dado cuenta de que podía estar poniendo en peligro sus vidas.

—Pero usted estaba allí. Y recibió un balazo en el brazo.

—Solo es un rasguño. Le repito que me ha sido de gran ayuda y que no me debe nada más.

Tristan se irguió en toda su estatura.

—Lord Stirling, yo también fui soldado de Su Majestad. No soy un cobarde, ni amo la vida más que el honor. Me agradaría seguir a su servicio.

—Si por mi culpa sufriera algún daño —dijo Brian suavemente—, Camille nunca me lo perdonaría.

Baile de máscaras

—Y si yo rechazara el trabajo que me ofrece un hombre como usted y regresara a mi antigua vida, Camille se sentiría profundamente defraudada –repuso Tristan–. Puede que hoy no me haya lucido, lord Stirling, pero le aseguro que sé cuidar de mí mismo. No me pida que me retire ahora. Ya estoy metido en esto, y me siento como no me sentía desde hacía muchos años.

Brian se inclinó hacia delante y comenzó a acariciar la enorme cabeza de Ayax. Luego se levantó y miró de nuevo a Tristan.

—Está bien. Pero le ruego que no tome usted ninguna decisión por su cuenta. Nada se hará sin que yo lo sepa, y pensará usted en todo momento en su seguridad.

Tristan sonrió.

—Entonces, me vuelvo a la cama, por si acaso mi Camie vuelve temprano –hizo un saludo militar y salió de la habitación.

Brian se sentó y volvió a acariciar la cabeza de Ayax.

—¿Qué he hecho? –murmuró.

Camille estaba convencida de que las hermanas eran hadas madrinas.

A pesar de lo sucedido aquel día y de la presencia de Evelyn Prior, no podía evitar sentirse entusiasmada por el vestido. Nunca se había puesto un traje como aquel. Sin duda tenía que haber algo mágico en él, sencillamente porque existía. En un solo día, las hermanas habían creado un vestido tan hermoso que quitaba el aliento y que se ceñía a su cuerpo con absoluta precisión.

Naturalmente, también se habían ocupado de que dispusiera de la lencería adecuada: un corsé con el borde de encaje, enaguas a juego y un miriñaque de la talla perfecta. Camille estaba sorprendida por lo guapa que estaba con el vestido. Su pelo parecía más oscuro y sus ojos centelleaban en contraste con el color de la tela. Se sentía como una princesa. El escote era bajo, pero no en exceso, y las pequeñas mangas formaban un delicado arco sobre sus hombros. La sobrefalda de gasa refulgía, tornasolada, y el corpiño recamado de lentejuelas se ceñía como un guante a sus curvas.

–¡Oh, señorita! ¡Está usted preciosa! –exclamó la pequeña Ally.

Camille sonrió a la niña, perdiendo un poco de su entusiasmo al preguntarse de quién sería hija.

–Gracias –le dijo.

–Yo también he ayudado –dijo Ally con orgullo.

–¿Ah, sí?

–Bueno, solo un poco. Pero me dejaron dar unas puntadas del dobladillo.

–Qué maravilla. Te lo agradezco muchísimo.

Las hermanas observaban su obra con orgullo y una sonrisa pícara. Evelyn Prior caminaba a su alrededor, asintiendo con aprobación.

–Precioso, precioso –dijo, y miró a las hermanas con una sonrisa–. Bueno, vamos a quitárselo. Tenemos que envolverlo con mucho cuidado y llevarlo al castillo, porque el conde estará esperando.

–¿No podéis quedaros a tomar el té? –preguntó Edith, desilusionada.

–Me temo que no. Lord Stirling espera a la señorita Montgomery antes de cenar.

Baile de máscaras

—Qué lástima —dijo Ally.

Evelyn sonrió a la niña con intenso afecto.

—Ally, querida, volveremos pronto, lo sabes, ¿verdad?

Ally asintió juiciosamente; demasiado juiciosamente, tal vez, para una niña de tan corta edad.

Cuando salieron, Shelby estaba esperando junto a la puerta del coche para ayudar a subir a Camille. Al verla, le ofreció una sonrisa y dijo con cierta torpeza:

—No habrá mujer más bella en el baile.

—Muchísimas gracias —dijo Camille.

Evelyn iba tras ella. Todavía insegura de por qué de pronto desconfiaba de ella, Camille montó en el carruaje.

—No estoy muy segura de esto —murmuró Evelyn.

Había acudido a las habitaciones de Brian nada más regresar de casa de las hermanas. Camille había ido a ver a Tristan, que había vuelto a meterse en cama.

Brian enarcó una ceja bajo la máscara.

—¿No estás segura? Pero si fuiste tú quien insistió en que volviera a frecuentar los salones y buscara una mujer que pudiera llevar del brazo.

—Sí, pero...

—¿Pero qué?

—¡Esa chica es muy rara! —contestó Evelyn.

—¿Por qué dices eso?

—No estaba en su cuarto de trabajo cuando llegué. Y cuando volvió...

—¿Sí?

—¡Llevaba el brazo de una momia!

—Evelyn, Camille trabaja en el departamento de Egiptología.

—Sí, sí, pero ¿qué clase de chica va por ahí acarreando trozos de un cadáver?

—Debía de llevarlo por alguna razón.

—Puede, pero se comportó de manera muy extraña. Estaba despeinada y cubierta de polvo.

—¿Qué tal ha ido la prueba del vestido? –preguntó él, cambiando bruscamente de tema. Evelyn se quedó callada un momento–. ¿Algo va mal?

—No, no, todo va bien. Increíblemente bien –murmuró Evelyn.

—¿Entonces...?

—No sé. Estoy preocupada. En fin, voy a buscar a nuestra beldad amante de las momias –se levantó y, apartándose de él, se detuvo en la puerta para mirarlo–. Lo siento, Brian. Ya sé que fue idea mía, pero esa chica es muy rara.

Brian la miró marchar con cierto asombro. Desde que se hacía pasar por el viejo Arboc, había seguido a los empleados del museo para conocer su trabajo. Pero nunca había visto nada fuera de lo corriente. Ese día, sin embargo, debía de haber ocurrido algo extraño.

Otra llamada a la puerta anunció la llegada de Camille. Brian le pidió que pasara y le dijo, muy serio:

—Buenas noches, señorita Montgomery.

—Buenas noches.

Brian notó que llevaba el pelo mojado. Al parecer, se había bañado a su regreso al castillo. ¿De veras había vuelto cubierta de polvo?

Brian apartó la silla para que ella se sentara, sirvió el vino y tomó asiento frente a ella.

Baile de máscaras

—¿Un largo día?
—Sí, eso parece —murmuró ella.
—¿Ha pasado algo fuera de lo normal?
—Hoy todo ha sido fuera de lo normal.
—¿Ah, sí?
—Parece que no ha ido nadie a trabajar.
—¿Sir John no ha ido?
—No, él sí estaba allí, pero se marchó en circunstancias un tanto extrañas —respondió Camille con los ojos fijos en él—. Estuvo dando una conferencia en la sala de lectura. Yo salí para hablarle de unos jeroglíficos. Sir John no estaba allí, pero sobre su mesa había un recorte de periódico que hablaba sobre tus padres. Y su navajita estaba clavada en la fotografía, sobre su cara.

—Qué interesante. Continúa.
—Bueno, sir John regresó y se puso muy nervioso. Luego se marchó.
—¿Crees que lo están chantajeando? —preguntó Brian.
—¡Chantajeándolo!
—Sí, esas cosas pasan. Y tú lo sabes.
—Mmm —murmuró ella secamente—. ¿Crees que sabe algo y que lo están amenazando?
—Puede ser.
—¿Sabes algo sobre una cobra de oro con ojos de piedras preciosas? —le preguntó.
—¿Una cobra de oro? No. No he visto mencionada ninguna pieza como esa, ni en las cajas que vinieron aquí ni en las que se llevaron al museo. ¿Se supone que era parte de la máscara funeraria?
—Creo que no. Pero se menciona en el texto que he traducido —se inclinó hacia él, mirándolo intensa-

mente–. He estado dándole vueltas a este asunto. Tú estás convencido de que tus padres fueron asesinados, y puede que así fuera. Pero ha de haber una razón, un...

–¿Móvil?

–Exacto. Si alguien que trabaja en el museo quería robar alguna pieza para conseguir una gran suma de dinero, bueno... hay muchas piezas que valen una fortuna. Sin embargo, vender algo aquí, en Inglaterra, aunque sea ilegalmente... Alguien acabaría enterándose. ¿Para qué poseer un tesoro así si hay que tenerlo escondido?

–Se puede comprar una pieza y llevarla a Francia, a Estados Unidos o a cualquier otro país –repuso él.

Ella asintió.

–Aun así, si estamos hablando de alguien del museo, sin duda habrá tenido ocasión de robar muchos objetos.

–Pero todos los objetos que se exponen están catalogados –dijo él con sencillez–. Ahora me toca a mí. ¿Qué ha pasado hoy?

Camille se recostó en la silla y se encogió de hombros.

–A sir John se le cayeron las llaves y las usé para entrar en el almacén.

–¿Y fue entonces cuando decidiste inspeccionar el brazo de una momia? –Camille lo miró con sorpresa–. Me lo ha dicho un pajarito –añadió él.

–Verás, había alguien allí, conmigo, y las luces se apagaron –él frunció el ceño, poniéndose tenso de repente–. Sí. Francamente, creo que era la señora Prior. Supongo que es ella el pajarito que te ha dicho lo del brazo de la momia.

Baile de máscaras

−¿Qué? −Brian estaba tan sorprendido que se levantó.

Camille dio un respingo, pero no se acobardó.

−Ya te lo he dicho, hoy no había nadie en el museo. Pero la señora Prior estaba allí.

−Sí, estaba en el museo, y te la encontraste en la oficina. Permíteme recordarte que Evelyn no era solo la dama de compañía de mi madre. También era su mejor amiga.

Camille se levantó y se inclinó hacia él con los dientes apretados y los ojos centelleantes.

−¡Muy bien! Tú empezaste esto, trayéndome aquí cada noche para interrogarme. He intentando responder a tus preguntas con sinceridad. Lamento que no te gusten mis respuestas.

−¿Tienes permiso para entrar en el almacén? −preguntó él. Camille vaciló−. No vuelvas a entrar ahí nunca más. No entres donde no haya gente, ¿me entiendes?

−¡Me preguntas constantemente si te entiendo! −gritó ella−. Sí, te entiendo. Perdiste a tus padres. Tienes el deber de averiguar la verdad. ¡Eso lo entiendo! Y también entiendo que puede ser peligroso y que me estás utilizando para tus propósitos. Eso también lo entiendo. Eres el feroz, rico y noble conde de Carlyle. Hasta eso lo entiendo. Pero estoy harta de que me grites y me rujas como una bestia. ¿Lo entiendes tú? −su apasionado arrebato de ira sorprendió tanto a Brian que se quedó sin habla. Ella también pareció quedarse muda de repente y, tirando su servilleta sobre la mesa, dijo−: Discúlpeme, lord Stirling, pero ha sido un día agotador −se dio la vuelta y se encaminó a la puerta.

—Cierra la puerta de tu habitación con llave –le dijo Brian con aspereza.

Camille se detuvo y se volvió hacia él.

—Entendido. Y no te preocupes, que tampoco saldré de noche, porque solo Dios sabe lo que está pasando aquí.

—Eso es lo que intento averiguar, señorita Montgomery.

—¡A costa de todo lo demás! –le espetó ella, y salió, cerrando con firmeza la puerta.

A Brian le sorprendió la repentina frialdad, la pérdida de viveza que pareció apoderarse de la habitación al marcharse ella. Le dieron ganas de correr tras ella, de detenerla en el pasillo y llevarla de nuevo a la habitación, por la fuerza si era necesario. Ella no entendía... Y él no se entendía a sí mismo.

Comenzó a maldecir, furioso. Ayax gimió. Brian miró el fuego.

—¡Perdona, viejo amigo! –dijo, recuperando el control.

Camille era la pupila de un ladronzuelo que había aparecido allí por puro azar, y él era el conde de Carlyle, un hombre maldito. Una bestia. Un espejismo que él mismo había creado y que parecía mantener con toda facilidad.

Capítulo 11

Lord Stirling era sin duda el hombre más exasperante que había sobre la faz de la tierra, pensó Camille, cerrando de un portazo su habitación, y se puso a pasearse de un lado a otro, enfurecida sin saber muy bien por qué. ¡Brian le pedía que fuera sus ojos y sus oídos, pero no confiaba en ella! De modo que conocía a su preciada Evelyn desde hacía muchos años. Incluso había sido la mejor amiga de su madre. Era... ¿qué? ¿Algo más para él? ¿Otra amante? Y aquella niña, Ally...

—¿A mí qué me importa? —masculló, rabiosa, para sí misma.

Pero sí le importaba. Aunque estuviera furiosa con él. Conocía tan bien el sonido de su voz, la longitud de sus dedos... Había observado sus manos una y otra vez, y sus ojos...

–Es un monstruo –dijo en voz alta, aunque sabía que el verdadero problema era que realmente entendía su modo de proceder. Y se sentía atraída hacia él por su pasión y su furia, del mismo modo que se sentía atraída por su lado tierno y amable, que apenas había vislumbrado un instante.

Siguió paseándose por la habitación, pensando que tal vez había metido la pata al sugerir que una persona a la que Brian por lo visto tenía en gran estima pudiera estar conspirando contra él. De todas formas, no era más que una conjetura sin fundamento sólido.

El fuego empezaba a apagarse. Removió las ascuas, respiró hondo y se recordó que el día siguiente sería muy largo. La fiesta del museo se prolongaría hasta bien entrada la noche. Y ella tenía su hermoso vestido. Por unos instantes podría brillar y danzar en brazos de Brian.

Mordiéndose el labio inferior, se puso el camisón que Evelyn le había dado y se metió en la cama, dejando encendida la lámpara de la mesilla. Golpeó la almohada, decidida a dormirse.

Pero no logró conciliar el sueño.

No le daban miedo las momias, ni las maldiciones. Pero ese día había sentido terror. Y al oír aquella voz... Se dio la vuelta, golpeó de nuevo la almohada y de pronto se quedó quieta.

Allí estaba otra vez ese ruido... Como un arañar contra la roca, procedente de muy abajo. Era casi como si el castillo tuviera vida propia y rugiera desde las profundidades de su ser.

Camille se levantó de un salto y aguzó el oído. Nada. Luego, el ruido sonó otra vez.

Baile de máscaras

Vaciló, asustada. Tenía ganas de salir corriendo, encender todas las luces y ponerse a gritar. Pero no podía salir al pasillo. Algo le advertía que no lo hiciera. Entonces sus ojos se posaron sobre el retrato de Nefertiti y recordó lo que le había dicho Brian: «Si me necesitas, empuja el lado izquierdo del retrato».

Camille dudó, recordando cómo se habían despedido. Pero no podía soportarlo más, así que se acercó resueltamente al retrato, apoyó la mano sobre el lado izquierdo y empujó. La pared se abrió hacia ella. El dormitorio de Brian estaba a oscuras, pero el fuego emitía un leve resplandor.

—¿Brian? —musitó.

Entonces deseó cerrar aquel panel y fingir que nunca lo había abierto. De pronto era consciente de por qué no había salido gritando al pasillo. Quería estar a solas con Brian.

—¿Camille?

Su voz llegó a ella, profunda y reconfortante a través de las sombras. Toda traza de enojo había desaparecido de ella.

Camille entró en la habitación, medio cegada todavía por la penumbra. Brian se había levantado y se estaba envolviendo en una bata mientras se acercaba a ella.

—¿Lo has oído? —musitó Camille.

—Acércate —dijo él, y Camille obedeció, estremeciéndose. El fuego ardía débilmente. Camille podía distinguir la gran cama con dosel, y el ropero frente a ella. A la derecha, sobre una mesa, había una grabadora, y libros y periódicos dispersos por diversos aparadores y mesas.

—¿Lo has oído? —repitió.
—Sí —contestó él, y luego añadió—: Quédate aquí.
—¡No!
—Camille, te suplico que me escuches, por favor.

Ella se percató entonces de que el perro estaba junto a Brian, gimiendo suavemente. Vio a Brian, lo sintió, advirtió su presencia cuando pasó a su lado para cerrar la puerta secreta. Él apoyó las manos sobre sus hombros. Camille comprendió entonces que, antes de ponerse la bata, se había puesto la máscara, y se preguntó si su cara sería realmente tan espantosa.

—Quédate, por favor.
—Pero...
—Camille, esto va en serio.
—¡No quiero quedarme sola! —exclamó ella.
—Te dejaré al perro.
—¡No! Tienes que llevártelo.
—Dudo que descubra más esta noche que las otras. El ruido siempre cesa antes de que descubra de dónde procede. Por favor, Camille, espera aquí. Enciérrate con llave.

Brian parecía haber decidido confiar en ella, pues salió de la habitación cruzando el cuarto de estar. Camille lo siguió y cerró la puerta como él le había ordenado.

Luego se dio la vuelta. Allí había más luz. La habitación estaba recogida y aparentemente impecable. Camille vio una mesita con una botella de brandy y se acercó a ella con intención de servirse una copa. Mientras bebía, se preguntó si Brian no tendría al menos una leve sospecha de qué clase de peligro acechaba en el interior de su propia casa.

Baile de máscaras

¿Por qué, si no, insistía en que siempre se encerrara con llave?

Se sobresaltó al oír de nuevo aquel ruido, más cerca esta vez. Giró sobre sí misma. Y entonces ya no estuvo segura... ¿Intentaba alguien abrir la puerta? ¿Había girado el picaporte o eran solo imaginaciones suyas? ¿Estaba girando otra vez?

Brian bajó corriendo las escaleras, con Ayax pisándole los talones. Había tardado meses en descubrirlo, pero ahora sabía que aquel ruido procedía de la cripta.

Atravesó el salón de baile, entró en la capilla y bajó las escaleras con el mayor sigilo posible. Al llegar al nivel de la cripta, entró primero en la espaciosa y fría antesala que en otra época había albergado instrumentos de tortura y que en vida de sus padres había servido como despacho y almacén. Había allí dos mesas de escritorio, armarios archivadores, cajas y buen número de piezas arqueológicas. Las cajas de madera procedentes de la última expedición llegaban casi hasta el techo; Brian había registrado algunas, pero otras seguían intactas.

Más allá de la cámara principal estaba la cripta de la familia. Sus padres no estaban enterrados allí. Descansaban en la iglesia de Carlyle, en medio de las tierras de labor que rodeaban el castillo. Ningún miembro de la familia había sido enterrado en la cripta desde hacía más de un siglo. Las grandes puertas de hierro que separaban los sepulcros de la antesala que servía de despacho no se engrasaban desde hacía una eternidad.

Ayax empezó a olfatear y a ladrar, correteando por el taller. Al fin se detuvo, se sentó y miró a Brian. El ruido no había vuelto a repetirse.

—Menos mal que no creo en fantasmas, ¿eh, chico? —se quedó mirando las oxidadas puertas de hierro—. Mañana traeremos un herrero —dijo en voz baja—. Vamos, chico. Aquí no encontraremos nada esta noche.

Ayax lo siguió mientras subía por las escaleras. Al llegar a la puerta de su habitación, llamó suavemente. La puerta se abrió de inmediato.

Camille estaba allí, con los ojos brillantes y el pelo suelto sobre los hombros. Su camisón, finísimo y suave, parecía flotar a su alrededor como el jirón de una nube. Brian la atrajo hacia sí antes incluso de cerrar la puerta.

—¿Qué ocurre? —murmuró.

Ella se apoyó contra su pecho. Al cabo de un momento, Brian sintió que sacudía la cabeza.

—La noche, la oscuridad, la imaginación humana —musitó Camille y, apartándose, escudriñó de nuevo sus ojos—. No había nadie, ¿verdad?

—Oh, sí que hay alguien. Aún no lo he encontrado, pero solo es cuestión de tiempo —le alisó el pelo. De pronto, un intenso deseo ardió dentro de él. Tenía que apartarse, pero no podía—. Tienes frío otra vez —dijo.

Ella se estremecía con fuerza; cada uno de sus movimientos era una caricia dulcísima que agitaba un ardor que sin duda podía consumirlos a ambos. Su cabello, sutilmente perfumado, rozaba la mandíbula y la nariz de Brian. Aspirarlo resultaba embriagador. Ella levantó la cabeza y lo miró con un brillo en los ojos. Brian sintió de nuevo que podía perderse en el color esmeralda y oro de aquellos ojos, oscuros y claros a un tiempo, y cuya pátina cristalina parecía hipnotizarlo. Tocó su mejilla con los nudillos, y descubrió que notaba la garganta áspera y la mandíbula tensa.

Ella musitó:

—Contigo, no tengo frío.

Un gemido escapó de los labios de Brian. La agarró de la barbilla y acarició con el pulgar sus labios antes de besarla. Su tensión se convirtió de pronto en una vibrante explosión de deseo. Camille sabía dulcemente a brandy y a menta. Sus labios se apretaron un instante y luego cedieron. Brian sintió de nuevo que se ahogaba en una salvaje oleada. Era un hombre sensato y razonable, pero su razón y su juicio volaron de improviso por los aires. Sus dedos se enredaron en el cabello de Camille, cuyo tacto sedoso resultaba casi insoportablemente placentero. Sus manos se deslizaron por la línea perfecta de la espalda de ella, agarraron sus caderas, se cerraron sobre sus nalgas y la atrajeron hacia sí. Sus dedos rodearon el cuello de Camille, y entonces se dio cuenta de que a ella también le parecía excesivo cualquier espacio que se interpusiera entre ellos. Camille ansiaba el contacto íntimo de su carne, el roce de sus cuerpos. Una voz de advertencia se agitó en el fondo de la mente de Brian, pero otra oleada de deseo la sofocó de inmediato.

Brian tomó en brazos a Camille y entró rápidamente en la habitación contigua, donde la enorme cama aguardaba al leve resplandor de las ascuas mortecinas. Al tumbarse junto a Camille, sintió un ansia feroz y le pareció que la corriente eléctrica de la vida y el deseo lo atravesaba con violencia, como si una poderosa energía acumulada durante mucho tiempo se hubiera liberado de pronto. Sus dedos se deslizaron, juguetones, sobre la cara de Camille, cuyos labios buscó de nuevo. Sus manos recorrieron despacio el vaporoso camisón y encontraron el fuego que se escondía debajo. Sus dedos acariciaron la clavícula y las turgencias de los pechos de Camille. Ella se frotaba contra él, excitada, suave. Un leve gemido escapó de sus labios bajo la frenética acometida de los besos de Brian.

Él se apartó, con los músculos tensos, al recobrar en parte la cordura.

–Tienes que irte –le dijo con voz áspera. Pero ella no se movió, y Brian sintió el latido enloquecido de su corazón y la aspereza de su respiración.

Ella le tocó la cara.

–La máscara –musitó–. Por favor... Para mí no eres una bestia.

Brian estaba perdido, y lo sabía. Su caballerosidad se había ido al traste, y las consecuencias de sus actos ya no le importaban nada. Se arrancó la máscara y la arrojó al suelo. Luego besó de nuevo a Camille, sintiendo que se ahogaba.

Los dedos de Camille se movieron delicadamente sobre su rostro, palpando lo que no podía ver. La larga cicatriz era suave y tersa; sus dedos se movieron sobre ella como un susurro y luego se enredaron en el pelo de Brian, atrayéndolo hacia ella.

Brian besó sus labios, su garganta, el valle de sus senos. La ternura se fue transformando en pasión a medida que sus manos se movían, acariciadoras, y que su boca y su lengua enardecían el deseo de Camille. El ansia le estallaba en la cabeza, pero reprimió su agitación mientras seguía besando el cuerpo de Camille por encima de la tela del camisón, trazando su contorno con un fuego líquido que rozaba su vientre, que silueteaba sus caderas y descendía por sus muslos. Ella comenzó a retorcerse, acariciándole levemente el pelo y los hombros. Luego empezó a moverse. Se arqueaba y gemía, urgiéndolo a continuar mientras Brian se sentía atravesado por el pálpito de su propio corazón, semejante al tañido de un tambor.

Brian deslizó la mano bajo el camisón y palpó la piel desnuda de Camille. Ella se aferró a sus hombros y luego introdujo las manos bajo la bata abierta de Brian, hasta que esta quedó enredada alrededor de ambos al igual que su vaporoso camisón. Brian ansiaba que sus cuerpos se tocaran por entero, ansiaba pegar sus labios, sus dientes y su lengua a su piel desnuda y suave. Un eco retumbaba en su sangre. Volvió a acariciar muslos, caderas y vientre, rodeando el pubis, para luego lanzarse al núcleo del deseo de Camille a rienda suelta. Ella se arqueó, enfebrecida, derramando un torrente de susurros. El ansia de Brian había crecido hasta convertirse en un coro ensordecedor, y cuando oyó el suave gemido que arrancó de labios de Camille, se alzó sobre ella y, refrenando desesperadamente la ferocidad de su pasión, le abrió los muslos y se hundió en su interior.

Comprendió entonces que todavía podía dar marcha atrás, obligarla a marcharse. Pero entonces ella lo tocó en la oscuridad, deslizó juguetona los dedos sobre su cara, los enredó entre su pelo y lo atrajo hacia ella, buscando sus besos con avidez. Los dos habían perdido la razón. Brian la hizo rodearlo con sus piernas.

Camille clavó los dedos en su espalda con sorprendente fuerza mientras levantaba las caderas una y otra vez. Luego el violento estallido del clímax desgarró a Brian, hendiendo sangre, carne y músculo, atravesando su corazón y su espíritu. Se aferró a ella y cayó a su lado, acunándola contra su pecho mientras los dos se convulsionaban, el fuego se consumía y sus estertores iban remitiendo lentamente.

Ella guardó silencio, con la cabeza apoyada sobre su pecho, y aunque la cordura retornó de manera brutal, no se apartó de él. Brian se maravilló de nuevo del olor y el tacto de su cuerpo, y del modo en que seguía abrazándose a él.

—Dios mío, Camille —dijo mientras le alisaba el pelo enmarañado—. Lo siento. Bueno, no es que lo sienta exactamente, ¿qué hombre lo sentiría? Pero...

—No hables —le suplicó ella.

—Me he esforzado porque me consideren una bestia, pero no tenía intención de...

Ella se apretó contra él bruscamente, poniéndole un dedo sobre los labios.

—¡No hables! —repitió.

—Camille, soy el conde de Carlyle, y no acostumbro a...

—Yo siempre tomo mis propias decisiones —dijo ella con vehemencia.

—No debería haber...

—Basta, por favor.

—Si tenías miedo de...

—Cielo santo, esto no tiene nada que ver con el miedo. Lo he hecho porque he querido.

Baile de máscaras

Brian tuvo la impresión de que estaba a punto de echarse a llorar, pero no por lo que él había hecho, sino por lo que estaba diciendo. Asombrado, dijo suavemente:

–Chist –y volvió a abrazarla–. Eres realmente única –musitó, y comprendió que era cierto–. Me ocuparé de que nunca te falte de nada.

Ella se incorporó de repente, alzando el mentón. Y, a la tenue luz de las ascuas, estaba más hermosa que nunca. Las sombras acentuaban la longitud de su cuello, la línea esbelta de su talle y las turgencias de sus pechos, sobre las que se derramaban sus rizos enmarañados.

–¡No necesito que nadie se ocupe de mí! –afirmó–. ¡Sé cuidar de mí misma!

A Brian le dieron ganas de reír, pero sabía que, si lo hacía, solo conseguiría que ella se enfadara aún más. Logró esbozar una sonrisa en la oscuridad y la atrajo de nuevo hacia sí.

–Camille, todos necesitamos que se ocupen de nosotros de vez en cuando –le dijo con ternura y, al ver que ella se disponía a contestar, la besó de nuevo. Camille se puso tensa un instante, y luego el deseo pareció estallar de nuevo dentro de ellos.

Sin embargo, ella se apartó y murmuró:

–Debería volver a mi habitación.

–No –le dijo él–. El daño ya está hecho.

De nuevo había metido la pata.

–¡El daño! ¡Yo no he sufrido ningún daño!

Brian volvió a abrazarla.

–No. Tú eres perfecta –musitó, y comprendió que sus protestas y su enojo no se referían a él, sino a sí misma. Y supo que era cierto que había tomado conscientemente la decisión de entregarse a él, a pesar de la lógica, la razón... y su cuna.

Y Brian se sintió empequeñecido.

—Eres absolutamente perfecta —le dijo de nuevo, y con la mayor ternura comenzó a hacerle el amor de nuevo.

Exquisita y sensual, ella le respondió con idéntica dulzura. Quizá tuviera razón desde el principio. No debían hablar. Porque, cuando se unían, la belleza del hecho mismo de ser un hombre y una mujer entrelazados parecía no exigir explicación alguna.

Más tarde, mientras ella yacía acurrucada a su lado, Brian le susurró:

—Eres verdaderamente perfecta, Camille.

Ella respondió en voz baja:

—Y usted, milord, no es ninguna bestia.

Por la mañana, cuando un leve atisbo de luz comenzaba a penetrar en la penumbra de la habitación, Brian se levantó con sigilo y recogió su máscara.

La noche había acabado, y el día podía ser cruel.

Camille tomaba sus propias decisiones, pero eso no significaba que no pudiera meter la pata. Sin embargo, cuando se despertó con el recuerdo todavía vivo de la noche anterior, supo que había hecho lo que quería. Y comprendió a su madre como nunca antes la había comprendido.

La primera emoción que había sentido por Brian Stirling había sido furia. Brian no se parecía a ningún hombre que hubiera conocido antes. Y, desde la primera vez que se habían visto, había ido turbándola cada vez más. El roce de sus dedos había encendido un fuego en su carne, al tiempo que el sonido de su voz había ido filtrándose en su alma. Finalmente, la tempestad que él había fraguado se había abierto paso hasta su corazón, y la lógica y la sensatez a las que se había aferrado toda su vida la habían abandonado. Lo cierto era que había empezado a enamorarse de aquel hombre.

Mientras yacía en la cama iluminada por la tenue luz del amanecer, intentó negar la posibilidad de sentir amor por Brian. Estaba segura, sin embargo, de que ningún otro sentimiento habría podido echar por tierra todas sus precauciones. Ella había provocado lo sucedido. Lo había deseado más que cualquier otra cosa en toda su vida. Había deseado a Brian. Y ahora... Cielo santo, era la digna hija de su madre.

Al pensar en la mujer que la había querido tan tiernamente hasta que la cruda realidad barrió sus sueños, su salud y, finalmente, su vida, sintió ganas de llorar. Si le sucedía lo mismo que a su madre, ¿quién se ocuparía de su hijo o hija?

Se levantó repentinamente, buscó su camisón y se acercó al cuadro. En la habitación de Brian, el retrato era de Ramsés II, y tuvo que empujarlo del lado derecho para que la puerta escondida se abriera.

Estaba temblando cuando se metió en la bañera. Se sentía en guerra consigo misma, intentando convencerse de que una noche de abandono no engendraba necesariamente una nueva vida.

Al mirarse en el espejo que había encima el lavabo, vio que tenía la cara cenicienta. Sin embargo, había hecho lo que había querido. No se arrepentía de lo sucedido esa noche, fueran cuales fuesen las consecuencias. El día iba ser muy largo, y la noche también. Tendría que volver a mirar a Brian cara a cara, al hombre del que se había enamorado, al que conocía tan bien y al que, sin embargo, no conocía en absoluto.

Entonces recordó una cosa. Él se había quitado la máscara... por ella. Y, aunque la luz era débil, ella había comprendido que Brian estaba viviendo en una farsa. No era una bestia en absoluto.

–¡Aquí está! –exclamó Evelyn–. Hay unas líneas sobre la muerte de un delincuente en plena calle. Página siete del *Daily Telegraph*. Y el reportero parece haberse tomado algunas licencias en su artículo –miró a Brian desde el otro lado de la mesa. Él parecía distraído–. ¡Brian! –dijo ella con firmeza–. ¡He encontrado lo del tiroteo en el periódico!

–Disculpa, Evelyn. Déjame verlo, por favor –él tomó el periódico, buscó la columnilla y empezó a leer en voz alta–. «Muerte violenta en Whitechapel. Un delincuente muere tiroteado en plena calle, sin que haya testigos».

El breve artículo continuaba diciendo que el detective a cargo del caso estaba convencido de que la víctima había muerto a manos de otro malhechor. Brian pensó que debía regresar a la taberna, a pesar de que le repugnaba hacerlo. Si su presencia en el museo había sido necesaria alguna vez, era precisamente ese día. ¿Sería verdad que alguien había seguido a Camille hasta el almacén? ¿Estaban intentando asustarla? ¿O algo peor aún?

Baile de máscaras

Cielo santo, Camille había pensado que era Evelyn quien la había seguido. Y, al parecer, Evelyn creía que Camille se traía algo sospechoso entre manos. Al principio, había sido él quien desconfiaba de ella. Ahora, en cambio, sabía que Camille era sincera y honesta.

Pese a todo, una idea insidiosa le dio que pensar. ¿De veras lo sabía? ¿O acaso estaba tan hechizado por aquella mujer que había caído en una trampa? Se forzó a ahuyentar aquella idea.

Llevaba tanto tiempo viviendo entre sospechas que ya no sabía en quién podía confiar. De pronto sentía más miedo que nunca antes. Miedo de lo que había hecho. Y miedo por ella.

No se atrevía a seguir la pista de lo que había averiguado en la taberna, ni a indagar sobre el muerto. Les diría a Tristan y a Ralph que no fueran a fisgar esa tarde; no quería poner en peligro sus vidas. Y debía ir al museo.

Se levantó bruscamente.

–Evelyn, dile a Shelby que se asegure de que la señorita Montgomery sale del museo a las cuatro en punto. Debemos estar listos para salir a las ocho y media.

–Brian, ¿qué vas a...? –empezó a preguntar Evelyn, pero él ya se había alejado.

Quería llegar al museo antes que Camille.

Una nueva ansiedad se había apoderado de él. Hasta ese momento, sus esfuerzos no habían dado fruto. Pero de pronto las cosas habían cambiado. Camille había irrumpido en su vida.

El día fue por suerte tan ajetreado que Camille apenas tuvo tiempo de pensar. Se estaban desmontando las exposiciones, los encargados del banquete ocuparon la sala dedicada a Egipto y los guardias pululaban por todas partes. Aunque el día anterior no había en el departamento ni un alma, esa mañana todo el mundo hizo acto de presencia. Incluso lord Wimbly fue a trabajar, ansioso porque los preparativos de la velada quedaran perfectos.

Aubrey dirigía gran parte de los trabajos. Estaba de un humor de perros, y solo mostrabas signos de paciencia cuando lord Wimbly andaba cerca.

En cierto momento, se produjo una áspera discusión a causa de la cobra.

—Hay que quitarla de aquí —insistía sir John.

—¡No sea ridículo! —protestó lord Wimbly—. Vamos a dejar montada la exposición sobre Cleopatra. Su leyenda es una de las cosas del Antiguo Egipto que más interesa a la gente.

—Hay que quitarla —volvió a insistir sir John.

—Me parece que es a mí a quien corresponde tomar esa decisión —replicó lord Wimbly.

—Lord Stirling va a venir esta noche.

Todos se detuvieron y miraron a Camille, que estaba recogiendo una antigua vasija.

Sir John se volvió de nuevo hacia lord Wimbly.

—¿Es necesario recordarle el pasado de forma tan cruel? —inquirió suavemente.

Lord Wimbly miró a Aubrey.

—Está bien. Habrá que llevar la cobra a las oficinas —dijo con brusquedad.

—Ahora hay que llevarse la cobra —refunfuñó Aubrey.

—Yo puedo llevarme el terrario —dijo Alex—. El viejo Arboc puede echarme una mano.

Baile de máscaras

En cierto momento, Camille fue enviada a la oficina a buscar un listado, y se sobresaltó al ver a sir John sentado tras su mesa, con la mirada perdida y las manos unidas bajo la barbilla, como si estuviera rezando.

–Sir John –dijo suavemente–, ¿se encuentra bien?

Él se sobresaltó.

–Ah, Camille... Querida Camille... Sí, sí, claro. Estoy bien.

–Parece usted preocupado.

–¿De veras? Supongo que, ahora que lord Stirling ha vuelto a honrarnos con su presencia, no dejo de pensar en lo ocurrido.

–¿Está empezando a pensar que...?

–¿Que tal vez alguien matara a sus padres? –él sacudió la cabeza–. No..., no. Es una idea demasiado espantosa. ¿Quién iba a querer hacerles daño a los Stirling? Eran sumamente generosos con el museo.

–Sí, con el museo –murmuró Camille.

–¿Qué insinúa? –preguntó sir John con repentina aspereza.

–Algunas de las piezas que se encontraron en la última expedición no tienen precio. Los objetos de valor incalculable son muy tentadores para los ladrones. Y algunos ladrones serían capaces de matar por conseguirlos.

–Todas las piezas están catalogadas, Camille. Nadie puede hacerlas desaparecer.

–Pero no han podido ser catalogadas si no estaban en las cajas que llegaron desde Egipto.

–Querida mía, ¿por qué matar a alguien por algo que ni siquiera ha sido descubierto?

—Porque se sabe que está en alguna parte —ella titubeó—. Sir John, encontré en el texto una alusión a una pieza que no he visto anotada en ninguna parte. Una cobra de oro. Y creo que tenía incrustaciones de piedras preciosas. Una pieza así valdría... en fin, no tendría precio, señor.

Él sacudió la cabeza.

—No hay ninguna cobra de oro.

—Yo creo que sí la hay.

Hunter los interrumpió al entrar en la habitación.

—Camille, ¿por qué tardas tanto? Lord Wimbly se está poniendo furioso, y no querrás que lo pague contigo, ¿no? ¿O es que ya no te importa? —preguntó.

Camille sintió ganas de abofetearlo. Alex y él se comportaban como si su amistad les permitiera ofenderla.

—¡Hunter! —exclamó sir John, escandalizado.

—Lo siento —dijo Hunter con escasa convicción—. Pero Camille vive en el castillo de la Bestia —le recordó a sir John.

—Tome la lista. Llévesela a lord Wimbly —sir John se levantó y le tiró la lista a Hunter, quien se marchó con el ceño fruncido—. Creo que está realmente enamorado de usted, querida mía —murmuró sir John—. Venga, acompáñeme.

—¿Adónde? —preguntó ella.

—Al almacén.

—Sir John, ayer encontré sus llaves y eché un vistazo en el almacén para leer el contenido de las cajas.

Él frunció el ceño.

—¿Utilizó usted mis llaves?

Baile de máscaras

–Lo siento. Se le cayeron al suelo, y como había encontrado esa alusión a la cobra...

Él salió del despacho con las llaves en la mano. Camille lo siguió, convencida de que alguien los detendría cuando cruzaran la sala. Pero no cruzaron la sala. Camille descubrió que había otro camino para bajar al almacén. Sir John la condujo a través de varias puertas y de una sala de mantenimiento. Ella quedó desorientada unos instantes mientras recorrían oscuros pasillos, pero al fin bajaron por una escalera y llegaron a la puerta del almacén.

–Sir John –dijo ella apresuradamente, casi sin aliento–, ayer me siguió alguien. Las luces se apagaron cuando estaba dentro del almacén. Lo crea o no, aquí está pasando algo muy extraño.

Él la miró con enojo mientras empujaba la puerta. Camille entró tras él. De pronto, sir John parecía obsesionado. Iba de caja en caja, revolviendo cuidadosamente los envoltorios sin dejar de sacudir la cabeza.

–¡Yo lo sabría! –mascullaba.

Camille se sobresaltó al oír un ruido. El viejo Arboc apareció tras una de las cajas más grandes y carraspeó como si acabara de llegar.

–Quieren que suba, sir John –dijo.

Sir John pareció recuperar la razón.

–¡Sí, claro! Vamos, Camille. Mañana... Sí, ya volveré entonces.

Como si apenas fuera consciente de que Camille lo había seguido hasta allí, sir John se encaminó a la puerta y echó a andar delante de ellos, arrastrando los pies. Volvieron al piso de arriba, donde las cosas empezaban a tomar una apariencia de orden. Lord

Wimbly, que tenía que pasarse por la barbería antes de que empezara la fiesta, se había ido ya.

—Sir John, ¿podría revisar por última vez la disposición de los asientos? —preguntó Hunter.

Sir John tomó la lista, pese a que Camille sabía que en realidad no la veía.

—Está bien —dijo.

—Yo me marcho —le dijo Hunter—. Tengo que prepararme —miró a Camille por encima del hombro de sir John y luego se acercó a ella—. Perdóname, Camille. ¿Puedo pedirte que me concedas un baile esta noche? —le ofreció una sonrisa sincera y compungida.

Ella le devolvió la sonrisa, diciendo:

—Sí, aun a riesgo tuyo.

—Te prometo, querida, que no te costará ningún trabajo seguirme —dijo él con desenfado y luego dio media vuelta y se alejó.

Camille se volvió al oír a alguien tras ella. Alex estaba allí, envarado y pálido.

—¿Y yo qué, Camille? Yo ni siquiera soy sir.

—¡Alex! Claro que bailaré contigo —contestó ella con un suspiro.

—Puede que nunca tenga un título —dijo él suavemente—, pero vivimos en una gran época, y puede que algún día me convierta en un hombre rico y poderoso. Cosas más raras se han visto —su sonrisa parecía un tanto melancólica.

—Alex, te aseguro que mi empleo es tan importante para mí porque no quiero depender de otros por sus títulos o riquezas. Tú eres mi amigo, y tu situación económica no me importa. Me encantará bailar contigo esta noche.

Él asintió.

Baile de máscaras

—Pero aun así... vas a ir con lord Stirling.
—Él me invitó.
—¿Y su título no significa nada para ti?
Camille suspiró, intentando refrenar su enojo.
—Su título no significa nada para mí, Alex, ni tampoco su riqueza. Ni tan siquiera su cara o sus cicatrices. Debajo de esa fachada hay un hombre bueno.
—Me cuesta creerlo —murmuró Alex.
—Te estoy diciendo...
—No. Camille, por favor, te lo suplico. Déjame advertirte que estás cayendo bajo el hechizo de ese hombre. Tú en realidad no lo conoces. Es vengativo. Ha vuelto para destruirnos a todos, no para volver a interesarse por el museo.

Camille miró a su alrededor. Solo los camareros y los músicos andaban por allí, a cierta distancia. Pero Shelby acababa de entrar en la amplia sala.

—Tengo que irme, Alex. Por favor, créeme, Brian Stirling no quiere destruirnos a todos.

—Ah, conque Brian Stirling. Así que ya lo llamas por su nombre de pila.

Camille sintió que le ardían las mejillas, a pesar de sí misma.

—Tengo que irme —dijo.
—¡Camille, espera, por favor! —dijo él.
—¿Qué quieres, Alex?

Él permanecía en actitud humilde. Extendió la mano y tocó su pelo.

—Es solo que estoy preocupado por ti. Soñaba que algún día... que algún día sería rico y tendría algo que ofrecerte. A los dos nos gustan las mismas cosas. Procedemos de la misma clase social. El momento no era el adecuado, pero siempre he sabido que éramos perfectos el uno para el otro. Yo... oh, Dios, esto es tan difícil... Estoy... enamorado de ti desde la primera vez que te vi. Y creía que algún día tendría lo necesario para... para pedir tu mano. Pensaba que tú también sentías algo por mí. Pero ahora... –concluyó, apesadumbrado.

Camille agarró su mano y se la apretó con fuerza.

–Alex, yo te tengo mucho afecto. Eres un gran amigo.

–Pero nunca me amarás, ¿no es eso? –dijo él–. Y podrías haberme querido, de no ser por él.

–Yo soy una invitada en el castillo, Alex.

Él la miró intensamente.

–¿Y no en su cama?

–Alex, no pienso seguir consintiendo que me ofendas de esa manera –le dijo ella.

–Te pido disculpas por mi grosería –respondió él–. No puedo remediarlo. Tengo tanto miedo por ti... Preferiría que te hubieras comprometido con Hunter. Pero, Camille, yo siempre estaré a tu lado. Y te juro que algún día seré rico. ¡Aquellos ante los que he tenido que humillarme conocerán mi nombre!

–Alex...

Él se alejó, diciendo por encima del hombro:

–Vigila a tu preciada bestia, Camille. Ese hombre está maldito. Y la maldición que lo persigue caerá sobre ti si te acercas demasiado a él –dio media vuelta–. Está obsesionado. Y dispuesto a sacrificar a cualquiera para conseguir lo que se propone. Camille, tú solo eres para él una víctima propiciatoria, aunque no lo veas. Créeme, ese hombre es peligroso.

Capítulo 12

Camille aguardaba inquieta en la puerta, sintiéndose en guerra consigo misma. Edith y Merry habían ido a ayudarla a vestirse, lo cual había acabado siendo muy divertido.

Camille deseaba de todo corazón que se hubieran quedado. Pero, a pesar de ello, estaban deseando volver a su casita en medio del bosque. Después de vestirla, habían ido a buscar a Tristan. Y su tutor la había hecho sentirse como si realmente fuera una princesa por una noche. Luego, Edith y Merry se habían ido, dejándola lista, y Camille le había rogado a Tristan que volviera a la cama, pues parecía fatigado.

Nunca se había puesto un vestido tan exquisito. Lo único que le daba que pensar eran los pendientes de topacio que había encontrado en su mesilla de noche, acompañados de una nota que decía: *Por favor, póntelos esta noche.*

El corazón le palpitaba a toda prisa. No había visto a Brian desde... desde que se había quedado dormida a su lado. Tal y como le había dicho, lo había hecho por decisión propia, pero de pronto se sentía profundamente incómoda. Había estado a punto de no ponerse los pendientes. Le parecían casi... una retribución. Sin embargo, la nota no indicaba que fueran un presente, sino solo un préstamo.

Camille se hallaba junto a la gran chimenea, en la que ardía el fuego. Pese a todo, tenía frío. La noche abría sus fauces ante ella como un abismo. De pronto su vida entera le parecía una farsa, una mentira, porque Brian Stirling tenía como único fin encontrar a un asesino.

Había, además, otro misterio que le preocupaba. ¿Por qué estaba tan seguro Alex de que algún día sería rico? Camille se sentía enferma. Alex había participado en la expedición. Tenía libertad para moverse por el museo.

¿Y qué pensar de sir John y de su extraño comportamiento? ¿Y del recorte clavado en su mesa? Si él no lo había sacado, entonces alguien había hurgado en su mesa, había sacado el recorte y había clavado la navaja sobre su cara. Y esa persona sin duda habría pasado desapercibida en la oficina. ¿Sería Alex?

Camille se apartó del fuego mientras cavilaba sobre aquellos interrogantes. Y entonces lo vio.

A pesar de la máscara, Brian era la efigie misma del atractivo viril. Llevaba una chaqueta de faldones cortos, una camisa blanca y almidonada, chaleco

Baile de máscaras

negro y corbata, y sostenía los guantes blancos en la mano. Los botones y los gemelos eran sencillos, de oro, igual que la leontina del reloj, que parecía describir un arco perfecto saliendo de su bolsillo. Bajó las escaleras con la desenvoltura de quien estaba habituado a aquel atuendo. Se detuvo en el cuarto escalón y la miró con fijeza.

–¡Dios mío! –susurró.

Camille sintió que se sonrojaba, y recordó lo que había sentido la noche anterior. Deseaba, por un parte, correr hacia él, y, por otra, huir.

–Buenas noches –murmuró.

Brian siguió bajando las escaleras y, al acercarse a ella, la tomó de las manos y se apartó para mirarla.

–Y los pendientes –murmuró él–. Son perfectos.

–Me ocuparé de que te sean devueltos en cuanto volvamos –dijo ella, e hizo una mueca, pues había en su tono una aspereza que escapaba a su control.

–No quiero que me los devuelvas –dijo él con el ceño fruncido.

–Como te he dicho en otras ocasiones, no me interesan las obras de caridad.

–No valen tanto como crees.

–Yo no acepto regalos –dijo ella con crispación.

Brian la atrajo hacia sí.

–Querida mía, créeme, si quisiera ofrecerte un verdadero regalo, elegiría algo mucho más valioso – Camille intentó apartarse, pero él la sujetaba con fuerza–. ¿Se puede saber qué mosca te ha picado?

–No es nada. Sencillamente, sé cómo son las cosas.

–¿Y cómo son?

–En esta vida... todos ocupamos un lugar –repuso ella con cierta desesperación.

—A veces, nuestro lugar está donde nosotros elegimos que esté, señorita Montgomery –dijo él–. No pretendía ofenderte. Sabía cómo era la tela del vestido, claro, y esos pendientes pertenecen a la familia desde hace décadas. Perdóname, pero supuse que habíamos llegado a un punto en que al menos era posible que fuéramos amigos.

Ella exhaló el aire lentamente, preguntándose si lo que Alex le había dicho no le habría afectado, al fin y al cabo. Había deseado a Brian, sí.. muchísimo. Y había permitido que todo aquello pasara; en realidad, lo había propiciado ella. Pero Alex se equivocaba. Aquello no tenía nada que ver con los títulos y las riquezas de lord Stirling. Y quizá los pendientes habían insinuado esa posibilidad.

—No puedo aceptar regalos –repitió con más suavidad.

—¿Ha pasado algo en el museo? –preguntó él.

—¿Hoy? Nada de lo que merezca la pena hablar –contestó ella.

Brian se apartó, como si de pronto desconfiara de ella.

—¿Nada?

—Se estaban preparando para esta noche –dijo Camille.

¿Había sucedido algo que mereciera la pena mencionar? Sir John se comportaba de forma extraña con ella, pero ¿qué significaba eso, y cómo podía explicarlo? Lord Wimbly y sir John se habían puesto de acuerdo respecto a la cobra, pero no podía sacar a relucir aquel asunto sin mencionar la discusión a que había dado lugar.

—¡Oh, cielos!

Se separaron al oír la voz de Evelyn en la escalera. Estaba muy elegante. Llevaba el cabello recogido sobre la cabeza, un pequeño diamante en la garganta y un vestido azul cobalto sobre un mar de enaguas de color aguamarina. Se había detenido en mitad de la escalera, lo mismo que Brian. Juntó las manos y sonrió, radiante.

–¡Dios mío! Espero que hayan contratado a algún fotógrafo. Deberíais veros. Estáis guapísimos, de veras.

–Gracias, Evelyn –dijo Brian–. Me temo que la ropa de gala para caballeros es muy poco original, pero ustedes, señoras... –inclinó la cabeza hacia Camille–. Nunca había visto una imagen tan deslumbrante, señorita Montgomery, y tú, Evelyn...

–Sí, ya sé. Nunca has visto una versión más deslumbrante de una mujer de mi edad, ¿no es eso, Brian? –se volvió hacia Camille mientras bajaba el resto de las escaleras–. Lo siento, pareces un poco sorprendida por verme. No pretendía entrometerme en la velada, pero Brian insistió. A fin de cuentas, conozco a los caballeros del museo bastante bien, y dado que he compartido el sol abrasador y la maldita arena del desierto con todos ellos, parecía justo que también asistiera al baile.

–Desde luego –dijo Camille.

La puerta se abrió. Incluso Shelby se había cambiado para la fiesta; su librea tenía un corte perfecto y su sombrero de copa parecía relucir.

–Lord Stirling, el coche está listo.

–Excelente. Bueno, señoras, ¿nos vamos?

Los más elegantes carruajes se alineaban ante la escalinata del museo inundado de luz. Uno a uno iban vaciándose de sus encopetados ocupantes. Las mujeres refulgían, cubiertas de joyas, y los hombres, altos y bajos, gruesos y delgados, todos vestidos de negro, las ayudaban a hacer su entrada triunfal.

Brian Stirling fue reconocido en cuanto se bajó del coche, y un alud de murmullos de asombro llegó a sus oídos.

–¡Cielo santo! ¡Es el conde de Carlyle!

–Entonces es cierto que por fin se ha decidido a salir de su encierro.

–La herida de sable debió de ser espantosa. ¡Todavía lleva la máscara!

–¡Ah, pero qué bien le sienta! –exclamó una invitada.

Mientras Brian respondía a quienes lo saludaban, Camille se convirtió en objeto de las murmuraciones.

–¿Quién demonios es esa? ¡Dios mío, es preciosa!

–Evelyn Prior, la vieja amiga de su madre.

–¡Evelyn, no, viejo bobo! ¡Esa asombrosa criatura vestida de oro!

–Yo diría que es una aristócrata extranjera.

–Puede que sean parientes.

–No. He oído decir que iba a venir con una plebeya. Una empleada del museo, ¿te imaginas?

Cerca de la entrada, se tropezaron con el grupo del que procedían aquellos comentarios.

–¡Brian! Dios mío, Brian, había oído decir que ibas a venir, pero no me lo creía –dijo un caballero, adelantándose. Era un hombre rubio y apuesto, vestido a la moda.

–Robert, me alegra verte –dijo Brian al estrecharle la mano–. Rupert, Lavinia, es un placer –se

Baile de máscaras

volvió hacia Camille–. Querida, estos son viejos amigos míos. Fuimos juntos a Oxford, y Rupert y yo servimos juntos en el Sudán. El conde Robert Offenbach, el príncipe Rupert y su hermana, lady Lavinia Estes. Permítanme presentarles a la señorita Camille Montgomery. Creo que ya conocen a la señora Prior.

Camille compuso una sonrisa. Los hombres la miraban con curiosidad apenas contenida, y lady Lavinia la observaba de hito en hito, arrugando la nariz. Camille tuvo que admitir que era una mujer extraordinaria: menuda, rubia, con unos inmensos ojos azules y un rostro muy bello. Resplandecía con su vestido blanco cubierto de pedrería, y lucía una gargantilla de diamantes.

–¡Vaya, vaya, Brian! Así que vuelves a interesarte por el museo –dijo Robert con desenfado–. Eso es maravilloso. Ni siquiera me imagino el departamento sin un Stirling al frente.

–Hablando en serio –dijo Rupert–, temía que volvieras a ponerte el uniforme y regresaras a la India, al Sudán o quizás a Sudáfrica. Es maravilloso verte de nuevo.

–Sí, bueno, ser un gran Imperio no es fácil, ¿no creéis? –dijo Brian–. Pero no, a no ser que me lo pidan expresamente, no pienso ausentarme de Inglaterra en mucho tiempo.

–¡Pobrecillo! –exclamó Lavinia–. Te hirieron tan horriblemente...

–Mis heridas no son graves, Lavinia, pero por desagracia son desagradables a la vista. Eso es todo –dijo Brian, muy serio–. En cualquier caso, eso carece de importancia esta noche. ¿Entramos?

Eso hicieron. Las salas estaban profusamente iluminadas. La orquesta se había situado entre dos gigantescas estatuas armenias. Las mesas estaban dispuestas en filas junto a las paredes, dejando espacio para bailar en el centro del salón principal del ala oeste, que había sido despejado para la fiesta. Cuando entraron, estaba sonando un vals de Strauss. Antes de que pudieran fundirse con los invitados, Brian se volvió hacia Camille.

—¿Bailamos? Evelyn, ¿te importa?

—Claro que no, hijitos. ¡Id a bailar! —los animó Evelyn.

—¡Espera! —exclamó Camille, pero era demasiado tarde. Estaba ya en sus brazos, arrastrada por el ritmo vertiginoso del vals.

Camille dio gracias a Dios por llevar una falda tan larga y por no tener que preocuparse demasiado de dónde ponía los pies. Por el modo en que la sujetaba Brian, se sentía casi trasportada por el aire. Y no podía ser más feliz, no podía experimentar mayor sensación de dicha que sentirse rodeaba por sus brazos y notar un atisbo del frenesí que se había apoderado de ella la noche anterior.

—Relájese, mi querida señorita Montgomery.

—¡Para ti es fácil decirlo! —dijo ella, levantando la barbilla—. Yo crecí en este museo. Y lamento decir que aquí no me enseñaron a bailar.

—¿Nunca has bailado?

—Claro que sí, pero no en un salón —murmuró ella, sonrojándose.

—¿Dónde has bailado?

—En pequeñas y patéticas habitaciones, con Tristan y Ralph —reconoció ella.

—Pues bailas muy bien. Esos dos son excelentes profesores.
—Solo conozco unos cuantos pasos.
—Me sigues a la perfección.
—Solo estás siendo amable.
Él se rio suavemente.
—¿Y por qué iba a ser amable de repente? Solo estoy diciendo la verdad.
—Ah, la verdad. ¿Acaso estamos aquí únicamente porque disfrutas viendo a tus amigos boquiabiertos al verte con una empleada del museo?
Él se encogió de hombros con un brillo de regocijo en la mirada.
—En parte, sí.
—¿En parte? ¿Por qué, si no, estamos aquí?
—Porque eres bellísima, y te aseguro que prefiero bailar contigo antes que con cualquier otra mujer de la fiesta.
—Ahora sí que estás siendo amable.
—Yo no arruinaría una amistad tan sincera anteponiendo la cortesía a la verdad, señorita Montgomery —le dijo él.
—Tantos halagos acabarán por subírseme a la cabeza.
—Oh, no, mi querida señorita Montgomery. Es usted demasiado sensata como para dejarse embaucar por las lisonjas de un hombre.
—Quizá por tus lisonjas no —murmuró ella.
Brian dejó de bailar de repente, y Camille se dio cuenta de que le habían tocado el hombro. Era Hunter.
—Disculpe mi atrevimiento, lord Stirling, pero me temo que la visión de la señorita Montgomery desli-

zándose con tanta gracia por el salón pronto atraerá la atención de todos los caballeros de la fiesta. Sin duda estará muy ocupada toda la noche. Y, como amigos que somos, le ruego su benevolencia, su paciencia... y este baile.

Brian se apartó educadamente, inclinando la cabeza.

–Naturalmente, Hunter.

Y de este modo Camille, que no estaba del todo segura de su habilidad para deslizarse grácilmente por el salón, se halló de nuevo inmersa en el baile.

–Estás preciosa esta noche –le dijo Hunter–. La pequeña empollona ha florecido.

–Solo es un vestido de noche, Hunter. No cambia lo que soy –contestó ella.

–Mmm, puede que sí –repuso él–. Bueno, ¿qué opinas?

–Opino que en realidad no bailo muy bien, y que necesito concentrarme para no pisarte.

Él se echó a reír.

–¡Tú siempre tan pragmática! No te preocupes por mis pies. ¿Qué te parece el salón, con tantas luces y tanta aristocracia?

–Encantador. Espero que logremos reunir los fondos que desea sir John.

–¿Y qué me dices de ti? –preguntó él con intensidad.

–¿A qué te refieres?

–¿Tú no estás ansiosa por conseguir esos fondos, por embarcarte en una expedición por el Nilo?

–No creo que me lo pidieran.

–¿De veras? Pues tampoco esperabas estar aquí.

–No. Pero por lo visto estamos todos presentes.

Baile de máscaras

Veo a Alex hablando con lord Wimbly, y no creo que estuviera incluido desde el principio en la lista de invitados.

—A ti nunca te excluyeron.

—Pero tampoco me invitaron.

—Puede que lord Wimbly creyera que no podías permitirte un vestido así —dijo con una sonrisa amable. Y luego su sonrisa se desvaneció—. Apártate de él, Camille. Te aseguro que no creo que ese hombre esté cuerdo. Te dije que estaba dispuesto a casarme contigo.

—Hunter, eso sería un tanto exagerado, ¿no crees? —preguntó ella, intentando sonreír.

—Pero te salvaría.

—Hunter, no pienso casarme para que me salven —le aseguró ella.

—Camille, sabes que siempre me has parecido maravillosa. Y esta noche, con ese vestido...

—Hunter... —comenzó a decir ella.

Pero entonces Hunter dejó de bailar. Alguien le había tocado el hombro. Alex estaba tras él.

—¿Me permites? —preguntó con decisión.

—Claro —contestó Hunter de mala gana.

Y Camille comenzó a moverse por el salón en brazos de Alex, dando trompicones.

—Lo siento —dijo él.

—Seguramente ha sido culpa mía.

Vio a Brian bailando con Lavinia.

—Este no es nuestro ambiente, ¿verdad?

—Claro que sí —dijo ella, sonriendo distraídamente.

Brian y Lavinia habían dejado de bailar y se habían apartado a un lado del salón.

—No, claro que no.

—¿Qué dices?

—¡Que este no es sitio para nosotros!

—Pero si trabajamos aquí —respondió ella.

Alex suspiró.

—Bueno, ya veo que estás distraída. Oh, vamos, Camille, supongo que te lo esperabas. Lord Stirling era uno de los hombres más deseados de Inglaterra antes de irse a luchar por nuestro gran Imperio al servicio de Su Majestad. El eminente hijo del conde de Carlyle, ahora convertido en conde. Un hombre que puede llevar una máscara con la faz de un demonio y, pese a todo, mostrarse siempre atractivo y esquivo. ¿Qué esperabas cuando viniste de su brazo? Tú sigues siendo una plebeya, una simple empleada del museo. Hay docenas de mamás ahí fuera que venderían a sus hijas al diablo para tener a un conde por yerno. Y, como te decía, Camille, este no es sitio para nosotros.

—Alex, si estás tan incómodo, tal vez no deberías haber venido.

—Oh, en el último momento el viejo Wimbly decidió que teníamos que estar todos presentes. No fue una invitación. Fue una orden que tuve que obedecer.

—Entonces, por favor, disfruta de la fiesta.

—Puedo intentarlo —le dijo él.

—Pues sonríe.

—Ya sabes cómo me siento.

—¡Pues sonríe de todos modos! —dijo ella, exasperada.

—¿Sabes qué otra persona no debería estar aquí?

—No, aunque supongo que vas a decírmelo.

—Evelyn. Su preciosa señora Prior.

Baile de máscaras

—Ella estuvo en la última expedición, en el descubrimiento de la tumba —dijo Camille.

Él asintió y luego ladeó la cabeza ligeramente.

—¿Sabes que fue la última persona que vio a los Stirling con vida?

Camille sacudió la cabeza.

—No, no lo sabía.

Alex soltó un soplido.

—Los Stirling habían alquilado un palacete, y ella vivía en la antigua casita del guarda. Normalmente estaba siempre con ellos, pero esa noche había salido a tomar el té a un hotel cercano. Imagínate, si no hubiera salido, les habría oído gritar y habría acudido en su auxilio.

—Si los Stirling se encontraron con un nido de cobras, habrían muerto de todos modos —dijo Camille—. Por lo que he leído, las cobras egipcias atacan una y otra vez cuando se sienten amenazadas. Y su veneno produce parálisis. En muchos casos, se detiene la respiración y la muerte sobreviene en cuestión de quince minutos, a menos que se extraiga el veneno rápidamente. Pero incluso entonces la posibilidad de recuperación total es...

—Hay gente que ha sobrevivido a mordeduras de cobra. Si alguien los ha ayudado, claro. Mira —murmuró Alex, deteniéndose—, lord Wimbly se dispone a hablar. Vamos a sentarnos. Nuestra mesa está junto al estrado. Parece que lord Stirling insistió en que el personal se sentara a la mesa con él.

Mientras Alex la escoltaba a través del salón, Camille sintió que le ardían las mejillas. Sabía que era la comidilla de la fiesta.

Alex la condujo a un asiento de la mesa cubierta

con un blanquísimo mantel y adornada con cubertería de plata y fina cristalería. Brian, Evelyn, sir John, Hunter y Aubrey estaban ya sentados.

Lord Wimbly ocupó la tarima central de la sala y empezó a disertar sobre la importancia del museo y de su labor. Tras su discurso, instó a sir John a pronunciar unas palabras, pero lo interrumpió enseguida, pues el anciano profesor comenzó a hablar de las expediciones y sus peligros. A continuación, lord Wimbly presentó a Brian Stirling, conde de Carlyle.

Él titubeó antes de levantarse. Entonces hubo un repentino estallido de aplausos.

Al subirse a la tarima, Brian sonrió, levantó las manos y dio las gracias a sus amigos. Estuvo gracioso y encantador y habló de su agradecimiento hacia las muchas personas que se habían mostrado pacientes con él durante su periodo de duelo. Bromeó sobre el hecho de ser conocido como la Bestia de Carlyle y reconoció que había permitido que su hermoso castillo, un tesoro que pertenecía a Gran Bretaña tanto como a él mismo, se deslizara hacia la decadencia. Pero, naturalmente, había sido maldecido.

–Si una antigua forma de magia hace caer sobre uno una maldición, es lógico que solo otra forma de magia muchísimo más poderosa pueda levantarla. Así pues, quisiera aprovechar esta oportunidad para anunciar algo –a pesar de la máscara, su sonrisa era evidente–. Me temo que una maldición muy real me sumió en las tinieblas, y que una forma muy real de encantamiento las ha disipado. Amigos míos, quisiera presentarles a mi prometida, la luz que ha iluminado mi vida. La señorita Camille Montgomery.

Baile de máscaras

Camille no se habría quedado más atónita si Brian le hubiera dado una bofetada. La furia se apoderó de ella. Aquello no era más que otra artimaña. Ella no era más que un cordero sacrificial. Sin duda la prensa indagaría en su pasado y ella perdería su empleo.

Y aquellas palabras le dolían. Eran como un cuchillo clavado en el corazón.

–Querida, por favor, tienes la boca abierta. Deberías cerrarla –le susurró Evelyn con sorna.

Camille logró cerrar la boca, a pesar de que le daban ganas de levantarse de un salto y dejar en evidencia a Brian.

–Caramba, ya entiendo por qué mi ofrecimiento te parecía tan insignificante –masculló Hunter a su lado.

Alex estaba boquiabierto. Sir John la miraba con fijeza, y lord Wimbly había girado el cuello como si fuera una marioneta manejada por hilos. Un murmullo de asombro cundió por el salón. Luego se hizo el silencio. Fue lord Wimbly el primero en romperlo.

–¡Por Júpiter! ¡Felicidades, viejo amigo! –exclamó, dándole una palmada en la espalda a Brian. Luego se acercó a Camille, la tomó de las manos y, haciéndola levantarse, la besó en ambas mejillas–. ¡Felicidades a los dos!

Algún alma caritativa comenzó a aplaudir, y aunque sin duda para algunos aquella era la situación menos plausible que cupiera imaginar, los aplausos fueron difundiéndose por el salón. Brian se acercó a ella. Y allí, delante de todo el mundo, la tomó en sus brazos y le plantó un rápido beso en los labios.

–¡Un vals! –exclamó Evelyn, poniéndose en pie.

Hubo un ligero tintineo de instrumentos y luego la música empezó a sonar otra vez.

—¿Se puede saber qué pretendes? —le espetó Camille con fiereza mientras giraban por el salón.

—Pretendo que todo el mundo sepa lo feliz y enamorado que estoy —contestó él.

—¡Eres un charlatán y un mentiroso! —lo acusó ella—. ¡Y yo me he convertido en tu chivo expiatorio!

Él achicó los ojos.

—En todo caso, Camille, acabó de ofrecerte la protección y el poder de mi nombre.

—¡Pero cómo te atreves! No tenías derecho a hacer tal cosa. No me habías dicho nada de esta nueva treta tuya. ¡No hay derecho!

—¿Treta?

—¡Es evidente!

—Puede que lo haya dicho en serio. Puede que no sea mentira en absoluto, sino solo la verdad.

Ella sintió que le ardían las mejillas.

—No, esto no está bien, entre nosotros no hay ninguna... obligación —balbuceó—. Te dije que...

—Ah, sí, que tú tomabas tus propias decisiones.

—Quisiera que no hubieras hecho un anuncio tan ridículo.

—Yo también sé lo que hago, Camille.

—¡Pero esto me incumbe también a mí! ¡No tenías derecho a decidir! —exclamó ella—. Por tu culpa voy a perderlo todo. ¿Es que no te das cuenta? Tus supuestos amigos se empeñarán en averiguar todo lo que puedan sobre la plebeya que al parecer ha conseguido echarte el lazo. Seremos el hazmerreír de todo el mundo. Nos revolcarán a Tristan y a mí por el fango. Me convertiré en una advenediza, en una

Baile de máscaras

intrigante dispuesta a seducir a una «bestia» para alcanzar el éxito. Yo...

—No estás dispuesta a que unan tu nombre al de una bestia, ¿no?

—¿Qué?

Camille fue incapaz de continuar. Él se quedó mortalmente callado.

Rupert apareció de improviso a su lado.

—¡Felicidades, Brian! Debo confesar que estoy verde de envidia. ¿Puedo?

—Gracias, Rupert. Desde luego que sí.

Rupert tomó a Camille entre sus brazos para bailar.

—¡Mi querida señorita Montgomery, mi más sincera enhorabuena! Es asombroso. Conque es usted la joven que por fin ha conseguido cazar a Brian. Todo el mundo decía que era imposible que alguien traspasara las barreras que había levantado a su alrededor, pero usted lo ha conseguido, y he de confesar que no me extraña en absoluto. Esta noche ha cautivado usted a todos los invitados...

—¡Una serpiente! —gritó alguien.

—¡Oh, Dios mío! —gritó otra persona.

—¡Es el áspid de Cleopatra!

Los danzantes se apiñaron. El vals cesó de golpe. En medio de la confusión, Camille se vio separada de Rupert.

—¡Es una cobra! —chilló otro.

Entonces se desató el tumulto. Los músicos arrojaron al suelo sus instrumentos. Las mujeres echaron a correr. Los caballeros las siguieron. Hasta los guardias se escondieron.

—¡Cielo santo! ¡Yo la agarraré! ¡Yo la agarraré!

Camille reconoció la voz de Alex. De pronto otro sonido rasgó el aire. Un agudo gemido de dolor.

Mientras los demás huían despavoridos, Camille corrió en busca de su amigo. Y allí, en medio de las sillas volcadas y los cristales rotos, yacía Alex. Junto a él, el áspid se hallaba en posición defensiva, erguido sobre el suelo.

–¡Mátenla! –gritó alguien cuando la serpiente comenzó a deslizarse enloquecidamente, sin saber hacia dónde ir.

–¡Dios mío! –exclamó Brian y, adelantándose rápidamente, pisó al áspid justo por detrás de la cabeza con la punta de su bota. Se agachó y agarró con fuerza a la serpiente, que siseaba y se retorcía, furiosa.

–¡Aquí! –gritó Aubrey, acercándose con una bolsa de lona. La serpiente fue introducida en ella, y Aubrey se la llevó mientras la gente gritaba: «¡Mátenla, mátenla!».

–Cielo santo, ¿cómo es que tenían un bicho así aquí?

Camille sabía que la serpiente no había hecho nada, salvo comportarse como podía esperarse de una serpiente. El culpable era quien se había dejado abierto su terrario. ¡Alex!

Camille se acercó a él corriendo, cayó de rodillas a su lado y buscó el lugar donde los colmillos de la cobra habían traspasado su carne. Encontró las marcas en su mano derecha. En el suelo había un cuchillo. Camille sajó rápidamente la piel, aplicó la boca a las marcas y empezó a succionar y a escupir el veneno. De pronto, una mano cayó sobre su hombro, obligándola a levantarse. Camille miró los intensos

Baile de máscaras

ojos azules de Brian, que la máscara de cuero dejaba al descubierto, y protestó:

—¡Déjame! ¡Yo sé lo que hago!

—Camille, estás arriesgando tu propia vida —dijo él con aspereza.

—Sé lo que hago, te lo juro...

—¿Y cómo lo sabes?

Ella levantó la barbilla.

—¡Por los libros, claro está!

Brian la obligó a apartarse.

—Lo haré yo —dijo, y, arrodillándose, repitió el procedimiento que Camille había puesto en práctica.

—¡Un médico! ¡Tiene que haber algún médico entre los presentes! —gritó lord Wimbly mientras atravesaba furioso el salón—. Ordené que guardaran a buen recaudo ese bicho. Aubrey, ¿cómo es posible que se haya escapado? ¡Esto es un desastre! ¡La fiesta es un desastre!

—Lord Wimbly, fue Alex quien se encargó de llevarse la serpiente —se apresuró a defenderse Aubrey.

Mientras se desarrollaba la discusión, Brian seguía succionando veneno y escupiéndolo, una y otra vez. Al fin se levantó, gritando:

—¿Ha encontrado alguien un médico?

Alguien lo había encontrado, en efecto. El médico, que parecía un poco nervioso, se adelantó. Hizo una mueca de repugnancia al arrodillarse junto a Alex.

—¡Ese hombre se está muriendo! —gritó Camille, enfurecida.

—Haré lo que pueda, haré lo que pueda —masculló el médico y, sacando un estetoscopio de su maletín negro, se puso a auscultar el pecho de Alex. Luego levantó la mirada hacia el pequeño grupo que se había reunido a su alrededor y sacudió la cabeza con pesar.

–¡No! –gritó Camille–. ¡No! –cayó de nuevo junto a Alex y, apoyando la cabeza sobre su pecho, aguzó el oído.

Pero no oyó nada.

Capítulo 13

Evelyn estaba a las puertas del museo, acompañada por Rupert. Lavinia se acercó corriendo y les dijo:

–Ya la han atrapado. Se la han llevado.

–Ya no importa gran cosa, ¿no? Yo diría que la fiesta se ha acabado –dijo Rupert encogiéndose de hombros.

–¡Rupert! ¡Ese joven ha muerto! –le reprendió Lavinia.

–Pobre diablo. Espero que no haya sufrido. Dicen que es una muerte espantosa.

–Sí, espantosa –murmuró Evelyn.

Rupert la observó un momento.

–¡Oh, Evy! Perdona. Tú fuiste quien encontró a los padres de Brian, ¿no es cierto? Debió de ser horrible –al advertir la expresión angustiada de

Evelyn, dijo–: Disculpa, no pretendía recordarte el pasado. Pero esta noche resulta difícil no hacerlo. Qué lástima, la fiesta estaba siendo agradable. Y había suculentos cotilleos. ¡Evelyn, pillina! ¡No nos habías dicho nada!

–Yo tampoco lo sabía –contestó ella.

–¡Estarás de broma! –dijo Lavinia.

–He mandado por el carruaje. Creo que ese que viene es el tuyo, Rupert.

–Qué pena –dijo Rupert–. ¡Y yo que quería freírte a preguntas y saber un poco más sobre esa misteriosa beldad! Es una joven asombrosa, ¿no te parece, Lavinia?

–Mmm.

–Bueno, Evy, ¿y de dónde ha salido?

Evelyn titubeó.

–Pues la verdad es que la conocimos por casualidad.

–¿Cómo es eso?

–Hubo un accidente y su tutor resultó herido.

Rupert achicó los ojos.

–¿Su tutor? ¿Y se puede saber quién es ese caballero?

–Un tal sir Tristan Montgomery.

–¡Montgomery! –exclamó Rupert, perplejo.

–¿Es que lo conoces? –preguntó Evelyn.

–He oído hablar de él –Evelyn aguardó sobre ascuas lo que diría a continuación–. Ese viejo truhan era una leyenda en la caballería. Obtuvo su rango en la India.

Evelyn dejó escapar un suspiro de alivio.

–Bueno, sea como fuere, hubo un accidente. Sir Tristan se estaba recuperando, o se está recuperando, mejor dicho, en el castillo. Y, naturalmente, su pupila no quería moverse de su lado.

–Sigue siendo asombroso, a pesar de los evidentes encantos de la joven –dijo Rupert con un destello en la mirada.

Camille apareció de pronto a su lado, muy alterada, con el pelo suelto. Estaba más bella que nunca.

–¡Evelyn, por favor, tienes que encontrar a Shelby enseguida! Necesitamos una ambulancia.

–¿Una ambulancia?

–¡Está vivo! –gritó Camille–. Está muy grave, pero aún respira.

–¡Hay que llevarlo al hospital! –dijo Evelyn.

Camille sacudió la cabeza, acalorada.

–Vamos a llevarlo al castillo.

–¿Lo ha dicho Brian? –preguntó Evelyn, sorprendida.

–¡Sí, sí! Su estado es muy delicado, Evelyn. En un hospital podría contagiarse de toda clase de enfermedades. Por favor, Evelyn, busca enseguida a Shelby.

–Ya voy yo –se ofreció Rupert mientras Camille daba media vuelta y regresaba al salón.

–Gracias –dijo Evelyn–. Discúlpeme, lady Lavinia...

Siguió a Camille, pero eludió el salón y subió rápidamente las escaleras. Abrió la puerta de la oficina y buscó a tientas el interruptor de la luz eléctrica. El terrario estaba detrás de la mesa de sir John. La cobra parecía dormida.

Evelyn se acercó y leyó la placa que había adherida al cristal.

Naja haje, áspid, cobra egipcia. Símbolo del sol,

de la autoridad, de la fuerza y el poder y, ante todo, de la realeza. Representa la destrucción de los enemigos, así como la luz, la vida y la muerte.

La vida y la muerte. Alex Mittleman seguía vivo.

Evelyn extendió la mano hacia las bisagras de la tapa del terrario. Luego dio media vuelta y salió de la oficina, teniendo cuidado de apagar la luz.

Camille y Brian habían decidido viajar en la ambulancia que les había cedido la Junta Metropolitana de Asilos y que, para alivio de Brian, estaba bastante limpia.

El hombre que los acompañaba, y que al principio no les había dado la impresión de ser médico, parecía muy competente. Había tratado la herida con ácido carbólico, la misma sustancia que había impedido que Brian muriera en la India a consecuencia de sus heridas, y les había ordenado a Brian y Camille que se enjuagaran la boca con whisky, aunque quizá fuera ya demasiado tarde. Era probable que toxinas que hubieran ingerido en su afán por salvar a Alex se hubieran infiltrado ya en su sangre.

En la ambulancia había poco espacio. Brian se había sentado en el pescante del conductor, en tanto que Camille y el doctor, un caballero con consultorio privado llamado Ethan Morton, viajaban en la angosta parte de atrás junto al paciente.

Cuando llegaron a la muralla exterior del castillo, el cochero detuvo al caballo. Corwin estaba esperando, y al parecer Shelby y Evelyn se habían adelantado. La verja estaba abierta.

Baile de máscaras

El cochero arreó de nuevo al caballo. Brian se dio cuenta de que le daban miedo los jardines.

Cruzaron el puente y entraron en el patio. Allí, Brian se apeó. El doctor ya había abierto los portones del coche. Brian sacó a Alex Mittleman y lo trasladó al interior del castillo. Evelyn estaba esperando en la puerta.

—La cámara oeste está lista —dijo mientras se atusaba el pelo.

Brian asintió con la cabeza y subió las escaleras con su carga a cuestas. Shelby aguardaba en la habitación, pero Brian sacudió la cabeza cuando quiso ayudarlo. La cama estaba cubierta con sábanas limpias, un fuego ardía en la chimenea y en una mesita colocada junto a la cama había toallas limpias y agua fría. Brian depositó suavemente al joven inconsciente sobre la cama.

—Hay una camisa de dormir para él en el respaldo de la silla —murmuró Evelyn.

Shelby dijo:

—Yo ayudaré al doctor a ocuparse de él.

Brian asintió y dio la vuelta, dispuesto a marcharse. Camille estaba en la puerta, silenciosa y acongojada.

—No puedes hacer nada más —dijo él.

—Voy a velarlo toda la noche.

—Yo puedo cuidar de él —dijo Evelyn.

—Gracias, pero quiero quedarme —repuso Camille con firmeza.

Brian la obligó a salir y cerró la puerta.

—Tienes que darle tiempo al médico —dijo. Brian se dio cuenta de que Camille lo culpaba a él por lo ocurrido. Enfurecido de pronto, añadió—: Haz lo que te plazca –y se alejó por el pasillo en dirección a sus aposentos.

¡Debería haber matado a la condenada serpiente! Porque, mientras existiera, aquello podía volver a ocurrir.

Camille estaba angustiada y sabía que debía esperar. Y estaba convencida de que Alex estaría a salvo mientras Shelby y el doctor se ocuparan de él.

Corrió por el pasillo, llena de nerviosismo, hacia la habitación de Tristan. Hizo ademán de llamar, pero luego vaciló, pensando que estaría dormido. Abrió la puerta y se asomó dentro.

Tristan estaba en la cama, con la cabeza apoyada en la almohada. Pero no estaba durmiendo.

—¿Camille? —preguntó, un tanto soñoliento.

—Tristan, perdona, no quería despertarte.

—¡Pasa, pasa! ¿Qué ha ocurrido? —salió de la cama ataviado con su largo camisón y su gorro de dormir, y se acercó apresuradamente a la puerta.

—La cobra se escapó y mordió a Alex, Tristan. Está aquí, en el castillo.

—¿Está vivo?

Ella asintió, decidiendo no decirle que se había esforzado por extraer el veneno de la herida. Lo mismo que Brian Stirling, se recordó, y sintió una leve punzada de culpabilidad. Pero, aunque confiara en él, ya no estaba segura de poder confiar en sus sirvientes.

¡Había sospechado tanto de Alex! Y ahora se hallaba a las puertas de la muerte...

Baile de máscaras

—¿Mataron a la condenada serpiente? —preguntó Tristan.

—No, volvieron a meterla en el terrario —se puso a caminar delante de la chimenea, presa de agitación—. Alguien soltó a la serpiente, Tristan. Es imposible que se haya escapado.

Tristan se rascó la barbilla, pensativo.

—Bueno, Camie, no sé. Una serpiente en una habitación llena de gente... Nadie podía saber a quién iba a atacar, ¿no crees?

Ella dejó escapar el aire lentamente mientras lo observaba con detenimiento.

—Supongo que tienes razón. ¡Oh, Tristan! Será horrible si Alex muere. Será como si...

—Como si hubiera de veras una maldición, ¿no, muchacha? —preguntó Tristan.

Ella sacudió la cabeza.

—Puede ser.

—¡Pero Camille!

—En el museo no había pasado nada hasta que apareció Brian Stirling.

Tristan meneó la cabeza y apartó la mirada de ella.

—No puedes volver allí.

—¿Qué?

—No puedes volver al museo.

—¡Eso es ridículo! Es mi trabajo. No volveré a encontrar nada igual...

—¡Yo puedo ocuparme de ti, Camille!

—¡Tristan! Tú no vas a volver a hacer nada ilegal —replicó ella.

Él sacudió la cabeza.

—¡Ya lo sé! He aprendido la lección, niña. Pero creo que no debes volver allí.

—Tal vez deberíamos irnos de aquí —murmuró ella—. Tú ya estás bien, Tristan. Podemos volver a casa...

Se interrumpió, dándose cuenta de repente de que la sola idea de marcharse le daba ganas de llorar. No quería dejar el castillo. Ni siquiera quería enfadarse. Pero no quería ser un simple peón en manos de Brian.

—¿A casa? —preguntó Tristan, sorprendido.

—Sí, a casa, a nuestras habitaciones, adonde vivimos —respondió ella, y luego sacudió la cabeza. Tristan parecía tener buen aspecto esa noche. Pero ahora Alex estaba allí. No podía abandonarlo. Sobre todo, teniendo en cuenta que ya no confiaba en Evelyn Prior.

Él se quedó callado un momento.

—No puedes volver.

—¿Adónde? ¿A casa?

—¡Al museo! —dijo Tristan, meneando la cabeza.

—Tristan, mi empleo es un regalo caído del cielo.

De pronto lamentó haber entrado en aquella habitación. Naturalmente, Tristan tendría que enterarse de lo ocurrido. Pero podía haber esperado hasta la mañana siguiente para hablar con él. A fin de cuentas, todavía estaba convaleciente. Y ella se había precipitado. No podía marcharse mientras Alex se debatiera entre la vida y la muerte.

—Tristan, lamento muchísimo haberte molestado. Voy a ir a velar a Alex. Hablaremos por la mañana, ¿de acuerdo?

Tristan tenía la expresión más sombría y preocupada que Camille recordaba haber visto en su semblante. Se acercó a él y lo abrazó con ímpetu.

Baile de máscaras

—Con un poco de suerte, Alex habrá salido de peligro por la mañana.

—Voy a ir a velarlo contigo, Camille —dijo él.

—¡Cielo santo, no! Tienes que meterte en la cama y descansar.

Él se quedó mirándola un momento. Camille tuvo la impresión de que se sentía culpable, pero ¿de qué? Seguramente no eran más que imaginaciones suyas. Estaba cansada y angustiada. ¡Hasta creía que Tristan formaba parte de una conspiración!

—Puedo quedarme contigo...

—Estaré bien —le dijo ella—. Tristan, por favor, métete en la cama antes de que vuelvas a ponerte enfermo.

—Camie...

—¡Te lo suplico!

Él suspiró y luego la señaló agitando un dedo.

—Tengo el sueño ligero, muchacha. Si me necesitas, grita.

Ella sonrió. Tristan dormía como un tronco. Por eso nunca lo despertaban los ruidos que se oían de noche en el castillo.

—Prometo que te llamaré si te necesito —lo besó en la frente, lo empujó hacia la cama y luego lo tapó con las mantas—. La verdad es que tienes muy buena cara, ¿sabes? —murmuró.

Él asintió.

—¡Ni se te ocurra ir mañana al museo!

Ella sonrió, pero no respondió. Desde hacía algún tiempo, el museo no abría los sábados.

—Buenas noches —dijo.

Al salir al pasillo, vio que Shelby estaba montando guardia junto a la puerta de Alex, con los brazos cruzados sobre el pecho.

—¿Está...? —musitó Camille.

—Todavía respira, señorita Camille, todavía respira —le aseguró él, y sonrió—. Entre. El doctor también va a quedarse toda la noche. Yo me quedaré aquí fuera.

—Gracias.

Camille entró en la habitación. Alex parecía muy joven y frágil, vestido con un largo camisón blanco. Tenía la cara muy pálida y el pelo revuelto. Camille se acercó a la cama. El doctor Ethan Morton se había acomodado en un sillón y parecía adormilado. Pero cuando Camille se aproximó sigilosamente a la cama dijo:

—Cámbiele los paños de vez en cuando, si quiere ser de ayuda. No conviene que le suba la fiebre. De momento tiene el pulso más firme. Procure que esté cómodo y que tenga la frente fría.

Ella asintió.

—Gracias.

—¿Qué me dice de usted?

—¿De mí?

—Usted chupó el veneno.

—Estoy bien. Lo escupí enseguida.

—¿Suelen avisarla para que rescate a víctimas de mordeduras de serpientes?

—Nunca antes lo había hecho —él enarcó una ceja—. Leo mucho —dijo Camille a modo de explicación.

Él asintió, mirándola con los ojos entornados.

—Eso es peligroso, señorita. Si hubiera tenido un corte en la boca... en fin, el veneno podría haberse difundido por su sangre.

Baile de máscaras

—Me encuentro bien, se lo aseguro. Gracias, de todos modos.

Camille procuró mantener fría la frente de Alex, confiando en que ello sirviera de algo. Y pronto se convenció de que así era, pues cada pocos minutos afloraba a la frente del enfermo una brillante pátina de sudor que sus cuidados mantenían a raya.

En algún momento de la noche Camille comenzó a adormecerse, recostada sobre el pecho de Alex. Se despertó sobresaltada al oír un ruido. Al principio, sintió miedo. Pensó que los pulmones de Alex estaban cediendo. Pero no era así. Alex estaba inquieto, y sus labios se movían. Camille miró al doctor Morton, pero este parecía dormido. Tocó la mejilla de Alex. No estaba caliente.

—Alex, no pasa nada. Te vas a poner bien —musitó.

—Las guarda él —dijo Alex, agitando la cabeza—. Las guarda... en la cripta... Es... peligroso...

—¿Qué, Alex? ¿Qué es peligroso?

—Los áspides... en la cripta —de pronto abrió los ojos de par en par—. Las cobras... en la cripta. Cuando esté listo... matará. Nos matará a todos.

Alex cerró los ojos de nuevo. Camille se quedó paralizada por el miedo. Miró al doctor Morton, que seguía con los ojos cerrados. Luego se inclinó hacia Alex.

—¿Qué estás diciendo, Alex? —preguntó suavemente.

Él se revolvió de nuevo, volvió a abrir los ojos y la miró fijamente a los ojos, clavando los dedos en las sábanas.

—¡La bestia! —susurró—. La Bestia de Carlyle. ¡Ten

cuidado con la bestia! Tiene un plan cruel. Quiere venganza. ¡Quiere matarnos a todos!

Luego cerró los ojos, sus dedos quedaron quietos y fue como si nunca hubiera hablado.

En alguna parte un reloj dio las tres. El doctor Morton dejó escapar un ronquido y se removió en la silla. Después, todo quedó en silencio.

Brian yacía despierto, escuchando. Pero esa noche no había oído ningún ruido extraño. Ayax dormía plácidamente junto a la chimenea.

Brian volvió a preguntarse cómo había llegado la cobra al salón de baile.

La pobreza de Alex Mittleman hacía de él un sospechoso probable. Sin embargo, había sido atacado y estaba al borde de la muerte.

Brian se incorporó y golpeó con el puño la almohada. Luego estaba lord Wimbly, quien al parecer tenía deudas de juego. Pero ¿sería capaz de arriesgarse hasta ese punto? ¿Y Aubrey? Aubrey era quien se ocupaba del áspid en el museo, pero, excepto Camille, todos los que trabajaban en aquel departamento habían estado en Egipto y tenían experiencia con las cobras egipcias.

Brian rechinó los dientes, intentando concentrarse. ¿Tal vez sir Hunter, el gran aventurero? Pero no. Brian debía admitir que lo que más le hacía recelar de Hunter era su evidente interés por Camille.

Seguía sin tener pistas claras acerca de quién podía ser el culpable, pero estaba persuadido de que, fuera quien fuese, poseía la información que a él le

Baile de máscaras

faltaba: lo que había descubierto su padre justo antes de morir. Había una pieza de tremendo valor que no había sido catalogada y que estaba en alguna parte. Y, si no estaba en el museo, entonces tenía que estar entre los objetos guardados en el sótano del castillo.

Solo aquellos en quienes tenía plena confianza tenían acceso a sus tierras: Shelby, Corwin y Evelyn. Y, de ellos, solo Evelyn había estado en Egipto.

Aquello no era una conspiración creada por su dolor, su amargura y su cólera. El asesinato del individuo de la taberna lo había dejado bien claro. Por extraño que pareciera, el truhan de Tristan había acabado siéndole de gran ayuda. Ahora, sin embargo, todo se había complicado. Había permitido que Camille y su tutor se quedaran en el castillo porque pensaba usarlos a ambos, pero no había tenido en cuenta sus propios sentimientos.

Pero ahora...

Se levantó y Ayax se puso en pie de un salto y empezó a menear la cola.

—De pronto esto está muy frío y solitario, ¿no crees, chico? —preguntó—. Vamos a dar una vuelta.

Brian recorrió sigilosamente el pasillo. Shelby se había quedado dormido, apostado junto a la puerta, pero abrió los ojos y se incorporó de un salto al oír a Brian.

—Soy yo —dijo este. Shelby asintió y volvió a recostarse contra la pared.

Brian abrió con sigilo la puerta de la habitación de Alex. El médico estaba adormilado en el sillón. Camille se había quedado dormida, recostada sobre Alex y vestida todavía con su suntuoso vestido dorado. Ninguno se movió cuando entró.

Brian puso un dedo sobre la garganta de Alex. El pulso era fuerte. Apartó con delicadeza un mechón de la cara de Camille. Mientras la miraba, sintió una oleada de calor y a continuación una tensión que le atenazaba los miembros. Camille sufría por aquel joven. ¿Se debía ello únicamente a que eran compañeros de trabajo? ¿O acaso había entre ellos algo más?

Brian quitó una manta de un sillón que había junto al fuego y tapó cuidadosamente con ella los hombros de Camille. Ella siguió sin moverse. Brian regresó al pasillo, dejó a Shelby dormitando en su puesto y se dirigió a las escaleras.

Alex se removió.

El movimiento despertó a Camille. Por un instante, quedó desorientada, con los ojos en llamas, incapaz de recordar dónde estaba. Luego el pavor de lo sucedido aquella noche se apoderó de ella y se incorporó, sobresaltada, mirando al hombre que yacía en la cama. Alex parecía tener buen color. Ya no tenía la cara perlada de sudor. Camille puso un dedo sobre su garganta y sintió el martilleo firme y regular de su pulso.

Se recostó en la silla, aliviada. El doctor Morton seguía roncando. Al cabo de un momento, Camille se levantó y se desperezó, frotándose el cuello agarrotado.

De pronto tuvo la extraña sensación de que el castillo estaba vivo y recordó con un escalofrío las palabras que Alex había pronunciado en su delirio. La cripta del castillo estaba llena de áspides. Aque-

Baile de máscaras

llo era ridículo. ¿Cómo podía saber él tal cosa? ¿Y qué podía hacerle sospechar algo así?

Camille miró la puerta, consciente de que Shelby estaba montando guardia al otro lado, aunque no estaba segura del porqué. A no ser que Brian también desconfiara de Evelyn Prior. O de ella, del pobre Alex y del doctor Morton.

Se acercó a la puerta y la abrió con sigilo. Shelby se puso alerta.

—Soy yo —musitó ella.
—¿Qué tal está el paciente?
—Tiene el pulso fuerte.
—Gracias a Dios.

Ella fingió un bostezo.

—Creo que está lo bastante bien como para que me vaya a la cama un rato. ¿Está usted bien aquí, Shelby? ¿Quiere que le traiga una almohada o una manta?

—Oh, no, señorita Camille, en peores sitios he dormido en la India, en el Sudán... Estoy bastante cómodo, gracias.

—Buenas noches, entonces.

Camille se alejó apresuradamente por el pasillo. Entró en su habitación, pero no cerró del todo la puerta. Esperó unos segundos con el corazón en un puño, preguntándose qué iba a hacer. Y comprendió que pretendía asegurarse de que no había áspides en la cripta.

Esperó un poco más.

El tiempo pasaba lentamente, pero quería asegurarse de que Shelby volvía a dormirse para escabullirse por la puerta y bajar las escaleras sin que la vieran. Se le ocurrió llevarse una lámpara, y buscó rápidamente una, junto con una caja de cerillas.

Regresó a la puerta y se asomó. Shelby parecía haber vuelto a dormirse. Tenía la cabeza apoyada sobre los brazos cruzados y estaba recostado contra la puerta de Alex.

Camille salió en silencio, se acercó de puntillas a la escalera, empezó a bajar y luego miró hacia atrás. Shelby no se había movido. Ella siguió bajando apresuradamente. Al llegar al pie de las escaleras, giró hacia el pasillo lateral y siguió avanzando hasta llegar a la pequeña capilla.

Abrió la puerta de las escaleras de la cripta, que parecían descender hacia la nada, envueltas en tinieblas. Pero cuando sus ojos se acostumbraron a la oscuridad se dio cuenta de que había allí un leve resplandor. Dudó un momento, dejó su lámpara y empezó a bajar.

Palmo a palmo, consciente del sonido de su propia respiración, se fue adentrando en el foso apenas iluminado. Al fin sus pies tocaron el último escalón y se dispuso a doblar la esquina.

La primera estancia de la cripta no era como esperaba. La única lámpara que ardía en el suelo apenas permitía ver bultos y sombras, Camille pudo distinguir algunas cosas. No había allí bóvedas, ni sepulcros alineados, ni mohosas tumbas rodeadas de telarañas. Había un despacho. El suelo era de piedra y parecía barrido.

Frente a ella, al otro lado de la estancia, había unas grandes verjas de hierro forjado que conducían a las tinieblas. Sin duda daban acceso a las tumbas.

Allí, en la antesala que parecía servir de despacho, había cosas comunes y corrientes: escritorios, archivadores y cajas. Una parte de la espaciosa habitación se asemejaba mucho al almacén del museo. Camille comprendió que acababa de encontrar el escondite de las piezas que habían sido enviadas directamente al castillo de Carlyle. Parpadeó al darse cuenta de que una de las cajas estaba abierta. Se acercó a ella despacio, lamentando no llevar su lámpara de aceite. La caja era muy grande. Los clavos de la tapa de madera, que estaba apoyada de canto junto a la caja abierta, habían sido arrancados.

Camille se aproximó lentamente, sin atreverse casi a respirar, y miró el interior de la caja, relleno de paja.

Dentro de ella había un sarcófago. El receptáculo, bellamente pintado y adornado, estaba también abierto; su tapa estaba apoyada junto a la de la caja. Al acercarse más, Camille vio que la momia seguía en su lugar, ennegrecida por el tiempo y por el efecto de la resina utilizada para asegurar la inmortalidad, con los vendajes intactos y los brazos cruzados sobre el pecho.

Entonces, algo se movió furtivamente a su lado. Camille estuvo a punto de gritar, pero un instante después vio una rata que corría hacia un agujero de la pared. El corazón le palpitaba con violencia. ¿Por qué razón? Esa noche no había oído ruidos. Y ella no creía que bajo la momia hubiera un nido de víboras.

Así pues, ¿qué estaba haciendo allí? ¿Qué pretendía demostrar? ¿Que allí no había ningún lúgubre laboratorio? ¿Que Brian Stirling no se había vuelto loco y había empezado a criar cobras en la cripta de su castillo? Bien. Ya había descubierto cuanto necesitaba saber. Podía retirarse.

De pronto la tapa de la caja salió despedida hacia delante y una negra figura se abalanzó sobre ella. Antes de que pudiera gritar, una mano tapó su boca y un susurro enfurecido y rasposo llegó a sus oídos.

—Ahora tú pagarás el precio.

Capítulo 14

Unas sábanas limpias y suaves. Una cama. Un fuego cercano.

Alex Mittleman abrió los ojos. Intentó hablar, pero solo consiguió emitir un graznido.

–Espera, hijo, espera. Toma, bebe un sorbo de agua.

Alex miró los ojos de un desconocido. Parpadeó y aceptó el agua. Estaba seco, absolutamente seco.

–Despacio, despacio. Tómatelo con calma.

Alex asintió con la cabeza y siguió bebiendo poco a poco. Le dolía la mandíbula. Le dolía todo el cuerpo. Su visión parecía emborronada.

–Tienes suerte de estar vivo –le dijo el desconocido. Él asintió y luego frunció el ceño, confundido–. Soy el doctor Morton –dijo el otro–. ¿Te acuerdas? Te mordió un áspid, una cobra egipcia, en el museo.

Alex asintió lentamente. Tragó saliva e indicó que quería más agua. Luego preguntó.

—¿Dónde estoy?

—En el castillo de Carlyle.

Su cuerpo sufrió un espasmo involuntario. Su ceño se hizo más profundo.

—Camille... yo pensaba... hablé con ella, la vi, vi su cara...

—Estaba aquí, hijo. Ha estado velándote horas y horas, refrescándote la frente para que no te subiera la fiebre. Pobrecilla. Debe de haber ido a echarse un rato —el doctor se aclaró la garganta—. Ella te salvó la vida. Bueno, ella y el conde de Carlyle. Los dos parecían tener conocimiento sobre el veneno de las serpientes.

—¿Camille... me salvó la vida?

—Sí, hijo. Y el conde.

¡El conde de Carlyle había ayudado a salvarle la vida!

—Ahora tienes que descansar. Yo diría que es un milagro que estés vivo, incluso a pesar de la rápida intervención de ellos dos.

—Camille...

—No, no, ahora tienes que dejarla descansar. Duerme un poco. Yo me quedaré hasta mediodía, hijo. Luego la muchacha volverá a ocuparse de ti.

Alex asintió y volvió a acomodarse en la cama. Le había mordido una cobra. Pero estaba en el castillo de Carlyle. Y Camille iba a cuidar de él.

La vida era asombrosa.

Evelyn Prior no podía dormir. Se levantó, buscó su bata, encendió la lámpara de su mesilla y dudó un momento. Luego abrió sigilosamente la puerta y echó a andar por el pasillo.

La puerta de la habitación de Alex estaba cerrada. Shelby dormía junto a ella, apoyado contra la pared. Evelyn conocía a Shelby desde hacía muchos años.

Se acercó a él y vaciló. Estuvo a punto de dar un brinco cuando oyó una voz tras ella.

–¡Vaya, vaya, señora Prior!

Evelyn se giró bruscamente. Tristan estaba tras ella, vestido con el largo camisón blanco que ella misma le había procurado.

–¿Se encuentra bien? –preguntó él amablemente.

Shelby, naturalmente, se despertó.

–¿Qué? ¿Qué pasa? –preguntó con voz ronca.

–Yo he venido a ver cómo está el enfermo –dijo Evelyn, alzando la barbilla mientras miraba a Tristan–. Pero no sé qué hace aquí nuestro invitado.

–He oído ruidos en el pasillo –contestó Tristan encogiéndose de hombros, y los miró con el ceño fruncido–. Mi pupila vive bajo este techo y he de velar por su bienestar.

–Vuelvan a la cama los dos –dijo Shelby, irritado–. El enfermo está bien. Parece que sobrevivirá. Y, dadas las circunstancias, puede darse con un canto en los dientes. Además, la señorita Camille está durmiendo, así que no la molesten –añadió con firmeza.

–Tal vez debería entrar a ver cómo está el señor Mittleman –dijo Evelyn.

–Haga lo que quiera –le dijo Shelby–, pero el doctor sigue con él. Váyase a dormir y ahorre fuerzas. El médico se irá a mediodía, y tendrá que volver a hacer de enfermera –prosiguió, enfurruñado.

—¡Usted vuelva a su habitación! —le dijo Evelyn con aspereza a Tristan.

—Primero permítame acompañarla hasta la suya —sugirió Tristan caballerosamente.

—Como quiera —dijo ella, pero volvió a mirar a Shelby—. Haga el favor de ocuparse de que sir Tristan vuelve a la cama.

—¡Todo el mundo a dormir! —dijo Shelby y, sacudiendo la cabeza, volvió a sentarse en el suelo, apoyando los hombros contra la pared. Pero no cerró los ojos.

Camille se giró bruscamente, aterrorizada, y retrocedió cuando una luz potente iluminó sus ojos.

—¡Camille!

Ella exhaló con violencia. Era Brian.

—¡Oh, Dios mío! —sentía tal alivio que se dejó caer al suelo de rodillas, llevándose la mano a la garganta.

Claro que, pensándolo bien, ¿qué hacía allí Brian, en la oscuridad, escondido detrás de una momia?

—¡Levántate!

Él dejó su lámpara en el suelo, la tomó de las manos y la obligó a levantarse de un tirón. Camille lo miró con fijeza y tragó saliva al ver su cara. Su verdadera cara. Y aquello la asustó más de lo que hubiera podido imaginar.

—¿Qué demonios haces aquí? —preguntó él, encolerizado—. Dios mío, ¿qué voy a hacer contigo? ¿Atarte a la cama?

A su cara no le pasaba nada, aparte de la cicatriz que le corría de la frente a la mejilla izquierda y que era apenas una línea blanca. Aquella cicatriz no estropeaba en absoluto la belleza de su estructura ósea, de sus altos pómulos, su mandíbula firme, su nariz casi aquilina y su frente alta y despejada. Era asombrosamente guapo y en su apariencia no había nada de bestial ni de monstruoso. Todo era mentira. Una farsa.

—¿Qué haces tú aquí? —replicó ella.

Brian puso los brazos en jarras. Solo llevaba puestos unos calzones blancos, y su pecho relucía a la luz de la vela.

—Soy el conde de Carlyle —le recordó fríamente—. El dueño de este castillo. Vivo aquí, Camille. Y, aparte de eso, sabes perfectamente que siempre estoy buscando el origen de esos ruidos.

Ella tragó saliva con dificultad, consciente de que ella tampoco estaba presentable. Tenía el pelo medio suelto y su elegante vestido estaba muy arrugado. Brian cruzó los brazos sobre el pecho y la miró con un destello en la mirada.

—Tenía entendido que querías velar a tu amigo toda la noche. Supongo que está mejor. ¿Te ha mandado él aquí?

—¡No! —respondió ella, llena de horror, aunque en cierto modo así era. Había ido allí buscando cobras—. Aquí... aquí está pasando algo —añadió.

—Eso es obvio. Creía que ya lo habíamos dejado claro.

Ella sacudió la cabeza.

—He vuelto a oír ruidos.

—¿Y no has ido a buscarme? Qué raro. Esta ha sido la única noche que yo no he oído ningún ruido.

—Entonces te habré oído a ti —dijo ella—. ¿Y usted,

milord? ¿Es que de pronto, en plena noche, ha sentido el impulso de ponerse a abrir sarcófagos?

Él ni siquiera parpadeó.

—Te repito, querida, que soy el dueño de este castillo. Y de todo lo que hay dentro de él. Si se me antoja ponerme a abrir cajas en plena noche, estoy en mi derecho.

—¡Pero admitirás que es bastante extraño! —replicó Camille, y luego retrocedió—. ¡Y mírate! ¡Eres un embustero! ¿A cuento de qué toda esa farsa de la máscara? ¡A tu cara no le pasa nada! —él avanzó hacia ella y la agarró del brazo, pero Camille retrocedió—. ¡Suéltame!

Brian la agarró de todos modos.

—Cállate, ¿quieres? Vas a despertar a todo el mundo.

Camille guardó silencio mientras seguía mirándolo. Y, al hacerlo, sintió de nuevo el portentoso magnetismo que Brian ejercía sobre ella. Deseaba que cualquier duda acerca de su perversidad se disipara. Quería tenderle los brazos a la luz del día y tocar su cara. Quería que fuera cierto que ella había cambiado su vida. Y quería que él fuera tan ciego a su pobreza y sus tristes orígenes como ella lo había sido a la supuesta deformidad de su cara. Quería creer que...

—Salgamos de aquí —dijo Brian y, apagando la lámpara que había llevado, la dejó sobre una de las mesas. Luego tomó de la mano a Camille y empezó a subir las escaleras. Al llegar a la capilla, cerró la puerta con firmeza a su espalda y frunció el ceño—. ¿Has dado esquinazo a Shelby?

—No te atrevas a enfadarte conmigo.

—No estoy enfadado. Estoy seguro de que tuviste cuidado cuando decidiste bajar.

Baile de máscaras

Ella dio media vuelta y empezó a subir las escaleras. Brian la alcanzó enseguida. Al llegar a lo alto de las escaleras, Camille vaciló. Shelby parecía haberse dormido otra vez. Echó a andar de puntillas hacia él, de camino a su habitación, pero Brian se acercó a ella y, agarrándola por la cintura con firmeza, la condujo hacia sus aposentos. Cuando hubo abierto la puerta, la empujó con fuerza hacia el interior de la habitación. Ella se giró bruscamente.

—No tienes derecho a dar por sentado que...

—No doy nada por sentado. Jamás. Y me da igual cuál de tus presuntos amigos se ponga enfermo ahora, ni por qué razón.

—¡Oh, Dios mío! ¿Insinúas que a ese pobre hombre no le mordió la serpiente, cuando se apresuró a salvar a otros mientras tus amigos corrían como conejos asustados? —exclamó ella.

—Yo no insinúo nada por el estilo. Simplemente afirmo que no voy a volver a dejarte sola por la noche.

Ella empezó de pronto a temblar, dándose cuenta de que Brian hablaba en serio y de que no soportaba estar tan cerca de él sin...

—Todo esto es un juego, ¿verdad? —preguntó en voz baja.

—Un juego a vida o muerte.

Ella retrocedió.

—¡Ya no puedo seguir jugando contigo! —exclamó.

Brian cerró la puerta con llave. Camille se dio la vuelta, pero Brian se acercó a ella y la abrazó, haciéndola girarse suavemente. Sus ojos parecían de color cobalto y sus músculos estaban tensos. Parecía querer hablar, pero sacudió la cabeza. Luego la apretó contra sí, agarró su barbilla y la besó en los labios.

Camille se sintió estallar. Hasta ese momento, no había comprendido lo que realmente buscaba. Ahora lo sabía. Para bien o para mal, temblaba de nuevo, apretada contra él, y sentía cómo se hundía la lengua de Brian en su boca, y la pasión y el deseo arrebatador que había tras ella. Deslizó las manos hasta el pecho de él, deleitándose en su piel y sus músculos desnudos. Sus dedos treparon hasta los hombros de Brian, y se aferró a ellos mientras se besaban. Luego sus dedos descendieron a lo largo de la espalda de él, trazando la línea de la espina dorsal, gozando de nuevo del tacto de su carne desnuda y de cuanto ardía bajo ella.

Brian apartó al fin sus labios de los de ella y la hizo girar fácilmente en sus brazos. Después comenzó a desatar el cordón de su corpiño. Un momento después, masculló una maldición. Camille oyó cómo se rompía el cordón entre sus manos, y no le importó lo más mínimo. Apenas podía respirar. Al cabo de unos segundos, logró quitarse el estrecho corpiño sacándoselo por la cabeza.

Brian maldijo otra vez y, haciéndola girarse de nuevo, empezó a romper a tirones los lazos del corsé. Cuando por fin Camille se vio libre del corsé, ya no podía esperar más. Se giró en sus brazos, se fundió contra su pecho y sintió su tensión al tiempo que comprendía que estaba dispuesta a vivir y a morir allí. Él buscó de nuevo su boca mientras sus manos se atareaban con el lazo de las enaguas. Cuando estas cayeron a los pies de Camille, Brian se puso de rodillas. Ella lo agarró con fuerza de los hombros en tanto él le quitaba los delicados zapatos y las medias.

Baile de máscaras

Sus caricias se hicieron lentas y espaciosas cuando sus dedos comenzaron a rozar los muslos y las pantorrillas de Camille, deslizándose sobre las medias de seda. Camille se estremeció y deseó arrodillarse a su lado. Brian besó sus rodillas, la parte interna de sus muslos, sus pantorrillas, el empeine de sus pies. Una media desapareció. Brian comenzó a quitar la otra. De nuevo manos, dedos, labios, lengua se demoraron sobre la carne de Camille mientras la media iba bajando. Brian se incorporó un poco y enterró la cara contra el vientre de Camille, acariciando provocativamente sus muslos, descendiendo hasta sus caderas..., bañándola.

Al fin, Camille cayó de rodillas a su lado. Brian la abrazó de nuevo y se apoderó de su boca vorazmente. La luz del fuego bailaba sobre ellos. Camille comprendió entonces, mientras ardían como uno solo, que estaba perdida, pasara lo que pasase. Brian era todo cuanto anhelaba, todo cuanto necesitaba, todo cuanto amaba.

Él susurró a su oído:

–¿Cómo es que puedes hacerme esto? Me olvido de todo, de la razón, hasta de la cordura...

Camille metió los dedos entre su pelo y los deslizó sobre su nuca y a lo largo de su espalda. Se apretó contra él al tiempo que sus manos recorrían poco a poco sus fibrosas caderas hasta llegar a sus glúteos musculosos. Se sintió levantada en el aire y tumbada suavemente sobre él. El foco de todo su ser se concentró en la sensación del sexo de Brian dentro de ella, formando parte de ella. No podía sentir nada más excitante y embriagador que aquella sensación.

Antes, se había dejado llevar. Ahora podía marcar el ritmo. Y eso hizo.

Clavó las uñas en los hombros de Brian. Era consciente de las más sutiles sensaciones: las yemas de sus dedos sobre la carne de Brian, el roce de sus pechos sobre la mata de vello del torso de su amante, el modo en que sus brazos se cerraban alrededor de él... Las manos de Brian sobre ella, apretando sus caderas para que ganara impulso, para acariciarla, para guiarla...

Mientras ella estallaba en éxtasis, Brian la hizo girar y se colocó sobre ella. Todo ardía envuelto en las llamas azuladas del fuego, y la tempestad que se había apoderado de ella se desató por entre los bosques que rodeaban el castillo.

Luego, mientras el viento se acompasaba con la lenta cadencia de su respiración, Camille extendió la mano y tocó la cara de Brian.

—¿Por qué? —preguntó en voz baja.

Brian se elevó sobre ella, apoyándose sobre los brazos.

—¿Al principio? Porque era monstruoso.

—Pero no es más que una cicatriz.

—¿Tan terrible es? —preguntó él con suavidad.

Ella negó con la cabeza.

—Pero es mentira.

—No es mentira. Es solo que no estoy preparado para enfrentarme al mundo.

—Pero tú no eres esa máscara —insistió ella.

Brian se echó a reír, buscó su boca y la besó de nuevo.

—¡Tú siempre tan vehemente! Todos tenemos nuestros secretos.

Baile de máscaras

Ella sacudió la cabeza.
—Por desgracia, lord Stirling, yo soy un libro abierto.
—Con páginas muy profundas.
—Ya estás con tus juegos otra vez.
—Esto sigue siendo un juego. Un juego mortal —dijo él, poniéndose en pie.

Desnuda en medio del montón de su ropa, Camille tuvo la sensación de que todo cuanto había creído en otro tiempo se precipitaba de nuevo sobre ella. ¿Qué estaba haciendo?

Se movió para levantarse. Brian se agachó, la tomó en brazos y se puso en pie, apretándola contra su pecho mientras la besaba.

—Tengo que irme —dijo Camille, pero él negó con la cabeza—. Pero no puedo quedarme aquí.
—¿Por qué no?

Camille se apartó un poco.
—Eres el conde de Carlyle —dijo.
—Ah, pero tú eres la maga que al parecer me ha hechizado —murmuró él. Sosteniéndola en brazos, la condujo a la habitación contigua y la depositó sobre su fresca y enorme cama sin dejar de abrazarla—. No puedes seguir merodeando por el castillo en plena noche —dijo.
—No volveré a hacerlo.
—Eso ya lo has dicho antes.
—¿Lo había prometido alguna vez?
—Pareces reacia a hacer promesas.
—Las promesas solo pueden hacerse cuando se piensan cumplir.
—Entonces volverías a tu habitación o a velar a tu querido amigo Alex y de pronto sentirías de nuevo la tentación de bajar a las criptas.

Camille le acarició la cara, pasando un dedo sobre la larga cicatriz.

—Apenas se ve —murmuró.

—Lo siento. Al parecer, he defraudado tus expectativas.

Ella se quedó mirándolo.

—No tenía expectativas —le dijo—. Pero tampoco me gusta que me engañen.

—No es a ti a quien pretendía engañar.

—No, cuando yo aparecí la farsa ya estaba en marcha —dijo ella, y luego añadió—: Pero esta noche has salvado a Alex, y te lo agradezco.

—Lo has salvado tú.

Camille negó con la cabeza.

—Tú fuiste mucho más útil que yo.

—Había tenido ocasión de vérmelas con mordeduras de serpiente otras veces —le dijo él—. En la India, en Sudán... —se encogió de hombros y de pronto se apartó de ella—. Hasta en El Cairo —añadió con amargura.

Camille sintió un repentino desasosiego.

—Pero nunca has criado ni alimentado serpientes, ¿verdad?

Él la miró con sorpresa.

—¿Para qué demonios iba a hacer eso? Son muy peligrosas... como tú misma has podido comprobar esta noche.

Se apartó de ella y, entrelazando los dedos tras la nuca, se quedó mirando fijamente el techo.

—Alex tuvo suerte. Parece que ha superado lo peor. Mañana tendrá muchos dolores y estará aturdido, pero si continúa recuperándose a este ritmo... —se encogió de hombros—. Por la mañana tengo que ocuparme de un asunto. Supongo que tú te quedarás cuidando de tu buen amigo.

Camille no respondió. Prefirió que él sacara sus propias conclusiones. Tenía, sin embargo, ciertos planes para el día siguiente. Él pareció malinterpretar su silencio.

—Sois muy buenos amigos, ¿no?

Camille lo miró con fijeza, sintiendo una punzada de enojo en el corazón. Brian Stirling sabía que nunca habían sido nada más.

—Sí, Alex es amigo mío. Gracias por acceder a que lo trajeran aquí —añadió con cierta crispación.

Naturalmente, tenía que atender a Alex. Pero sir John pensaba ir al museo al día siguiente; eso había dicho cuando el viejo Arboc había ido a llamarlo al almacén.

Y ella también pensaba ir. Salir del castillo sería mucho más fácil de lo que esperaba, dado que Brian pensaba ausentarse.

—Camille, hablando en serio...

—Hablando en serio, estoy agotada —murmuró ella—. Te suplico que dejes los juegos para otro momento.

Brian guardó silencio.

Camille ansiaba desesperadamente eludir preguntas, reproches y cualquier alusión al futuro, de modo que extendió la mano y lo tocó. Brian la tomó en sus brazos.

—Creía que estabas agotada.

—Estoy demasiado cansada para pelearme contigo —respondió ella—. Nos resulta muy fácil discutir.

Él la miró a los ojos mientras acariciaba su rostro.

—Ah, mi querida señorita Montgomery, me temo que a mí me resulta mucho más fácil no discutir.

Tenía razón. Porque, cuando la tocaba, no había futuro. No había ninguna niña viviendo en los bosques. Ni acusaciones, ni sospechas lanzadas sobre ella.

No había nada, salvo el instante.

Capítulo 15

Naturalmente, el incidente del museo salió en titulares en todos los diarios. Y, naturalmente, volvieron a sacarse a colación las habladurías sobre la presunta maldición de los Stirling. Cada articulista consignaba con diligencia que el ataque de la serpiente había tenido lugar justo después de que lord Stirling volviera a ocupar un lugar preeminente en la institución tras un año de luto y anunciara su compromiso matrimonial. Con una plebeya. Con una empleada del museo.

De momento, los artículos a los que Brian echó una ojeada no hacían referencia al pasado de Camille. Los reporteros estaban muy atareados cuestionándose la posibilidad de que existiera una maldición, puesto que, al aparecer él en escena, otro empleado del museo había sufrido la mordedura de la cobra. Se decía que tanto él como su prometida se habían hecho cargo de la víctima. Los periódicos encomiaban asimismo a Alex Mittleman por su valor al intentar atrapar al reptil, y continuaban diciendo que el joven se debatía entre la vida y la muerte.

Apenas había acabado de leer los periódicos cuando Shelby entró en el solario para decirle que sir Tristan solicitaba que fuera a hablar con él un momento. Brian quedó un poco sorprendido, preguntándose por qué no habría ido él mismo al solario.

Al llegar a la habitación de Tristan, le impresionó el razonamiento, un tanto cómico, de su invitado.

–¡No quiero pasearme por ahí fresco como una lechuga! –le dijo a Brian–. Camille está aquí hoy, ¿no?

–Sí, creo que va a pasar el día atendiendo a Alex.

Tristan asintió.

–Estaba pensando que Ralph y yo podíamos escabullirnos y echar un vistazo por ahí. Volver a esa taberna del East End y tener otra pequeña charla con esa prostituta.

Brian sonrió.

–Agradezco su disposición a ayudarme, sir Tristan, de veras. Pero hoy no puede ser. Tengo unos negocios que atender, y preferiría que se quedara aquí. Volveremos a hablar de este asunto la semana que viene, si le parece.

Tristan frunció el ceño y asintió.

–Yo sé lo que me hago, ¿sabe, lord Stirling? El otro día me pillaron desprevenido, pero soy un viejo soldado. Sé cuidar de mí mismo.

–No lo dudo –le aseguró Brian–. Pero me será de más ayuda si hoy se queda vigilando el castillo.

Baile de máscaras

—Usted tampoco se fía de ella, ¿eh?
—¿De quién? ¿De Camille?

Tristan agitó una mano en el aire con impaciencia.

—¡De Camille no, hombre! ¡De la señora Prior!
—¿Qué?
—La señora Prior —repitió Tristan—. Anoche andaba rondando por los pasillos.

Brian suspiró.

—Tristan, la señora Prior es mi ama de llaves. Tiene derecho a rondar por los pasillos.
—¿En plena noche?
—¿Qué estaba haciendo usted rondando por los pasillos?
—Oí ruidos —le dijo Tristan—. Y era ella. Andaba de puntillas por el pasillo que lleva a la habitación de ese joven, Alex.
—Seguramente quería ver qué tal estaba —dijo Brian.
—Eso dijo ella. Pero ¿de veras quería interesarse por su estado? ¿O acaso intentaba rematar lo que la víbora dejó a medias?
—Tristan, Evelyn era la mejor amiga de mi madre. Tengo plena confianza en ella.

Tristan soltó un bufido.

—Lo tiene engatusado, ¿eh? —masculló—. Es una mujer muy atractiva, desde luego, y entiendo perfectamente que está usted muy solo... y que una mujer puede manejar a un hombre a su antojo.

Brian no sabía si echarse a reír o montar en cólera.

—Entre la señora Prior y yo no hay nada, Tristan, salvo amistad.

—Puede que sea una bruja —dijo Tristan juiciosamente.

—Yo no creo en la brujería.

—Pues quizá debería creer, joven. Quizá debería creer.

—¿Y eso lo dice un viejo soldado?

Tristan se azoró.

—Le ruego que me disculpe. Usted es el conde de Carlyle, milord. Pero no le haría ningún bien a nadie si no dijera lo que pienso.

—Tendré en cuenta su advertencia. En fin, en todo caso, razón de más para que se quede hoy aquí, sir Tristan.

—Puede que tenga razón —masculló Tristan—. ¿Ha visto a mi Camille esta mañana?

Brian titubeó. ¿La había visto? Sí, dulcemente dormida, con su hermoso pelo esparcido sobre la almohada. Estaba arrebatadora cuando dormía.

—No he hablado con ella. Y me marcho enseguida. Así que dejo el cuidado de la casa en sus manos, Tristan. Shelby va a llevarme a Londres, pero Corwin se queda aquí, por si necesitara usted ayuda.

Sir Tristan se tomó aquello muy a pecho.

—También tengo a Ralph, mi criado.

Aquello parecía significar que podía ocuparse de cualquier contingencia.

—Le escuchamos, lord Wimbly.

Lord Wimbly carraspeó. La reina Victoria decía que estaba escuchando, y era cierto. Pero no lo miraba; parecía tener la vista fija en la correspondencia que había sobre su mesa.

Baile de máscaras

En otro tiempo, Victoria había sido joven y bonita. Y cuando Albert, su marido, vivía, había sido ávida y apasionada en muchos sentidos. Ahora, aunque Albert llevaba décadas muerto, ella seguía vistiendo de luto y se empeñaba en vivir como si la castidad y la pureza pudieran franquearle las puertas del cielo.

–No es necesario cerrar el departamento por una temporada, Majestad. Hoy está cerrado, desde luego. Pero el joven ha sobrevivido al ataque, y... ¡cielo santo, Victoria! –exclamó, recordando tiempos pasados, cuando ambos eran jóvenes, antes de que ella se convirtiera en reina de Inglaterra.

Ella levantó la vista y enarcó una ceja de manera tan imperiosa que lord Wimbly comprendió de inmediato que había cometido un grave error.

–No permitiremos que se diga que nuestros museos están malditos –le dijo la reina.

–¡Discúlpeme! –le rogó él, y añadió–: Tal vez debiera sugerirle al conde de Carlyle que vuelva a alejarse del museo. Me alegró mucho que volviera a mostrar interés por nuestro tesoro nacional, pero... ¡puede que esté maldito!

–El conde de Carlyle ha sufrido mucho –dijo la reina–, y él y sus difuntos padres me han prestado un gran servicio –apretó los dientes un momento–. Ni uno solo de mis primeros ministros ha recibido nunca una negativa de los Stirling, tanto en sus contribuciones financieras como militares –lo traspasó con la mirada, pero al instante sus ojos volvieron a fijarse en los papeles que tenía ante ella. Por un instante pareció perder la concentración.

–Majestad, ya me he encargado de que cambien

la exposición, y la serpiente ha sido trasladada al parque zoológico.

—¡Esa cobra no debía estar en el museo! —le espetó ella, enojada.

—Majestad, le repito que la serpiente ya no está en el museo —balbució lord Wimbly.

Necesitaba desesperadamente que el departamento de Egiptología siguiera abierto. Con sus deudas de juego...

Intentó un viejo truco y, acercándose a la mesa, hincó en el suelo una rodilla. Victoria, pese a su provecta edad, seguía siendo susceptible a los halagos.

—¡Majestad, se lo suplico! ¡No permita que los tesoros sobre los que se funda nuestro Imperio queden ocultos! ¡Tanto saber, tanta industria e invención! ¡Tanta historia! Por favor, confíe en mí.

Ella seguía con los labios fruncidos.

—Está bien, permitiremos que el departamento abra el lunes —dijo al fin—. Pero confiamos en que se responsabilice usted personalmente de todo.

Él bajó la cabeza.

—Gracias, Majestad —dijo.

—Ahora estoy muy cansada —le dijo ella.

—Sí, claro, discúlpeme. He venido a abusar de su tiempo un sábado por la mañana.

Ella volvió a concentrarse en sus papeles. Lord Wimbly salió precipitadamente. ¡El departamento de Egiptología seguiría abierto! Y, además, la reina en persona le había ordenado que siguiera al frente de él.

En la taberna de McNally, Brian pidió ginebra y eligió una de las mesas sucias que daban a la calle.

Baile de máscaras

Estuvo observando un rato el local y al fin vio a la prostituta con la que Tristan había hablado aquella otra vez. Estaba bromeando con el camarero y se dejaba manosear y llevar de acá para allá, pero a Brian no le pareció que negociara ningún revolcón apresurado en algún callejón oscuro.

Al cabo de un rato, la mujer lo vio sentado a la mesa y se percató de que la estaba observando. Se acercó y se sentó frente a él, apoyando el cuerpo sobre los brazos, de modo que sus pechos prácticamente rebosaron sobre la mesa.

–¡Vaya, vaya! ¿Qué hace un carcamal como tú por aquí? Mirar es gratis, siempre y cuando haya ginebra. ¿Crees que podrías invitarme a otro trago? –su pie se deslizó por la pierna de Brian.

Él fijó la vista en su vaso.

–No busco compañía –dijo.

Ella entrecerró los ojos, lo miró con fijeza y se recostó en la silla.

–Pues no parece que te estés cayendo a pedazos, viejo. Claro que, si me dejaras hacer, soy famosa por habérsela levantado a más de uno por pura habilidad.

Ella siguió observándolo para ver cómo reaccionaba.

–Yo también necesito dinero –le dijo él.

–¿Y sabes cómo conseguirlo? –el acento de la mujer desapareció de nuevo.

–Tengo cosas que vender.

–Ya hay bastante basura por aquí.

–Cosas buenas.

Ella lo miró de hito en hito. Brian iba cubierto de andrajos, y se había frotado con tierra la barba postiza.

—No tengo tiempo para ti, viejo –dijo ella–. Perdona. Así son las cosas –hizo amago de levantarse.

—Trabajo en el museo –le dijo él.

Ella volvió a sentarse y entrecerró los ojos de nuevo.

—¿Has robado algo en el museo?

Él se encogió de hombros.

—¿Quién sospecharía de un viejo que apenas puede con el cepillo?

—Podría hacer que te arrestaran, ¿sabes?

Él volvió a encogerse de hombros.

—Pero prefieres ganar algún dinero. Y no creo que los compradores que conoces sean de por aquí.

—¿Qué tienes?

Él se inclinó hacia delante y le bisbiseó algo. Ella se echó hacia atrás, agradando los ojos.

—Quizá... quizá pueda arreglar algo.

—Nada de quizá. Vi a ese pobre diablo muerto el otro día.

—Por aquí hay asesinatos todos los días –replicó ella.

Él sacó la mano de repente y la agarró con fuerza de la muñeca.

—El otro día había aquí otros hombres intentando vender cosas. Tu hombre, y sé que era tu hombre, pensaba robarles, pero alguien lo mató antes de que pudiera acercarse demasiado a esos tipos. No hace falta que digas nada, sé que no vas a contestarme. Pero, cuando arregles un negocio para mí, no quiero que me siga ningún ladronzuelo. Quiero un nombre y un lugar. Estoy dispuesto a pagarte. Pero, si me siguen, te juro que habrá más muertos. Como tú misma has dicho, todos los días hay asesinatos. Deberías andarte con ojo –le soltó la muñeca y ella empezó a frotársela sin apartar la mirada de él–. ¿Trato hecho? –ella asintió. Brian distinguió una mirada de odio en sus ojos y, metiendo la mano en el bolsillo, sacó una moneda de oro que le deslizó en la mano. Luego sonrió–. Estaré vigilando... y esperando –le dijo, y salió de la taberna.

Una vez fuera, dudó un momento. Quería darle tiempo a la prostituta para que mandara a un matón tras él.

Ahora lo único que tenía que hacer era moverse despacio.

Salir de la casa iba a ser más difícil de lo que Camille creía. Shelby se había ido con Brian. El doctor se disponía a marcharse. Y aunque parecía que Alex luchaba con tenacidad contra las toxinas que quedaban aún en su cuerpo, le daba miedo dejarlo solo.

Corwin, que había ocupado el puesto de Shelby junto a la puerta, la había saludado muy cortésmente al entrar en la habitación de Alex. Cuando se disponía a marcharse, Camille se dirigió a él.

–Corwin, ¿ha salido el conde?

–Sí, señorita.

–Necesito que me lleve usted a Londres.

Él frunció el ceño.

–No puedo abandonar mi puesto, señorita. Y no creo que el conde quiera que vaya hoy a la ciudad.

–Corwin, no estoy aquí prisionera, ¿verdad?

–No, desde luego que no.

–Tengo... tengo que ir a confesarme.

–¿Confesarse?

—Soy católica, Corwin —aguardó, preguntándose si Dios la fulminaría por mentir con tanto descaro.

—Ah, católica —murmuró él. Luego dijo, perplejo—: ¡Pero hoy es sábado!

—Sí, Corwin, sé qué día es. Uno se confiesa el sábado para estar preparado para recibir la comunión el domingo. ¿Haría el favor de llevarme a Londres y esperar para volver a traerme?

—No quisiera dejar solo al señor Mittleman.

—No se preocupe. Ralph y Tristan cuidarán de él —Corwin se quedó pensando un momento—. ¡Debo confesarme! —insistió ella, desesperada.

Él asintió.

—Como quiera. Y no se preocupe, que la esperaré.

Camille fue en busca de Tristan, que estaba en su cuarto, jugando al ajedrez con Ralph. Estaba levantado y vestido y tenía muy buen aspecto. Camille le dio un beso en la mejilla y le sopló un posible movimiento. Los ojos de Tristan se agrandaron, llenos de deleite. Movió pieza. Ralph se rascó la cabeza.

—Oye, Camie, eso no es justo. ¡Estaba a punto de ganar!

—¡Oh, Ralph! Tienes razón, no debería haberlo ayudado. Pero es que está convaleciente y no queremos que se sienta un viejo bobo, ¿verdad?

—¿Tu amigo Alex está mejor? —preguntó Tristan.

Ella asintió.

—De eso quería hablarte, Tristan. Yo... quisiera ir a la iglesia.

—¿A la iglesia? Pero si hoy es sábado —respondió Tristan.

Ella suspiró de nuevo.

—Lo sé, pero... tengo cita para hablar, ya sabes.

Baile de máscaras

—Puedes hablar conmigo.
—¡Quiere hablar con alguien un poco más decente que nosotros! —dijo Ralph.
—Creo que es importante para la salud de mi alma.
—Yo diría que tu alma está sana como una manzana —le dijo Ralph.
Ella sonrió.
—Me temo que esté algo atormentada. Y vosotros tenéis en parte la culpa —respondió ella sin aspereza—. Le he pedido a Corwin que me lleve a Londres, pero me da miedo dejar solo a Alex. Quiero decir que... —titubeó—. No quiero que se quede solo ni un solo minuto.
Tristan la miró muy serio.
—Nosotros nos encargaremos de vigilarlo —le dijo con expresión grave.
Ralph asintió, también muy serio. Ella les dio las gracias a ambos.
Ahora, lo único que tenía que hacer era escabullirse sin que Evelyn Prior la viera.

Brian comprendió que alguien lo seguía tan pronto como echó a andar calle abajo, pese al bullicio que había a su alrededor, pues era sábado y había mercado.
Procuró confundirse entre la gente, deteniéndose de vez en cuando a mirar los puestos de verduras. Cada vez que se paraba, sentía a aquel hombre detrás de él.
Siguió su camino por las calles y atravesó luego una hilera de callejones, esquivando aquí y allá a algún borracho. Al fin encontró lo que andaba bus-

cando: una plazoleta frondosa, cubierta de basuras y botellas de ginebra y rodeada de casas de ventanas cegadas con tablones.

Y, cuando entró en ella, aquel individuo entró tras él.

—Tengo un gran peso sobre mi conciencia —le dijo Camille a Corwin—. Tardaré una hora más o menos.

—Como quiera, señorita Camille. Aquí estaré —le prometió Corwin al dejarla a la entrada de la iglesia de Saint Mary.

Camille subió rápidamente por la vereda que daba a los portones de la iglesia. Una vez dentro, sintió sobre ella el peso de su mentira. No era católica, pero aun así se persignó ante el altar mayor. Luego atravesó a toda prisa el claustro.

En la calle de atrás encontró un coche de alquiler. Cuando llegó al museo, había una multitud congregada en la calle, sin duda atraída por el escándalo de la noche anterior. Camille escuchó fragmentos de conversaciones mientras cruzaba entre la gente; luego atravesó la zona donde la noche anterior habían estado colocadas las mesas elegantemente adornadas.

Todo estaba como siempre, como si la fiesta nunca hubiera tenido lugar. Salvo porque la urna de la cobra había desaparecido.

Subió corriendo las escaleras y entró en las oficinas. Sir John no estaba allí, pero su levita colgaba del respaldo de su silla. Camille volvió a bajar las escaleras a toda prisa. Para su sorpresa, la puerta del almacén estaba abierta. Entró.

—¿Sir John?

No hubo respuesta. Camille siguió avanzando, convencida de que tenía que estar allí, en alguna parte.

—¡Sir John!

Nadie respondió. Comenzó a deambular entre los grandes pasillos de cajas, dirigiéndose hacia el fondo, donde se hallaban los grandes embalajes que contenían los sarcófagos encontrados en la última expedición. La mayoría estaban ahora abiertos.

Se oyó un suave silbido. Una de las bombillas estalló, y la luz se apagó de pronto.

—¿Sir John?

—Camille... —aquella voz otra vez, llamándola. Luego algo empezó a levantarse desde el interior de una de las cajas—. Camille...

El polvo acumulado durante miles de años formó una repentina neblina. La momia comenzó a levantarse del sarcófago; luego se puso en pie, tambaleándose, y se dirigió hacia ella...

Estaba tan oscuro... El corazón de Camille comenzó a atronar mientras retrocedía, diciéndose que aquello era imposible. Entonces sonó de nuevo aquel espantoso y áspero susurro.

—Camille...

En cuanto sintió a aquel individuo a su espalda, Brian se giró bruscamente y lo agarró del cuello.

—¡Espere! ¡Pare, por el amor de Dios!

Brian siguió apretando, sintiendo que los dedos del otro tiraban de su mano con desesperación. Enseguida se percató de que aquel hombre no iba sucio; sus ropas, pese a ser pobres, no eran harapientas. No parecía un parroquiano de la taberna.

—¡Cállese! —le ordenó.

—No pretendía hacerle daño —dijo el otro, atragantándose.

—¿Por qué me estaba siguiendo? —el otro titubeó—. ¿Quiere que llame a la policía?

—¿Qué?

—¡Vamos a la policía! ¡Enseguida!

El otro dejó escapar un largo soplido.

—Yo soy policía.

Brian se quedó de una pieza.

—¿Qué?

—Soy el detective Clancy, de Scotland Yard —se apresuró a decir el otro.

No muy convencido, Brian aflojó la mano. El otro retrocedió tambaleándose mientras se frotaba la garganta.

—Pero estaba usted en la taberna —dijo Brian.

—Igual que usted —respondió el otro, y añadió con nerviosismo—. Y está arrestado.

—¿Por...?

—¡Por robo... y asesinato!

Camille miraba la aparición, llena de pánico. Retrocedió, dispuesta a dar media vuelta y huir. Y luego, de repente, sintió que la furia se sobreponía al horror. Las momias no resucitaban. Pero alguien dispuesto a llegar al extremo de hacerse pasar por una momia muy bien podía ser un asesino, aunque, envuelto de aquella manera, no podía ser muy peligroso. Aquella era su oportunidad.

Baile de máscaras

Camille dio media vuelta y fingió huir aterrorizada. Pero, mientras aquella criatura la seguía dando trompicones, fue buscando un arma. Pasó junto a la caja en la que había hurgado el día que bajó al almacén ella sola. Sabía, naturalmente, que la momia tenía el brazo separado del cuerpo. Metió la mano en la caja, se quedó inmóvil y luego se giró con todas sus fuerzas, golpeando a aquel espantajo en las costillas.

–¡Maldita sea! –gritó una voz, dolorida. La momia se dobló por la cintura.

Camille le dio otro golpe en la cabeza para asegurarse. La criatura cayó al suelo, agarrándose la cabeza con las manos vendadas. El brazo momificado también se había llevado lo suyo: estaba hecho pedazos.

–¡Cielo santo! –masculló el ser que seguía en el suelo.

–¿Quién demonios es usted? –preguntó Camille, enfurecida, ya sin ningún miedo.

–Soy yo, Camille. Solo quería darte un susto.

–¡Hunter! –exclamó ella.

–Sí, soy yo.

–¡Serás idiota! Podría haberte matado.

Él la miró con sorna en la penumbra.

–Con el brazo de una momia, no creo. Aunque admito que me has dado una buena tunda.

–¿Se puede saber qué pretendías, Hunter? –preguntó ella.

–¡Ya te lo he dicho! ¡Quería darte un susto!

–¿Por qué?

–Para que te alejaras de Brian Stirling y de la dichosa maldición que ha hecho caer sobre todos nosotros. Ayúdame a quitarme esto, ¿quieres? Y, por favor, te lo ruego, no vayas contando por ahí que me has dado una paliza.

—¡Hunter, esto es muy serio!

—Sí, lo es. Estás viviendo con ese hombre. Y vas a casarte con él.

—Levántate, Hunter. Vamos a quitarte el resto de los vendajes.

—Sí, y creo que deberíamos darnos prisa, antes de que aparezca sir John.

—¿Dónde está? Su levita está en la oficina.

Mientras acababa de quitarle los vendajes, Camille se sorprendió de que hubiera sido capaz de engañarla ni por un segundo.

—Lo vi hace un rato, pero luego no he vuelto a verlo —dijo Hunter.

—Eres un idiota —le dijo ella con franqueza—. ¿Y cómo sabías que iba a venir hoy?

—Estaba seguro de que vendrías, después de lo de anoche.

—Eso es una suposición ridícula. Después de lo de anoche, no debería haber pisado aquí.

Él se puso serio de repente.

—¿Qué tal está el bueno de Alex?

—El médico dice que se pondrá bien. Es un milagro.

—Mmm —Hunter enrolló las vendas y las dejó en una de las cajas—. ¿Qué tal tengo el pelo? ¿Muy sucio?

—Tienes buen aspecto, para ser una momia —le dijo ella—. Hunter, esto ha sido una crueldad. ¿Se puede saber qué esperabas conseguir?

Él suspiró.

—Camille, no sabes lo preocupado que estoy. Quizá

no pueda convencerte de que hay una maldición, pero en el castillo de Carlyle pasa algo muy raro. Mientras Brian Stirling se mantuvo alejado del museo, todo fue bien. Y luego aparece de repente y a Alex le pica un áspid y a lord Wimbly lo manda llamar la reina...

–¡Oh, no!

–¡Oh, sí! Y, además, parece que sir John está perdiendo la cabeza. No hace caso a nadie, nunca está en su mesa... Camille, por favor, te juro que estoy aterrorizado por ti.

Hunter parecía tan sincero que resultaba conmovedor. Pero Camille seguía indignada.

–Por tu culpa podría haberme dado un ataque al corazón, ¿sabes?

–¡Qué va! –repuso él–. Enseguida te has dado cuenta de que una momia no podía levantarse.

–Será mejor que nos vayamos –dijo Camille. Luego lo miró con asombro–. ¿Cómo demonios conseguiste romper la bombilla? –preguntó.

–Yo no la he roto –reconoció él con una sonrisa remolona–. Ha sido cuestión de suerte.

Ella suspiró, sacudiendo la cabeza.

–Hunter, si alguna vez vuelves a...

–Camille, por favor, dime al menos que tendrás en cuenta lo que te he dicho –le suplicó él. Ella suspiró, bajando la mirada. Hunter se acercó y la agarró de la barbilla–. Vaya, así que estás realmente enamorada de ese granuja, ¿eh?

–Hunter... –empezó a decir ella, y se quedó paralizada al oír un gemido en la oscuridad.

Capítulo 16

Brian se hallaba en uno de los escasos despachos privados de la comandancia de la policía metropolitana de Londres, en compañía del detective Clancy y del sargento Garth Vickford.

Aunque no se había quitado la peluca y la barba postiza, se había identificado de inmediato en la plazoleta. Al principio, a Clancy le había costado trabajo creerle y hacerse cargo de la situación. Pero, como Brian era quien tenía la sartén por el mango, se había visto forzado a escucharlo.

Brian se había mostrado reacio a proseguir su conversación en plena calle, pues no estaba seguro de que no lo hubiera seguido alguien más desde la taberna. Por eso había insistido en que siguieran hablando en comisaría.

–Sabemos que el tipo al que mataron en la calle

el otro día era quien se ocupaba de negociar las ventas de piezas arqueológicas en el mercado negro –le explicó a Brian el detective Clancy–. Su nombre era William Green, o al menos eso creemos. Esa mujer de la taberna de McNally cambió al parecer de oficio en la época de Jack el Destripador, aunque supongo que sigue yéndose con algún tipo de cuando en cuando. Finge ser puta, y actúa como intermediaria para toda clase de delincuentes. Sabíamos que ese lugar existía, aunque ignorábamos dónde tenían lugar gran parte de las transacciones ilegales de objetos egipcios hasta que el otro día mataron a Green y algunos transeúntes mencionaron que acababa de salir de McNally.

–El mercado negro de antigüedades ha existido siempre –dijo Brian–. ¿Por qué ese repentino interés de su departamento?

Clancy se azoró, mirando a Vickford.

–Bueno, verá, la cosa viene de arriba –carraspeó–. Al parecer, la reina descubrió hace poco que cierto número de tesoros destinados a Gran Bretaña estaban acabando en Francia. Y no hay nada que le moleste más que el hecho de que los franceses nos tomen la delantera en algo, ¿sabe usted? Hemos echado el guante a algunos traficantes de poca monta, pero hay cierto caballero francés que goza de inmunidad diplomática. Se llama Lacroisse, Henri Lacroisse. Suele frecuentar la corte, y viaja a menudo a su país. Creemos que está intentando comprar un objeto muy concreto que alguien le ha prometido. Dos testigos que presenciaron la muerte de Green han reconocido que le habían visto otras veces por la calle en compañía de Lacroisse.

–Si sospechan que ese tal Lacroisse está implicado en un asesinato, ¿por qué no lo detienen? –preguntó Brian.

–Es un diplomático francés –intervino Vickford, sacudiendo la cabeza–. La cosa no es fácil –frunció el ceño–. Y de todos modos no creemos que fuera él quien mató a Green. En ese momento estaba en una fiesta, o al menos hay cierto número de testigos dispuestos a jurarlo. Sin embargo, estamos vigilando discretamente sus movimientos.

Brian miró a ambos policías.

–Un comprador no mata a su emisario –dijo.

–Desde luego –dijo el detective Clancy con aplomo–. Pero todavía hemos de asegurarnos. Naturalmente, suponemos que la persona que tiene en su poder esa pieza o bien mató al señor Green o bien lo hizo matar, Dios sabrá por qué. Tal vez Green había amenazado con hablar para salvar el pellejo.

–¿Saben la reina o el marqués de Salisbury que sospechan ustedes de Lacroisse?

Clancy pareció incomodarse.

–De momento solo son conjeturas. Y ya conoce usted a Su Majestad. Por más que gobierne una monarquía constitucional, sigue siendo... en fin, una reina. El primer ministro es mucho más pragmático. Sin embargo, a falta de pruebas, tiene las manos atadas. La reina no permitiría que acusáramos a Lacroisse sin evidencias. Pero Lacroisse no podría estar comprando tesoros si alguien no se los estuviera vendiendo. Me temo que, cuando lo vi salir de la taberna, pensé que por fin había atrapado al culpable, o al menos a uno de los implicados. Y ahora me temo que hemos vuelto al punto de partida.

–Puede que no –dijo Brian, pensativo.

—¿Por qué dice eso? —preguntó Clancy.

Brian se levantó.

—Puede, detective Clancy, que el protocolo diplomático les impida a ustedes interrogar a ese tal *monsieur* Lacroisse. Pero a mí nada me impide invitarlo a cenar junto con los conservadores y los fideicomisarios del museo.

Camille dio media vuelta y siguió aquel gemido.

—¡Camille! ¡Espera! ¡Podrían herirte! —dijo Hunter tras ella, y la siguió apresuradamente.

A ella no le preocupaba que la hirieran. Aquellos gemidos procedían de alguien que sufría.

Se agachó junto a una hilera de cajas; luego dio la vuelta y regresó sobre sus pasos, siguiendo la fila de la derecha. Vio el cuerpo en el suelo, junto a las cajas, antes de reconocerlo. Era sir John.

—¡Dios mío! —gritó, cayendo de rodillas a su lado. Sir John luchaba por incorporarse. Camille lo sujetó por los hombros—. Sir John... —él parpadeó y logró mantener el equilibrio—. ¿Qué ha pasado? ¿Está herido? —preguntó ella mientras lo miraba con ansiedad.

Sir John negó con la cabeza, tragó saliva y, frunciendo el ceño, cerró los ojos.

—Ayúdeme a levantarme —dijo.

Hunter ya estaba a su lado.

—Espere, sir John, sujétese de mi brazo.

—Tal vez no debería levantarse tan rápido. Tómeselo con calma —dijo Camille.

—¿Cuánto tiempo he estado inconsciente? —preguntó él.

—Tiene que hacer un buen rato —dijo Hunter.

—Sir John, ¿qué le ha pasado? —preguntó de nuevo Camille con firmeza—. ¿Le ha atacado alguien? —insistió mientras tomaba al anciano del otro brazo y ayudaba a Hunter a conducirlo hacia la puerta.

—Yo... —sir John se interrumpió—. No lo sé. Estaba aquí, echando un vistazo. Tiene que existir, ¿sabes?

—¿Qué tiene que existir? —inquirió Hunter.

—¿Qué va a ser? La cobra, claro —respondió sir John, como si le sorprendiera que Hunter no le entendiera.

—Sir John, creo que deberíamos llamar a la policía —dijo ella.

—¿Qué cobra? —preguntó Hunter.

—¡La policía! —exclamó sir John, alarmado—. ¡No, no, ni hablar! —negó enfáticamente con la cabeza y, desasiéndose de ellos, retrocedió—. No. Ha sido la tapa del cajón. No me ha atacado nadie. Ha sido un estúpido descuido. El hombre de la limpieza estaba por aquí, y yo estaba enojado. Me temo que me puse grosero con el pobre viejo. Ha sido una de esas tapas que tienen bisagras. La alcé, pero no la sujeté bien. ¡Y se me cayó en la cabeza!

Camille no le creía. Y de pronto empezó a sospechar del hombre de la limpieza. Desde que aquel viejo había sido contratado, se pasaba el día merodeando por ahí, en lugar de barrer y limpiar.

—¿Arboc estaba aquí? —preguntó.

—Sí. Después de lo de anoche, puede usted imaginar el desorden que había.

—Sir John, puede que fuera él quien le golpeó —dijo Camille.

—Camille, ya le he dicho lo que ha pasado.

—¿Qué cobra? —repitió Hunter.

Baile de máscaras

Camille suspiró y meneó la cabeza.

–En el bajorrelieve que estoy transcribiendo se menciona una cobra de oro y piedras preciosas. Y no hay ninguna pieza así en los catálogos, ni en las listas.

–¡Pues yo creo que existe! –afirmó sir John–. Y hay que encontrarla. Debo encontrarla antes... antes de que desaparezca.

–Sir John, puede que el lunes debamos avisar a la policía y reunir a todo el personal para revisar todo el almacén.

Él la miró un momento, a pesar de que no le estaba prestando atención.

–Hay que encontrarla –se tocó la frente y cerró los ojos. Parecía estar a punto de desmayarse.

Camille le tocó la nuca. Luego exclamó:

–¡Sir John, tiene un enorme golpe en la cabeza! Hay que avisar a un médico...

–¡No! Es solo un chichón. No quiero ningún médico. No quiero que haya otro escándalo en el museo. ¡Y no quiero que vuelva a hablarse de maldiciones! –exclamó.

–Entonces, debe irse a casa –le dijo Camille con firmeza.

–Sí, debe irse a casa –repitió Hunter.

Sir John miró a uno y a otro y luego suspiró, cansado.

–Está bien, está bien. Me iré a casa enseguida –logró reunir fuerzas para echar a andar delante de ellos–. Le diré a uno de los guardias que baje a vigilar el almacén. Hay demasiadas llaves rodando por ahí. Demasiadas llaves –se detuvo en la puerta y se volvió hacia ellos, mirándolos con repentino recelo–. ¿Vienen?

—Sí, sí, claro —murmuró Camille. Luego miró el relojito que llevaba prendido al pecho e hizo una mueca. ¡Cielo santo, debía de haberse confesado de cientos de pecados!—. Hunter... tengo que irme —dijo—. Por favor, encárgate de meter a sir John en un coche. Debe irse a casa.

—Yo le acompañaré —le prometió él.

Camille le deseó a sir John un domingo apacible, lo dejó en compañía de Hunter y salió apresuradamente del edificio, buscando con ansia un coche de alquiler.

Sir John estaba tan vapuleado que no lograba pensar con claridad. Hunter estaba allí, con él. Se hallaban en una de las salas de exposición, aunque no alcanzaba a comprender cuál era. Tenía que quedarse para acabar lo que había empezado. No, no... tenía que volver a casa y librarse de aquel dolor de cabeza.

—Vamos, sir John, tengo que sacarlo de aquí —dijo Hunter—. Se lo he prometido a Camille.

—Sí... y ahora ella será condesa, ¿verdad? —murmuró sir John.

—¿Usted se lo cree? Yo no —dijo Hunter con aspereza—. Lord Stirling la está utilizando. Solo busca vengarse. De nosotros.

—No... no... —musitó sir John.

—Camille se dará cuenta muy pronto. Y no pienso consentir que él siga utilizándola... contra nosotros.

—¿Qué piensa hacer? —preguntó sir John, preocupado.

—Denunciarlo públicamente.

Baile de máscaras

—Nos arruinará usted a todos.

—Oh, vamos, vamos, sir John. ¡Lord Stirling no es el único hombre rico de Inglaterra! Y está mal de la cabeza, por más que finja. Vamos, tengo que sacarlo de aquí.

A pesar del dolor, sir John sacudió la cabeza.

—Necesito un poco de tiempo.

—Sir John, le prometí a Camille que lo llevaría a casa.

—Entonces, espéreme aquí. Antes tengo que hacer una cosa.

—Voy con usted.

—¡No! —dijo sir John con firmeza, y miró a Hunter con recelo—. ¡Espéreme aquí! —le ordenó, y se dirigió aprisa a las escaleras, procurando no tambalearse.

Camille regresó a la iglesia, atravesó los claustros a todo correr, estuvo a punto de atropellar a un cura y se detuvo un segundo para ofrecerle una torpe disculpa. Al salir a la calle, le dio un vuelco el corazón. No veía a Corwin entre la gente.

—¡Señorita Camille! —la llamó él, y, volviéndose, Camille se dirigió aliviada hacia el carruaje.

Corwin la ayudó a montar, pero no dijo nada sobre su tardanza.

El trayecto de regreso al castillo se le hizo eterno y en efecto lo fue debido al tráfico que atascaba las calles. Camille se preguntaba qué asunto habría hecho salir a Brian esa mañana, y rezaba por llegar al castillo antes que él.

Casi había oscurecido cuando alcanzaron la verja exterior. Al atravesarla, Camille oyó el aullido de los lobos en el bosque, anunciando la llegada de la noche.

Al llegar a la entrada del castillo, Camille le dio las gracias a Corwin y se apresuró a entrar. Se dirigió inmediatamente a la habitación de Alex y vio con alivio que Tristan y Ralph estaban allí, jugando al ajedrez.

–¿Qué tal está? –preguntó, ansiosa.

–Se despierta de vez en cuando. Ha tomado un sorbito de té y un poco de sopa. Creo que está mejor –dijo Tristan.

–La sopa la trajo ella –añadió Ralph.

–Pero la olimos bien y hasta la probamos –dijo Tristan–. Y aún no nos hemos muerto.

Camille frunció el ceño. Se estaban tomando muy a pecho su misión. Tal vez Evelyn Prior sospechara algo, pero no iba a arriesgarse a envenenar a Alex en casa del conde.

–Voy a quedarme con él, si tenéis... en fin, algo que hacer –dijo. No había gran cosa que pudieran hacer. Ahora que Tristan estaba bien, podían marcharse del castillo, de no ser por el hecho de que Alex estaba allí.

Mientras Ralph y Tristan la miraban con fijeza, se sorprendió preguntándose qué haría de no ser por Alex. Saltaba a la vista que Tristan se había recuperado y que podían volver a casa. Pero... ¿acaso quería ella volver a casa?

–Podríamos dar un paseíto –le dijo Tristan a Ralph.

–Estaría bien –convino Ralph–. Si no fuera por los lobos.

–Bueno, los lobos no están a este lado del puente. Pasearemos por el patio. Veamos si la vieja Dama de Hierro intenta detenernos.

Baile de máscaras

—¡Que se atreva! —exclamó Ralph.

Ambos se marcharon, pero Camille tuvo la impresión de que, si veían asomar a Evelyn Prior, volverían corriendo.

Se sentó en la cama, junto a Alex, y notó que tenía mejor color y que su pulso era firme. Mientras le sostenía la muñeca, él abrió los ojos y esbozó una débil sonrisa.

—Camille...

—Estoy aquí. ¿Cómo te encuentras?

—Mejor —dijo él. Luego titubeó e intentó sentarse.

Camille lo agarró de los hombros y lo obligó a recostarse.

—Te ha mordido una cobra, Alex. Debes tener paciencia.

Él sacudió la cabeza.

—Tenemos... tenemos que irnos, Camille. Todos. Yo... no puedo quedarme. No puedo estar aquí.

—Alex, tienes que recuperarte.

Él negó con la cabeza.

—Intentará matarme otra vez.

—¿Quién?

—El conde de Carlyle.

Su voz sonaba tan áspera y rasposa que Camille sintió un escalofrío.

—Alex, Brian no intentó matarte. Te mordió una cobra.

—Él... la dejó suelta.

—Alex, yo fui al museo con Brian. Llegamos al mismo tiempo.

—Él estuvo allí. Sé que estuvo allí —su voz era débil; luego, de pronto, le agarró la mano con fuerza—. ¿Es que no lo ves, Camille? Nos culpa a todos por la muerte de sus padres. A todos los que estuvimos allí. Y quiere que nosotros muramos también, uno a uno, sin dejar pistas, sin que nadie pueda demostrarlo... como sus padres.

—¡Eso es una locura! Alex, escúchame. ¡Brian no estuvo en el museo!

—Sí que estuvo. Lo sé. Y pretende encontrar un modo de matarnos a todos. Tenemos que irnos de aquí, Camille.

Ella suspiró.

—No podemos irnos, Alex. Todavía estás muy débil, y fui yo quien insistió en que te trajéramos aquí.

—Él nunca se casará contigo, ¿sabes? —dijo él.

«¡Ya lo sé!», gritó una voz dentro de ella.

—Tiene mucho encanto, siempre lo ha tenido —prosiguió Alex—. La gente siempre le creía y confiaba en él. Te está volviendo loca, Camille. Tienes que abrir los ojos y darte cuenta.

—¡Alex, por favor...! —Camille se interrumpió al oír que llamaban a la puerta y fue a abrir.

Era Evelyn Prior.

—Vaya, querida, ya has vuelto.

—Sí.

—Y te estás ocupando de Alex.

—Sí, y pienso quedarme con él toda la noche, señora Prior.

—Desde luego. Yo puedo cuidar de él mañana, cuando vayas a misa.

—¿A misa?

—Querida niña, sé que estarás ansiosa por ir a misa. Todas esas horas de confesión... No sabía que fueras tan religiosa. El conde, naturalmente, es anglicano. Nuestras creencias son algo distintas a las vuestras.

Baile de máscaras

—Con todas las horas que he pasado hoy en la iglesia, señora Prior, creo que Dios me perdonará si no asisto mañana a misa. Alex es mi amigo. Pienso quedarme a cuidar de él.

—Podrías encomendarle esa tarea a Tristan.

—Es responsabilidad mía —respondió Camille.

—Entiendo. Entonces, ¿ordeno que te traigan aquí la cena?

—Eso sería muy amable de su parte —dijo Camille, y titubeó—. ¿Aún no ha vuelto lord Stirling?

—Yo no lo he visto.

—Bueno, gracias.

—Te traerán la cena enseguida —dijo la señora Prior y, lanzándole a Camille una larga y penetrante mirada, dio media vuelta y se fue.

Camille volvió a acercarse a la cama. Alex había vuelto a sumirse en un sueño espasmódico. Camille acercó uno de los pesados sillones de orejas y se recostó en él. A pesar de las descabelladas ideas que desfilaban por su cabeza, solo tardó unos minutos en quedarse dormida.

Sir John estaba esperando que llamaran a su puerta. Se rascó el bulto que tenía en la nuca, vaciló y agarró la pequeña pistola que tenía delante de sí, sobre su mesa de dibujo.

Llamaron a la puerta otra vez. Con vehemencia.

Sir John metió la pistola en el cajón, donde pudiera echar mano de ella fácilmente.

—Pase —dijo—, la puerta está abierta.

Su visitante entró. La puerta se cerró. Unos minutos después, el sonido sofocado de un arma de fuego podría haberse oído en la calle... si alguien hubiera prestado atención.

Shelby meneó la cabeza mirando a Brian Stirling y se preguntó si su amo estaría perdiendo el juicio.
—Es imposible.
—¿Imposible? Nada es imposible —dijo Brian.
—¡Menudo día! No sabía si aparecer o no cuando el tipo de la plazoleta resultó ser un oficial de policía —dijo Shelby—. ¡Pero lord Stirling...! Tiene usted una auténtica pista, una oportunidad de descubrir qué está pasando. ¿No puede descansar esta noche? ¿Debemos empezar ahora mismo?
—Shelby, cada noche que pasa, el culpable se acerca más y más. El castillo está lleno de puertas y escaleras. Mi padre estaba convencido de que había un túnel, y yo también. Sí, la zona que rodea la muralla es enorme. Pero tiene que haber algún indicio —sonrió y se frotó la barba, que empezaba a picarle un poco—. Esta noche, iremos cada uno por un lado. Tú y Corwin empezaréis por la verja y cada noche avanzaréis un poco, hasta rodear por entero la finca. Yo empezaré por el otro lado. Primero, sin embargo, debemos ir a tus habitaciones. Si no me quito esta barba enseguida, me arrancaré la piel a tiras y me convertiré en un auténtico monstruo —Shelby se quedó mirándolo un momento y luego sacudió la cabeza—. ¿Qué ocurre? —preguntó Brian.
—Ha pasado meses mirando en la cripta —dijo Shelby.
—La verdad —dijo Brian— es que he pasado meses en la oficina, en la antigua cámara de tortura. En la cripta no he entrado aún.

Baile de máscaras

Shelby dejó escapar un suave gruñido.
—¿Y tiene que ser de noche?
—Si queremos atrapar al culpable, no nos queda más remedio, Shelby.

El otro asintió.
—Bueno, entonces, empezaremos cuando usted quiera.

Camille se despertó sobresaltada y miró a Alex. Este seguía durmiendo. Ella se preguntó qué la había despertado. Y entonces se dio cuenta de lo que era.

Se oía un leve ruido, amortiguado por la sillería del vetusto castillo. Una especie de chirrido.

Camille miró de nuevo a Alex, que parecía dormir como un corderito. Le tocó la frente y comprobó que estaba fría. Su pulso era firme.

Se dio cuenta de que la puerta se había abierto el ancho de una rendija y que alguien se había asomado a la habitación. Antes de que pudiera moverse, la puerta volvió a cerrarse. Un gélido escalofrío recorrió sus venas. Se levantó y, acercándose a la puerta, la entreabrió y miró fuera.

Evelyn Prior estaba en el pasillo, dirigiéndose hacia la escalera. Iba vestida con una bata y un camisón blancos y casi parecía flotar sobre el suelo. No llevaba lámpara. Pero, naturalmente, no la necesitaba. Podía moverse por el castillo a oscuras.

Camille deseó ir tras ella. Miró a Alex, que seguía durmiendo. Le daba miedo dejarlo solo. No lograba sacudirse el temor a que, si se ausentaba de su lado, alguien entrara a hurtadillas en la habitación y acabara lo que la cobra había empezado.

Se acercó al sillón y volvió a sentarse. Y, al hacerlo, se descubrió pensando con añoranza en la noche anterior. Anhelaba una caricia de Brian, una noche más en la que pudiera olvidarse de todo salvo de que el conde de Carlyle la abrazara y la hiciera suya en la oscuridad, donde la realidad no hiciera presa sobre el deseo.

Brian estaba probablemente abajo, en la cripta, enfrascado de nuevo en aquella indagación obsesiva. Si Evelyn lo sorprendía... Aquello era una locura. Evelyn llevaba con él toda la vida. Sin duda el ama de llaves no suponía ningún peligro para él. Además, seguramente Brian se había llevado a Ayax.

De pronto, algo en su fuero interno gritó: «¿Dónde ha estado Brian todo el día?». Y, lo que era aún más importante, ¿por qué no había ido a verla, por qué no había acudido en su busca, por qué no la había obligado a cruzar el pasillo con él?

Las puertas de hierro oxidadas produjeron un sonido semejante al lamento de un alma en pena cuando Brian las abrió.

La cripta, que nadie había tocado desde hacía muchos años, estaba extrañamente limpia de polvo. Había sepulcros colocados en fila a lo largo del pasillo principal, y nichos en la pared. Las tumbas estaban colocadas en forma de cruz, de modo que un pasillo secundario cruzaba el primero a la altura de las tres cuartas partes de su longitud. El sepulcro más antiguo databa de 1310, y pertenecía a uno de sus ancestros, el conde Morwyth Stirling, quien andando el tiempo habría de convertirse en el primer conde de Carlyle.

Baile de máscaras

Mientras avanzaba, Brian oyó el chillido de una rata. Se volvió al oír un gemido, y estuvo a punto de echarse a reír. Ayax estaba al otro lado de la verja, gimiendo suavemente, como si quisiera advertirle que no debía aventurarse a entrar allí.

—Son de la familia, chico —le dijo al perro en voz baja.

Luego frunció el ceño, salió de la cripta, regresó al despacho de la antesala y se acercó sigilosamente al pie de la escalera. Allí se quedó muy quieto, esperando.

—¿Hay alguien ahí, chico? —preguntó en voz baja, y Ayax empezó a ladrar. Brian subió rápidamente la escalera, pero quienquiera que hubiera habido allí, se había marchado. ¿Sería Camille, dando otro paseíto nocturno?

Brian subió apresuradamente al segundo piso. Todo estaba en silencio; no había sido lo bastante rápido. Una vez allí, sintió que el corazón le latía con fuerza. Se acercó a la puerta tras la cual yacía Alex Mittleman y la abrió.

Camille estaba en el sillón, junto a la cama, con los ojos cerrados y la cabeza apoyada sobre los brazos, recostada sobre el brazo del sillón. Deseó acercarse a ella. ¿Estaría fingiendo? ¿Había bajado de puntillas la escalera para ver qué hacía él?

—Vigílalos, Ayax —le dijo al perro.

Luego dio media vuelta y regresó a su tarea.

Camille se sobresaltó al oír voces en el solario cuando por fin fue a desayunar, tarde y sintiendo calambres y agujetas por haber dormido en el sillón, pese a haberse dado un largo baño caliente.

Brian estaba sentado a la mesa, leyendo sus diarios, como de costumbre. Evelyn Prior estaba frente a él. Tristan y Ralph estaban sentados a su lado, alabando los bizcochos de Evelyn. Incluso Alex, que parecía débil y macilento, había logrado llegar al solario. Y también tenían otro invitado: lord Wimbly, cuyo plato estaba lleno de tocino y huevos, y que, pese a que parecía hablar por los codos, se las ingeniaba asimismo para disfrutar de su desayuno.

—Señora Prior, es usted una excelente cocinera —estaba diciendo lord Wimbly cuando Camille entró.

—Gracias, lord Wimbly —dijo ella educadamente, y se levantó al ver entrar a Camille—. ¿Café, querida? ¿O prefieres té?

—Café, por favor —contestó Camille.

Brian levantó la mirada bruscamente del periódico. No pareció alegrarse de verla. Pero se levantó y le ofreció una silla.

—Buenos días, Camille.

—¡Mi queridísima niña! —dijo lord Wimbly.

—¡Camille! —Tristan la miró con reproche—. ¡Vas a casarte!

Ella miró a Brian.

—Yo...

—Lord Stirling me ha pedido mi consentimiento, claro está. Pero no me habías dicho que vuestro compromiso se anunció en el baile —le reprochó Tristan.

—Bueno, es que... como Alex estuvo a punto de morir... —dijo ella.

Alex sonrió débilmente.

—¡Pero esto es una cosa... tremenda! —exclamó Tristan con orgullo.

«Y es todo mentira», deseó gritar ella.

Baile de máscaras

—¿Cuándo tendrá lugar la boda? —preguntó lord Wimbly—. Supongo que será un gran acontecimiento. Estas cosas llevan su tiempo. Hay que hacer muchos preparativos —dijo en tono pragmático.

Evelyn le dio a Camille una taza de café.

—En efecto, habrá que tomar en cuenta muchas cosas, puesto que lord Stirling es anglicano y la futura novia católica romana.

—Nosotros no somos católicos —dijo Tristan con el ceño fruncido—. Pertenecemos a la Iglesia de Inglaterra.

—¿Ah, sí? —preguntó Evelyn, lanzándole a Camille una mirada penetrante.

Esta se quedó de una pieza.

—Oficialmente, siempre hemos asistido a la iglesia anglicana —dijo—, pero me temo que yo siempre he sentido debilidad por el rito católico, así que... suelo asistir a misa.

—En fin, nuestra época exige tolerancia. Aun así, vas a casarte con el conde de Carlyle —dijo Evelyn.

—Algunos reyes se han casado con católicas —terció Ralph.

—Y un par de ellos acabaron perdiendo la cabeza —respondió Evelyn dulcemente.

—¡Solo Carlos I fue decapitado! —protestó Tristan.

—Ah, pero mucha sangre real se ha derramado en el patíbulo —repuso Evelyn.

—¡Esto es absurdo! Vivimos en una gran época, bajo una de las monarquías constitucionales más perfectas que han existido nunca —dijo lord Wimbly—. Sinceramente, creo que deberíamos celebrar tu compromiso con nuestra querida Camille en la reunión de esta noche, por muy seria que sea.

—¿Hay una reunión esta noche? —preguntó ella.

—Sí —la mirada de Brian seguía siendo dura como el pedernal. Camille comprendió que se había enterado de su escapada del día anterior y estaba furioso. Pero ¿dónde había estado él todo el día?—. Vamos a celebrar una cena —añadió Brian—. Por suerte, Alex se encuentra bien y podrá asistir. Sir John también vendrá, y lord Wimbly, así como un diplomático francés, *monsieur* Lacroisse, y unos cuantos caballeros de la junta directiva del museo. Naturalmente invitaremos a Aubrey y también a sir Hunter.

Ella lo miró con fijeza, extrañada

—¿Huevos, querida? —preguntó Evelyn.

—No, gracias, esta mañana no tengo mucha hambre.

—Pues hoy va a tener mucho ajetreo. Hay montones de cosas que hacer. Y van a venir los encargados del banquete —dijo Evelyn. Parecía acalorada y contenta, y añadió con cierta indecisión—: Como en los viejos tiempos.

—En fin, será mejor que me vaya —dijo lord Wimbly, que también parecía complacido—. Tengo muchas cosas que hacer antes de volver esta noche. Brian, te confieso que estoy encantado. Estaba profundamente preocupado cuando esta mañana le ordené a mi cochero que me trajera aquí. Tu idea de celebrar una cena íntima para hablar tranquilamente sobre el futuro del museo es brillante, sencillamente brillante.

—Me alegra que la apruebe, lord Wimbly —dijo Brian, levantándose.

—Hasta esta noche —les dijo a todos lord Wimbly, y se marchó.

—Creo que será mejor que me retire a descansar, si quiero estar en forma esta noche —dijo Alex.

Baile de máscaras

—Yo iré a hacerte compañía dentro de un rato —dijo Camille.

—No —dijo Brian en tono cortante—. Tristan y Ralph están celebrando una especie de torneo de ajedrez. No les importa hacerle compañía a Alex y ocuparse de todo lo que necesite. Yo quisiera hablar un momento contigo, querida mía.

Ella asintió dócilmente, aunque el corazón le palpitaba con violencia.

—¡Hay tantas cosas que hacer! —murmuró Evelyn—. Oh, vaya, cuántos huevos han sobrado. En fin, dicen que son muy buenos para el pelo de los perros. Ayax, ven conmigo.

Ayax, que estaba durmiendo a los pies de Brian, se levantó de un salto. «No te vayas», quiso gritarle Camille. Pero no dijo nada. El perro se alejó meneando la cola.

—Camille, querida, si eres tan amable... —dijo Brian.

Ella compuso una sonrisa y salió del solario delante de él, echando a andar por el pasillo. Al llegar a la entrada de los aposentos de Brian, este abrió la puerta y dejó que pasara delante de él. Pero en cuanto Camille estuvo en la habitación, él cerró la puerta y se apoyó contra ella. Sus ojos parecían de hielo bajo la máscara.

—¿Se puede saber dónde estuviste ayer? —preguntó.

—¿Dónde estuviste tú?

—Tenía cosas que hacer. ¿Y tú?

—Yo también tenía cosas que hacer.

—¿Fuiste a confesarte?

—Tengo muchas cosas que confesar —murmuró ella.

—Pues considérame tu confesor. ¿Dónde estuviste?
—Fui al museo —respondió ella.
—¿Qué?
Camille respiró hondo y repitió:
—Fui al museo.
—¿Es que estás loca?
—¡Trabajo allí!
—La noche anterior había allí una cobra suelta. ¿A qué demonios fuiste? Está claro que sabías que era peligroso, dado que mentiste a Corwin. Y él, como es tan confiado, estuvo horas esperándote a la puerta de una iglesia.

—Fui a buscar la cobra —musitó ella—. La cobra de oro, la pieza por la que todo el mundo parece sentir tanto interés.

—No volverás a ir al museo —dijo él, enfurecido.

—¡Iré donde se me antoje! —respondió ella—. ¡No soy tu prisionera! Y tampoco puedes seguir reteniendo a Tristan —prosiguió, aunque le flaqueó la voz.

—¿Tantas ganas tienes de marcharte? —preguntó él.

—¡Yo decido lo que hago! —le recordó ella—. Y no puedes ordenarme que me quede aquí. ¿Dónde estuviste? ¿Por qué siempre desapareces? ¿A qué locura estás jugando ahora?

—No es ninguna locura, Camille. Ya te lo he dicho, este es un juego peligroso. No debí mezclarte en él, pero Dios sabe que no sospechaba el cariz que tomarían los acontecimientos. No esperaba... ¡Maldita sea, Camille! —dio un paso hacia ella y la agarró con fuerza por los hombros como si quisiera zarandearla—. ¡Maldita sea, Camille! ¡Maldita seas!

—¡Maldito seas tú! —gritó ella.

Baile de máscaras

Los dedos de Brian se crisparon. Sacudió la cabeza y apretó los dientes. Luego un juramento escapó de sus labios. De pronto su boca se posó sobre la de ella, agitando un deseo instantáneo en el interior de Camille. Un instinto descarnado, dulce y terrenal, aleteó dentro de su corazón. Camille respondió a sus caricias con ternura y avidez, con ansia explosiva y furiosa, y le devolvió los besos, apoyándose contra él mientras enredaba los dedos en su pelo y deslizaba las manos por sus hombros, tirándole de la camisa... Solo una cosa la hizo apartarse.

–La máscara... –musitó.

Él dudó un instante. Luego se la quitó.

En una maraña de labios y brazos entrelazados, se despojaron de sus ropas frenéticamente. El deseo se sobrepuso a la ira, el ansia les dejó sin aliento y el ardor de su sangre les hizo olvidarse de todo lo demás. Algún tiempo antes, Camille se habría mofado de aquella desesperada entrega. Pero ahora solo ansiaba estar en brazos de Brian, sentir su carne desnuda, conocer el ardor, el calor y la energía que se apoderaban de él cuando la tocaba.

Brian arrojó su ropa al suelo y siguió besándola y acariciándola mientras se acercaban paso a paso a la puerta que separaba el dormitorio del cuarto de estar. Por fin se hallaron ante la cama y Camille cayó sobre ella. Un instante después, sintió el peso de Brian sobre su cuerpo. Allí descubrió su propia osadía, besó la garganta de Brian, su ancho torso y se deleitó en el tacto de su cuerpo. Se restregaba contra él, ardorosa, apretando los senos contra su pecho mientras jugaba con los labios sobre su carne con desesperación y deseo instintivo. El sonido del áspero aliento de Brian, el fuego de sus dedos sobre ella, todo la impulsaba a seguir adelante. Tocó, lamió y provocó, y sintió la explosión de placer de Brian. Luego las manos de Brian la moldearon a voluntad, seduciéndola de nuevo, hasta levantar la firme oleada volcánica que ella codiciaba cada vez más.

Brian la elevaba cada vez más alto, como un mago, lanzando sobre ella el hechizo acuciante del deseo y el gozo.

Cuando la tocaba, cuando estaba dentro de ella, cuando la rodeaba con sus brazos, no había nada más. Solo existía aquella marea ardiente y tempestuosa, y el clímax volátil que la mecía y la zarandeaba, haciendo añicos todo lo demás.

Cobijada entre sus brazos, quedó tendida largo rato, sintiendo su dulce presencia, la música de sus corazones, la respiración mezclada de ambos.

Brian le acariciaba el pelo con suavidad. Sus labios le rozaron la frente. Y luego sus palabras.

—No puedes volver al museo nunca más.
—Debo ir.
—No irás.
—No puedes decirme lo que debo hacer.
—Soy el conde de Carlyle.
—¡Esta no es la Inglaterra feudal! ¡Yo no soy tu súbdita! Yo decido lo que...
—En esto no te saldrás con la tuya.
—¡Maldito seas!
—¡Maldita seas tú!

Y luego Camille se halló de nuevo en sus brazos mientras Brian la besaba con furia y ella respondía a sus besos con enojo.

Largo rato después, él suspiró suavemente.

Baile de máscaras

—Por desgracia, no podemos quedarnos aquí todo el día.

—¡La discusión no ha acabado!

—Tienes razón —dijo él, y se levantó—. Hay muchas cosas que hacer. Muchas —murmuró y, dejándola tumbada en la cama, comenzó a recoger su ropa. Camille comprendió, aunque no lo veía, que había vuelto a ponerse la máscara—. Tienes que estar en la puerta dentro de una hora —dijo él.

—¡Pero si acabas de decir que hay muchas cosas que hacer!

—En efecto. Pero la otra noche anuncié nuestro compromiso. Hoy es domingo. Y dado que sentiste la desesperada necesidad de confesarte y estuviste en una iglesia católica, creo que debemos hacer acto de presencia en la iglesia parroquial. No querrás que la gente cuestione nuestras intenciones, ¿verdad? Todo el mundo espera que vayamos.

—Pero...

Demasiado tarde. Camille oyó abrirse y cerrarse la puerta exterior y sintió luego la voz de Evelyn en el pasillo. Se levantó, enfurecida, y recogió a toda prisa su ropa. Peinarse le costó cierto esfuerzo. Pero al fin salió al pasillo con el corazón martilleándole con fuerza. Pero no había nadie a la vista.

Recorrió apresuradamente el pasillo hasta el cuarto de Alex y asomó la cabeza. Alex estaba en la cama. Tristan y Ralph seguían jugando al ajedrez frente al fuego y bisbiseaban, mirando de vez en cuando hacia atrás para ver si Alex dormía. Camille se disponía a advertirlos de su presencia cuando oyó que Tristan decía:

—No es ninguna locura. Mataron a un hombre en

la calle, y el conde de Carlyle estaba allí, siguiéndonos..., aunque disfrazado de Arboc, claro.

Camille se quedó de piedra.

—Es hora de salir de aquí y de llevarnos a Camille, Tristan. Te lo estoy diciendo.

—¡Pero está prometido con ella!

Ralph miró a Tristan con pesar.

—¿De veras? Él arriesga su vida. Y ahora arriesga también la de Camille.

—Ha estado cuidando de ella en el museo, haciéndose pasar por ese viejo —repuso Tristan.

¡Arboc! A Camille se le heló la sangre. Brian era Arboc, y no se lo había dicho. Había estado en el museo la mañana del día anterior, cuando alguien había herido a sir John en la cabeza.

Brian Stirling era Jim Arboc. Y, según decía Tristan, alguien había muerto estando él cerca.

Camille cerró la puerta y corrió a su habitación. Al llegar, se acercó con nerviosismo a la chimenea y se apoyó contra la repisa, temblando. Alex, con el veneno de la cobra aún corriendo por sus venas, había dicho: «Quiere venganza. Quiere matarnos a todos».

Y aunque su corazón decía lo contrario, Camille tuvo que admitir que el conde de Carlyle siempre parecía ir disfrazado, llevara o no una máscara.

Capítulo 17

La visita a la iglesia fue por fortuna breve y pública. De vuelta en el castillo, Camille pasó el resto de la tarde intentando desesperadamente aclarar sus ideas y sus sentimientos acerca de lo que sabía. Primero: Brian Stirling era Jim Arboc. Y, cuanto más vueltas le daba, más se desasosegaba. «Arboc» era «cobra» al revés. Aquel nombre era un anagrama.

Segundo: Tristan se había mezclado en aquel lío, y no le había dicho nada al respecto.

Tercero: ella había encontrado una alusión a una cobra de oro y piedras preciosas mientras transcribía los jeroglíficos de una estela encontrada en la tumba. Había cajas procedentes de la expedición en dos lugares: el museo y el castillo.

Cuarto: todos habían estado presentes cuando lord y lady Stirling murieron.

SHANNON DRAKE

Pero ¿qué papel desempeñaba ella en todo aquello? Sabía que la estaban utilizando. Brian había intentado aprovecharse de ella sin tapujos desde el principio. En ese sentido no podía acusársele de doblez. Y ella había hecho lo que había querido.

Sin embargo, ¿hasta qué punto confiaba en él? Brian la interrogaba despiadadamente, pero no soltaba prenda. Llevaba una máscara que no necesitaba. Y más de uno consideraba que estaba realmente loco. Bastante resentido sí estaba, eso desde luego.

Camille se puso a dar vueltas por la habitación, cada vez más ansiosa por volver a su trabajo. Hethre había sido una concubina, una amante dotada de poderes mágicos. Su nombre se había usado para amedrentar a los posibles profanadores de tumbas. Camille se detuvo, convencida de pronto de que sabía dónde encontrar la cobra de oro y piedras preciosas.

Estaba impaciente por demostrar su teoría. Pero no podía salir del castillo esa noche. Así que tendría que esperar. De modo que volvió a retomar sus notas.

Si los Stirling habían sido en efecto asesinados, sin duda había sido por la cobra de oro. Y qué mejor modo de matarlos que utilizando cobras.

Seguía dándole vueltas a aquella idea cuando descendió por fin las escaleras.

En el vestíbulo se estaba sirviendo el champán. Camille, que hacía las veces de anfitriona, le dio una copa. Brian, que estaba muy elegante, se acercó enseguida a ella y la condujo a la puerta para recibir a un caballero extranjero.

Brian le pasó el brazo por el hombro. Era un

gesto natural, como si de verdad la quisiera, como si ella fuera efectivamente la mujer con la que pensaba pasar el resto de su vida. Era maravilloso. Y Camille se sentía... un tanto mareada. Estaba enamorada de él, y al mismo tiempo le temía.

–Querida, quiero presentarte a *monsieur* Lacroisse, un enviado de Francia y apasionado estudioso del Antiguo Egipto. *Monsieur*, la señorita Camille Montgomery, mi prometida.

El francés era apuesto, alto y elegante; poseía un rostro de hermosas y finas facciones y llevaba bigote y una pequeña y remilgada perilla. Se inclinó sobre la mano de Camille.

–Es un placer, *mademoiselle*.

Lord Wimbly se acercó a ellos.

–¡Henri! ¡Enhorabuena! Me han dicho que has conseguido hacerte con una de las piezas más notables de los últimos tiempos, un busto monumental de Nefertiti. ¿No tuviste problemas con el departamento de antigüedades de El Cairo?

–He colaborado con ellos a menudo –le dijo el francés–. La compra ha sido legal. En realidad, había muchos bustos escondidos –se encogió de hombros–. Por lo menos, cuando los estudiosos egipcios tratan con nosotros los franceses o con los ingleses, reciben un pago a cambio. Con excesiva frecuencia las dificultades se dan con los propios egipcios, que debido a su miseria están ansiosos por vender cualquier cosa. Hay una auténtica muchedumbre de saqueadores de tumbas. Familias enteras que durante décadas han sobrevivido deslizándose en antiguos sepulcros para vender lo que encontraban a los extranjeros. Pero es a usted, lord Wimbly, y a su grupo de conservadores, fideicomisarios y exploradores a quienes hay que dar la enhorabuena. Hace muchos años que no hay un hallazgo que pueda compararse con el que hicieron lord y lady Stirling.

—En eso tiene usted razón —dijo lord Wimbly—. Ah, y aquí está el verdadero aventurero, sir Hunter MacDonald. Hunter, ¿conoces a Henri?

Hunter se sumó al grupo.

—No, aún no he tenido ese placer —dijo mientras le estrechaba la mano al francés.

Aubrey Sizemore se acercó a ellos.

—*Monsieur* Lacroisse, creo que nos conocimos en el museo de El Cairo. Soy Aubrey Sizemore.

Lacroisse pareció perplejo un instante.

—Sí, sí..., claro. Me acuerdo muy bien —su expresión evidenciaba que no se acordaba, pero que intentaba ser amable.

—¿Dónde se habrá metido sir John? —preguntó Evelyn—. Lord Wimbly, ¿pasó usted por su piso para solicitar su presencia?

—Desde luego, Evelyn. Sir John no estaba, o al menos no contestaba a la puerta —dijo lord Wimbly—. Pero le dejé una nota.

—Puede que no haya recibido la invitación —dijo Evelyn, pensativa—. Pero es tan impropio de él... Cuando no está en el museo, está en casa, trabajando.

—Podemos retrasar un poco la cena —dijo Brian.

—Es un hombre brillante. ¡Inteligentísimo! —dijo lord Wimbly refiriéndose a sir John.

—Y un gran orador —convino Hunter.

—Disculpen, por favor —murmuró Camille. Aún no había visto ni a Tristan ni a Ralph, ni tampoco a

Baile de máscaras

Alex Mittleman. Y tenía la impresión de que el forzado entusiasmo que mostraban los otros hacia el ausente sir John era un tanto mordaz–. Voy a ver si encuentro a Tristan.

–Camille –musitó Brian frunciendo el ceño.

Pero ella no le hizo caso y subió las escaleras apresuradamente.

Alex no estaba en su cuarto. Camille tampoco logró encontrar a Tristan, ni a Ralph. Sin embargo, cuando regresó al piso de abajo, todos los comensales se habían reunido en el salón de baile y no le quedó más remedio que sumarse a ellos.

El salón de baile había sido transformado por completo. En él se había instalado una larga mesa, tan elegantemente engalanada que superaba con creces a las de la fiesta de recaudación de fondos, con su deslumbrante mantel de fino hilo, su delicada porcelana y su cubertería de plata labrada. Se habían contratado camareros para la velada, y todos los miembros del servicio, incluyendo a Shelby, Corwin, Ralph y Evelyn Prior, tenían reservado un sitio a la mesa.

Brian tomó asiento a un extremo de esta; Camille, al otro. Habían llegado ya varios invitados más, fideicomisarios del museo a los que Camille no había visto nunca, acompañados de sus esposas o hijas. Se retiraron dos cubiertos de la mesa. Uno, naturalmente, era el de sir John. Camille escudriñó a los reunidos y descubrió que también faltaba Shelby.

La conversación acerca del tema predilecto de los invitados cundió pronto por el salón. Se polemizó sobre el reinado de Hatshepsut y sobre si su muerte había sido precipitada por su hijastro Tuthmosis III.

Hubo, como era de esperar, cierta excitación en la charla, pues el hallazgo de los Stirling estaba relacionado con el reinado de Tuthmosis III y con el mandatario que había sido la mano derecha del faraón y que, según una antigua leyenda, ponía a su servicio sus artes mágicas.

–La momia de Hatshepsut no se ha identificado aún –dijo Henri Lacroisse, pensativo–. ¡Eso sí que sería una revelación!

–Muchas momias de faraones fueron identificadas en el cementerio descubierto en la década de 1880 en Deir el-Bahari, en los alrededores de Tebas –le explicó lord Wimbly a Camille, pues casi todos los demás habían estado en Egipto–. ¡Ah, querida! No te puedes imaginar el calor en el desierto, la frustración, las condiciones terribles, y luego el júbilo que produce el descubrimiento. Puede que, cuando estés casada, tu marido organice una nueva expedición para honrar la memoria de sus padres.

Camille miró con extrañeza a lord Wimbly, quien al parecer había decidido que no había nada de extraño en el hecho de que Brian Stirling hubiera anunciado su intención de casarse con ella. Brian la observaba desde el otro extremo de la mesa. Camille notó que cerraba los dedos alrededor de la copa con tanta fuerza que pensó que iba a romperla.

–Eso tendrá que decidirlo Camille, lord Wimbly.

Todos empezaron a hablar alegremente sobre la posibilidad de que se organizara una nueva expedición. Hunter parecía divertido. Alex, por su parte, estaba un tanto ceniciento. Aubrey permanecía con la mirada fija en su plato y sir John todavía no había hecho acto de presencia.

Baile de máscaras

Camille sentía ganas de gritar. La cena se le estaba haciendo interminable. Brian, que se conducía como un perfecto anfitrión, trabó una animada conversación con su invitado francés acerca de diversos hallazgos y adquisiciones. Por fin se invitó a los caballeros a retirarse a fumar y a beber una copa de brandy, y a las señoras a disfrutar del café o el té en la quietud del solario de la planta de arriba.

Camille procuró mostrarse como una atenta anfitriona y condujo a las invitadas escaleras arriba junto a Evelyn. Pero todo aquello era una farsa, perpetuada por un enmascarado.

Por fin la gente empezó a marcharse y, en medio de la confusión de la despedida, Camille creyó encontrar la ocasión de escabullirse. Cruzó el salón de baile, que los camareros estaban limpiando, y entró a hurtadillas en la capilla. La puerta de la escalera que llevaba a la cripta estaba cerrada. La abrió y empezó a bajar. Pero entonces se detuvo. Allí abajo ya había otra persona. No, dos personas. Y murmuraban frenéticamente.

–¡Sabe demasiado! Hay que hacer algo.

–Dios mío, no te referirás a...

–¡Pues sí!

–No seas ridículo. ¡Ya ha habido demasiados muertos!

–Pero hay una maldición, ¿no? Y es fácil causar una muerte accidental.

¿Cómo habían llegado aquellos dos allí? ¿Bajando por la escalera, como ella? ¿O acaso había otra entrada?

El corazón le golpeaba contra el pecho. Cabía la posibilidad de que hubieran bajado a escondidas. Lo único que tenía que hacer era esperar en la puerta de la capilla, donde sin duda sus gritos atraerían a alguien, y el asesino, o los asesinos, serían desenmascarados.

Mientras estaba allí parada, oyó un repentino alboroto procedente de la entrada de la casa.

Los que susurraban en la cripta se callaron. Subirían en cualquier momento, y la sorprenderían allí.

Camille se dio la vuelta, llena de pánico y empezó a subir la escalera. Llegó a la capilla y corrió a la puerta del salón de baile.

Y entonces alguien la atacó desde atrás. Quedó cegada. Algo cayó sobre su cabeza. Una sábana. Se dio cuenta de que era un sudario.

Gritó tan alto como pudo. La empujaron contra el suelo. Intentó levantarse mientras luchaba por quitarse aquel lienzo viejo y áspero. Se golpeó con algo. ¿El altar?

Oyó vagamente pasos, alguien que corría. Aterrorizada, siguió intentando quitarse el sudario de encima de la cabeza al tiempo que giraba, desquiciada, para esquivar el siguiente golpe. Unos brazos la rodearon y la levantaban en el aire. Luchó con todas sus fuerzas mientras la bajaban por los escalones. Y luego se sintió caer.

—¡Sir John está muerto!

Tristan se lo había pasado en grande durante la cena, pues se había hallado sentado junto a una encantadora viuda cuyo hijo pertenecía a la junta de fideicomisarios del museo. Acababa de acompañar a la viuda a su carruaje cuando se anunció la fatal noticia.

Shelby, quien al parecer había sido enviado en busca de sir John, había regresado con aquel espeluznante relato cuando los invitados se hallaban congregados en la puerta, aguardando sus coches.

—¡Muerto! —exclamó la encantadora viuda.

—Pero ¿cómo? —preguntó otro.

—La policía no lo sabe todavía —respondió Shelby. Luego, durante varios minutos, todo el mundo empezó a preguntar a gritos, entre exclamaciones de horror e incredulidad, y Shelby no pudo decir nada más.

—¡Dios mío, no puede ser verdad!

—¿Ha sido de muerte natural?

—La policía no lo ha dicho.

—Sin duda ha sido asesinado.

—Puede que le haya mordido otra cobra.

—¡Estaba maldito!

—¡Oh, Dios mío! —gritó la viuda—. Puede que de verdad estén malditos todos los que participaron en esa desdichada expedición. ¡Oh! Tal vez la maldición recaiga sobre todos los que tenemos algo que ver con el museo.

—¡No había pasado nada hasta que Stirling volvió a aparecer! —gritó otro invitado.

Tristan miró a su alrededor.

Brian Stirling no estaba allí para defenderse. Pero en ese momento irrumpió en el vestíbulo, alto e imponente, con su máscara bestial y su elegante atuendo de gala.

—¡Las maldiciones no existen! —dijo con firmeza—. Solo existen los hombres de mala voluntad —sus ojos disparaban fuego azul sobre los allí reunidos–. Mis padres no estaban malditos. Fueron asesinados.

–Dios mío, lo cree de verdad –musitó alguien junto a Tristan–. ¿Creen ustedes que lord Stirling ha salido de su encierro para matarnos a los demás, uno a uno?

La gente había ido apiñándose cada vez más, y Tristan no logró distinguir quién había lanzado aquella explosiva pregunta.

–¡Las maldiciones no existen! –repitió Brian, mirándolos a todos–. Pero sí los asesinos. La policía descubrirá lo que se oculta tras la muerte de sir John. Y, cuando lo descubra, el asesino tendrá que enfrentarse a la justicia y a la horca.

Camille yacía al pie de las escaleras, aturdida y dolorida. Entonces se dio cuenta, asombrada de que todo a su alrededor permanecía en silencio. Aterrorizada, luchó por despojarse del sudario de lino. Una pequeña lámpara ardía sobre la mesa de la antecámara, pero la mayor parte de la habitación permanecía en sombras.

Estaba sola, y atrapada si alguien bajaba por la escalera. La habrían matado de no ser por el alboroto que se había apoderado de todo el castillo. Quizá la persona que la había arrojado por la escalera esperaba que se hubiera roto el cuello.

Se levantó de un salto. Su propósito de registrar las cajas que había allí en busca de la momia de Hethre parecía ahora una insensatez; tenía que salir de allí cuanto antes.

Arrojó el viejo sudario de lino lejos de ella, se

obligó a subir las escaleras corriendo con cierta precaución, no fuera a perder pie y a volver a caerse. Alguien había intentado matarla, alguien que conocía la existencia de la cripta, de la antecámara y de las cajas. Y de todo lo demás que estaba ocurriendo allí, fuera lo que fuese.

Debía salir de allí cuanto antes. Pero al llegar a lo alto de la escalera, descubrió que la puerta estaba cerrada por fuera. De nuevo la acometió el pánico. ¿Se atrevía a aporrearla? ¿La oiría alguien, si lo hacía? ¿O la oiría acaso quien la había dejado allí encerrada?

Se apartó de la puerta y regresó a la antecámara, buscando desesperadamente un modo de escapar... y un arma. Corrió al escritorio donde ardía la única lámpara y registró a toda prisa los cajones. ¡Nada!

Se volvió para observar la habitación, intentando conservar la calma. Las puertas de hierro que daban a la cripta estaban entornadas. Se acercó a ellas y vio que la abertura era lo bastante grande como para pasar por ella. Más allá reinaba la oscuridad.

Fue a recoger la lámpara y entró después en la cripta abovedada, aguzando el oído por si oía la puerta de la capilla. Recorrió el pasillo flanqueado de tumbas. Allí hacía mucho frío. A pesar de que procuraba aferrarse a la lógica, la húmeda oscuridad parecía hacerle mella.

Oyó de pronto un chillido y estuvo a punto de dejar caer la lámpara. Se giró bruscamente con la piel erizada, y vio con espanto que un murciélago se golpeaba contra la roca, intentando encontrar un asidero. ¡Un murciélago!

Pero si había un murciélago allí abajo, ello significaba que tenía que haber otra salida.

Sostuvo en alto la lámpara y fue mirando las tumbas alineadas a lo largo de la pared. Luego dejó la lámpara en el suelo y comenzó a empujar las lápidas de piedra que sellaban cada uno de los sepulcros. Sabía que el tiempo iba pasando. ¿La habrían echado en falta? ¿Estaban esperando aquellas dos personas el momento propicio para regresar y acabar lo que habían empezado?

Avanzaba febrilmente, apretando y empujando las lápidas. Luego vio una fisura muy pequeña, apenas abierta. Sobre la lápida había escrito un nombre, pero no una fecha de nacimiento. Solo decía Sarah.

Apretó de nuevo la lápida. Y allí estaba, aquel ruido que había oído una y otra vez. El chirrido del roce de dos piedras.

Tragando saliva, apretó con más fuerza. La lápida se deslizó hacia atrás y ella se encontró mirando fijamente un negro agujero. Indecisa, tomó la lámpara. La colocó dentro de la fosa y se subió a la tumba. Resultaba difícil arrastrarse por el agujero, moviendo la lámpara para ver lo que había delante de ella. El túnel era sofocante. Tenía que mantenerse pegada a la pared para avanzar.

Vaciló, inhaló profundamente y sintió la sofocante oscuridad y el aire enrarecido a su alrededor. Entonces comprendió que estaba realmente atrapada si alguien aparecía por... ¿por dónde? No sabía adónde conducía aquel pasadizo. La luz de la lámpara apenas le permitía ver.

Se obligó a seguir arrastrándose, y entonces se dio cuenta de que se estaba moviendo en pendiente. No hacia abajo, sino hacia arriba. Se detuvo, aturdida por la falta de aire y de espacio. Movió la lámpara y apoyó una mano en la pared de su izquierda para conservar el equilibrio. La pared cedió y se desmoronó. Y Camille vio luz al final del tramo de túnel que había quedado al descubierto.

Apagó la lámpara y comenzó a trepar en esa dirección. Siguió avanzando, ansiosa por respirar, por salir del estrecho pozo. La luz se hizo más fuerte. Camille llegó al final del corredor. Había luz, sí, pero algo tapaba la salida. Empujó con fuerza. Poco a poco, lo que tapaba la salida fue cediendo. Desesperada, logró girarse en el túnel, se apoyó en la pared y empujó con los pies con todas sus fuerzas. Oyó un crujido y un chirrido.

Aquella cosa apenas se movió. Empujó más y más fuerte. La puerta se fue abriendo centímetro a centímetro. Finalmente, Camille pudo deslizarse a duras penas por la hendidura.

Entonces miró a su alrededor, horrorizada al darse cuenta de dónde estaba.

A Brian no le sorprendió que el anuncio de Shelby formara aquel alboroto. Pero el bullicio pronto empezó a decaer y los invitados se mostraron ansiosos por marcharse.

Fue entonces cuando Brian se dio cuenta de que Camille no estaba allí. Tristan permanecía a la entrada del castillo, mirando tranquilamente cómo se alejaban los coches.

—¿Dónde está Camille? —preguntó Brian.
—¿Qué? No lo sé. ¡Cielo santo! Tengo que encon-

trarla. ¡Qué disgusto se va a llevar! Trabajaba con sir John todos los días. ¡Esto es terrible! –bajó la voz–. Ese tipo de la plaza. Y ahora sir John. ¡Tengo que encontrar a Camille!

–Inténtelo en su habitación. Yo voy a mirar en este piso –dijo Brian.

Tristan se dirigió a las escaleras. Brian atravesó aprisa el salón de baile, pero al no verla dio media vuelta, dispuesto a marcharse. Pero en el último instante vaciló, entró en la capilla y abrió la puerta de la sinuosa escalera que llevaba a la cripta.

Regresó al salón de baile, agarró uno de los elegantes candelabros de la mesa y regresó a toda prisa a la capilla. Descendió lentamente la escalera, consciente de que podía esperarle una trampa. Cuando llegó al despacho de la antecámara, comprobó que allí no había nadie, pero notó que las cajas estaban desordenadas. Bajó el candelabro y vio las huellas que las cajas habían dejado en el polvo al ser desplazadas. Y había un sudario cubierto de polvo en el suelo.

Se incorporó y miró hacia las grandes puertas de hierro que daban paso a la cripta. Estaban entreabiertas lo justo para que cupiera el cuerpo de una persona.

Entró en la cripta. Lo que había estado buscando un año entero aparecía ahora a la luz, plenamente visible. Una de las grandes lápidas de piedra que cubrían los sepulcros estaba desplazada.

Bajo la lápida no había una tumba, sino un pasadizo. Brian se introdujo en él y avanzó penosamente, con el candelabro en la mano. Apenas había ventilación. Las velas pronto se apagaron, faltas de oxígeno.

Baile de máscaras

Las tinieblas parecían fluir ante sus ojos. Luego vio una luz distante y tenue.

Siguió aquella luz mientras el temor comenzaba a apoderarse de él. Al final del corredor, halló el paso cortado. Había una pequeña abertura, pero no lo bastante grande para que pasara por ella. Empujó con todas sus fuerzas el objeto que bloqueaba la salida y al comprender lo que era se maldijo una y mil veces.

¿Cómo no se había dado cuenta?

Camille respiró hondo, miró a su alrededor y echó a correr.

Mientras bajaba a toda prisa por las escaleras, oyó voces. Procedían del salón de baile. Avanzó despacio hacia allí y al llegar a la puerta se detuvo y se asomó precavidamente. Ya no sabía en quién confiar. ¿En Tristan? Pero Tristan no estaba en el salón de baile. Ni tampoco Ralph. Miró dentro y vio que Hunter y Evelyn Prior estaban solos, susurrando.

—¡Y ahora sir John aparece muerto! Y la policía no dice ni cómo ni por qué —estaba diciendo Hunter.

¡Sir John... muerto!

Camille se sintió horrorizada. ¡No! Estuvo a punto de gritar de angustia, pero se tapó la boca con la mano. Sir John, muerto...

Hunter se había quedado con él en el museo, después de que supuestamente se golpeara la cabeza con la tapa de un cajón. Y el viejo Arboc también había estado rondando por allí. ¡Oh, Dios!

—¿Sabes qué significa todo eso? —dijo Evelyn.

Tenían las cabezas inclinadas; estaban muy juntos. Evelyn dijo algo más, pero Camille no la oyó. Luego, de pronto, levantó la vista como si sintiera que los estaban observando.

Camille se apartó de la puerta. No podía volver a subir al piso de arriba y tampoco podía fiarse de aquellos dos. Solo parecía quedarle una salida.

Salió corriendo por la puerta principal. Vio un carruaje cruzando el puente levadizo, en dirección al bosque. Se recogió las faldas y echó a correr. Su respiración era trabajosa; le dolía todo el cuerpo. El corazón le palpitaba con violencia, pero aun así siguió corriendo con todas sus fuerzas. Sin embargo, el carruaje corría más que ella. Camille aminoró el paso e intentó tragar aire desesperadamente.

Entonces oyó el crujido de una rama tras ella. Se giró bruscamente. No se veía a nadie. Pero allí, junto a la entrada del patio del castillo, había alguien. Alguien que la había visto. Alguien que se dirigía hacia ella. Aterrorizada, se lanzó hacia el interior del bosque.

Al salir del pasadizo, Brian se halló en su propia habitación. Su enorme guardarropa, que llevaba allí desde el siglo XVIII, era el objeto sólido que bloqueaba la pequeña abertura que daba acceso al túnel.

Solo una persona podía haberse deslizado por aquella hendidura tan estrecha. ¡Camille! Pero ¿qué estaría pensando en ese momento? ¿Y habría oído la noticia de la muerte de sir John? ¿Dónde demonios se había metido?

Brian salió corriendo de su habitación y bajó la escalera. El vestíbulo estaba desierto. Un par de co-

Baile de máscaras

ches seguían al otro lado del patio. Más allá del puente levadizo, una figura corría entre las sombras.

El corazón le dio un vuelco. ¡Era Camille! Huía, aterrorizada. ¡Huía de él!

Estaría dispuesta a arrojarse en brazos de cualquiera a quien conociera y en quien confiara. Se estaba adentrando en el bosque. En el peligro. Había un asesino suelto que podía estar en cualquier parte.

Al echar a correr tras ella, Brian vio emerger otra figura por entre los árboles. Alguien estaba persiguiendo a Camille.

Mientras corría, Camille cayó en la cuenta de que Tristan y Ralph seguían en el castillo y estaban en peligro. Pero no se atrevía a volver. Tenía que escapar de su perseguidor. No podría hacer nada por sus seres queridos si la mataban.

El miedo amenazaba con estrangularla, con asfixiarla. Brian era Arboc, y Arboc estaba en el museo aquel día, cuando sir John resultó herido. Y luego no había vuelto... Tal vez hubiera descubierto que sir John no había muerto y que se había ido a su piso. Pero ¿por qué?

Porque todos tenían que pagar por lo ocurrido. ¡No! Brian no era un asesino. Solo estaba empeñado en resolver aquel misterio. ¡Ella ansiaba tanto creer en él! Pero Brian había mentido y se había puesto aquella máscara una y otra vez. ¡El pasadizo de la cripta llevaba a su habitación!

Un grito resonó en el bosque. Su corazón se paró un instante. Brian la estaba llamando, intentaba encontrarla. Le ordenaba que se detuviera, que fuera hacia él. ¡No se atrevería a liquidarla allí, en su propio bosque!

Camille sabía que no podía hablar con él. Temía olvidar su sentido común si Brian llegaba a tocarla.

Oyó que gritaban de nuevo su nombre. Le pareció que era la voz de Hunter. Se detuvo un momento, agarrándose al tronco de un árbol. ¡Hunter! Pero Hunter había estado cuchicheando con Evelyn en el salón de baile. Y ella había oído a alguien cuchicheando en la cripta, diciendo que ella sabía demasiado.

Los lobos aullaron. Camille echó a correr otra vez, espoleada por el lamento que las bestias lanzaban a la luna.

Brian conocía las sendas del bosque. En su huida desesperada, Camille dejaba tantas huellas a su paso que no le costaba ningún esfuerzo seguirla, incluso a la luz de la luna. Pero, mientras corrías tras ella, el cordón de su máscara se enganchó en una rama, tirando de su cabeza hacia atrás. Brian se quitó la máscara maldiciendo y siguió avanzando.

Oyó el aullido de los lobos y comprendió que estaban cerca. Él mismo había permitido que los lobos moraran en aquellos bosques; habían formado parte de su amarga vida de recluso. En realidad, a los lobos los asustaba la gente. No le harían daño a Camille; no se acercarían a ella. Huirían al sentir pasos entre la maleza.

—¡Camille!

Allí estaba, al fin, ante él. Ella se giró y lo miró de frente. Su mirada le atenazó el corazón. Brian se detuvo.

Baile de máscaras

—¡Camille! Camille, por favor, por el amor de Dios, ven conmigo. Ven ahora mismo —dijo suavemente, tendiéndole los brazos.

Ambos oyeron un crujido de ramas a unos metros de distancia, en dirección contraria. Hunter salió al claro.

—¡Camille, gracias a Dios! —se acercó a ella de inmediato, y Brian le espetó lleno de furia:

—Tócala y eres hombre muerto.

Hunter lo miró con los ojos entornados, abandonando toda pretensión de afecto, cortesía y amabilidad. Se volvió hacia Camille.

—Va a matarte, Camille.

Brian sacudió la cabeza y dijo en tono acerado:

—Eso, nunca.

Hunter le lanzó una mirada recelosa e iracunda.

—Sabes que uno de nosotros es un asesino —le dijo a Camille—. ¡Por el amor de Dios! Camille, ese hombre es un monstruo, se ha demostrado. Aprisa, ven conmigo.

Y Camille, con el pelo enmarañado alrededor de los hombros y el hermoso vestido desgarrado y sucio, la cara manchada y los ojos iluminados por la luz de la luna, miró a uno y a otro, indecisa. Brian pensó que iba a lanzarse en brazos de Hunter. Sus músculos se contrajeron dolorosamente. Camille no sabía en quién confiar.

—Piensa despacio, amor mío —le dijo—. Piensa en todo lo que has visto, aprendido y sentido. Recapacita, Camille, y pregúntate cuál de nosotros es un monstruo.

Capítulo 18

–¡No confío en ninguno de los dos! –gritó Camille.

Hunter dio un paso hacia ella y la agarró del brazo con fuerza.

–¡Míralo, Camille! No le pasa nada a su cara. Solo lleva una máscara para engañarnos a todos. ¡Está loco!

Brian avanzó hacia él y lo apartó de Camille de un empujón. Hunter le lanzó un puñetazo. Brian se agachó y esquivó el golpe. Cuando se irguió, Hunter se disponía ya a golpearlo de nuevo. Brian le asestó un puñetazo en la mandíbula justo antes de que Hunter le propinara un golpe en el hombro. Pero se tambaleó, y Brian se lanzó sobre él y lo agarró con fuerza.

–¡Intentas matarnos a todos! –bramó Hunter.

Baile de máscaras

–¡Maldito bastardo! Solo quiero saber la verdad.
–¡Sir John ha muerto! –gritó Hunter.
–Yo no lo maté –replicó Brian–. Cielo santo, podrías haber...
–¡Desgraciado! –Hunter intentó darle un puñetazo, pero Brian se lo impidió y lo agarró de la garganta.
–¡Basta! –gritó Camille, agarrando a Brian del pelo–. ¡Basta! ¡Lo vas a matar!

Brian intentó recuperar la compostura y soltó a Hunter. Este se levantó al tiempo que del bosque salía una luz. Shelby apareció montado a caballo.

–¡Lord Stirling! –exclamó.

Hunter se incorporó e intentó quitarse el polvo de la ropa. Otros dos caballos llegaron tras el de Shelby. Tristan y Ralph iban en ellos.

–¡Camille! –Tristan se bajó del caballo como una exhalación y corrió junto a Camille, tomándola en sus brazos.

Shelby y Ralph permanecieron un instante sobre sus monturas. Hunter y Brian se miraban el uno al otro con ira, y Tristan los miraba a ambos como a los tigres de un zoológico.

–¡A su cara no le pasa nada! –le dijo a Brian, frunciendo el ceño.

–¡Precisamente! –exclamó Hunter–. ¡Pero a su alma sí!

Camille se desasió suavemente de los brazos de su tutor y se echó el pelo hacia atrás.

–¿Cómo murió sir John? –preguntó gélidamente.

Hubo un instante de silencio. Shelby contestó al fin:

–De una mordedura.

—¿De un áspid? –inquirió ella, incrédula.
—Sí.
—¿Cómo?
—Nadie lo sabe –dijo Brian–. Al menos, aún. El áspid estaba en su piso. Al parecer, sir John sabía que la serpiente estaba allí. La mató de un disparo, pero no antes de que lograra morderlo.

Camille se acercó a Brian echando chispas por los ojos y le dio una palmada furiosa en el pecho.

—¡Tú estabas allí! ¡Estabas con él en el museo el sábado, disfrazado de Arboc! ¡Qué idiotas hemos sido! ¡Ninguno de nosotros se dio cuenta!

—Estuve allí antes, pero no llegué a ver a sir John –le dijo Brian.

—¿A qué fuiste? –preguntó ella.

—A echarle un vistazo al terrario y a averiguar si alguien había manipulado el cierre –titubeó–. Además, Arboc se ocupaba de la limpieza. Tenía que pasar unas horas limpiando y barriendo los desperdicios de la noche anterior.

—¡Me has mentido! –gritó ella.

—Miente a cada paso –masculló Hunter.

Pero Brian mantenía los ojos fijos en Camille.

—No, nunca te he mentido. No te he dicho ciertas cosas porque tenía que asegurarme de que podía confiar en ti, de que no estabas trabajando para ellos.

—¡Trabajar para nosotros! –repitió Hunter–. ¿Para qué?

Brian se volvió hacia él.

—Para encontrar eso por lo que fueron asesinados mis padres. Verás, hay una entrada medieval al castillo y túneles que van de la cripta a la entrada secreta de más allá de la muralla. Creo que, antes de morir, mi padre descubrió dónde estaba la entrada y el trazado de los túneles. Alguien más lo sabe y ha estado entrando en el castillo a escondidas –empezó a moverse de nuevo hacia Hunter–. Puedo imaginar lo que ocurrió en Egipto, y, cuando me lo imagino, vuelvo a revivirlo todo otra vez. El asesino amenazó primero a mi madre, hasta que mi padre le dijo todo lo que sabía. Las cajas ya habían sido embarcadas. Posiblemente había cosas a las que no podía responder. Pero debió de decirle al asesino, o a los asesinos, dónde estaba la entrada exterior a los túneles, y, por lo tanto, a la cripta. Si las cajas estaban aquí, en el castillo, y alguien poseía esa información, podía entrar sin que nadie se diera cuenta. Mi padre habría dicho o hecho cualquier cosa por salvar a mi madre. Así que habló. Seguramente habló mucho tiempo, intentando ganar tiempo, desesperado por salvarle la vida. Debía de saber que, dijera lo que dijera, los asesinos no tenían intención de dejarlos con vida. Pero intentó ganar tiempo, rezando porque alguien fuera en su ayuda...

Brian se detuvo, sintiendo que el dolor lo abrumaba de nuevo. Luego continuó:

–Su muerte no fue fácil. Primero los torturaron. La autopsia demuestra claramente que mi madre tenía hematomas en los brazos. Los asesinos no dejaron nada al azar. Las serpientes mordieron a mis padres una y otra vez. ¿Que si quiero venganza? ¡Cielo santo, sí! Pero no quiero matar a nadie. Solo quiero saber la verdad y que se haga justicia.

Siguió un silencio. Luego Hunter sacudió la cabeza.

–Brian, lo que estás diciendo... no puede ser cierto.

—Ven a estudiar las notas de la autopsia, Hunter –dijo Brian–. Tengo la extraña sensación de que sir John lo sabía. No sé exactamente qué sospechaba, pero algo sabía. Y por eso está muerto.

El triste aullido de un lobo se elevó hacia el cielo.

—Deberíamos volver al castillo –dijo Tristan juiciosamente–. Aquí no podemos hacer nada.

Brian temió de pronto que Camille se negara a volver; que insistiera en que era hora de que Tristan, Ralph y ella volvieran a su humilde hogar, lejos de todo aquello. Pero no fue así.

—Sí –dijo ella–. Es hora de volver –y se acercó a Ralph, que seguía montado a caballo–. ¿Me echas una mano, Ralph? Estoy muy cansada y no tengo ganas de volver andando.

Ralph se inclinó, la agarró del brazo y la ayudó a montar. Tristan regresó a su montura.

Brian se percató de que, pese a que era el conde de Carlyle, todos habían decidido que Hunter y él podían volver a pie. Dio media vuelta y echó a andar hacia la casa. Hunter se puso a su lado.

—¿Una entrada secreta, dices?

—Mi padre descubrió mientras estudiaba los archivos de la familia que un acérrimo defensor de Carlos I hizo excavar un túnel. Sospecho que en aquella época servía para la entrada y salida de emisarios. En los años que siguieron, dejó de ser necesario. No vuelve a hablarse de él hasta después de la época de Ana Estuardo y la Ley de Unión con Escocia de 1750. Esa historia fascinaba a mi padre. Hablaba de ella de vez en cuando. Su pasión era el Antiguo Egipto, pero también estaba convencido de que había muchos enigmas por descubrir aquí, en nuestra propia casa –se quedó callado un momento–. Si se hubiera quedado aquí...

Ambos tenían largas piernas y caminaban aprisa. Pronto cruzaron el puente levadizo y se acercaron al castillo atravesando el patio. Hunter señaló el carruaje que había al otro lado.

–Creo que es hora de que me despida. Yo... creía realmente que querías hacerle daño a Camille –dijo con esfuerzo–. Supongo que me he comportado como un tonto. En cuanto la conocí... en fin, no solo era preciosa, sino también increíblemente inteligente y segura de sí misma. Incluso se permitía coquetear un poco, aunque no tenía intención de emprender una aventura romántica de ninguna clase. Yo pensaba que, siendo un noble de poca monta, debía casarme por encima de mi rango. Pero cuando anunciaste tu compromiso, me di cuenta de que era un auténtico imbécil. Oh, Camille sabía que me tenía hechizado. Pero yo me creía demasiado bueno para ella. En fin, esta vez he perdido. Pero seguiré siendo su más ardiente defensor. Y, si tus intenciones no son serias, si te atreves a hacerle algún daño, juro que descubrirás lo temible que puedo ser como enemigo –a Brian lo sorprendió la repentina y apasionada declaración de Hunter–. Verás, he entrado en razón –añadió este–. Estoy dispuesto a casarme con ella. Y a cuidarla el resto de mi vida.

¿Era todo una farsa?, se preguntó Brian.

Tal vez todos estuvieran representando una comedia.

Pero ¿era aquello de veras una declaración de

amor hacia Camille? ¿O era solo una argucia para apartar las sospechas de él?

—Puedes quedarte tranquilo, Hunter. No permitiré que Camille sufra ningún daño. Y, si descubriera que alguien intenta causarle algún mal, lo mataría en el acto, aun a riesgo de vérmelas con la horca.

Se sostuvieron la mirada mientras una brisa se levantaba en el patio.

—Bueno, entonces, ¿qué hacemos ahora? Parece que todos sospechamos de todos. ¿Qué podemos hacer? Tiene que haber alguna respuesta. Sir John ha muerto —dijo Hunter—. Y el museo es una institución sumamente respetable. La arrastraremos en nuestra caída si no encontramos un modo de salir de esta locura.

—¿Locura? Sí y no. Alguien está sacando tesoros del país. ¿Está loco? Yo creo que no, habiendo por medio una fortuna.

—¡Lacroisse! Sospechas que Lacroisse le está comprando piezas robadas a... ¿a quién?

—Si lo supiera, ya tendríamos al culpable —dijo Brian, lanzándole una mirada penetrante.

—Yo jamás le habría hecho daño a tu madre —le dijo Hunter, sacudiendo la cabeza.

—Y yo no iría por ahí matando a la gente sin razón —replicó Brian—. Creo que la policía pronto empezará a interrogarnos a todos.

—Y, si tenemos un poco de suerte, averiguarán lo que está pasando —dijo Hunter.

—Sobre todo, si los asesinos tienen suerte. Porque si soy yo quien descubre lo que está pasando, me temo que no me quedará más remedio que recordar con pelos y señales cómo murieron mis padres. Buenas noches, Hunter –dijo Brian, y se dirigió cansinamente hacia el castillo.

Mientras iban a caballo, Tristan sugirió que abandonaran el castillo.
—No podemos hacer eso –le dijo Camille.
—¿Por qué?
—Porque la respuesta está aquí.
—¡Pero estamos en peligro! La gente se está muriendo –dijo Ralph.
Camille se apeó del caballo al llegar al patio del castillo.
—Ralph, si estás preocupado, debes irte a casa.
—¿Qué?
—Camille, Ralph tiene razón –dijo Tristan–. A Alex lo mordió una cobra, y ahora sir John está muerto. No me preocupa Ralph, ni yo mismo, nosotros ya hemos vivido bastante. Pero Camille, niña... ¡Cielo santo! Sé que estás comprometida con un conde, pero, chiquilla, tu vida vale mucho más que un título.
—Tristan, esto no tiene nada que ver con un título. Esta noche hemos averiguado algunas cosas. Estamos a punto de descubrir el misterio. No vamos a marcharnos –dijo ella con firmeza–. Yo, por lo menos, no pienso hacerlo. Pero tal vez vosotros dos deberíais iros.
—¡Y dejarte aquí! –exclamó Tristan, horrorizado.
—No quiero que os pase nada –dijo ella suavemente.
—Camille...
—Perdona, pero voy a darme un baño –le informó ella, y los dejó allí plantados.

Al entrar en la casa, hizo caso omiso de Evelyn, que se estaba paseando por el vestíbulo, llena de nerviosismo.

—¡Camille! —exclamó Evelyn, espantada, al verla aparecer—. ¿Qué ha pasado? ¿Dónde está Brian? ¿Y Hunter? Me dijo que te vio salir corriendo de la casa. ¡En dirección al bosque!

—Sí, me metí en el bosque. Brian y Hunter volverán enseguida. Buenas noches. Me voy a mi habitación.

—¡Pero, Camille!

—Buenas noches —repitió Camille con firmeza.

Al llegar a su cuarto, cerró la puerta con llave y se quitó la ropa sucia. Llenó la bañera, ansiosa por quitarse la suciedad y el polvo y se metió en el agua, sabiendo que Brian iría a verla. Y, naturalmente, así fue.

Camille no lo oyó entrar en la habitación hasta que apareció en la puerta del cuarto de baño y se recostó en el marco, mirándola.

—Creía que ibas a marcharte —dijo con suavidad—. Que seguías enfadada.

—Estoy furiosa —contestó ella mientras se frotaba un codo—. Estoy más que furiosa. Y me apena muchísimo lo de sir John. Mi vida es un desastre. Y tú eres un monstruo.

—Pero sigues aquí.

Camille lo miró. Brian tenía las facciones tensas y los ojos oscurecidos.

—Pertenezco al departamento —dijo ella—. Sir John ha muerto, y eso me afecta personalmente, lord Stirling.

—Ah.

Baile de máscaras

Ella dejó el jabón y el paño y, levantándose, echó mano de la toalla. Luego se acercó a él con los ojos entornados.

—¡Serás canalla! —le dijo, dándole un empujón en el pecho—. ¡Tenías que saber que tu armario escondía un túnel!

Brian la agarró de las muñecas y dijo:

—No lo sabía, te lo juro. No me he enterado hasta esta noche.

Camille comprendió de pronto que era improbable que fuera de otro modo. Ella había atravesado una pared desmoronada para tomar el camino que conducía a aquella salida del túnel. Levantó la mirada hacia él, consciente de que sus ojos reflejaban miedo.

—Ese no era el único túnel. Había otro pasadizo. En realidad, tomé esa ruta por accidente. Brian, alguien podría entrar y... y subir aquí.

Él negó con la cabeza.

—No, ya no. Shelby y Corwin están en la cripta, sellando el túnel con cemento y ladrillo.

Ella escudriñó sus ojos y suspiró.

—Entonces, cuando oías ese ruido, es que había alguien en la cripta.

—Eso creo. Esta noche, desde luego, había alguien. ¿Se puede saber qué hacías allí? ¡Eres una insensata! ¿Cómo se te ocurrió bajar estando la casa llena de gente?

Ella levantó la barbilla.

—Alguien me tiró por las escaleras.

—¿Qué? —Brian le apretó las muñecas hasta hacerle daño.

—Oí murmullos.

—¿En la cripta? ¿Y tú dónde estabas?

—Está bien, reconozco que pensaba bajar a la cripta. Pero me paré en la escalera —hizo una pausa y observó su cara. Creía en él. Había visto la verdad en sus ojos durante su apasionado discurso en el bosque.

Y, sin embargo, habría jurado que Hunter también era sincero.

Abrió la boca dispuesta a decirle que estaba casi segura de saber dónde estaba la cobra de oro, la pieza que parecía espolear la osadía del asesino. Pensaba decirle que los susurros que había oído eran amenazas contra su vida. Pero no tuvo ocasión de hacerlo.

—Camille, voy a sacarte del castillo.

—¿Qué?

—Mañana. Nadie lo sabrá. Te llevaré a casa de las hermanas, para que te quedes allí.

Ella se apartó de un tirón.

—¿Con tu hija? —preguntó.

Él frunció el ceño y la miró con enojo.

—¿Mi hija?

—Están criando a tu hija, ¿no es cierto? Son unas señoras encantadoras, pero no pienso ir a vivir a su casa y ser otra carga para ellas —Brian la miró un momento con ira; luego se dio la vuelta y se dirigió a su dormitorio. Ella vaciló y luego lo siguió—. ¡Nos has hecho más que mentirme y engañarme desde que te conozco! —gritó.

—No, Camille, yo nunca te he mentido.

—No, simplemente me has escamoteado la verdad.

—No puedes quedarte aquí —dijo él—. Es demasiado peligroso.

Baile de máscaras

—¡Pues no pienso irme!

Brian dio media vuelta y, acercándose a ella, la agarró de los brazos y la atrajo hacia sí.

—¡Una noche más! —murmuró.

Camille levantó la cara para preguntarle qué quería decir exactamente, pero Brian la apretó contra su pecho y se apoderó de su boca apasionadamente. Camille dejó caer la toalla y se rindió en sus brazos. Brian introdujo los dedos entre su pelo húmedo y los deslizó a lo largo de su espalda; agarró la curva desnuda de su trasero y la apretó contra él. Luego se apartó de ella, observó sus ojos, buscando qué decir, y al fin movió la cabeza y volvió a besarla.

Camille se separó de él y, muy seria, le quitó la chaqueta de los hombros, deshizo el nudo de su corbata y desabrochó cuidadosamente los botones de madreperla de su chaleco y su camisa. Brian se apartó y, mientras observaba intensamente su rostro, se quitó la camisa y volvió a atraer a Camille hacia sí. Ella bajó la cabeza un momento, preguntándose si Brian sabía que estaba dispuesta a arriesgar su vida por estar con él, por sentir su vitalidad y su ardor, por sentirlo respirar. Él acarició su barbilla, le alzó de nuevo la cara y se apoderó de su boca con un ardor apenas refrenado. Y aunque Camille estaba ávida, él se tomó su tiempo; le besó los labios y le lamió los lóbulos de las orejas, pero incluso aquellas leves caricias parecieron robarle a Camille las fuerzas que aún le quedaban. Ella deslizó los dedos sobre su espalda, introdujo las manos bajo la cinturilla de los elegantes pantalones negros que llevaba Brian, encontró al fin los botones de su parte delantera y metió las manos bajo ellos, prodigándole insistentes caricias.

Brian la apretó contra él y, mientras la besaba, se quitó los zapatos. Luego se despojó de los pantalones, y Camille se encontró apretada contra su miembro palpitante, pensando vagamente que era ella la que estaba loca y que no le importaba lo más mínimo, mientras él la levantaba en brazos y caían sobre la cama, donde ella tan rara vez había dormido, a pesar de las colchas, las almohadas y todo lo demás. Sus bocas dejaban rastros húmedos sobre la piel del otro, se unían y se fundían una y otra vez, y volvían a separarse, hasta que se sintieron tan entretejidos como lo estaban sus cuerpos, y la locura del deseo y el ansia los convirtió en uno solo. Y, mientras él se movía, ella comprendió cuánto lo amaba, lo necia que era, y que, pese a todo, estaba dispuesta a arriesgar su vida por él, porque Brian había logrado convertirse en su vida entera, y ya no le importaba lo que era mentira y lo que era verdad.

Sin embargo, esa noche Brian no se quedó con ella.

Cuando parecía que el techo se había convertido en el cielo y había estallado en estrellas y que nada en el universo podía ser tan apasionado y tan ardiente, Brian se levantó bruscamente de su lado.

—Mañana te vas —le dijo con aspereza.

Y, para asombro de Camille, se alejó de ella y regresó a su habitación, cerrando la puerta secreta que comunicaba ambas estancias y que él mismo había abierto.

Asombrada, Camille se quedó mirando el techo, el cual había vuelto a recuperar su prosaica naturaleza. Todavía le ardía la piel y el corazón le latía enloquecido.

Al fin, se incorporó. Buscó el camisón que Evelyn Prior le había dado la primera noche y se lo puso. Luego miró la pintura de Nefertiti. Brian le había dicho una vez que, si lo necesitaba, solo tenía que empujar el lado izquierdo del marco.

Camille titubeó; luego se acercó al cuadro. Y, poniendo la mano sobre él, abrió de nuevo la puerta escondida.

Brian no estaba en su dormitorio, sino en el despacho que había más allá, ataviado con una bata que llevaba bordado el escudo de armas de su familia. Estaba sentado a su escritorio, estudiando unas notas, y la miró como si fuera una intrusa.

—No voy a marcharme ahora que tengo las respuestas —dijo Camille.

—Nadie tiene las respuestas —dijo él con aspereza—. La policía ya sabe que se están vendiendo clandestinamente antigüedades a compradores de otros países y que ha habido asesinatos. Ahora este asunto está en sus manos.

—Pero yo sé...

—¡Basta ya! Entiende de una vez que estás en peligro. Siempre te empeñas en aparecer donde nadie te llama. Esta noche podrías haber muerto. Pero tenías que internarte en la oscuridad de todos modos. ¡Tenías que lanzarte de cabeza a la muerte!

—¡He encontrado lo que tú no has podido encontrar en un año! —replicó ella, furiosa.

—¿Ah, sí? Ahora que lo pienso, ¿cómo encontraste el pasadizo?

—Lo encontré porque me quedé encerrada en la

cripta y tenía que salir. Y porque quienquiera que esté saqueando tu castillo no había colocado bien la lápida.

—Eso es lo que importa. Te quedaste encerrada en la cripta.

—¿Acaso no me metiste en esto para que consiguiera información, para utilizarme como espía? –preguntó ella.

Él la miró con enojo.

—Sí, exactamente. Y ya no necesito tus servicios.

Un arañazo en la puerta los sobresaltó a ambos. Brian levantó una ceja. Ella cruzó los brazos sobre el pecho y dijo:

—Estamos prometidos.

—No. El compromiso se ha roto. Dios mío, Camille, ¿qué pensabas? ¡Eres una plebeya!

Aquellas palabras eran el golpe más cruel que Camille había recibido nunca, a pesar de que se había empecinado en negar que Brian pensara casarse con ella. Sin embargo, la idea de vivir con él, de despertarse a su lado, de dormir con él por las noches, se había convertido en parte de sus sueños.

—¡Cielo santo, no me mires así! El compromiso se ha roto. Serás compensada –dijo él en tono cortante–. ¡Pero no seguirás viviendo en el castillo!

Sonó otro arañazo en la puerta y se oyó preguntar a Evelyn Prior:

—¿Brian? Brian, lo lamento, Ayax estaba en mi habitación y se ha puesto a arañar la puerta como un loco.

Temiendo desvelar sus emociones, Camille dio media vuelta, dispuesta a escapar de allí. Pero no le dio tiempo. Brian se levantó bruscamente y abrió la puerta. Ayax entró brincando y se abalanzó sobre él.

—¡Abajo, Ayax, abajo! —dijo Brian, templando sus palabras al acariciarle las orejas al perro.

Evelyn miró fijamente a Camille. Esta le sostuvo la mirada. Entonces Ayax saltó hacia ella. La pilló desprevenida, y estuvo a punto de tirarla al suelo.

—Oh, Brian, lo lamento —murmuró Evelyn.

—No pasa nada, ya está aquí. Por el amor de Dios, a ver si esta noche podemos dormir un poco —dijo Brian con impaciencia.

—Ah, sí. Dormir... —musitó Evelyn, y se marchó.

—¿Por qué has hecho eso? —preguntó Camille, furiosa y al borde de las lágrimas—. Es probable que Tristan te pida una satisfacción, ¿sabes?

—No te querías ir —contestó él—. ¿Qué iba a hacer? Y no te preocupes por Tristan. Ya no vivimos en la Edad Media. Puede abofetearme una docena de veces con un guante blanco, pero no te preocupes, no le haré ningún daño a tu guardián.

Ella lo miró, atónita. Brian dejó escapar un gruñido y se acercó a ella; la tomó suavemente en brazos, se sentó frente al fuego y la acomodó sobre su regazo. Mientras sacudía la cabeza le acariciaba el pelo.

—Tengo que esconderte. No puedo poner en peligro tu vida.

—Es decisión mía...

—No. Esta vez, no te toca a ti decidir.

—Creo —dijo ella— que sé dónde está la cobra de oro. O, al menos, sé dónde buscarla.

Brian se apartó de ella y escudriñó su rostro.

—¿Dónde?

—A menudo enterraban a las momias con amuletos entre los vendajes —dijo.

—Sí, claro —repuso él—. Pero para que merezca la

pena matar por esa cobra de oro, no puede ser tan pequeña como un amuleto.

Camille negó con la cabeza.

–En realidad no sé qué es. Y no estoy segura de que alguien lo sepa, puesto que nunca ha sido catalogada. Y, si la hubieran sacado de la tumba junto con el resto de los tesoros, alguien la habría visto y sin duda la habrían catalogado.

–Me he perdido. Dices que seguramente no es un amuleto. ¿Entonces...?

–Es una pieza más grande, pero creo que está enterrada con la momia.

Él sacudió la cabeza.

–El cuerpo del sacerdote fue desenvuelto.

–Pero ¿y la momia de Hethre? ¿Está aquí o en el museo? –preguntó ella.

–En ninguno de los dos sitios –respondió Brian–. Que sepamos, al menos. La momia de Hethre nunca fue encontrada... o, en todo caso, identificada.

–Puede que no haya sido identificada porque quienes la enterraron se esforzaron para que no pudiera reconocérsela. Puede que la cobra de oro fuera un objeto mágico, no solo para ahuyentar a los saqueadores de tumbas, sino también posiblemente para proteger al pueblo.

–¿De qué?

–De la propia Hethre. Puede que los antiguos egipcios también tuvieran miedo de su poder. Tal vez por eso la enterraron sin ninguna señal que la identificara, pero con un talismán que asegurara que no volvería a ejercer su poder mágico sobre ellos.

Capítulo 19

Camille debió de quedarse profundamente dormida cuando por fin consiguió conciliar el sueño, porque pasó mucho tiempo antes de que un ruido la despertara. Durante unos segundos permaneció tumbada, escuchando, hasta que el ruido se hizo molesto. Entonces se percató de que procedía de la puerta de su habitación, y de que estaba durmiendo en la cama de Brian. Y de que Brian no estaba ya a su lado.

Se levantó de un salto, cerró la puerta secreta, buscó una bata y alzó la voz para decir que abriría enseguida.

Era Corwin.

—Tengo que llevarla al bosque, señorita Camille —le dijo el sirviente.

—¿Qué?

—Tengo que recoger sus cosas y llevarla al bosque. A la casa de las hermanas —le explicó él con cierta impaciencia.

Camille intentó permanecer impasible, a pesar de que se le cayó el alma a los pies. En su fuero interno intentaba negar lo que Corwin estaba diciendo. Había creído que... que Brian la quería. ¡Que la necesitaba! Pero él nunca había dicho tal cosa. Y se sentía como una tonta mientras un viento helado parecía girar en torno a su corazón. Brian le había dicho la verdad. La verdad pura y dura. Él era un conde. Ella, una plebeya. Él sentía afecto por ella, desde luego. Pero sin duda muchos hombres como él se entretenían con muchachas del vulgo.

Corwin sacó su reloj de bolsillo y lo miró.

—¿Le parece bien dentro de una hora, señorita Camille?

Ella asintió, pensativa. ¡Una hora! Y luego la mandarían al bosque como... como a una niña no deseada.

De pronto se llenó de ira. Así que el conde de Carlyle, fueran cuales fuesen sus motivos, la quería fuera de su castillo. Pues muy bien.

—Una hora está bien, Corwin. ¿Qué pasa con Tristan y Ralph?

—Sir Tristan ha dicho que irá donde vaya usted, y que no le importa dónde sea.

—Pero la casita del bosque no es muy grande, ¿no, Corwin?

—Sir Tristan y su criado estarán bien. Hay un sitio bastante confortable en el establo, señorita.

—¿Con los animales?

—Oh, no, allí no hay animales. Las hermanas no

podrían ocuparse de ellos. ¡Tienen una niña a la que atender!

Si no había animales, no había caballos. Una vez estuviera allí, se encontraría abandonada a su suerte.

—¿Y Alex? —preguntó.

—Está bastante bien, señorita Camille. Mañana lo llevaremos a su casa.

—Una hora, entonces, Corwin. Gracias —dijo Camille amablemente, y cerró la puerta, pensando a toda prisa. Disponía de una hora. Dudó solo un instante.

Paseó la mirada por la habitación. No había nada que guardar, naturalmente. Todo lo que había usado en el castillo se lo habían dado, y no pensaba llevarse nada. Pero sin duda se esperaba de ella que se llevara algunas cosas a la casita del bosque. Abrió la puerta de golpe.

—¡Corwin!

El criado, que iba por el pasillo, miró hacia atrás.

—Yo... me temo que tendré que llevarme algo de ropa. ¿Le importaría buscarme un maletín o algo así para que recoja algunas cosas?

Él pareció aliviado y asintió.

—Sí, sí, claro, señorita Camille. Enseguida.

Corwin regresó al cabo de un momento. Después, Camille se lavó y se vistió a toda prisa, metió algunas cosas en la bolsa y garabateó una nota que dejó sobre la cama. Luego entreabrió la puerta y dejó escapar un suspiro de alivio. El pasillo estaba desierto.

Brian llamó a la puerta y aguardó. Un momento después, vio que un ojo miraba por la mirilla. Luego la puerta se abrió.

—¿Y bien? —preguntó sir John.
—Ya se ha difundido la noticia. Shelby anunció que estaba muerto, que le había mordido un áspid. La persona que metió la serpiente en su piso creerá que ha muerto. La noticia de su fallecimiento ha salido en los periódicos. Así que ya solo queda esperar a ver qué pasa. Quienquiera que esté detrás de todo esto, debe de haber recibido un anticipo, y seguramente estará desesperado. Anoche, durante la cena, estuvieron en la cripta. Eso no es nada nuevo. Yo sabía que alguien estaba entrando furtivamente en el castillo, a pesar de la muralla y de la verja, puesto que hay un túnel, como sospechaba mi padre. Pero ya hemos tapiado la entrada —hizo una pausa—. Y anoche alguien arrojó a Camille por las escaleras.

Sir John dejó escapar un gemido de sorpresa e intentó incorporarse.

—¡Camille! Dios mío, ¿está...?
—Está bien, sir John. Y voy a ocuparme de que sea llevada a un lugar seguro, donde nadie pueda hacerle daño.

Sir John parecía agitado.

—¿Está seguro? ¿Camille ya está allí?
—Estará allí muy pronto. Y también hay un policía montando guardia en la verja del castillo.

Brian se había ido sin volver a hablar con Camille. Le había dado orden a Corwin de que se encargara de llevarla a casa de las hermanas, de grado o por fuerza.

Sir John asintió.

—¿Qué me dice de Lacroisse?
—Creo que la noticia de su muerte le asustó, pero no sé si lo bastante como para que acuda a la policía

Baile de máscaras

o incluso a mí. Los hombres como Lacroisse pueden obsesionarse. Y, naturalmente, la posición que ostenta en su país le obligará a andarse con pies de plomo.

—¿No puede... amenazarlo sin más? —sugirió sir John, esperanzado.

—Sí. Pero primero quiero que esté realmente asustado. John, sigo creyendo que puede usted ayudarme. Y ya sabe que solo le he dicho la verdad. Sé que no quería creer que mis padres fueron asesinados, pero si recuerda algo sobre ese día que no me haya dicho, necesitaría saberlo.

Sir John suspiró y le indicó que se sentaran en los sillones de la habitación alquilada.

—Hay un agente de policía al otro lado de la puerta, ¿verdad? —preguntó con nerviosismo—. Si no hubiera llegado usted a tiempo... Yo creía estar preparado. Tenía lista mi vieja pistola de la guerra, en el cajón, pero ni siquiera vi la serpiente. Si no la hubiera matado usted de un disparo...

—Eso ya ha pasado, sir John. Necesito que me cuente usted lo que sepa.

Sir John se recostó en el sillón y sacudió la cabeza.

—Ese día... En fin, ya sabe lo que ocurre cuando se descubre un yacimiento. Todo es muy lento y muy tedioso. Y sin embargo muy emocionante. ¡Y allí había tantísimos tesoros...! Muchas piezas fueron destinadas al museo de El Cairo, y su padre pagó una suma astronómica por las cosas que quería sacar del país. Incluso más de lo acostumbrado.

—Mi padre era un hombre justo en todos sus tratos —dijo Brian.

—Sí, un hombre muy notable para ser un par de Inglaterra, verdaderamente muy notable. Le echo terriblemente de menos.

—Gracias. Yo también. Pero continúe, por favor.

—Bueno, el caso es que habíamos trabajado con ahínco y casi todo estaba ya embalado. Esa noche íbamos a cenar todos juntos para celebrarlo. Tarde, por supuesto, porque habíamos trabajado todo el día y nos hacía falta un buen baño.

—¿Se marcharon juntos del yacimiento?

Sir John frunció el ceño intentando recordar.

—No, Aubrey se marchó primero. Había estado haciendo el trabajo más duro y estaba agotado. Dijo que necesitaba echarse un rato. Luego se fue Alex. Alex siempre ha sido un poco delicado de salud. Había estado enfermo y durante las semanas anteriores no había trabajado apenas, pero seguía teniendo muy mal aspecto, así que estaba ansioso por irse a descansar. Hunter se marchó justo después que él. Lord Wimbly... ¡no, espere! Fue lord Wimbly quien se marchó primero. Quería enviar una carta, dijo que era sumamente importante. Evelyn y yo nos quedamos con sus padres y con nuestros colegas egipcios hasta que se hubo cerrado la última caja. Luego regresamos juntos. Nos despedimos en el centro de El Cairo. Evelyn se fue con sus padres, claro, y yo volví a mi hotel. Ya sabe usted que sus padres habían alquilado un viejo palacete reformado. Evelyn se alojaba en la casita del guarda —sacudió la cabeza—. Debería usted estar hablando con Evelyn. Fue ella quien los encontró.

—Los demás se reunieron en el restaurante para la cena, ¿no es eso?

Baile de máscaras

—Sí, todos los demás. Luego... luego llegó Evelyn con algunos caballeros de la embajada. Pobre mujer, estaba desolada.

—¿Hunter se quedó con ustedes casi hasta el final?

—Sí.

—Pero ¿se fue antes que usted?

Sir John alzó una mano.

—Sí, sí, ya se lo he dicho.

—¿Quién llegó primero al restaurante?

Sir John hizo una mueca.

—Yo. Tenía bastante hambre, y me daba la impresión de que no podría estar levantado hasta muy tarde.

—¿Y luego?

—¡Vamos, Brian, de eso hace mucho tiempo!

—Por favor, sir John.

—Está bien. Yo llegué primero y luego, veamos... ¿fue Aubrey quien llegó primero? Sí, sí, fue Aubrey. ¡No! Fue Alex. Me acuerdo porque estuvimos hablando de su puesto en el museo. Luego llegaron Aubrey, Hunter y lord Wimbly. Lord Wimbly llegó el último —sacudió la cabeza—. Pero no sé de qué va a servirle todo esto.

—Piénselo bien. ¿A quién vio el día que encontró el recorte de periódico sobre su mesa?

Sir John sacudió la cabeza, disgustado.

—Aubrey estaba allí. Pero de los otros no me acuerdo. Usted también estuvo allí ese día. Y Camille, claro. Y yo... —se detuvo, con semblante preocupado y luego suspiró—. Me había negado a creer que alguien pudiera provocar esas muertes a propósito. Pero cuando Camille pareció convencerse de que estaba usted en lo cierto, empecé a darme cuenta de que yo también había sospechado desde el principio.

—¿Pero de quién, sir John?

Sir John vaciló un momento.

—Bueno, verá, hay un par de cosas —dijo.

—Sea lo que sea lo que piense, se lo suplico, dígamelo.

—Pero podría estar equivocado.

—Sí, pero si me dice lo que piensa...

—Creo que lord Wimbly tiene deudas. Deudas serias. Aunque, naturalmente, suene ridículo. Se trata de lord Wimbly.

—Sí, está endeudado —respondió Brian.

—Pero lord Wimbly detesta a las serpientes de todas clases —añadió sir John—. Ese es el quid de la cuestión. Solo hay un hombre que yo conozca que sepa manejarlas.

—Aubrey Sizemore.

Sir John asintió.

Casi por milagro, Camille pudo recorrer el pasillo, bajar las escaleras y atravesar el salón de baile sin ver un alma. Temía encontrarse con Evelyn, pero el ama de llaves no andaba por allí. En realidad, el castillo parecía enteramente desierto.

Desde el salón de baile entró en la capilla y de allí bajó a la cripta. Las escaleras estaban a oscuras. Por suerte, Shelby y Corwin habían completado su cometido el día anterior. Camille había tenido la precaución de llevarse una lámpara con la que descendió fácilmente por la sinuosa escalera. Sabía que, una vez en la cripta, podía sorprenderla cualquier persona de la casa, así que se movió con rapidez. Y con el mayor sigilo de que fue capaz. Pero había tantas cajas...

No quedaba más remedio que abrirlas una por una. La tarea no era difícil; Camille estaba segura de que Brian ya las había inspeccionado. Al menos diez de los cajones más grandes contenían momias. Lo único que tenía que hacer era desenvolverlas, lo cual habría hecho estremecerse de espanto a muchos egiptólogos. Pero decidió que las vidas presentes valían más que la historia.

Y así empezó a hurgar entre el polvo acumulado durante siglos. Podría haber descartado las momias de varones, pero no parecía haber ninguna. Al parecer, se había topado con el harén del sumo sacerdote.

Levantó su reloj y miró la hora. Casi se le había acabado el tiempo. Pronto empezarían a buscarla. Con un poco de suerte, harían caso a la nota que había dejado sobre la cama.

Le quedaban tres momias por revisar. Si no encontraba nada, ello significaría que la momia de Hethre estaba en el museo.

Dudó un momento. Su hallazgo no sacaría a la luz al asesino, pero al menos detendría al presunto ladrón y seguramente evitaría más muertes.

El carruaje llegó por fin a casa de lord Wimbly. Decidido a plantarle cara de inmediato, Brian dejó a Shelby en el coche y aporreó la puerta.

Le abrió Jacques, el mayordomo de lord Wimbly, que lo miró con recelo.

—Lord Stirling, me temo que lord Wimbly está descansando. ¿Tenía usted cita con él?

—No.

—Brian dio un paso adelante, obligándolo a dejarle pasar.

—¡Cielos! Lord Stirling, ya se lo he dicho, lord Wimbly no se ha levantado. Está en sus habitaciones. Esta mañana no me ha llamado ni una sola vez.

Brian titubeó un momento y luego comenzó a subir las escaleras.

—¡Lord Stirling! —gritó Jacques, alarmado, y salió corriendo tras él.

—¡Quédese ahí! —le advirtió Brian, y abrió la puerta sin contemplaciones.

Tal y como había temido, lord Wimbly estaba tumbado en el suelo. Brian se acercó a él, teniendo cuidado de dónde pisaba. A su espalda, Jacques dejó escapar un agudo chillido.

—¡Cállese! —le ordenó Brian, y se agachó para tomarle el pulso a lord Wimbly. Pero el corazón de este había dejado de latir hacía tiempo. Tenía los ojos abiertos y la campanilla que sin duda usaba para llamar a Jacques estaba en el suelo, a unos palmos de distancia de su mano.

Llevaba varias horas muerto. Brian examinó meticulosamente el cuerpo y luego se levantó. Jacques empezó a gritar de nuevo.

—¡La maldición! ¡Oh, Dios mío, la maldición! ¡Un áspid! ¡Le ha picado un áspid! ¡Oh, Dios mío, hay serpientes en la casa! ¡Tengo que salir de aquí! ¡Tengo que salir de aquí! ¡Tengo...!

—¡Jacques! ¡Basta ya! —dijo Brian de nuevo y, agarrándolo por los hombros, lo zarandeó un momento—.

Baile de máscaras

Lord Wimbly no ha muerto por la picadura de un áspid. Le aseguro que habría encontrado las marcas. Por su postura y por el modo en que tiene la boca abierta, creo que debemos considerar algún otro tipo de veneno. Llame a la policía, rápido. ¿Me ha oído? Póngase en contacto con el detective Clancy, de la policía metropolitana. Puede que a simple vista esto parezca un ataque al corazón. Pero hay que hacerle la autopsia. Ha sido asesinado.

–¡Asesinado! ¡Oh, Dios mío! ¡Asesinado! Pero yo no me he movido de la casa desde que volvió anoche. No ha venido nadie, lord Stirling, ni un alma.. ¡Oh, Dios mío! ¡Lord Wimbly está muerto! Yo... ¡oh! Yo estaba aquí. Pensarán que yo... ¡Pero yo sería incapaz! ¿Qué voy a hacer ahora? ¿Qué pensará la policía? ¿Qué harán? ¡Me arrestarán! ¡Es la maldición! ¡Lord Wimbly debería haberse quedado en Egipto!

–Lord Wimbly estaba muerto antes de llegar a casa, solo que no lo sabía –dijo Brian–. No se preocupe, Jacques, la policía no va a arrestarlo. Yo tengo que irme ahora. Haga lo que le digo, Jacques. ¡Dese prisa!

Brian bajó corriendo las escaleras y salió a la calle. Sabía exactamente quién había cometido el asesinato y por qué. Y debía darse prisa.

Otra momia desbaratada. Los eruditos pensarían sin duda que se merecía doscientos años de suplicio, pensó Camille. Luego empezó a desenvolver la última momia.

Incluso antes de empezar sintió una punzada de emoción. El embalsamamiento había sido hecho con gran esmero, usando un lino finísimo y una resina de excepcional calidad. La máscara colocada sobre la cara representaba el rostro de un muchacho, pero la momia era de una mujer. El vendaje era más grueso en la zona pectoral, posiblemente para aplanar los pechos, pero, pensó Camille, más probablemente para ocultar que se había guardado algo entre la envoltura.

Estaba tan enfrascada en su trabajo que no oyó pasos en las escaleras, ni se percató de que alguien la estaba observando.

Fue cortando con unas tijeras los vendajes, seccionando cuidadosamente las zonas endurecidas por la resina. Luego comenzó a rasgar el lino enmohecido. Solo cuando oyó una voz se dio cuenta de que la habían seguido.

—¡Has encontrado algo!

Camille levantó la mirada, sobresaltada por la llegada de Hunter. Él se acercó, y Camille sintió miedo.

—No..., nada en realidad. Pensaba que podía dármelas de erudita y encontrar algo, pero, como verás, no he hecho más que revolverlo todo. Si sir John estuviera vivo, seguramente me despediría.

Hunter sacudió la cabeza, con los ojos muy abiertos.

—No, Camille, tú tenías razón. Sé lo que estabas pensando. ¡Claro! Hethre era una bruja reverenciada, pero también temida. Y la enterraron así porque querían que su alma quedara encerrada en el mundo de los muertos —hizo una pausa—. ¡Y aquí está!

Camille había encontrado la momia, pero fue

Baile de máscaras

Hunter quien sacó la pieza de su pecho. El paso de los siglos no había borrado su magnificencia. No era el oro de la escultura lo impresionante, sino las joyas. La cobra estaba representada con la collera hinchada. En sus enormes ojos refulgían piedras preciosas de colores. Diamantes, zafiros y rubíes tachonaban la collera del reptil.

—¡Camille! —musitó Hunter.

No la estaba mirando. Tenía los ojos fijos en aquella magnífica pieza. Camille se alejó de él. Él no pareció notarlo.

—Hunter, ¿qué estás haciendo aquí? —preguntó.

—¿Qué? —él la miró—. He venido a ver a Brian, a pedirle que me deje echarle una mano en este asunto.

—¿Y por eso has bajado a la cripta?

Él sonrió. Su sonrisa aterrorizó a Camille.

—Lo creas o no, no hay ni un alma por aquí. Había un policía en la puerta. Le dije que venía a ver a Brian y me dejó entrar.

—¿No hay nadie arriba?

—No he subido.

—¿Has venido derecho aquí?

—Sí.

—¿Por qué?

—Bueno, porque...

—¡Eh! ¿Quién anda ahí abajo?

El sonido de aquella voz en lo alto de la escalera produjo en Camille una oleada de alegría tan intensa que empezó a temblar. Se apartó rápidamente de Hunter.

—¡Aquí, Alex! —gritó mientras seguía apartándose de Hunter.

Alex bajó. Iba trajeado y llevaba en la mano una

pequeña bolsa de viaje. Camille comprendió que se disponía a volver a casa. Tenía buen aspecto.

Camille se encontró entre ellos dos. Alex esperaba, extrañado, en la escalera. Camille se volvió hacia Hunter, que había ocultado la cobra tras su espalda.

—Alex —dijo ella, sintiéndose mareada—, llama a Corwin, por favor —Hunter frunció el ceño—. ¡Alex!

Camille le dio un empujón a Hunter, pasó a su lado e intentó subir por las escaleras. Pero Alex le cerró el paso.

—¡Camille, apártate de él! —la advirtió Hunter.

Y Alex sonrió.

—¡Ah, sí! El gran aventurero, el explorador, el siempre encantador sir Hunter MacDonald. Qué gran suerte encontrarte aquí.

Anonadada, Camille empezó a retroceder.

—Alex, siempre he sabido que eras patético. Lo que no sabía era lo triste, desgraciado y cruel que podías llegar a ser —replicó Hunter.

—Ah, sí, cruel, mi querido, valiente y noble amigo —respondió Alex—. Veo que has encontrado mi tesoro, Camille. Dámelo, Hunter.

—Alex, si no te quitas de en medio ahora mismo —le advirtió Hunter—, te arrancaré el corazón de cuajo.

—No me digas.

En un abrir y cerrar de ojos, Alex agarró a Camille del pelo y la acercó a él. Al mismo tiempo, dejó caer la bolsa que llevaba. De ella salió una docena de áspides que comenzaron a deslizarse por el suelo, a los pies de Camille. Ella gritó. Alex tiró de ella; luego se detuvo y, agachándose, agarró uno de los reptiles y acercó sus colmillos al cuello de Camille.

Baile de máscaras

—Voy a llevarme ese tesoro, Hunter —dijo—. ¡Dámelo! Si lo haces, tiraré la cobra al suelo y os dejaré a los dos aquí. Así al menos tendréis la oportunidad de defenderos.

Hunter le arrojó la cobra de oro y piedras preciosas. Alex tuvo que tirar la serpiente para agarrarla en el aire. Empujó a Camille. Ella gritó y se precipitó hacia delante, entre aquel campo de áspides.

Brian le había dado instrucciones a Shelby y había tomado prestado uno de los caballos de montar de lord Wimbly. Recorrió a galope tendido el camino de regreso al castillo de Carlyle y, al acercarse a él, maldijo a sus ancestros. El castillo tenía murallas, verjas de hierro y estaba rodeado por un foso. Pero aun así era vulnerable.

Al llegar a la verja se detuvo un instante para hablar con el policía que montaba guardia allí.

—¿Se ha ido ya mi criado con la señorita Montgomery?

—No, lord Stirling. Pero sir Hunter MacDonald está en el castillo. Me ha dicho que era importante y que iba a esperarlo.

Brian no dijo nada más, pero recorrió a toda velocidad el camino que atravesaba el bosque y, cruzando el puente levadizo, llegó por fin a la casa.

Camille logró de algún modo pasar por encima de las serpientes sin pisarlas y rodear los cajones de las momias para acercarse a Hunter. Luego oyeron un grito.

—¡Camille!

Alex se detuvo en las escaleras y sonrió.

—¡Stirling! —gritó—. ¡Stirling! ¡Ayúdenos! Es Hunter. Se ha vuelto loco. ¡Intenta matarnos!

—¡No! —gritó Camille—. ¡Brian, no bajes!

Demasiado tarde. Brian estaba en lo alto de la escalera. Pasó junto a Alex... y se detuvo al ver los áspides reptando por el suelo.

—¡Mátalo! ¡Mata a Hunter! —gritó Alex.

—¡Cuidado, Brian! —chilló Camille.

A su espalda, Alex se disponía a empujarlo por las escaleras. El grito de Camille no detuvo a Alex. Pero Brian no cayó. Alex había supuesto que podría hacerle perder el equilibrio, pero Brian estaba alerta. Luchó con Alex y logró empujarlo hacia el suelo. Pero Alex no estaba dispuesto a caer solo. Se agarró a las solapas de la chaqueta de Brian y este resbaló por los últimos peldaños, cayendo con él.

—¡Dios mío! ¡Dame algo! —le gritó Camille a Hunter.

—¿El qué?

Camille hurgó en el cajón más cercano y arrancó la pantorrilla y el pie de una momia. Hasta ese momento, milagrosamente, las serpientes no se habían acercado a los hombres que luchaban en el suelo. Unos segundos después desaparecerían, se esconderían en las cajas, bajo las mesas... O empezarían a atacar.

Alex, pese a ser más débil que Brian, estaba desesperado. Intentaba meterse la mano en el bolsillo mientras Brian se esforzaba por inmovilizarlo. Alex sacó un cuchillo y lo blandió bajo la garganta de Brian. Estaban enzarzados en una furiosa batalla. Los dedos de Brian se cerraban como alambre alrededor de la muñeca de Alex. Una de las cobras se deslizó hacia ellos y luego se levantó en actitud defensiva.

–¡No! –gritó Camille y, lanzándose hacia delante, golpeó a la serpiente con el pie momificado.

El cuchillo cayó de la mano de Alex. Brian se puso en pie y obligó a Alex a levantarse. Cuando Alex se disponía a lanzarse a por el cuchillo, Brian lo empujó. Alex cayó de espaldas contra la pared y se deslizó hasta el suelo. Justo al lado de una de las cobras. El animal siseó y atacó, mordiéndole en el cuello. Alex casi hizo amago de sonreír. Pero luego le mordió otra cobra. Y luego otra. Alex dejó escapar un grito desgarrador. Y luego quedó en silencio.

Camille lo miraba horrorizada.

–¡Camille!

Hunter se acercó a ella y la apartó de una serpiente que se deslizaba cerca de sus piernas.

–¡Salid de aquí! ¡Rápido! –gritó Brian y, sacando una pistola, comenzó a disparar a las serpientes.

Los disparos resonaron en la cripta. El camino quedó despejado. Camille empezó a subir las escaleras con Hunter tras ella. Cuando se disponía a doblar la primera curva, se detuvo, haciendo que Hunter chocara con ella.

–¡Brian! –gritó.

Sonó otro disparo. Un instante después, Brian apareció tras ella y la obligó a subir el resto de las escaleras a empujones mientras gritaba:

–¿Cuándo demonios vas a aprender a hacerme caso?

–¡Te he hecho caso! –le replicó ella–. Corwin me dio una hora. Solo quería aprovecharla para... ¡Oh, Dios! –cayó en sus brazos.

–¿Cómo demonios sabías que no era a mí a quien tenías que matar? –preguntó Hunter.

–Es una larga historia. Y me da miedo lo que podamos descubrir en el resto de la casa –dijo Brian, impaciente–. Tenemos que encontrar a los demás. Luego hablaremos.

La ansiedad de Brian despertó nuevos temores en Camille, que subió corriendo las escaleras, con Hunter tras ella.

Al acercarse a la habitación de Tristan, oyó golpes en la puerta. Alguien estaba intentando echarla abajo, golpeándola al parecer con una silla. Y Tristan gritaba con voz ronca, pidiendo ayuda y maldiciendo a Evelyn Prior.

Hunter descorrió el antiguo cerrojo de madera de la puerta, y Tristan y Ralph salieron dando trompicones. Tristan tenía aún en las manos la silla que había usado para golpear la puerta.

–¿Dónde está? Nos encerró, sé que fue ella quien nos encerró.

–¡Yo no os encerré, maldito idiota! –dijo Evelyn, apareciendo en el pasillo, despeinada. Estaba furiosa y echaba chispas por los ojos–. ¡Llevo una hora encerrada en un armario!

Brian, que todavía parecía angustiado, echó a correr.

–Todavía falta Corwin –dijo.

–¿Los establos? –sugirió Hunter.

Baile de máscaras

Brian asintió y empezó a bajar las escaleras. Todos lo siguieron. Brian echó a correr. El establo también estaba cerrado por fuera. Brian lo abrió y entró, mirando a su alrededor. Oyeron un leve gemido.

—¡Está vivo! —exclamó Evelyn, aliviada, y se dirigió detrás de Brian hacia las pacas de heno de donde procedía aquel ruido.

Allí estaba Corwin, intentando sentarse. Al ver a Brian sacudió la cabeza, acongojado.

—Le he fallado, señor. Estaba en el altillo, sacando los arreos, cuando ese hombre apareció por detrás y... me empujó. De no ser por el heno, ahora estaría muerto. ¡Ay, Dios mío! —exclamó, intentando levantarse—. Le he fallado, señorita... —dijo mirando a Camille—. No se quedó en su habitación, ¿verdad?

—Es más terca que una mula. Nunca hace caso —dijo Brian.

—¡Terca y encantadora! Una digna esposa para lord Stirling —dijo Evelyn, y Camille se giró, sorprendida. Evelyn le sonrió—. Te habría encantado Abigail, querida. Ella también era muy terca.

Camille sintió una punzada de culpabilidad. Le devolvió la sonrisa a Evelyn, y estuvo a punto de decirle que lord Stirling no pensaba casarse con una simple plebeya, pero no le parecía el momento adecuado para hacerlo. Sacudió la cabeza.

—Todavía no lo entiendo. ¿Alex hizo todo esto? Pero si a él también le había mordido una serpiente... Estaba enfermo, vivía en la casa. ¿De dónde sacó los áspides? ¿Cómo se las ha arreglado para hacer todo esto?

—Puede que nunca sepamos todas las respuestas, pero yo tengo unas cuantas —le dijo Brian—. Hay que avisar al policía de la puerta para que vaya a Londres en busca del detective Clancy. Evelyn, hay que curarle la cabeza al pobre Corwin.

—Yo iré a la verja —dijo Corwin.

—No, nada de eso —le dijo Hunter—. Iré yo. Usted tiene suerte de estar de una pieza, buen hombre.

—Y tú también —le dijo Brian a Hunter. Tardó un momento en añadir—: Gracias. No sé qué demonios haces aquí, pero has sido de gran ayuda. Gracias.

Hunter asintió.

—Voy a hablar con ese policía. Creo que, si no, no tardaré en morirme de curiosidad.

—Dile que se asegure de que también traigan a sir John —dijo Brian.

—Sir John está muerto —le recordó Camille—. Supongo que te refieres a lord Wimbly.

—No —dijo Brian—. Lord Wimbly es quien está muerto. Sir John está vivo. Os lo explicaré luego. Corwin, apóyese en mi hombro. Vamos a llevarlo a la casa.

Ayudó a Corwin a ponerse en pie. Por un instante, sus ojos se encontraron con los de Camille, y sonrió con tanta ternura que ella vaciló y luego extendió la mano y tiró del cordoncillo de su máscara.

—Ya no la necesitas —le dijo—. Todavía estoy hecha un lío, pero creo que ya no hace falta que las bestias guarden el castillo de Carlyle. Me parece que la maldición se ha roto.

Capítulo 20

—Lo que no entiendo es cómo se las ingenió Alex para hacer todo esto —dijo Camille mientras bebía el delicioso té con coñac que le había preparado Evelyn. Estaban reunidos alrededor de la chimenea, al amor del fuego—. ¿Y quién susurraba en la cripta cuando me atacó la primera vez?

—¿Todavía no lo adivina? —le preguntó sir John con una sonrisa irónica en los labios.

—¿Lord Wimbly? —preguntó ella.

—Nunca sabremos toda la verdad —dijo Brian, que estaba junto a la chimenea, con un brazo apoyado sobre la repisa—. Lord Wimbly y Alex han muerto. Y yo, aunque había oído el relato una docena de veces de distintas fuentes, no conseguí ensamblar las piezas hasta esta mañana, cuando estaba hablando con sir John.

—¿Yo lo ayudé? ¿Esta mañana?

—Fue su alusión al hecho de que Alex estuvo enfermo. Yo lo había visto mencionado con anterioridad, en el diario de mi madre —explicó Brian.

—No le entiendo —dijo sir John.

Camille asintió en silencio.

—Creo que Alex se puso enfermo porque fue entonces cuando sufrió la primera mordedura. Puede incluso que después de eso empezara a experimentar con los áspides. Por eso se atrevió a permitir que el áspid le mordiera en la fiesta del museo. Sabía que entre los presentes había personas que sabían que había que sajar la mordedura y succionar el veneno. Corrió cierto riesgo, pero consiguió lo que pretendía. Nuestras sospechas se centraron en otros porque Alex, el pobre empleado que había intentado salvar la velada, había estado a punto de sacrificar su vida por otros.

—Pero ¿cómo consiguió traer hoy los áspides? —preguntó Camille, todavía perpleja.

—Fue a buscarlos anoche —dijo Brian.

—¡Anoche! Pero si estaba aquí...

—¿De veras? Anoche hubo mucho alboroto. Tú habías huido al bosque. Y Hunter y yo nos peleamos —dijo Brian.

—Alex... ¿quién lo habría imaginado? —murmuró Hunter.

—Pero no actuaba solo —dijo Camille—. Trabajaba con lord Wimbly. Pero ¿qué interés podía tener lord Wimbly en matar a tus padres, siendo como era un aristócrata?

—Los títulos nobiliarios no impiden que uno se endeude hasta el cuello —comentó Tristan—. Lord Wimbly era un jugador empedernido, ¿no es cierto, Brian?

Baile de máscaras

Brian inclinó la cabeza hacia el detective.

—El detective Clancy empezó a hacer averiguaciones después de que mataran a Green.

—¿Quién es Green? —preguntó Camille.

—Un granuja de mucho cuidado —dijo Tristan—. Ralph y yo ayudamos a atraparlo —añadió con orgullo.

Brian esbozó una lenta sonrisa e inclinó la cabeza hacia Tristan.

—En efecto, así fue.

—¿Qué? —preguntó Camille, mirando con asombro a Tristan—. Pero si estabas tan enfermo que no podías salir del castillo... ¿Desde cuándo estás metido en todo esto? ¡Y tú, Brian! ¿Cómo se te ocurrió arriesgar su vida...?

—¡Mi querida muchacha! —la interrumpió Tristan—, ya soy mayorcito, y he servido en el ejército de Su Majestad. Ralph y yo nos las apañamos bastante bien solos, gracias.

—No sabía que los estaba poniendo en peligro —dijo Brian mirando a Camille y encogiéndose de hombros—. Pero por lo visto Tristan se parece mucho a ti. Es incapaz de no meter las narices donde no lo llaman.

Aubrey Sizemore se aclaró la garganta y dijo:

—Quizá deberíamos empezar por el principio. Lord Wimbly discutía de vez en cuando con tu padre, Brian, lo cual no significa gran cosa, puesto que todos discutíamos de vez en cuando sobre dónde debía ir tal o cual cosa, o sobre cómo había que excavar, o sobre cómo tratar con las autoridades egipcias y los anticuarios. Era natural. En todas las expediciones se discute sobre esas cosas.

—Yo también discutí alguna vez con tu padre –le dijo Hunter a Brian–. Le reprochaba que le preocupara demasiado preservar la historia egipcia para los egipcios.

—Qué raro –masculló Camille con sorna.

—Creo –dijo sir John– que tu padre sacó a lord Wimbly de apuros económicos más de una vez. La víspera de su muerte, lady Abigail estaba muy emocionada por algo que creía haber leído en uno de los bajorrelieves de la tumba.

—¿Algo sobre una cobra de oro? –preguntó Camille.

—Yo en ese momento no lo sabía, pero ahora, echando la vista atrás, estoy convencido de que así era. Alex debía de estar con ella cuando lo leyó. Así pues, sabía que la cobra existía... y que no había sido catalogada. Lo único que tenía que hacer era buscar con ahínco, y estaba convencido de que la encontraría –continuó sir John–. Y el resto de nosotros... simplemente, no nos dimos cuenta de nada –sacudió la cabeza–. Por desgracia, no vimos la inscripción de la pared.

—A lo largo del último año –les dijo el detective Clancy–, Alex Mittleman consiguió sacar pequeñas piezas para *monsieur* Lacroisse, mientras le daba largas con la promesa del increíble hallazgo que aún quedaba por descubrir. Lord Wimbly le presionaba sin cesar. Verán, lord Wimbly era quien tenía contactos en la corte y en el extranjero.

—Pero...

—Sí, sé lo que está a punto de decir –le dijo el detective Clancy a Camille–. ¿Cómo se las apañó lord Wimbly? Él no organizó nada. Se limitó a aportar los contactos. Alex se encargaba de sacar las piezas, y entre los dos contrataron al hombre que murió en la plaza, ese tal Green, para que les sirviera de intermediario.

—¡Espere un momento! —protestó Tristan—. ¿Quién mató a Green?

—El propio lord Wimbly —dijo Clancy.

—Todavía no entiendo cómo pudo salir de aquí Alex anoche, regresar a Londres y procurarse todos esos áspides —dijo Camille.

—No tenía que volver a Londres —le dijo Brian—. Ninguno de nosotros siguió el túnel principal que salía de la cripta. Es un pasadizo muy largo y estrecho, pero creo que, si uno se acostumbra, debe de resultar bastante fácil recorrerlo a rastras. Todavía no hemos mandado a nadie a recorrerlo, pero creo que descubriremos que el túnel sale a una carretera, y que en esa carretera habrá casas. Lo más probable es que Alex Mittleman alquilara una de esas casas y la usara como base de operaciones —se quedó callado un momento—. Creo que torturó a mis padres para hacerles hablar antes de que murieran.

Tristan miró a Evelyn.

—Entonces... usted no salió para matar a Alex en plena noche.

—¡No! Pero ¡cómo se atreve! —exclamó Evelyn, indignada.

—He de admitir que yo también tenía mis sospechas —le dijo Camille.

—Fuiste tú quien encontró a los Stirling, Evelyn —le recordó Hunter.

—Sí, y supongo que yo también tengo mis secretos —reconoció Evelyn, y miró compungida a Brian—.

Cuando llegué, todavía estaban vivos. Pero ya no podía hacer nada por ellos. Estaba aterrorizada, claro, y temía que las serpientes siguieran allí.

–Aubrey, de ti también sospechábamos, porque eras el que se encargaba de la cobra en el museo –dijo Brian.

Aubrey dejó escapar un gruñido.

–¿Y qué me dices de ti? No tenía ni idea de que fueras Arboc.

Evelyn se volvió hacia el detective Clancy.

–¿Qué se sabe de ese tal Lacroisse? Es absolutamente indignante. Él tenía que saber que los objetos que le estaban vendiendo eran robados.

Clancy suspiró.

–Me gustaría verlo pudrirse en prisión el resto de su vida. Creo que sabía que todo esto estaba costando vidas humanas. Pero lo único que he podido conseguir es que se informe sobre sus actuaciones a la reina y a lord Salisbury. Será expulsado del país. Pero no podemos hacer nada más.

–No puedo creerlo –dijo Evelyn.

–Una asombrosa conspiración –dijo el detective–. Y todos nosotros trabajábamos desde distintas direcciones. Por lo que tengo entendido, lord Stirling, la reina sentía gran respeto por sus padres. Y supongo que debió usted de tener una audiencia con ella respecto a este asunto, porque ordenó movilizarse a todas las fuerzas policiales. Es simplemente que... estábamos buscando una aguja en un pajar.

–Y yo me temo que dudaba de la capacidad de la policía para descubrir lo que estaba pasando –se disculpó Brian.

Baile de máscaras

—Perdonen —dijo Camille, sacudiendo la cabeza—, pero ¿cómo murió lord Wimbly?

—Bueno... un buen amigo mío va a encargarse de hacer la autopsia, pero sospecho que Alex había empezado a desconfiar de su socio. A fin de cuentas, lord Wimbly se estaba llevando todos los beneficios, mientras que, de momento, Alex se limitaba a merodear por el museo, intentando cumplir su cometido, y se pasaba las noches buscando la entrada del túnel para poder registrar las cajas de aquí, además de las del museo. Podía hacerse mucho dinero con las piezas pequeñas, y creo que descubriremos, una vez concluya la investigación, que faltan muchas piezas tanto en el castillo como en el museo. Piezas catalogadas. Pero tanto Alex como lord Wimbly estaban seguros de que la cobra era el único tesoro que podía saldar la deuda de lord Wimbly y procurarle a Alex una nueva vida —dijo Brian.

—Pero ¿cómo murió?

—Creo que fue envenenado con una dosis masiva de arsénico que Alex consiguió suministrarle cuando estuvieron juntos aquí. Sospecho que Alex temía que lord Wimbly se derrumbara, y que había decidido que su amigo estaba sacando mucho más provecho que él de un negocio en el que él corría con todos los riesgos.

Camille se volvió hacia sir John.

—¡Y usted! ¿Cómo pudo hacernos creer que estaba muerto?

Sir John carraspeó.

—Fue idea de lord Stirling, querida. Es a él a quien debes pedirle explicaciones. Sin embargo, yo habría muerto si él no se hubiera presentado en mi casa dispuesto a interrogarme y a acusarme de lo sucedido.

Brian fijó sus ojos azules en sir John.

—Señor, nunca me ha alegrado más creer en la inocencia de alguien.

—¡Podías habérmelo dicho! —le dijo Camille con un destello de rabia.

Brian se encogió de hombros.

—Lo siento de veras. Pero no quería correr ningún riesgo. Si la gente creía que sir John estaba muerto, no habría más atentados contra su vida.

—Imagino que estaremos hablando de esto eternamente —murmuró Hunter—. Sin embargo, habiendo muerto lord Wimbly, Alex y hasta ese tal Green, nunca conoceremos toda la historia.

Evelyn se levantó, enojada.

—Puede que esté mal por mi parte, pero lo único que lamento es que Alex no sufriera como sufrieron lord y lady Stirling. Murió de la misma manera, pero sin duda mucho más rápidamente. Se ha salvado de la horca y del oprobio que le hubiera causado la exposición pública de su repugnante avaricia y su crueldad.

Tristan se levantó y se acercó a ella.

—Ya ha pasado, mi buena señora Prior. Ya ha pasado. Tendrá que bastarnos con eso.

—Sí, no nos queda más remedio —dijo Brian en voz baja, y se volvió hacia el detective Clancy—. Voy a acompañarlo a la ciudad. Creo que lo hemos explicado todo lo mejor que podemos. ¿El cuerpo ha sido levantado? —preguntó.

—Sí —respondió Clancy—. No culpen a mis pobres compañeros. Les daba miedo que aparecieran más cobras en cualquier momento. Eran como un grupo de mujeres asustadas de los ratones.

—¡No a todas las mujeres les dan miedo los ratones! —exclamó Camille, y le sorprendió que Evelyn Prior dijera casi las mismas palabras al tiempo que ella.

Las dos se echaron a reír con nerviosismo. Todos ellos sentían alivio, pero también una pizca de tristeza porque se hubieran sacrificado tantas vidas humanas por culpa de la codicia.

—Voy contigo —le dijo Camille a Brian.

Él se acarició distraídamente la cicatriz de la mejilla, y Camille comprendió que, pese a que no era una bestia, tardaría algún tiempo en acostumbrarse a vivir sin fingimientos.

—No es necesario, Camille —le dijo él.

—Quiero ir —respondió ella con firmeza. Y luego añadió—: Por favor. Me gustaría acompañarte.

Camille pensó que iba a oponerse. A fin de cuentas, aquella había sido su obsesión durante mucho tiempo. Ahora, Brian podía permitirse ser el conde de Carlyle en todos los sentidos y ocupar el lugar que le correspondía en la sociedad. Y ella retornaría a su vida tal y como la conocía. Pero en ese instante solo quería estar con él.

—Brian... —murmuró.

—Como desees, amor mío —dijo él.

Era tarde cuando por fin salieron de la comandancia de policía, tras repetir una y otra vez el relato de lo sucedido. Brian y Clancy habían preparado juntos una nota para la prensa que disiparía cualquier rumor acerca de la famosa maldición y atribuía la responsabilidad a los verdaderos culpables, exonerando de cualquier responsabilidad a la reina, al país y al estamento académico.

De regreso al castillo de Carlyle, se quedaron por fin solos en la parte de atrás del carruaje.

–Entonces, ¿qué vas a hacer ahora? –le preguntó Camille.

Brian se volvió hacia ella y sonrió.

–¿Contratar un jardinero? ¿Abrir los jardines al público ciertos días? ¿Traer a montones de huerfanitos para que jueguen y celebren comidas campestres?

Ella sonrió.

–Bueno, en cuanto a mí, creo que todavía conservo mi empleo. Sir John seguirá siendo sin duda el jefe del departamento. Me pregunto a quién nombrará la junta de fideicomisarios para reemplazar a lord Wimbly.

Él se quedó callado un momento.

–A mí.

Camille pareció sorprendida.

–¿Y tú... quieres el puesto?

–Desde luego. A mis padres los mató la codicia de los hombres, no el saber, ni las maravillas de la historia y el mundo antiguo.

–Bueno, entonces por lo menos tendré trabajo –murmuró ella.

–No.

–¿Es que vas a despedirme?

–Bueno, no veo cómo vas a poder conservar tu empleo.

–¿Por qué? –Camille se sintió de pronto sin aliento,

como si el corazón se le hubiera subido a la garganta y le impidiera respirar.

—Una expedición por el Nilo puede llevar muchos meses.

—¿Te estás ofreciendo a contratarme para una expedición?

—¿Contratarte? ¡Cielo santo, no!

Camille pudo ver el destello azul cobalto de sus ojos, pese a la tenue luz que había en el interior del carruaje.

—Entonces, ¿qué me está proponiendo, lord Stirling?

—Como estudiosa del Antiguo Egipto, amor mío, me superas con creces. Pero, en cuanto a contratarte, no creo que uno contrate a su esposa para la luna de miel.

A Camille le dio un vuelco el corazón. ¡La luna de miel! Y el Nilo, una expedición, algo que antes ni siquiera se atrevía a soñar...

Apartó la mirada de él, sintiendo de pronto el escozor de las lágrimas.

—No hace falta que te burles de mí, ¿sabes? Ya dejaste bien claro que nunca te casarías con una plebeya y, aunque hayas resuelto tus misterios, eso es lo que sigo siendo. Y cuando pase todo este alboroto, algún intrépido reportero descubrirá que mi madre era una prostituta del East End y...

—Camille...

—¿Qué? Solo estoy diciendo que...

—Pues no digas nada.

—¿Que no diga nada? Pero si eres tú quien...

—¡Oh, Dios mío, qué cabezota eres! Tendré que ir acostumbrándome, o encontrar un modo de que cierres el pico. ¡Ah! ¡Puede que conozca uno! –dijo y, antes de que ella pudiera protestar, la besó. Cuando su beso, tierno y apasionado, acabó, Camille no recordaba ni una palabra de lo que estaba diciendo–. Bien, ya estás callada –bromeó él–. Lo que dije no iba en serio. Lamento de veras que no conocieras a mis padres, porque, a pesar de sus privilegios, eran las personas con menos prejuicios que he conocido nunca. Mi madre te habría adorado. Habría sentido gran admiración por ti y por tu madre, porque no teníais nada y sin embargo conseguisteis salir adelante por vuestros propios medios. Lady Abigail, querida mía, era por encima de todas las cosas una madre, y una madre fabulosa. Habría sentido una enorme simpatía por todo lo que tu madre hizo por ti y por tu porvenir.

–Pero no tienes que casarte conmigo solo porque...

Él posó un dedo sobre sus labios.

–¡Cielo santo, déjame acabar! –su sonrisa suavizó el ímpetu de sus palabras–. ¡Ah, Camille! Eres tan inteligente, tan valiente y sin embargo tan ciega en algunas cosas. Te adoro. Estoy locamente enamorado de ti, de tu determinación, de tu tozudez, de tu inteligencia... y también de la osadía con que sigues los dictados de tu corazón. Pero tendrás que dejar de poner tu vida en peligro. En eso he de insistir, tratándose de mi esposa. ¿Es que no lo ves, Camille? No era solo una máscara lo que llevaba. Todo en mi interior era feo, amargo y estaba maldito. Luego tú apareciste en mi vida y me libraste de la máscara y de la maldición. Sin ti, me temo que seguiría por siempre maldito. Pero tú no lo permitirás, ¿verdad?

—ella era incapaz de hablar–. Ahora te pido que hables —dijo él.

Camille sonrió. Y, en los estrechos confines del carruaje, se lanzó sobre su regazo y lo besó con feroz abandono.

—¿Dices en serio lo de casarnos? —preguntó, incrédula.

—Bueno, solo si me quieres.

—¡Oh, Dios mío!

—Si no es mucho pedir que una mujer ame a una bestia infeliz.

—¡Te quiero! —musitó ella con fervor, y le echó los brazos al cuello–. Absolutamente. Y abriremos los jardines a los niños huérfanos, y haremos lo que podamos por ayudar a los que nacen en la miseria. ¡Y el Nilo! ¡Oh, cielos, descenderemos por el Nilo! —de pronto se puso seria–. Pero Brian, debemos llevar a la niña al castillo para que se eduque con nosotros.

—¿Qué niña?

—¡Ally! Las hermanas son encantadoras, pero tú debes asumir tu responsabilidad —para su asombro, Brian rompió a reír–. ¡No sé de qué te ríes! —le dijo, enojada.

—Yo diría que las hermanas te romperían los dos brazos, querida, si intentaras quitarles a Ally.

—Pero...

—Lo siento, Camille. Debería haberte sacado antes de tu error, pero no sé si me habrías creído. Ally no es hija mía.

—Pero...

—Yo no tengo hijos, amor mío, aunque estoy deseando poner todo de mi parte para convertirme en padre. Me encantaría tener una niña como Ally.

—Pero, entonces, ¿quién...?

—Las hermanas eran grandes amigas de mis padres. Mi padre les dejó algunas rentas, y son como tías para mí. Conozco la presunta filiación de Ally, pero es solo una conjetura. Tengo que pedirte que me creas. Ally no es hija mía, pero me llama tío Brian —vaciló un momento—. Tampoco es hija de mi padre. Existe un posible lazo con el trono, pero esto es algo que no debe salir de aquí. Mucho me temo que podría costarle la vida a la pequeña.

—¡Cielo santo! —exclamó Camille.

Él se llevó un dedo a los labios.

—Ha de permanecer en secreto para siempre —dijo, muy serio.

—¡Desde luego!

Brian sonrió.

—Es una niñita encantadora y la quiero muchísimo. Nunca le ha dado miedo la máscara.

—A mí tampoco —le dijo Camille.

—¿Nunca?

—Bueno, solo un poco.

Brian se echó a reír y la besó.

Cuando llegaron al castillo, entraron de la mano. Evelyn salió a toda prisa del salón de baile y dijo:

—¡Ah, por fin estáis aquí! Tristan y yo os estábamos esperando para cenar, pero no veníais. Pero en realidad acabamos de empezar.

—Perdona, Evelyn. Por favor, continuad cenando —dijo Brian y, aclarándose la garganta, miró a Camille, incapaz de ocultar el brillo de sus ojos—. Me temo que siento la necesidad de retirarme inmediatamente.

—Está bien —murmuró Evelyn, frunciendo el ceño—. ¿Y tú, Camille...?

Baile de máscaras

—Estoy exhausta, absolutamente exhausta —respondió Camille, y subió corriendo las escaleras.

Unos segundos después, Brian estaba a su lado. Y ella estaba en sus brazos. Se despojaron de la ropa... y Camille disfrutó de cada palmo del cuerpo desnudo de su maravillosa bestia.

Abajo, en el gran salón de baile, Evelyn suspiró y, tomando asiento, miró a Ayax, que dormitaba apaciblemente junto al fuego. Luego miró a Tristan.

—Bueno, sir Tristan, creo que será mejor que vayamos planeando la boda cuanto antes.

—¿La nuestra? —bromeó él.

—¡Pero qué dice! —protestó ella.

—Vamos, vamos, Evelyn —dijo él, levantándose. Evelyn se quedó muda de asombro—. Tal vez puedas engañar a otros arrugando así la nariz, pero a mí no me engañas.

—¡Pero qué dice! —repitió ella, con la voz un poco estrangulada.

Tristan rodeó la mesa y se acercó a ella por detrás. Apoyó las manos suavemente sobre sus hombros y le susurró al oído:

—¿Acaso no quieres? —preguntó con una sonrisa insinuante.

—¡Me refería a la boda de ellos! —dijo Evelyn con firmeza.

—Claro, claro. Y luego a la nuestra —dijo Tristan.

—¡Tenemos que hablar! —respondió ella en tono puntilloso.

—¡Haremos mucho más que hablar! —le aseguró él.

Ella se volvió, dispuesta a protestar de nuevo, pero Tristan la besó. Un beso excelente, pensó él. Sin forzar demasiado su suerte, pero...

Y al fin, cuando se apartó, ella se quedó callada unos segundos.

—Ya hablaremos –le aseguró él.

—¡Y mucho, mucho más! –dijo Evelyn, mandando el decoro al garete, de lo que Tristan dedujo que debía besarla de nuevo sin perder un instante.

TÍTULOS DE LA COLECCIÓN

Brenda Joyce ◆ *El premio*

Candace Camp ◆ *Secretos de una dama*

Nicola Cornick ◆ *Confesiones de una duquesa*

Shannon Drake ◆ *Baile de máscaras*

Brenda Joyce ◆ *La farsa*

Candace Camp ◆ *Secretos de un caballero*

Nicola Cornick ◆ *La dama inocente*

Shannon Drake ◆ *Sombras en el desierto*

Brenda Joyce ◆ *La novia robada*

Candace Camp ◆ *Secretos de sociedad*

Nicola Cornick ◆ *Una pasión inesperada*

Shannon Drake ◆ *Ladrón de corazones*

www.ingramcontent.com/pod-product-compliance
Lightning Source LLC
LaVergne TN
LVHW091614070526
838199LV00044B/799